W0221434

BASTEI LÜBBE

Von Rochelle Majer Krich erschien bei BASTEI-LÜBBE:

12 450 Die Spielverderberin

Rochelle Majer Krich

Die Geister, die ich rief

Aus dem Englischen von Hedda Pänke

BASTEI LÜBBE

BASTEI-LÜBBE-TASCHENBUCH
Band 12550

Deutsche Erstveröffentlichung
Titel der amerikanischen Originalausgabe:
Angel of Death
Copyright © 1994 by Rochelle Majer Krich
All rights reserved.
Copyright © 1996 für die deutsche Übersetzung
by Bastei Verlag Gustav H. Lübbe GmbH & Co.,
Bergisch Gladbach
Printed in Great Britain September 1996
Einbandgestaltung: Gisela Kullowatz
Titelfoto: Denis Cooper, Köln
Satz: hanseatenSatz-bremen, Bremen
Druck und Bindung: Cox & Wyman, Ltd.
ISBN 3-404-12550-9

Der Preis dieses Bandes versteht sich einschließlich
der gesetzlichen Mehrwertsteuer.

Für meinen Vater Abraham Majer, und in Erinnerung an meine Mutter Sabina Tadanier Majer, die als Zeugen überlebten;

sowie im Gedenken an die Familie, die ich nie kennenlernte, weil sie mit den sechs Millionen ermordet wurde:

Meine Großeltern Shlomo Chaim und Lana Mehler sowie Meshulam und Rochel Tadanier und meine Tanten, Onkel, Cousinen und Cousins.

Tihiyena nafshoseyhem tzruros be'tzror hachayim. (Ihre Seelen mögen in den Ewigen Bund eingehen.)

Erstes Kapitel

Im Lichtkegel der Scheinwerfer schimmerte das Blut an der weißen Tür des Hauses satt und glänzend auf.

Zu glänzend für Detective Jessica Drakes Geschmack. Sie parkte ihren Honda und lief über einen mit lilafarbenen Jacarandablüten übersäten Rasen auf den Polizisten zu, der neben der Tür Wache hielt.

Die Pfosten waren dunkelrot beschmiert. In der gleichen Farbe war ein sechszackiger Davidsstern auf die Tür gemalt, rund um den Spion, dessen Glas Jessie anstarrte wie ein blickloses Auge. Von den sechs Zacken waren kleine Farbtropfen herabgelaufen und getrocknet wie geronnenes Blut.

Ein übler verspäteter Aprilscherz? Angesichts des Hasses, der sich in dieser Tat ausdrückte, empfand Jessie einen so heftigen Widerwillen, daß sie trotz ihres Blazers erschauerte.

Sie wandte sich dem Polizisten zu. Sie kannte ihn nicht, und er stellte sich vor, nachdem sie ihm ihre Dienstmarke gezeigt hatte. Richard Garcia. Er war Anfang Zwanzig. Sein glattrasiertes Gesicht zeigte ein paar rötliche Pusteln, die Überreste einer hartnäckigverweilenden Pubertät, und jene pflichtbewußte Ernsthaftigkeit, die ihn als Anfänger im Polizeidienst auswies.

»Sie waren als erster hier?« Sie steckte die Marke ein.

»Ja, Ma'am. Mit meinem Kollegen Steve Kolakowski. Er ist gerade drinnen bei der Familie. Ich sichere den Tatort.«

Jessie nickte. Kolakowski kannte sie. Er war seit rund drei Jahren beim West L.A., und sie hatte schon häufiger mit ihm zu tun gehabt. »Was ist geschehen?«

Garcia nahm einen kleinen Notizblock zur Hand. »Die Bewohner – Barry und Sheila Lewis – fanden bei ihrer Heimkehr um Viertel nach zehn die Tür in ihrem jetzigen Zustand vor. Ihre beiden Töchter, sie sind sieben und zehn Jahre alt, waren mit der Haushälterin im Haus. Haben nichts gehört und nichts gesehen. Ein paar Fernsehreporter tauchten mit einem kleinen Übertragungswagen auf, blieben aber nicht lange. Lewis weigerte sich, mit ihnen zu sprechen.«

Jessie konnte es dem Mann nicht verdenken. »Wie groß ist der Schaden?«

Garcia hob die Schultern. »Keine Anzeichen für gewaltsames Eindringen. Drinnen ist nichts angerührt worden. Lediglich diese Tür. Ich sagte den Lewis, es sei nur Farbe, aber Mrs. Lewis konnte sich einfach nicht beruhigen.«

Die Frau ist hysterisch, hatte der Diensthabende vom West L.A. Jessie erklärt. Blut an der Tür. Möglicherweise Vandalismus im Haus. Eine Todesdrohung. Zwei Streifenbeamte sind bereits vor Ort, aber Lieutenant Espes möchte, daß Sie nach dem Rechten sehen. Und so war sie hier, um an einem Montagabend ein Drama in Beverlywood zu recherchieren. Allerdings war das Blut Farbe, und andere Zerstörungen gab es nicht. Vermutlich auch keine Todesdrohung. Und selbst wenn es die gäbe, müßte sie von CAPS untersucht werden, nicht von der Mordkommission.

Aber die Frau hatte mit Sicherheit hysterisch reagiert, davon zeugten die Schaulustigen. Einige Frauen, Männer und zwei kleine Kinder (was hatten eigentlich Kinder nach elf Uhr abends auf der Straße zu suchen?) standen in kleinen Gruppen in einiger Entfernung des großen zweigeschossigen Hauses herum. Beverlywood war eine ruhige, gutbürgerliche Wohngegend. Das Verbrechen war zwar auch hier nicht unbekannt, aber doch keineswegs ein so beständiger und aufdringlicher Gast wie in anderen Bereichen der Stadt.

La Ciudad de la Reina de Los Angeles... In der neunten Klasse hatte ihre Spanischlehrerin den vollen Namen erklärt: die Stadt der Engelskönigin. Die Königin und ihre Engel waren längst fort. Vermutlich in irgendeine kleine Stadt in Oregon gezogen, in der die Luft sauber und die Straßen sicher waren. Jedenfalls hatte das jeder vor, mit dem sich Jessie in der letzten Zeit unterhalten hatte.

Aus dem Augenwinkel sah Jessie, daß sich die Schaulustigen rechts von ihr ein Stück näher herangewagt hatten. Sie starrte die Leute herausfordernd an, bis sie sich wieder zurückzogen, und fühlte sich an ein Spiel erinnert, das sie und ihre jüngere Schwester Helen immer mit den Nachbarkindern gespielt hatten: *Mother, may I?*

Plötzlich bemerkte sie unter dem Stern ein winziges Loch in der Tür. »Was ist denn das?« fragte sie Garcia.

»Da war eine Nachricht mit einer Stecknadel befestigt. Kolakowski hat sie.«

Die Todesdrohung? »Haben Sie mit den Nachbarn gesprochen?«

Garcia nickte. »Niemand hat irgend etwas gesehen.«

Bedauerlich, aber nicht ungewöhnlich. Zu dumm, daß sich die Schaulustigen nicht ein bißchen früher zusammengerottet hatten. »Dann werde ich mich jetzt mit der Familie Lewis unterhalten«, sagte Jessie.

»Vielleicht sollten Sie lieber die Hintertür benutzen, Detective. Für den Fall, daß sich hier Fingerabdrücke am Türknauf befinden.«

Eher unwahrscheinlich. Jessie hatte zwar vor, ein Expertenteam vom SID anzufordern, damit sie Tür und Türrahmen nach Spuren untersuchten, bezweifelte aber stark, daß diese irgend etwas finden würden.

»Sie haben recht.« Sie lächelte Garcia an und erinnerte sich, wie sehr sie als einundzwanzigjährige Anfängerin Lob und Zuspruch geschätzt hatte. Wie sehr sie das selbst heute, vierzehn Jahre später, noch immer tat.

Jessie spürte die Blicke der Schaulustigen im Rücken, fühlte ihre Enttäuschung, als sie sich in Bewegung setzte. In ihren olivfarbenen Gabardinehosen und dem schwarzen Blazer, die langen dunkelbraunen, von der Liebe zerzausten Haare hastig zurückgekämmt und mit einem schwarzen Elastikband zusammengehalten, war sie kaum der typische Cop. Aber sie widerstand der Versuchung, ihre Jacke zurückzuschlagen und die 9mm-Smith & Wesson in ihrem Schulterhalfter sehen zu lassen.

Und Detective Frank Pruitt. Sie fragte sich, ob er bei ihrer Rückkehr noch immer in ihrem Bett liegen würde oder nach Hause gefahren wäre. Vermutlich das letztere. Seine Exfrau Rona war mit den beiden Söhnen in der Stadt. Er hatte zwar nichts davon gesagt, aber Jessie nahm an, daß er sich Sorgen machte, die Jungen könnten morgens bei ihm anrufen und ihn nicht antreffen.

Neben dem Haus fand sie das kleine Tor, von dem Garcia gesprochen hatte. Sie öffnete es, betrat den Garten und zog das Tor wieder hinter sich zu. Im Schein von Spotlights sah sie Liegestühle aus Redwood um einen großen ovalen Swimmingpool. Der gepflegte Garten war von dichten Hekken und Sträuchern umgeben. In der Luft hing ein beinahe atemberaubender Duft nach Rosen und Jasmin.

Jessie trat an die hintere Tür und klingelte. Einen Moment später vernahm sie schwere Schritte, dann fragte eine Männerstimme: »Wer ist da?« Sie nannte ihren Namen, und die Tür öffnete sich. Kolakowski trat heraus und zog die Tür halb hinter sich zu. Er war Mitte Dreißig, groß und muskulös, mit mittelbraunem Haar und einem ordentlich gestutzten rotbraunen Schnauzbart.

»Sie sind im Wohnzimmer«, informierte er Jessie. »Sie ist inzwischen ruhiger, fast wie ein Zombie. Er ist recht gefaßt in Anbetracht der Umstände. Sie war es übrigens, die uns angerufen hat.« Kolakowski kniff die Augen zusammen. »Weshalb hat man eigentlich Sie geschickt? Sind Sie zu CAPS versetzt worden?«

Jessie schüttelte den Kopf. »Der Lieutenant wollte, daß sich jemand von der Mordkommission um die Sache kümmert.« Leichte Verärgerung stieg in ihr hoch. Warum hatte sie dieser »Jemand« sein müssen? Und warum hatte Espes nicht angeordnet, daß ihr Partner Phil mitkam? »Wenn ich es recht verstanden habe, geht es um eine Todesdrohung. Oder?«

»Sie liegt auf dem Küchentisch. Beide haben sie angefaßt, bevor wir hier waren.« Er schüttelte den Kopf und verdrehte die Augen. »Mist! Bei all den Krimiserien auf der Mattscheibe sollten es die Leute doch nun wirklich besser wissen. Und Lewis ist darüber hinaus auch noch Anwalt«, schnaubte er verächtlich. »Ich habe sie gefragt, ob sie irgendeinen Verdacht hätten, wer das getan haben könnte. Er sagte nein.«

Jessie bat Kolakowski, von ihrem Wagen aus den SID anzurufen. Dann streifte sie ihre Schuhsohlen auf den Betonplatten ab – Jacarandablüten sind wunderhübsch, aber klebrig –, betrat das Haus und kam zunächst in eine pompöse Küche. Schränke und Geräte schimmerten in strahlendem Weiß. Der Boden war mit weißen Keramikfliesen bedeckt, in die Rhomben aus schwarzem Granit eingelassen waren. Der gleiche auf Hochglanz polierte, spiegelglatte Granit bedeckte Tische und Arbeitsplatten. Kein benutztes Glas, kein Teller, keine Tasse verhunzte den Eindruck der Makellosigkeit.

Ein echtes Abbild meiner eigenen Küche, dachte Jessie lächelnd und stellte sich den winzigen Raum mit den abgespülten gestapelten Tellern vor, in dem sie das Abendessen für Frank und sich zubereitet hatte. Lammkoteletts, gebakkene Kartoffeln und ein Salat, dessen Bestandteile hauptsächlich aus einer Plastiktüte stammten, die im Pavilions-Supermarkt angeboten wurden. Angesichts des massiven Holzbretts und der Vielzahl fachmännischer Messer, die in einem Holzständer steckten, bezweifelte Jessie, daß die Familie Lewis vorgeschnittenen Salat zu sich nahm, der aus einer Supermarkttüte stammte.

Ein Blatt weißes Papier störte das glänzende Schwarz der rechten Arbeitsfläche. Die Drohung. Sie war von einem Computer ausgedruckt worden. Jessica beugte sich vor und las:

»Der Engel des Todes hat Deine Vorfahren verschont – wird er aber auch Dich verschonen?«

Der Engel des Todes.

»Blut« an den Türpfosten.

Jessie hatte zwar seit Jahren ihre Bibel nicht mehr aufgeschlagen, aber Charlton Heston und Yul Brynner oft genug in *Die zehn Gebote* gesehen, um den Bezug sofort zu erkennen. Nachdem sich Yul Brynner – Pharao – weigerte, seine jüdischen Sklaven mit Moses ziehen zu lassen, hatte Gott Ägypten mit zehn Plagen gestraft. Neunmal war Pharao unerbittlich geblieben.

Die letzte Plage, die zehnte, war die furchtbarste gewesen. Durch Moses ließ Gott Pharao wissen, daß alle Erstgeborenen in Ägypten sterben würden, wenn er sich nicht endlich fügte. Auf Moses' Anweisung bestrichen die Israeliten ihre Türpfosten mit Blut, damit der Engel des Todes wußte, welche Schwellen er nicht übertreten durfte. Ihre Erstgeborenen wurden verschont. Aber die der Ägypter, darunter auch der Sohn des Pharao, starben.

Ein schreckliches Schicksal für einen Herrscher, der nicht nachgeben wollte und sich damit den Zorn des Gottes der Hebräer zuzog.

Aber was hatte das mit Barry und Sheila Lewis zu tun?

Zweites Kapitel

In einer Ecke des großen, tiefergelegten Wohnzimmers spielte ein Mann ein eintöniges Klagelied auf einem schwarzen Stutzflügel.

Der scharfe Geruch von Farbe und Lack erfüllte den Raum. Das Erkerfenster und zwei weitere große Fenster waren mit Tüchern verhängt. Neben den Fenstern hingen Stoffmuster an der blaßgrauen Wand. Weitere Muster lagen auf dem mit schwarzem Marmor unterlegten quadratischen Glastisch zwischen zwei Sofas, deren Bezüge ein abstraktes Muster in Zinngrau, Schwarz und Schieferblau zeigten. An einer Wand lehnten gerahmte Lithographien, deren Farben die der Sofas widerspiegelten. Eine von ihnen würde zweifellos über dem Kamin aus schwarzem Marmor eine Heimstatt finden.

»Mr. Lewis?« In dem hohen Raum hallte Jessicas Stimme wie eine Glocke wider.

Er drehte sich scharf zu ihr um. »Ja?«

»Ich bin Detective Drake.« Seine haselnußbraunen Augen zeigten erst Überraschung, dann leichte Enttäuschung. Weil sie eine Frau war. Doch das überraschte Jessica ebensowenig wie es sie ärgerte.

Er schloß den Deckel des Instruments, schob die schwarze Klavierbank zurück und stand auf. Die Beine rutschten quietschend über die abgezogenen Holzdielen. Jessie zuckte zusammen, aber Lewis schien das Geräusch gar nicht zu bemerken. Er kam auf sie zu. Sie ging ihm entgegen und rutschte auf dem spiegelglatten Boden fast aus.

»Barry Lewis.« Sein Griff war fest, die Handfläche aber feucht.

Er war Anfang Vierzig. Ungefähr einsachtzig, rund acht Zentimeter größer als sie. Er sah bemerkenswert gut aus und trug einen schwarzen Smoking, der ihm so gut paßte, daß er maßgeschneidert sein mußte. Er hatte den obersten Onyx-Knopf seines plissierten Hemdes geöffnet und die Fliege gelockert. Keine Fertigfliege zum Einhaken – sie war beeindruckt. Er trug das schütter werdende Haar glatt nach hinten gekämmt, seine Stirn war ebenso ausgeprägt wie die scharfe Adlernase und das Jay-Leno-Kinn.

»Es tut mir leid, was geschehen ist«, erklärte Jessie. »Ich habe bereits mit beiden Polizisten gesprochen, würde die Einzelheiten aber gern noch einmal von Ihnen und Ihrer Frau hören.« Sie sah sich um. Wo war die Frau eigentlich?

»Sheila hat sich bereits zurückgezogen. Und ich kann Ihnen nicht viel erzählen. Sie haben die Haustür und die Nachricht gesehen. Mehr weiß ich auch nicht.«

»Ich verstehe«, sagte sie und reagierte damit nicht nur auf seine Feststellung, sondern auch auf die Verdrossenheit und Ungeduld in seiner Stimme. Sie lächelte. »Aber ich habe dennoch ein paar Fragen. Darf ich mich setzen?«

»Selbstverständlich.« Er deutete auf die Sofas, und an seinem Manschettenknopf blitzte ein Diamant auf.

Jessie setzte sich ihm gegenüber. »Zunächst einmal würde ich gern wissen . . .«

»Barry, ich habe noch einmal nach den Mädchen gesehen, und . . . Oh, entschuldigen Sie bitte.«

Jessie drehte sich zu der Frau an der Tür um.

»Meine Frau Sheila«, stellte Barry Lewis vor. »Detective Drake hat noch ein paar Fragen, Liebes, aber ich sagte ihr schon, daß du erschöpft bist. Du brauchst also nicht zu bleiben.«

»Es macht mir nichts aus.« Ihre Stimme klang teilnahmslos, und als sie auf nackten Füßen die drei Stufen herunterkam, wirkte sie wie in Trance. Sie setzte sich neben ihren Mann, und der Rock ihrer weiten, kobaltblauen Taftrobe bauschte sich. Sie strich ihn glatt und begann dann nervös am Stoff zu zupfen.

Sie war etliche Jahre jünger als ihr Mann und besaß ein hübsches, aber nicht auffallend schönes Gesicht. Ihre Wangen waren mit Wimperntusche verschmiert, die blauen Augen gerötet. Sie hatte sich die Farbe von den Lippen geknabbert, und der verbliebene braune Konturenstift betonte ihre Blässe. Aus ihrem französischen Zopf hatten sich ein paar goldblonde Strähnen gelöst. Aschenputtel nach dem Ball.

Jessie zog Notizblock und Stift hervor. »Wann haben Sie das Haus verlassen, Mr. Lewis?«

»Um sechs Uhr. Wir sind zu einer Wohltätigkeitsveranstaltung im *Beverly Wilshire* gegangen. Meine Kanzlei – ich bin Anwalt bei Haus, Berkman, Lowell und Lowell – setzt sich aktiv für die AIDS-Hilfe ein.«

Haus, Berkman, Lowell und Lowell waren Jessie nicht unbekannt. Sie brachte ihre Anerkennung für die philanthropischen Bemühungen von Barry Lewis und seiner angesehenen Anwaltsfirma durch ein Nicken zum Ausdruck. »Mein Kollege Garcia sagte, Ihre Töchter wären in der Obhut der Haushälterin zu Hause geblieben. Haben sie denn nichts gehört? Niemanden gesehen, der sich dem Haus genähert hat?«

»Gott sei Dank!« hauchte Sheila. »Ich kann den Gedanken kaum ertragen, daß die Mädchen zu Hause waren, als es passierte.«

»Aber es ist ihnen doch nichts geschehen, Sheila.« Barrys Stimme war sanft wie eine Liebkosung. Er legte seine Hand auf ihre Finger. »Niemand hat ihnen etwas angetan.«

»Aber es hätte etwas passieren können! Gott sei Dank hat Angelina nicht die Tür geöffnet! Diese Unmenschen hätten sich Zutritt verschaffen können, sie hätten . . .« Sie schloß die Augen und umklammerte den diamantenbesetzten ovalen Saphiranhänger ihres Diamantenhalsbandes.

»Wer sind ›sie‹, Mrs. Lewis?« erkundigte sich Jessie.

»Meine Frau hat sich da ganz allgemein ausgedrückt«, warf Lewis ein. »Wir haben keine Ahnung, wer es getan hat. Das habe ich bereits den beiden Polizisten gesagt.«

»Ich verstehe«, sagte Jessie und fragte sich, warum Lewis für seine Frau sprach. »Sowohl der Stern an der Tür als auch der in der Drohung erwähnte Engel des Todes haben jüdische Bezüge. Haben Sie irgendwelche Vorstellungen, aus welchem Grund sich jemand auf diese Weise an Ihrer Tür vergreifen könnte?«

»Ich weiß warum«, erklärte Sheila. »›Engel des Todes‹ bezieht sich auf das Passahfest. Und das beginnt am Sonnabendabend. Sie wollen, daß Barry den Fall abgibt.«

»Das kannst du nicht wissen, Sheila. Du kannst es nur vermuten. Es könnte sich auch um einen davon ganz unabhängigen rassistischen Übergriff handeln.«

Sheila sah ihn kurz an. »Du hast recht. *Wissen* kann ich es nicht.« Ihre Hand ließ den Anhänger los und machte sich wieder am Stoff ihres Kleides zu schaffen.

»Welchen Fall meint Ihre Frau eigentlich?« fragte Jessie. Und warum beharrte Lewis so nachdrücklich darauf, daß die heutigen Ereignisse nichts damit zu tun hatten?

Lewis räusperte sich. »Ich habe eine Auseinandersetzung mit einigen Angehörigen der jüdischen Gemeinde von Los Angeles. Es geht um einen Klienten, im Grunde um eine Gruppe, dessen staatsbürgerliche Rechte ich verteidige.«

»Wer ist dieser Klient?«

»Hitler«, erwiderte Sheila Lewis leise, aber die beiden Silben explodierten förmlich im Raum. »Jedenfalls steht es so in einigen der Briefe.«

Jessie starrte erst sie an, dann ihren Mann.

Tiefe Röte hatte sein Gesicht überzogen, aber seine Stimme blieb gelassen. »Ich vertrete die *White Alliance*, eine Gruppierung, die um die Erlaubnis eingekommen ist, anläßlich Hitlers Geburtstag am zwanzigsten April in Pico und Beverly-Fairfax paradieren zu dürfen.«

Neonazis. Skinheads. Im Großraum Los Angeles gab es etliche Banden von ihnen. Jessie war immer wieder einmal mit ihnen zusammengetroffen, besonders als sie in der Abteilung für jugendliche Straftäter gearbeitet hatte. Es war ebenso deprimierend wie beängstigend, leicht zu beeindruckende Heranwachsende die haßerfüllten Tiraden ausstoßen zu hören, mit denen sie die Gewalttätigkeiten rechtfertigten, die sie gegen die »nicht-arischen Feinde« begingen: gegen Juden, Asiaten, Latinos, Afro-Amerikaner, Homosexuelle.

»Bei Pico und Beverly-Fairfax handelt es sich um überwiegend von Juden bewohnte Gebiete«, fuhr Barry fort. »Und selbstverständlich sind die Anwohner über die geplante Parade empört. Ich habe volles Verständnis für ihre Einstellung, besonders da auch meine Frau und ich Juden sind. Ich nehme an, daß Ihnen das aus der Drohung klargeworden ist.«

Vor ihrem inneren Auge sah Jessie wieder die düstere Botschaft: »Der Engel des Todes hat Deine Vorfahren verschont . . .« Sie nickte.

»Aber das First Amendment garantiert meinem Klienten das Recht, die Parade abzuhalten«, fuhr er fort, »und ich habe darauf zu achten, daß dieses Recht nicht verletzt wird. Mitunter muß man seine Feinde verteidigen, um letztendlich sich selbst zu schützen.«

Wahrheit, Gerechtigkeit und die amerikanische Lebensart. Klingt wie eingeübt, dachte Jessie. Aber das mußte nicht heißen, daß es Lewis nicht aufrichtig meinte – nur, daß er diese Erklärung schon zahllose Male abgegeben hatte. Sie fragte sich, wie oft. Und gegenüber wem. Und warum sollte ausgerechnet ein jüdischer Anwalt die Rechte von Nazis verteidigen?

»Viele der Anwohner sind Überlebende des Holocaust«, fügte Sheila hinzu. »Und am zwanzigsten April ist auch Jom HaSchoah. Ich glaube, das sollte die Beamtin wissen, Barry.«

»Was ist Jom HaSchoah?« erkundigte sich Jessie bei Sheila.

»Der Holocaust-Gedenktag. Er wird jeweils am siebenundzwanzigsten Tag des jüdischen Monats Nisan abgehalten. Und der fällt in diesem Jahr auf den zwanzigsten April.«

Jessie hielt diese Information fest. »Haben Sie Ihre Klienten gebeten, den Termin der Parade zu verlegen, Mr. Lewis?«

Er nickte. »Aber sie entgegneten, es wäre sinnlos, Hitlers Geburtstag an einem anderen Tag zu feiern.«

»Wie sind diese Leute eigentlich auf Sie als Anwalt gekommen?«

»Sind sie gar nicht. Rita Warrens, die Direktorin der American Civil Liberties Union hier in Los Angeles, hat mich gebeten, den Fall zu übernehmen.«

»Obwohl Sie Jude sind?«

»*Weil* er Jude ist«, sagte Sheila.

»Das wissen wir nicht, Sheila.« Die müde Resignation in seinem Tonfall, fast ein Seufzen, deutete an, daß er diesen Satz nicht zum erstenmal sagte.

Jessie war dieser leidende Tonfall nicht unbekannt. Er hatte viele ihrer abschließenden Gespräche mit ihrem Ex-

Mann Gary begleitet. »Ihre Frau erwähnte Briefe, in denen auf Hitler hingewiesen wurde, Mr. Lewis. Von wem kamen sie?«

Er hob die Schultern. »Die meisten waren anonym. Manche kamen von Organisationen. Ich bin von unzähligen Menschen aus der jüdischen Gemeinde unter Beschuß genommen worden, bekam üble Briefe, Anrufe . . .«

»Und Sie haben sich nicht an die Polizei gewandt?«

»Nein. Ich nahm sie nicht allzu ernst.« Er nahm ein Bündel von Stoffmustern zur Hand und fächerte Rohseide in grauen und schieferblauen Farbtönen auf.

»Haben Sie noch einige dieser Briefe?«

Er schüttelte den Kopf. »Wie ich schon sagte, hielt ich sie nicht für besonders wichtig. Offengestanden war ich auch nicht allzu überrascht, sie zu erhalten. Vergessen Sie nicht, daß ich für die Gefühle der anderen Seite durchaus Verständnis habe.«

Für einen Anwalt nicht gerade korrekt, Dokumente fortzuwerfen. Ebensowenig, wie die Drohung mit den eigenen Fingerabdrücken zu versehen. »Wann haben Sie den ersten Brief bekommen?«

»Vor fünf Wochen. Gleich nachdem ich erstmals für meinen Klienten tätig geworden bin.«

»Und wohin kamen die Briefe? Hierher oder in Ihr Büro?«

»Hauptsächlich ins Büro. Einige wenige auch hierher. Manche ins Büro der American Civil Liberties Union.«

»Und die Anrufe?«

»Ähnlich. Unsere Privatnummer steht zwar nicht im Telephonbuch, aber wenn man zur jüdischen Gemeinde gehört, kommen Name und Telephonnummer leicht auf Listen. Wir spenden für den *United Jewish Appeal* und den *Jewish National Fund.* Wir kaufen israelische Obligationen.« Er warf die Stoffmuster auf den Tisch.

Philanthropie würde Lewis bei der jüdischen Gemeinde nun kaum noch Punkte einbringen, vermutete Jessie. »Ist bereits ein Termin für die Gerichtsverhandlung festgesetzt?«

Lewis nickte. »Am Mittwoch, dem vierten April.«

Nur noch zwei Tage. Kaum verwunderlich, daß die »Überredungsversuche« eskaliert waren. »Wir werden die Tür und die Drohung nach Fingerabdrücken untersuchen, aber das kann natürlich nur sinnvoll sein, wenn wir sie mit anderen Abdrücken vergleichen können.« Jessie spürte Lewis' Zögern. »Ich brauche die Namen derjenigen Leute, die Sie einer solchen Tat für fähig halten, um mit unseren Nachforschungen fortfahren zu können.«

Barry Lewis stützte die Ellbogen auf die Knie und beugte sich vor. »Darin kann ich keinen Sinn erkennen. Sie werden nie herausfinden, wer das getan hat. Hören Sie, ich bin zwar entsetzt und empört, aber eigentlich ist doch kein ernsthafter Schaden entstanden. Wir werden die Tür neu streichen lassen. Verglichen mit anderen Dingen, die man so hört, ist das hier belanglos.«

»Und was ist, wenn sie beim nächsten Mal eine Waffe mitbringen?« rief Sheila. »Du mußt diesen Fall niederlegen! Wir brauchen Schutz, Barry. Die Mädchen . . .« Ihre Augen füllten sich mit Tränen.

»Ich lasse mich weder einschüchtern noch erpressen.« Lewis' Stimme hatte eine metallische Schärfe.

»Dann nenne Detective Drake die Namen«, flehte sie mit bebender Stimme.

Er rückte ein wenig näher an seine Frau heran. »Sie reagieren doch nur ihre Frustration ab, Liebes«, erklärte er sanft. »Ich habe keine Lust, ihren Zorn dadurch zu schüren, daß ich sie verfolgen lasse.« Er legte ihr eine Hand auf die Schulter. »Und ich möchte vermeiden, daß daraus ein größeres Medienspektakel wird, daß die Situation weiter eskaliert. Das ist es doch, was sie wollen. Siehst du das denn nicht ein?«

Schweigen. Jessie wartete einen Augenblick, dann sagte sie: »Wenn Sie es sich noch einmal überlegen wollen, kann ich . . .«

»Sprechen Sie mit Joel Ben-Natan«, sagte Sheila.

»Großer Gott!« murrte Barry. Er nahm die Hand von der Schulter seiner Frau und fuhr sich seufzend durch die Haare.

»Wer ist Ben-Natan?« fragte Jessie. »Ein Rabbi?«

Sheila schüttelte den Kopf. »Er ist der Leiter des *Shield of Jewish Protectors.* Sie hatten ihren Sitz in Fairfax, aber ich hörte, daß sie umgezogen sind.«

»Gehören sie der JDL an?« Jessie hatte zwar noch nie jemanden von der *Jewish Defense League* kennengelernt, kannte aber die Organisation und deren militante Einstellung gegen jedes Anzeichen von Antisemitismus.

»Nein. Sie sind eine unabhängige Organisation.«

»Das sind Schläger«, sagte Barry Lewis. »Hartgesottene Punks, die auf Schlägereien aus sind. Auf ihre Art von Schutz können Juden verzichten.«

»Nicht jeder teilt deine Meinung«, erwiderte Sheila und wandte sich dann an Jessie. »Ben-Natan hat Barry telephonisch bedroht. Hier und im Büro.«

»Auf welche Weise hat er gedroht?«

»Wenn ich meinen Klienten nicht fallenlasse, würde ich schon sehen, was ich davon habe. Gott würde mich zur Verantwortung ziehen. Solches Zeug.« Er schnippte einen Fussel von seinen Hosen.

»Hat Sie das nicht beunruhigt?«

»Ben-Natan ist ein Mistkerl. Und was Gott anbelangt, so gehe ich mit Sheila und den Mädchen zwar an den hohen Feiertagen und auch sonst mehrmals im Jahr in die Synagoge, aber ich bin nicht besonders religiös. Trotzdem, ich denke, Er würde mir zustimmen. *Ich* weiß jedenfalls, daß ich das Richtige tue.«

Selbstsicherheit oder Pfeifen im Wald? »Wie alt ist Ben-Natan?«

»Mitte bis Ende Dreißig. Warum?«

Ich stelle hier die Fragen, hätte Jessie am liebsten gesagt. »Es könnte uns helfen, ihn aufzuspüren«, entgegnete sie mit oft geübter Höflichkeit. »Wer hat Ihnen sonst noch geschrieben?«

»Die *Anti-Defamation League*«, sagte Sheila, als ihr Mann nicht antwortete. »Und das *Jewish Federation Council* hat einen Brief geschickt, der von anderen jüdischen Organisationen sowie den meisten Rabbinern der Stadt unterzeichnet war.« Sie wartete ab, bis Jessie mit dem Notieren fertig war. »Auch das *Simon Wiesenthal Center* hat geschrieben – und der Direktor angerufen.«

»Sonst noch jemand?«

»Ein gewisser Ezra Nathanson hat ein paarmal an Barry geschrieben und ihn aufgefordert, sich mit ihm zu treffen. Seine Briefe trugen den Briefkopf einer Schule.« Sheila brach ab und runzelte nachdenklich die Stirn. »Ohr Torah«, sagte sie dann und buchstabierte den Namen. »Fremde haben uns geschrieben. Nachbarn haben uns auf der Straße angesprochen. Es war schrecklich.« Sie biß sich auf die Lippe.

Befanden sich diese Nachbarn jetzt draußen unter den Schaulustigen? Bewunderte gerade einer von ihnen sein oder ihr Werk? »Ist das alles?« fragte Jessie.

Sheila zögerte. Lewis sah seine Frau unverwandt an. »Mehr fällt mir nicht ein«, sagte sie endlich.

Jessie wandte sich Barry Lewis zu. »Können Sie noch etwas hinzufügen?«

»Die Aufzählung meiner Frau war ziemlich gründlich.

Falls ihr noch etwas einfällt, wird sie sich mit Sicherheit bei Ihnen melden.«

Jessie fand seinen ironischen Ton unangebracht. »Ihre Frau verhält sich absolut richtig, Mr. Lewis. Sie könnten sich in ernsthafter Gefahr befinden.«

»Das bezweifle ich.« Barry Lewis stand auf. »Vielen Dank für Ihr Kommen, Detective. Ich glaube, wir haben Ihre Zeit genügend in Anspruch genommen.«

Auch Jessie erhob sich. »Ich bleibe mit Ihnen in Verbindung. Lassen Sie es mich wissen, wenn Sie weitere Briefe bekommen. Und fassen Sie diese Briefe möglichst nicht an.« Sie wartete, bis er knapp nickte, und fügte dann hinzu: »Und heben Sie sie bitte auf, Mr. Lewis. Lassen Sie *uns* entscheiden, ob sie wichtig sind oder nicht.«

Lewis schürzte die Lippen und wandte sich dem Kamin zu.

Vermutlich hatte Barry Lewis recht, dachte Jessie, als sie den Raum verließ. Wahrscheinlich war der Davidsstern eher eine theatralische Geste als eine wirkliche Bedrohung. Doch andererseits spürte sie, daß Barry Lewis vermutlich stets davon ausging, daß er im Recht war.

Seine Frau tat ihr leid.

Drittes Kapitel

Yaffa Aloni war halbwach, als sie hörte, daß die Haustür geöffnet wurde. Sie rutschte zum Bettrand und griff unter die Matratze.

»Yoel? Bist du das?« Ihre Finger umfaßten die Pistole. »Joel?« rief sie wieder, diesmal die amerikanische Form des Namens verwendend.

»Ja.«

Sie sah zum Digitalwecker auf dem Nachttisch. Zehn nach zwölf. Sie stand auf und ging in die Küche. Er goß sich gerade ein Heineken ein.

»Warum kommst du so spät?« fragte sie und unterdrückte ein Gähnen. Fröstelnd schlang sie die Arme um sich.

»Ich mußte noch im Büro vorbei.« Er blickte sie an. »Du siehst müde aus. Geh wieder ins Bett.« Er wartete, bis sich der Schaum gesetzt hatte, goß nach, und ging dann mit Glas und Bierdose ins Wohnzimmer.

Yaffa folgte ihm und sah zu, wie er die Dose auf dem rechteckigen Tisch vor dem braunen Sofa absetzte. Es war sein Tisch, und auf ihm befanden sich bereits die Ringe anderer Bierdosen, dennoch wünschte sie, er würde einen Untersetzer oder eine Papierserviette benutzen. Aber sie wollte keinen Streit anfangen. Er war in der letzten Zeit so distanziert und angespannt – wegen der Parade, wie sie wußte –, und sie spürte, daß er sie bei der geringsten Provokation fortschicken würde. Sie wollte ihn nicht verlassen, obwohl sie sich mitunter, wie heute auch, fragte, warum sie eigentlich bleiben wollte.

Er setzte sich auf das Sofa und nahm einen tiefen Schluck Bier. Mit der anderen Hand griff er nach der Fernbedienung und schaltete den Fernseher ein. Kanal zwei.

Sie setzte sich neben ihn und zog die Beine unter sich. »Ist alles in Ordnung?«

Er antwortete nicht. Er schaltete Kanal vier ein, dann sieben, dann wieder vier. Nichts.

»Yoel?« Sie lehnte sich an ihn und fuhr ihm mit den Fingern durch die dichten braunen Locken. »Antworte mir.«

»Alles in Ordnung.« Er trank das Glas aus und füllte es wieder auf. »Entschuldige. Aber ich habe viel um die Ohren.«

Yaffas Lippen fuhren sanft seinen Nacken entlang. Sie drückte sich eng an ihn, und er fühlte ihre Brüste durch das dünne Nachthemd aus cremefarbener Seide, spürte ihr Verlangen. Er wußte, daß er sie in der letzten Zeit vernachlässigt hatte. Er wandte sich um und strich ihr mit einem Finger über die Lippen. Dann umfing er ihr Gesicht und küßte sie auf den Mund. »Nach der Werbung berichten wir über eine umstrittene Parade«, sagte die Moderatorin, und er zog sich wieder zurück und starrte auf den Bildschirm. Über der Moderatorin erschienen ein Hakenkreuz und ein Davidsstern.

Sein Magen verkrampfte sich. »Einen Augenblick«, sagte er. Während der Werbesendung streichelte er abwesend und stumm ihren Arm. Als die Moderatorin wieder auftauchte, beugte sich Yoel nach vorn. Er stützte sein Gesicht in die Hände, die Ellbogen auf die Knie.

». . . entstellten die Haustür von Sheila und Barry Lewis in Beverlywood.« Eine Aufnahme der weißen Tür mit dem blutroten Stern zuckte über den Bildschirm.

Yoel grinste. »Sauber. Sehr sauber.«

Yaffa zog scharf den Atem ein. »Hast du das getan, Yoel?«

». . . Mr. Lewis hat jede Stellungnahme abgelehnt«, fuhr die Moderatorin fort, »aber Channel Four erfuhr dennoch, daß dieser Vandalismus vermutlich mit der Parade zusammenhängt, die von einer Gruppe von Neonazis für den zwanzigsten April geplant ist. Mr. Lewis, ein Anwalt der Kanzlei Haus, Berkman, Lowell und Lowell, vertritt die American Civil Liberties Union . . .«

»Mamsejrim«, zischte er auf Hebräisch. »Bastarde, alle von ihnen.«

»Wir bleiben dran«, sagte die Nachrichtensprecherin. »Morgen abend sehen Sie den zweiten Teil einer fünfteiligen Serie . . .«

»Hast du?« fragte Yaffa erneut.

»Wir bleiben dran, Mr. Lewis«, versprach Yoel und prostete dem Bildschirm mit seinem Bierglas zu.

Viertes Kapitel

»Wir waren übereingekommen, keine Namen zu nennen.«

Es waren seine ersten Worte, seit die Polizeibeamtin vor mehr als einer Stunde das Haus verlassen hatte. Sheila war nach oben gegangen, um noch einmal nach den Mädchen zu sehen, und als sie dann ins Schlafzimmer kam, lag er bereits im Bett und hatte das Licht ausgeschaltet.

»Ich möchte, daß du diesen Fall abgibst«, erwiderte sie und bezog ihren Mut aus der Dunkelheit. »Diese Neonazis hassen dich. Sie hassen mich, sie hassen die Mädchen. Wenn es nach ihnen ginge, wären wir alle in Konzentrationslagern.«

»Denkst du, das wüßte ich nicht?« Barry setzte sich halb auf. »Ich verabscheue meine Klienten, Sheila. Ich verabscheue die Vorstellung, daß sie in jüdischen Wohngebieten demonstrieren wollen. Verdammtnochmal, meine Eltern sind Überlebende des Holocaust! Aber wer sind die nächsten, wenn wir erst einmal die Rechte einer Gruppe beschnitten haben? Schwarze? Juden?«

»Es gibt noch andere Anwälte, Barry. Laß einen von ihnen diesen Fall übernehmen.«

»Das kann ich nicht. Und das will ich auch nicht.«

Sie schwieg und lauschte auf das leise Zischen der Klimaanlage. »Und wenn du dich nun irrst, Barry?« fragte sie schließlich. »Was ist, wenn dein First Amendment hier nicht anzuwenden ist? Ich habe mit einigen Leuten gesprochen. Sie glauben . . .«

»Seit wann bist du eine Expertin für Verfassungsrecht?«

Er ließ sich so abrupt zurückfallen, daß die Matratze erbebte.

Die Heftigkeit ihrer Verärgerung überraschte sie. Er war so störrisch selbstgerecht, so selbstgefällig in seiner Überzeugung, daß sie ihn am liebsten geschüttelt hätte. Sie ballte die Hände zu Fäusten, daß sich die Fingernägel in ihre Haut bohrten. »Du hast die Richtlinien der American Civil Liberties Union unauslöschlich verinnerlicht, was?«

»Das sind keine Richtlinien, verdammtnochmal! Ich kann mir nichts Wichtigeres denken als das First Amendment.«

»Nicht einmal deine Familie?«

»Hör doch auf, Sheila! Ich brauche mir diesen Mist nicht auch noch von dir anzuhören!«

»Du hast diesen Fall freiwillig übernommen, stimmt's? Wolltest du Haus, Berkman, Lowell und Lowell einen Gefallen tun, den weißen, englischen, protestantischen Partnern in deiner weißen, englischen, protestantischen Kanzlei? Wolltest du beweisen, daß dich dein Judentum nicht davon abhält, unverbrüchliche Loyalität zu zeigen? Sie sind doch alle Mitglieder in der ACLU, oder?«

»Ja, das sind sie.« Er beugte sich über sie. »Ich bin verpflichtet, auf die Einhaltung verfassungsmäßiger Rechte zu achten. Und ich bin verpflichtet, mich der Kanzlei gegenüber loyal zu verhalten. Haus, Berkman, Lowell und Lowell bezahlen unsere Rechnungen«, zischte er. »Sie zahlen für die Ausbildung der Mädchen am Crossroads. Sie haben deinen Luxus und deine Juwelen bezahlt.« Er griff nach ihrem Diamantenarmband. »Sie haben den Stutzflügel und die neue Küche ebenso bezahlt wie den Innenarchitekten, der dir die Stoffmuster anschleppt, damit deine Vorhänge zu deinen Zehntausend-Dollar-Sofas passen.«

»Das alles brauche ich nicht. Nicht auf Kosten unserer Sicherheit.«

»Wirklich nicht?« Er schwieg kurz und fügte dann hinzu: »Nun, auf jeden Fall ist es jetzt zu spät, das alles zurückzugeben, oder?«

Sie verabscheute ihn dafür, daß er recht hatte, verabscheute sich selbst. »Und was ist . . . was ist, wenn sie den Mädchen etwas antun?«

»Das werden sie nicht.« Er zog sie an sich. »Ich muß wissen, daß du auf meiner Seite stehst, Sheila.«

Er war immer so selbstsicher. Immer im Recht. »Natürlich bin ich auf deiner Seite, Barry.« Sie wußte, daß sie ihm eigentlich sagen sollte, daß sie ihn liebte, aber dessen war sie sich nicht sicher. Nicht mehr. Dafür empfand sie zu viel Zorn und Angst. Er setzte sie alle einer furchtbaren Gefahr aus.

Er küßte sie auf das Grübchen an ihrem Schlüsselbein, dann auf die Lippen. Sie legte ihre Arme um seinen Nakken, spürte, wie seine Hände ihre Brüste liebkosten und beschloß, daß sie ihn töten würde, wenn den Mädchen irgend etwas zustieß.

Fünftes Kapitel

»Setzen Sie sich, Drake«, nuschelte Lieutenant Karl Espes, ohne von den Papieren auf seinem Schreibtisch aufzublikken.

Jessie hockte sich auf den beigefarbenen Vinylstuhl und wartete schweigend darauf, daß Espes mit dem Durchblättern der Unterlagen fertig wurde.

Es kam ihr noch immer seltsam vor, Espes hinter dem Schreibtisch zu sehen, der vor einem knappen Monat noch Lieutenant Jack Kalish gehört hatte. Kalish hatte sich unbefristet beurlauben lassen, um seine Frau nach einem leichten Schlaganfall pflegen zu können. Jedermann vom West L.A. – Jessie eingeschlossen – hatte damit gerechnet, daß Bernard Morales aus ihrem Bezirk Kalishs Nachfolger wurde, aber statt dessen war Espes aus Foothill berufen worden.

Schon äußerlich hätte es keinen größeren Gegensatz geben können. Kalish war hochgewachsen und eckig, mit klugen braunen Augen und ergrauendem dunklen Haar. Espes war breiter, aber kleiner – um die einsachtzig – und hatte hellbraunes, kurzgeschorenes Haar. Er hatte schmale braune Augen und scharfe, spitze Zähne, die Jessie an ein Nagetier erinnerten. Als sie das ihrem Kollegen Phil Okum gegenüber erwähnt hatte, meinte der, sie könne sich nur nicht umgewöhnen, sollte Espes aber dennoch eine Chance geben. Vermutlich hatte Phil recht.

Espes ordnete einen Papierstapel und beschwerte ihn mit einem Klammeraffen. »Berichten Sie von dem Fall Lewis.«

Jessie schilderte ihre Unterhaltung mit Barry und Sheila Lewis. Beschrieb den Zustand der Haustür, das Drohschreiben. »Im Grunde ist das schon alles.«

»Und welchen Eindruck haben Sie?« Er nahm einen Stift und rollte ihn zwischen den Handflächen hin und her.

»Lewis könnte recht haben. Das Schreiben und die rote Farbe sind theatralisch – vielleicht allzu theatralisch. Das Schreiben ist böse, aber immerhin in Frageform gehalten. ›Wird er auch Dich verschonen?‹ heißt es da, nicht ›Dich wird er nicht verschonen.‹ Dennoch denke ich, daß jemand von CAPS Ben-Natan und die anderen unter die Lupe nehmen sollte.«

Espes schüttelte den Kopf. »Es ist Ihr Fall. Sie werden ihn weiter bearbeiten.«

Jessie zögerte einen Moment. »Es ist kein Mord, Lieutenant«, sagte sie dann.

Der Stift kam zur Ruhe. Seine Augen wurden schmal. »So?«

Jessie wog ihre Worte sorgsam ab. »Bei einem wirklichen Mordfall könnte ich von größerem Nutzen sein. Wir haben jede Menge alte Fälle aufzuarbeiten, und in dieser Woche sind bereits drei neue Todesfälle hinzugekommen. Und es ist erst Dienstag.«

Espes studierte ihr Gesicht. »Mir ist unsere Arbeitsüberlastung vollauf bewußt, Detective. Auch ist mir keineswegs entgangen, welchen Wochentag wir heute haben.«

»Selbstverständlich. Entschuldigen Sie.« Sie errötete.

Er nickte und brachte den Stift wieder zum Rollen. »Ich habe viel Gutes über Sie gehört. Vor einem halben Jahr haben Sie dazu beigetragen, diesen geisteskranken Serienmörder dingfest zu machen. Erhielten eine Empfehlung von Chief Hanson und eine Belobigung vom Bürgermeister.« Er lächelte. »Fehlt Ihnen das Sonderdezernat?«

Sie schüttelte den Kopf. »Eigentlich nicht.« Die Arbeit im Parker Center, dem Polizeipräsidium von L.A., war aufregend gewesen, und es hatte entscheidende Vorteile gegeben – ein Auto zu ihrer ständigen Verfügung, keine Notwendigkeit, alle paar Stunden zum Rapport zu erscheinen, unmittelbaren Zugang zu Akten und Informationen. Und nach gewissen Anfangsschwierigkeiten hatte sie die Zusammenarbeit mit Detective Frank Pruitt genossen. Aber sie hatte auch Phil und die anderen Kollegen vom West L.A. vermißt.

»Die Presse mochte Sie. Konnten ihre Kameras kaum von Ihrem Gesicht wenden. Nett.« Er nickte. »Ist das ein Abstieg für Sie? Ein bißchen langweilig? Fehlt Ihnen das Rampenlicht?«

Ihre Handflächen fühlten sich plötzlich ganz feucht an. »Nein, Sir.«

Er legte den Stift auf die Schreibtischplatte. »Der Fall

Lewis mag Ihnen vielleicht unbedeutend erscheinen, aber diese Leute verdienen Ihre Hilfe. Und der jüdische Bezug hat das Interesse der Medien erregt. Die Geschichte war in den Elf-Uhr-Nachrichten. Und heute ist etwas im *Metro.* Das heißt, daß ich jemanden brauche, der gut mit der Presse auskommt. Jemanden wie Sie.« Er machte eine kurze Pause und fügte dann hinzu: »Das ist ein Kompliment, Detective.«

War es das? »Vielen Dank.«

»Vielleicht ist an der Drohung tatsächlich nichts dran. Ich möchte aber, daß Sie mit Ben-Natan, Nathanson und den Rabbinern sprechen. Sind Sie damit einverstanden, Detective?«

Er schikanierte sie. Warum? »Selbstverständlich, Sir. Werde ich an diesem Fall mit Detective Okum zusammenarbeiten?«

Espes hob den Kopf. »Ein Detective Ihres Formats kann einen Fall wie diesen sicherlich allein bewältigen. Und wie Sie selbst ausgeführt haben, ist die Mordkommission mit Arbeit überlastet. Gibt es da für Sie irgendwelche Probleme?«

»Keine Probleme, Sir.« Was zur Hölle war *Espes'* Problem?

»Haben Sie einen Bericht geschrieben, Drake?«

»Noch nicht.« Sie war erst um ein Uhr nachts nach Hause gekommen, und jetzt war es gerade zehn Minuten nach acht Uhr. Im Gegensatz zu Espes hatte sie keine Zeit gehabt, Zeitungen zu lesen oder fernzusehen. »Das werde ich jetzt tun.«

»Gut.« Espes lächelte. »Sie halten mich auf dem laufenden?«

Sie stand auf. »Selbstverständlich, Sir.«

Eindeutig ein Nager, dachte sie, als sie durch den großen Raum auf ihren Platz zuging. Am liebsten hätte sie ihre

Handtasche auf den Schreibtisch geknallt, aber die Jalousetten zu Espes' Glaskäfig waren hochgezogen, und sie spürte, daß er sie mit seinen glänzenden Knopfaugen beobachtete.

Ihr Kollege stand vor der Reihe grüner Aktenschränke am entgegengesetzten Ende des Raums und unterhielt sich mit zwei Detectives vom Diebstahlsdezernat. Mit seinen einsfünfundachtzig war Phil Okum ein großer, gut proportionierter Mann mit Walroßschnurrbart, frischroten Wangen und abstehenden Ohren. »Dein ganz persönlicher Teddybär«, wie er Jessie mehr als einmal verkündet hatte.

Jetzt brauchte sie einen. Dringend. »Hey, Phil«, rief sie leise.

Er drehte sich um und lächelte sie an. In einer Hand hielt er seinen unvermeidlichen Kaffeebecher, in der anderen ein »Blaues Buch«, eine der Lose-Blatt-Sammlungen mit Berichten und Fotos zu Mordfällen. Er hob grüßend den Becher und kam auf sie zu.

»Ich habe gekleckert«, verkündete er heiter, als er bei ihr angekommen war. »Ich gieße mir immer zu voll ein.«

»Das merkt doch kein Mensch.« Der braunbeigefarbene Teppichboden schluckte fast jeden Fleck. »Ich habe gerade mit Espes gesprochen.« Sie ließ sich in ihren Sessel fallen.

»Ziemlich kalt heute. Im Radio sagten sie, es bestünde eine fünfzigprozentige Chance auf Regen.« Er legte das Blaue Buch auf seinen Schreibtisch und nahm einen Schluck Kaffee. »Also, was gibt's?«

»Mein neuer Fall. Ein Ehepaar aus Beverlywood rief gestern abend an, und Espes hat mich hingeschickt. Auf ihre Haustür war ein Davidsstern geschmiert und . . .«

»Hab's im Radio gehört.« Phil runzelte die Stirn. »Aber das ist doch nichts für die Mordkommission.«

Jessie berichtete in knappen Worten über ihr Gespräch

mit Espes und fügte hinzu: »Ich weiß nicht, warum er mir so zusetzt.«

»Krach mit seiner Freundin? Einfach miese Laune?« Er zuckte die Schultern. »Kaffee?« Er hob einladend seinen Becher. »Schmeckt heute ganz erträglich. Muntert dich vielleicht ein bißchen auf.«

»Vielen Dank, Phil«, entgegnete sie und griff nach einem Blatt Papier, um mit ihrem Bericht zu beginnen. Es gab inzwischen zwei Computer im Büro, aber sie benutzte sie kaum. Phil kam nicht ohne sie aus: Seine Handschrift war nahezu unleserlich. »Du weißt doch, daß ich das Zeug nicht ausstehen kann.« Mitunter hatte Jessie das Gefühl, der einzige Mensch in ganz Los Angeles zu sein, der keinen Kaffee trank. Ihre Eltern tranken Kaffee. Ihre Schwester Helen tat es. Ihr Ex-Mann, der Polizeireporter, tat es – Jessie hatte Gary die Mr.-Coffee-Maschine überlassen, die sie als Hochzeitsgeschenk erhalten hatten.

Auch Frank Pruitt mochte Kaffee, aber Jessie war nicht geneigt, in eine neue Kaffeemaschine zu investieren, bevor sie genauer wußte, was aus ihrer Beziehung wurde. Bei ihrer Heimkehr gestern abend war er nicht mehr dagewesen. Das hatte sie zwar erwartet, aber dennoch eine gewisse Enttäuschung empfunden. Und heute früh hatte er noch nicht angerufen.

»Vielleicht neidet dir Espes deine Erfolge.« Phil nahm einen weiteren Schluck Kaffee.

Jessie hob überrascht die Brauen. »Wie kommst du denn darauf?«

»Seit du im Parker Center gearbeitet hast, kennt man dich. Auch wichtige Leute wie Chief Hanson. Vielleicht denkt Espes, du willst dich aufspielen, weil du so etwas wie eine Berühmtheit bist.«

»Aber das ist doch Unsinn. Dieser Fall sollte von CAPS bearbeitet werden, Phil. Und Espes weiß das. Aber er erzählte mir, daß meine früheren Beziehungen zur Presse sehr hilfreich sein könnten!« Sie brach ab. »Seit er hier ist, bin ich ihm nie anders als freundlich entgegen gekommen. Ich habe nicht um Begünstigungen gebeten.«

Phil hob abwehrend die Hand. »Renn doch keine offenen Türen ein, Jess. Ich sage dir nur, was Espes vielleicht denken könnte. Aber ich bin sicher, daß das nur vorübergehend ist. Wenn du dich ohne Murren an seine Anweisungen hältst, wird er sich schon entspannen.«

»Vielleicht.« Aber sie hatte nicht die Absicht, mit ihrer Meinung hinter dem Berg zu halten. »Hast du schon mal was von einer Gruppe gehört, die sich ›Shield of Jewish Protectors‹ nennt?« wechselte sie dann das Thema.

»Nein. Müssen neu sein. Setzen die Lewis zu?«

»Yeah.« Jessie berichtete Phil, was sie von Sheila Lewis erfahren hatte. »Sie hat mir auch noch andere Namen genannt.«

»Warum hat Lewis eigentlich etwas dagegen, die Leute zu verfolgen, die seine Tür dekoriert haben?«

Sie hob die Schultern. »Er sagte, er wolle kein zusätzliches Medieninteresse erregen, die Situation nicht weiter eskalieren lassen . . .«

»›Eskalieren‹ hat er gesagt?« Phil grinste. »Also ein piekfeiner Anwalt.«

»Bei einer piekfeinen Kanzlei«, lächelte Jessie. »Vielleicht hat Lewis Gewissensbisse. Es ist ja nicht alltäglich, daß ein Jude Neonazis verteidigt.«

»Hat er auf dich schuldbewußt gewirkt?«

Sie dachte einen Augenblick lang nach. »Eigentlich nicht. Aber vielleicht wollte er es mir nicht zeigen. Oder er verdrängt seine wahren Gefühle.« Mit dem Verdrängen von Empfindungen kannte sie sich aus. Sie hatte es ihre ganze Kindheit hindurch getan, und dann später auch während ihrer dreijährigen Ehe mit Gary. Inzwischen wußte sie, daß das einer der Gründe war, weshalb ihre Ehe gescheitert war. Sie war entschlossen, das in ihrer Beziehung zu Frank nicht zu wiederholen.

»Dieser Psychokram ist zu hoch für mich«, erklärte Phil. »Das überlasse ich dir und meiner Frau. Maureen kommt mir und den Jungen auch immer ganz psychologisch. Aber wir lieben sie trotzdem.« Lächelnd trank er den Rest seines Kaffees. »Ich muß hinunter ins Archiv. Sei brav zu Espes, bis ich wieder da bin.«

Sie sah ihm nach, wie er mit seinem Kaffeebecher den Raum verließ, und begann dann, ihren Bericht zu schreiben. Nach ein paar Minuten griff sie zum Telephon und tippte die Nummer, die sie inzwischen auswendig kannte.

»Dezernat für Raubüberfälle, Yaeger am Apparat.«

»Frank Pruitt, bitte.«

»Pruitt hat heute frei. Möchten Sie eine Nachricht hinterlassen?«

»Nein, vielen Dank.« Jessie legte auf. Von einem freien Tag hatte Frank nichts gesagt. Vermutlich unternahm er irgend etwas mit den Jungen. Mit oder ohne Rona, fragte sie sich plötzlich.

Dann rief sie Central Division an, um sich bei ihrer Freundin Brenda Royes über Espes zu beklagen, erfuhr aber, daß sie dienstlich unterwegs war. Jessie hinterließ eine kurze Nachricht und fuhr dann mit ihrem Bericht fort. Als sie fertig war, streckte sie ihre verkrampften Finger, las die vier Seiten noch einmal und verglich die Formulierungen mit ihren Notizen. Zufrieden mit ihrer Arbeit lehnte sie sich zurück. Der Bericht war knapp, gründlich, präzise. Dennoch würde Espes mit Sicherheit etwas daran auszusetzen haben.

Sei nicht so zickig, sagte sie sich. Vielleicht war seine Bemerkung bezüglich der Presseverbindung ja richtig. Sie las den Bericht noch einmal und rief sich die Spannung im

Haus der Lewis' in Erinnerung, Sheila Lewis' Drängen und die arrogante Nonchalance ihres Mannes. Typisch für einen Anwalt.

Und wieder fragte sie sich, warum er so sorglos mit dem Drohschreiben umgegangen war, warum er die Briefe fortgeworfen hatte, mit denen gegen seine Unterstützung der Parade zu Hitlers Geburtstag protestiert worden war, und warum er so erbost gewesen war, als seine Frau ihr die Namen möglicher Täter genannt hatte.

Aber Sheila hatte ihr nicht alle Namen genannt. Das Zögern der Frau war Jessie ebensowenig entgangen wie die schweigenden Anweisungen ihres Mannes.

Sie fragte sich, welche Namen Sheila Lewis für sich behalten hatte.

Sechstes Kapitel

Der *Shield of Jewish Protectors* schien wie vom Erdboden verschwunden zu sein, und mit ihm Joel Ben-Natan. Unter der Nummer des *Shield* wurde mitgeteilt, daß der Anschluß nicht mehr bestand, und bei der Auskunft erfuhr Jessie, daß es für einen Joel Ben-Natan keinen Eintrag gab. Möglicherweise hatte er eine Geheimnummer. Dazu gingen neuerdings immer mehr Leute über. Und im Falle Ben-Natans wäre das angesichts seines Bekanntheitsgrades und seiner umstrittenen Aktivitäten nicht unklug.

Jessie stand auf und setzte sich vor einen der beiden Computer, die auch Zugang zu den Daten anderer Behörden gewährten. Nach allem, was Barry Lewis gesagt hatte, konnte man durchaus schließen, daß Ben-Natan in irgendeiner Form straffällig geworden war. Allerdings konnte Jessie nicht nach ihm forschen, so lange sie nicht sein Geburtsdatum kannte. Sie wußte nur sein ungefähres Alter. Mitte bis Ende Dreißig, hatte Barry Lewis gesagt.

Das war der ermüdende Teil polizeilicher Aufklärungsarbeit, der Teil, der in *Hill Street Blues* nie gezeigt wurde. Mit einem stillschweigenden Dank an Lieutenant Espes rief Jessie die Namendatei der Kraftfahrzeugbehörde auf, gab »Joel Ben-Natan, Alter fünfunddreißig« ein und wartete.

Ben-Natan war kein alltäglicher Name, aber sie befürchtete dennoch, daß der Rechner mit der Nachricht »Eingabe zu ungenau« beantwortete. Aber zu ihrer Überraschung erschienen Sekunden später acht Namen mit den zugehörigen Wohnorten auf dem Bildschirm. Sie wiederholte ihre Suche, indem sie Ben-Natans Alter zunächst mit dreißig, dann noch einmal mit vierzig angab. (Die CALOP registrierte die Namen in Altersabständen von fünf Jahren.) Als sie damit fertig war, konnte sie ihrer Liste vierzehn weitere Ben-Natans hinzufügen.

Und dann stellte sie fest, daß sie verdammtes Glück hatte: siebzehn der Männer konnte sie wieder streichen. Sie lebten weit außerhalb des Großraums Los Angeles, etliche sogar nördlich von San Francisco. Von den verbleibenden Ben-Natans wohnte einer in Santa Monica, einer in Beverly Hills, einer in West L.A., der vierte in North Hollywood und der fünfte in Van Nuys. Sheila Lewis hatte zwar Fairfax genannt, war aber nicht sicher gewesen, ob die Organisation – oder Ben-Natan – dort noch ansässig war.

Jessie schaltete sich in die Führerscheindatei ein. Sie zeigte eine Kopie der Vorderseite des jeweiligen Führerscheins ohne Photo. Darüber hinaus waren Hinweise auf etwaige Verkehrsvergehen und Unfälle ebenso vermerkt wie das Datum des Vergehens, die Zulassungsnummer des betreffenden Autos sowie das Datum der Gerichtsverhandlung, falls es zu einer solchen gekommen war.

Jessie gab die ersten drei der fünf Ben-Natans sowie ihre

Wohnorte ein und ließ sich die entsprechenden Informationen ausdrucken. Der dritte Joel Ben-Natan, der aus Santa Monica, hatte diverse Verkehrsvergehen auf dem Kerbholz. Vielleicht war er ihr Mann. Oder erlag sie da dem Vorurteil, daß jemand, der Barry Lewis verbal bedrohte, auch in anderer Weise rücksichtlos sein mußte?

Sie gab den vierten Namen ein.

»Ein Anruf für dich, Jess«, rief ihr Phil zu.

Die Informationen erschienen auf dem Monitor. »Wer ist es?« rief sie zurück, ohne sich umzudrehen. Phil reagierte nicht. Jetzt wirbelte sie herum, sah, daß Espes in der Tür zu seinem Glaskäfig stand und begriff. Ein privater Anruf – Phil wollte nicht, daß Espes das mitbekam.

Frank? »Bin sofort da.« Jessie ließ sich die letzte Information ausdrucken, beendete ihren Ausflug in die Datengefilde der Verkehrsbehörde, kehrte mit den fünf Ausdrucken an ihren Schreibtisch zurück, zwang sich im Vorübergehen zu einem Lächeln für Espes und nahm den Hörer auf. »Detective Drake.«

»Hi, Jess.«

»Hi, Helen«, sagte Jessie leicht enttäuscht zu ihrer Schwester. »Was gibt's?« Sie klemmte den Hörer zwischen Schulter und Wange und überflog den ersten der fünf Papierbögen.

»Ich wollte nur wissen, wie es dir geht. Aber du scheinst sehr beschäftigt zu sein. Vielleicht ist es besser, wenn ich dich am Abend zu Hause anrufe.« Ihre Stimme klang eindeutig gekränkt.

Du bist einfach zu empfindlich, Helen, sagte Jessie bei sich, machte sich dann aber klar, daß sie wirklich abweisend reagiert hatte. Weil Espes sie beobachtete? Oder weil Helen nicht Frank Pruitt war? »Ich bin zwar ziemlich beschäftigt, aber eine Minute habe ich. Ist alles in Ordnung?« Sie hoffte, daß keine Krise der Grund des Anrufs war. Helen steckte häufig in kleineren Krisen.

»Aber ja. Neil ist am Wochenende zu einer Konferenz in Tucson. Er möchte, daß ich am Sonnabend zu ihm komme.«

»Aber das hört sich ja großartig an.« Es war ein gutes Zeichen. Vor einigen Monaten hatte es einen Zeitpunkt gegeben, an dem Jessie befürchtete, Neil würde Helen verlassen, um nach Winnetka, Illinois, zurückzukehren. Und ihren achtjährigen Sohn Matthew mitnehmen. Offenbar hatten sich die Stunden bei der Familienberatung gelohnt. Gott sei Dank. Unbewußt begann Jessie, mit den Fingern auf der Schreibtischplatte zu trommeln.

»Das Problem ist nur, daß ich nicht weiß, wer bei Matthew bleibt, Jess. Corinne, an die er gewöhnt ist, hat keine Zeit. Sie sagt zwar, sie hätte eine zuverlässige Freundin, aber die kennt Matthew noch nicht, und ich weiß wirklich nicht, ob . . .«

»Soll ich mich um ihn kümmern?« Jessie hatte Matthew sehr gern. Sie war ihm sehr nahe gekommen, als er mit Helen einige Monate lang bei Jessie gewohnt hatten. Und nachdem Helen und Neil vor drei Monaten nach Los Angeles gezogen waren, hatte sich ihre Beziehung weiter vertieft.

»Ich möchte es dir nicht aufbürden.«

Warum rufst du dann an? Jessie schüttelte lächelnd den Kopf. Warum konnte Helen nie offen sagen, was sie wollte? »Ich würde es gern tun. Wir werden viel Spaß miteinander haben.« Frank würde das Wochenende vermutlich mit seinen Söhnen verbringen. Vielleicht konnten sie auch alle gemeinsam etwas unternehmen. Oder war es dafür noch zu früh?

»Hast du am Wochenende keinen Dienst?«

»Höchstwahrscheinlich nicht.« Es sei denn, sie müßte bei Sheila und Barry Lewis den Babysitter spielen. »Falls wider

Erwarten etwas dazwischen kommt, kann ich ihn immer noch bei den Paiges lassen.« Das Ehepaar Paige, Nachbarn von Jessie, hatte einen Sohn in Matthews Alter, und die beiden Jungen kamen gut miteinander aus.

»Vielen Dank, Jess. Am späten Sonntag sind wir wieder da.«

»Überhaupt kein Problem.« Sie wußte, daß Espes sie beobachtete. Sie spürte seine Blicke in ihrem Rücken. »Aber jetzt muß ich Schluß machen, Helen. Die Einzelheiten können wir später besprechen. Gib Matthew einen dicken Kuß von mir.«

Sie legte den Hörer auf die Gabel zurück, dachte über Helen, Neil und Matthew nach, schüttelte dann aber entschlossen den Kopf. Konzentriere dich auf Joel Ben-Natan, sagte sie sich energisch und studierte die fünf Ausdrucke. Noch immer erregte Ben-Natan aus Santa Monica ihr größtes Interesse, der mit den vielen Verkehrsvergehen. Sie ging an den Rechner zurück, rief das Strafregister von Los Angeles auf, gab seinen Namen und sein Geburtsdatum ein und wartete.

Der Bildschirm blieb leer, dann erschien die Mitteilung: »Kein Eintrag«. Soviel zu Vorurteilen. Jessie lächelte. Dann gab sie die nächsten beiden Namen und Geburtsdaten ein. Wieder nichts. Sie versuchte es mit den Daten des vierten Ben-Natan und wurde mit einem Monitor voller Informationen belohnt.

Der sechsunddreißigjährige Joel Ben-Natan aus North Hollywood hatte ein höchst interessantes Vorleben. In einem Zeitraum von fünf Jahren war er unzählige Male festgenommen worden, hauptsächlich wegen Ruhestörung, Teilnahme an widerrechtlichen Versammlungen und weil er sich geweigert hatte, der Aufforderung, sich zu entfernen, Folge zu leisten. Alles belanglose Straftaten. Pipi-Kram. Für das erste Vergehen hatte er einen Klaps auf die Finger und Bewährung bekommen. Für das nächste, sechzehn Monate später, zwei Nächte im örtlichen Gefängnis und dreihundert Dollar Buße. Vor einem Jahr war er wegen einer unerlaubten Versammlung und ruhestörenden Lärms festgenommen worden. Der Richter hatte die Kaution auf fünfhundert Dollar festgesetzt, Ben-Natan zu tausendzweihundert Stunden gemeinnütziger Arbeit und vier Monaten Haft an den Wochenenden verurteilt.

Wenn Ben-Natan für den Davidsstern an der Haustür der Familie Lewis verantwortlich war, hatte er die Strafen nicht gerade ernstgenommen.

Oder er betrachtete die Tat als gemeinnützig.

Jessie rief bei der Einwohnerbehörde an und erfuhr dort, daß dieser Joel Ben-Natan aus North Hollywood tatsächlich mit dem *Shield* in Beziehung stand. Sie bat darum, ihr ein Paßfoto zu faxen. Eine Minute später hielt sie es in den Händen. Die Kopie war nicht allzu scharf, aber sie erkannte dunkles, lockiges Haar, ein entschlossenes Kinn und große Augen, die sie fast herausfordernd anblickten. Alles in allem ein gutaussehendes Gesicht und kein schlechtes Photo, wenn man den Streifen unterhalb des Kinns übersah, auf dem die Identifizierungsnummer stand.

Von der Einwohnerbehörde erfuhr Jessie auch Ben-Natans Telephonnummer. Sie wußte zwar nicht, ob sie noch aktuell war, aber die ersten drei Zahlen – 818 – paßten zu North Hollywood. Falls sie nicht mehr stimmte, und wenn er eine Geheimnummer besaß, könnte ihr das OCID im Parker Center weiterhelfen, die Abteilung zur Abwehr organisierten Verbrechens – obwohl das tagelang dauern würde, wie sie aus Erfahrung wußte.

Sie griff zum Telephon und wählte. Nach dreimaligem Klingeln meldete sich eine Frauenstimme.

»Könnte ich bitte mit Joel Ben-Natan sprechen?« fragte Jessie.

»Nein. Er kommt erst morgen zurück. Mit wem spreche ich?«

Immerhin war es die richtige Nummer. »Eine Bekannte.« Die Frau klang verschlafen und hatte einen Akzent, den Jessie nicht genau einordnen konnte. Nahöstlich oder europäisch, entschied sie.

»Was für eine Bekannte?« Unvermittelt wurde die Stimme scharf und hellwach. »Wer ist denn da?«

War das Wachsamkeit? Oder Eifersucht, weil eine andere Frau Joel anrief? Die Informationen der Einwohnerbehörde hatten keine Ehefrau erwähnt. War sie seine Freundin? Seine Schwester? Seine Mitarbeiterin?

»Ich rufe wieder an«, versprach sie.

Oder vielleicht würde sie einfach bei ihm vorbeischauen. Die Verblüffung würde Ben-Natan zu dem Geständnis veranlassen, den Davidsstern gemalt und das Drohschreiben verfaßt zu haben. Sie würde ihn in Handschellen zum West L.A verfrachten und Espes übergeben, der ihr wohlwollend Komplimente über ihre Findigkeit machen und sie wieder an die Lösung von Mordfällen gehen lassen würde.

Yeah, bestimmt. Lächelnd legte Jessie auf.

Siebtes Kapitel

»Ich muß los«, sagte Morris Lewis. »Ist mein Lunchpaket fertig?«

»Im Kühlschrank.« Rose stellte die beiden Cornflakes-Schüsseln auf das weiße Abtropfbrett und drehte den Wasserhahn zu. Sie trocknete sich die Hände ab und bemerkte aus dem Augenwinkel, daß ihr Mann den Inhalt seiner Lunchtüte begutachtete. Sie lächelte.

»Kein Kuchen?« wollte er wissen.

»Den hattest du zum Frühstück.«

Er hob die Schultern. »Nur ein kleines Stück.«

Auch sie hob die Schultern.

»Ich werde kurz gehalten wie im Gefängnis«, murrte er gutmütig. »Wie sehe ich aus?«

Diese Frage hatte er an den meisten Tagen ihrer achtundvierzigjährigen Ehe gestellt. Obwohl er sich seiner Kraft und Gesundheit rühmte, hatte er die körperliche Spannkraft seiner Jugend längst verloren. Seine Schultern fielen herab, sein Bauch war gerundet. Und seine früher braunen Haare schimmerten inzwischen fast weiß. Aber sie gab ihm die Antwort, die sie stets gab. Die Antwort, die für sie immer noch zutraf.

»Einfach prachtvoll!« Rose lächelte wieder, und die Falten um ihre liebevollen braunen Augen und den Mund vertieften sich.

Sie richtete den Knoten seiner Krawatte und glättete die Schultern seines anthrazitfarbenen Sportsakkos. Nie ging er ohne Sakko und Hut zur Arbeit, aber sobald er in ihrer Firma für Tischler- und Heimwerkerbedarf eintraf, verschwand beides im Schrank. Die Krawatte blieb. Rose küßte ihn auf die Wangen.

»Du riechst gut«, sagte Morris. »Etwas Neues?«

Sie nickte. »Calyx. Von Prescriptives.«

»Ist das ein Parfum oder sind das Tabletten?« Seine Augenbrauen stiegen in erstaunliche Höhen.

Beide grinsten. Sie zögerte, sagte dann aber: »Sheila hat es mir zum Geburtstag geschenkt.«

»Wie nett.« Das Lächeln war verschwunden. »Wann wirst du vom Hadassah-Treffen zurück sein?«

»Ich habe Molly gesagt, daß ich nicht kommen werde.«

Morris runzelte die Stirn. »Fühlst du dich nicht gut?« Er berührte ihr Gesicht.

Sie legte ihre Hand über seine Finger. »Mir geht es gut.

Es ist nur . . .« Sie ließ die Hand sinken. »Heute früh haben sie in den Nachrichten wieder das Haus gezeigt.« Sie sah, daß sich Morris' Lippen zu einer grimmigen Linie verkniffen. »Ich bin einfach nicht in der Stimmung, Fragen zu beantworten.«

Sein Gesicht errötete in jäher Verärgerung. »Wer sagt denn, daß Fragen gestellt werden?«

»Schon am Telephon fragte Molly, wie es Barry geht. Damit wollte sie mir zu verstehen geben, daß sie Bescheid weiß.«

»Geh zu dem Treffen. Und wenn sie Fragen haben, dann sollen sie sie mir stellen.«

Rose schüttelte den Kopf. »Wenn es vorbei ist.« Dieser Satz hatte für sie eine ungeheure Bedeutung gewonnen. Wenn die Verhandlung vorüber war. Wenn die Parade stattgefunden hatte. Wenn die allgemeine Neugierde nachgelassen hatte. Wenn ihr Leben wieder in seinen gewohnten Bahnen verlief. Falls das überhaupt je der Fall sein würde . . .

Morgen war der Termin der Gerichtsverhandlung. Vielleicht würde danach gar keine Parade stattfinden, dachte Rose, aber ihre verkrampften Magenmuskeln sagten ihr etwas anderes. »Geh endlich los«, sagte Rose und gab Morris einen zärtlichen Schubs. Sie bemühte sich um ein Lächeln. »Ich komme schon zurecht.«

Morris verließ die Küche, um sich seinen Hut aus dem Schrank in der Diele zu holen. Rose trocknete das Frühstücksgeschirr ab und stellte es zurück in den Küchenschrank. Dann ging sie hinaus zu den Mülltonnen, um den vollen Eimer auszuleeren.

Sie hob den Deckel der nächststehenden Tonne und entdeckte zu ihrer Überraschung ein Paar schwarze Schuhe. Sie hob sie heraus, schüttete den Müll in die Tonne und schloß den Deckel. Als sie wieder ins Haus trat, kam Morris gerade in die Küche zurück. Er trug einen grauen Filzhut und seine braune Aktentasche.

»Hast du die fortgeworfen?« erkundigte sich Rose und zeigte ihm die Schuhe.

»Die Absätze sind abgetreten, und in der Sohle des rechten Schuhs ist ein Riesenloch. Es lohnt sich nicht, sie reparieren zu lassen.« Er stellte die Aktentasche ab und streckte die Hände aus. »Gib sie her. Ich bringe sie wieder hinaus.«

»Die hast du doch erst vor knapp drei Monaten gekauft. Und da sind sie bereits hin?« Rose drehte die Schuhe um. An den Sohlen klebten purpurfarbene Blütenblätter. Sie trat an die Spüle und wischte die Sohlen mit einem Stück Küchenpapier ab.

»Glücklicherweise kann ich mir neue Schuhe leisten. Notfalls könnte ich mir sogar zwanzig Paar neue Schuhe leisten.« Seine Stimme enthielt eine Spur von Ungeduld.

Sie wußte, daß seine Feststellung keine Protzerei, sondern berechtigte Genugtuung über seine Leistungen war. Vor fast fünfzig Jahren war sie als Morris Lewitzkys Braut in dieses Land gekommen, verwaist, ohne einen Pfennig und verfolgt von den Ereignissen in Europa. Aber Morris war fest entschlossen gewesen, die Vergangenheit abzuschütteln. Als Angestellter eines Textiliengeschäfts hatte er hart gearbeitet und sein Geld gespart, um sich ein eigenes Unternehmen aufzubauen und schließlich aus der kleinen Wohnung in dieses Haus an der Martel Avenue ziehen zu können. Und ihren beiden Kindern hatte er es an nichts fehlen lassen – einschließlich des Jurastudiums ihres Sohnes an der Harvard University.

Rose seufzte. »Dann kauf dir zwanzig Paar. Aber seit wann bist du ein solcher Verschwender?« Sie betrachtete die Sohlen. »So schlimm ist das Loch doch gar nicht. Ich werde sie zu dem Mann an der Ogden Avenue bringen. Er wird sie neu besohlen.« Sie drehte die Schuhe wieder um.

»Was ist denn das?« fragte sie und deutete auf die Spitze des rechten Schuhs.

»Was denn?«

Rose kratzte mit einem Fingernagel auf dem Leder herum. »Es geht nicht ab.« Sie sah ihn an. »Das ist Farbe.« Rote Farbe. Sie dachte an den Davidsstern an der Tür in Beverlywood. Am Haus ihres Sohnes. Ihr wurde fast übel.

Morris runzelte die Stirn. »Laß mal sehen.« Er nahm ihr den Schuh ab und beäugte die Spitze. »Farbe«, stimmte er zu. »Als du gestern abend bei Bernice zum Kartenspielen warst, habe ich mich mit dem Schornstein des Puppenhauses beschäftigt. Dabei muß mir Farbe auf den Schuh getropft sein.«

Sie nickte. »Ist das Puppenhaus bald fertig?«

»In ein paar Wochen.«

»Und dann bringen wir es den Mädchen?« fragte sie leise.

Er schwieg einen Augenblick lang. »Sie fehlen mir«, sagte er schließlich. »Es ist nicht ihr Fehler, daß sich unser Sohn mit Nazis angefreundet hat.«

Sie schüttelte den Kopf. Tränen traten ihr in die Augen.

»Vielleicht wenn alles vorüber ist.« Er reichte ihr den Schuh, dann setzte er seinen Hut auf und nahm seine Aktentasche.

»Wie Cary Grant«, stellte sie mit zitternder Stimme fest.

»Ja.« Er seufzte tief auf und küßte sie auf die Wange.

Nachdem Morris gegangen war, ging Rose mit den Schuhen in seine kleine Werkstatt hinter der Garage. Dort stand das Puppenhaus auf einem mit Segeltuch bespannten Arbeitstisch. Die Schornsteine waren glänzend rot lackiert. Fast schuldbewußt berührte Rose einen davon mit der Fingerspitze. Die Farbe war trocken, kein bißchen feucht. Aber warum sollte sie auch feucht sein?

Sie betrachtete nachdenklich die Farbe auf dem Schuh.

Für sie schien der Farbton dem der Schornsteine zu entsprechen. Rose suchte sich einen Lappen, tränkte ihn mit Terpentin und rieb so lange, bis der Farbfleck verschwunden war.

Dann warf sie beide Schuhe in den Müll.

Achtes Kapitel

»Na, wie kommen Sie voran?« fragte Espes und trat an Jessies Schreibtisch.

»Ich habe vor, ins Simon Wiesenthal Center zu gehen, dann zu Nathanson. Alle anderen, die ich angerufen habe – Lesley Wittiger von der *Anti-Defamation League*, Ira Yellin vom *Jewish Federation Council* und Rita Warrens von der ACLU – sind nicht in der Stadt. Ben-Natan auch nicht. Ich werde mich später mit ihnen in Verbindung setzen.«

Espes nickte. »Bringen wir den Fall zu einem Ende. Und gehen Sie mit Samthandschuhen an die Sache heran, Drake. Diese Leute sind ziemlich empfindlich. Ich kann mir keine Beschwerden darüber leisten, daß wir irgendeinem Rabbi auf die Füße getreten sind.«

Jessie wollte ihn schon fragen, warum er ihr einen Fall aufhalste, den sie gar nicht wollte, wenn er der Meinung war, sie würde ihn nicht ordentlich erledigen. Aber Phils Blick ließ sie schweigen. »Ich werde überaus taktvoll vorgehen«, versprach sie Espes und stand auf, um zum Parkplatz hinunterzugehen.

Als sie das Verwaltungsgebäude des Simon Wiesenthal Center betrat, blickte rechts neben dem Eingang ein dunkelhäutiger Wachmann mit schweren Augenlidern von seinem Schreibtisch auf. Jessie trat näher, holte ihren Dienstausweis heraus und zeigte ihn vor.

»Ich bin Detective Drake und würde gern mit dem Direktor sprechen.«

»Ich muß einen genaueren Blick auf Ihren Dienstausweis werfen.« Seine Hand lag an seiner Waffe. Sein Bizeps wölbte sich unter dem kurzärmeligen Jerseyhemd.

Sie überließ ihm den Dienstausweis. Sein Blick überflog erst ihr Gesicht, den Ausweis, dann wieder sie. »Ich muß Ihr Revier anrufen.« Er legte den Ausweis nieder und griff zum Telephon.

Er hatte den gleichen Akzent wie die Frau, die sich bei Ben-Natan gemeldet hatte. Israeli? Jessie nannte ihm die Telephonnummer von West L.A. und ermahnte sich zur Gelassenheit. Der Mann war gewissenhaft und verständlicherweise argwöhnisch, wenn auch schroff. Das Center war sehr bekannt. Es hatte Bombendrohungen gegeben. Und als Cop konnte sich jeder verkleiden.

Wenig später legte er den Hörer auf und gab ihr den Dienstausweis zurück. »Haben Sie einen Termin, Detective Drake?«

»Nein. Aber es ist wichtig, daß ich mit dem Direktor spreche.«

»Er nennt sich Vorstand, nicht Direktor. Wahrscheinlich ist er beschäftigt.«

»Vielleicht auch nicht«, lächelte Jessie. Ihre Gelassenheit war dahin. »Warum überprüfen Sie es nicht einfach?« Sie deutete auf das Telephon.

Der Mann grübelte einen Moment, griff dann den Hörer, wählte drei Nummern und wandte ihr den Rücken zu, bevor er zu sprechen begann. Er legte den Hörer auf und drehte sich wieder zu ihr um.

»Der Vorstand ist beschäftigt.« Er hörte sich fast triumphierend an. »Seine Assistentin wird Sie empfangen.« Er zeigte mit dem Daumen in Richtung einer Halle hinter einem Tor links von ihr. »Sie können dort warten.«

»Danke.« Er drückte auf einen Knopf, und mit einem Summen öffnete sich das Tor. Jessie ging quer durch die Halle auf eine Bank zu. An der Wand über der Bank hingen Messingtafeln. Eine von ihnen zeigte ein Portrait, das Ähnlichkeit mit Simon Wiesenthal hatte. Andere trugen Inschriften. Sie beugte sich vor, um sie zu lesen.

»Detective Drake?«

Jessica drehte sich zu einer schlanken, gehetzt wirkenden Frau Ende Zwanzig um. Sie trug einen cremefarbenen Pullover über einem braunen Lederrock und dunkelbraune Wildlederstiefel. Hübsche Stiefel. Jessie fragte sich, ob sie wasserdicht waren.

»Ich bin Adina Raskin. Was kann ich für Sie tun?« Sie hatte eine junge, hohe Stimme, die Neugier und Wachsamkeit verriet.

An diese Reaktion war Jessie gewohnt. Sie lächelte. »Ich untersuche den Übergriff auf das Haus der Lewis' in Beverlywood.« Sie sah, daß die Frau vor ihr wußte, wovon sie sprach. »Ich würde gern mit Rabbi Korbin darüber sprechen.«

»Er ist im Augenblick sehr beschäftigt. Vielleicht kann ich Ihnen helfen?«

»Ich fürchte nicht.«

Die Frau strich sich eine blonde Haarsträhne hinter das Ohr und wandte sich dem Wachmann zu. »Tragen Sie Detective Drake bitte in das Besucherbuch ein, Boaz. Ich nehme sie mit hinauf.«

Boaz grunzte nur. Jessie folgte Adina Raskin eine breite, mit braunem Teppich belegte Treppe ins obere Stockwerk hinauf, dann nach links zu einer offenstehenden Tür.

Adina ließ Jessie den Vortritt in ein Büro. »Bitte warten Sie hier.« Sie deutete auf einen Sessel vor dem Schreibtisch und verließ den Raum.

Auf dem Schreibtisch lag ein Kalender. Jessie zog ihn zu

sich heran. Über die heutigen Termine, die ausgestrichen waren, hatte jemand mit großen roten Buchstaben geschrieben: »ADL/JFC. STAT.« ADL war offensichtlich. JFC auch – der *Jewish Federation Council.* Sie schob den Kalender wieder in seine ursprüngliche Position zurück. Was für ein Glück! Sie konnte sich zwei Fahrten ersparen. Und Zeit dazu. Wenn das Espes nicht zufrieden stimmte!

Einen Moment später kam Adina Raskin in der Begleitung eines dünnen, drahtigen Mannes zurück. Er war Mitte Fünfzig und trug einen Spitzbart. Es war Korbin. Jessie erkannte ihn von seinen zahllosen Medienauftritten. »Ich bin Sheldon Korbin, der Vorstand des Center«, sagte er, und sein Brooklyn-Akzent ließ den Satz fast wie eine Frage klingen. Seine Augen hinter der schildpattgemusterten Metallbrille blickten ernst.

»Jessie Drake.« Sie streckte die Hand aus. Nach einem Zögern, das so kurz war, daß sich Jessie fragte, ob sie es sich nur eingebildet hatte, griff er zu, ließ ihre Hand aber sofort wieder los. Vielleicht hatte es irgendeine religiöse Bedeutung. »Ich weiß, wie beschäftigt Sie sind, Rabbi. Aber vermutlich wird es nicht lange dauern.«

»Ich bin zwar mitten in einer wichtigen Konferenz, Detective, nehme mir aber gern ein paar Minuten, um Ihre Fragen zu beantworten. Wir können uns gleich hier unterhalten.«

»Vielleicht wäre Ihr Büro doch besser. Ich wollte ohnehin mit den Verantwortlichen von der ADL und dem *Jewish Federation Council* sprechen.« Sie bemerkte seinen überraschten Gesichtsausdruck. »Miss Raskin hat kein Wort gesagt.«

»Aber dann . . .« Sein Blick fiel erst auf seine Assistentin, dann auf den Kalender. Er lächelte Jessie an. »Ein bißchen angewandter Spürsinn?«

»Dafür werde ich von der Stadt bezahlt.« Auch sie lächelte.

»Als Bürger freut es mich, daß meine Steuern so sinnvoll verwendet werden. Aber ich sollte meinen Kollegen vielleicht raten, auf ihre Worte zu achten, wenn sie mit Ihnen sprechen.«

»Nur, wenn einer von Ihnen etwas zu verbergen hat, Rabbi.«

»Wir haben nichts zu verbergen, Detective. Und auch keinen Anlaß zur Sorge.«

Korbins Büro war geräumig und eindrucksvoll eingerichtet: Bücherschränke aus Rosenholz, eine Kredenz mit reichem Schnitzwerk, ein großer, mit Papieren übersäter Rosenholzschreibtisch. An den Wänden hingen Fotos von Korbin, auf denen er zusammen mit nationalen und lokalen Politikern abgebildet war, darunter Tom Bradley, der ehemalige Bürgermeister von Los Angeles. Der frühere Präsident Reagan. Bush. Clinton.

Vor dem Schreibtisch saßen Yellin und Lesley Wittiger. Bei Jessies Eintritt tauschten sie überraschte Blicke, hatten offenbar angenommen, daß Korbin die Polizistin schnell genug abfertigen würde. Korbin übernahm die Vorstellung.

Lesley Wittiger hatte ihren vierzigsten Geburtstag hinter sich und kinnlange dunkelbraune Haare sowie durchdringende blaue Augen. Ira Yellin war größer als Korbin und älter – Ende Sechzig oder sogar schon Anfang Siebzig, schätzte Jessie – mit noch immer vollem grauweißem Haar und einem unübersehbaren Bäuchlein. Lesley Wittigers graues Wollkostüm wirkte wie die feminine Version der Anzüge, die die Herren trugen. Deren Hemden waren hellblau, ihre Bluse weiß. Alle zeigten die gleiche ernste Miene.

»Ich möchte gleich zur Sache kommen«, erklärte Jessie. »Sheila Lewis sagte mir, daß alle Ihre Organisationen bei ihrem Mann brieflich dagegen protestiert haben, daß er eine Gruppierung vertritt, die am zwanzigsten April eine Parade abhalten will. Gestern abend haben Unbekannte die Haustür der Familie Lewis mit einem Davidsstern bemalt.«

»Ich hoffe, Sie wollen damit nicht andeuten, daß Sie einen von uns dafür verantwortlich machen!« rief Yellin mit leichtem europäischen Akzent.

Es war der Tag der Akzente, dachte Jessie. Die Frau an Ben-Natans Telephon, Boaz, der Wachmann, Korbin – wenn man »Brooklynisch« als Akzent durchgehen ließ – und nun Yellin.

»Detective Drake deutet gar nichts an, Ira.« Korbin lächelte. »Sie stellt lediglich eine Tatsache fest.«

Der vollendete Diplomat. Jessie hatte ihn mehrmals in *Nightline* gesehen. »Haben Sie vielleicht eine Vorstellung, wer es getan haben könnte?« fragte sie ihn.

»Wir haben jahrelang Geld gesammelt, um Bejt Haschoah errichten zu können, das Museum der Toleranz. Es wäre absurd, wenn wir Taten unterstützen – oder gutheißen –, die ausgesprochen intolerant sind.«

»Die ADL würde nie irgendeine vom Haß bestimmte Tat gutheißen, ob diese sich nun gegen Juden oder Nicht-Juden richtet.« Lesley Wittiger strich sich energisch die Haare zurück.

»Also haben Sie nichts gegen Lewis' Aktionen?«

»Ich bin zutiefst empört.« Mit blitzenden Augen beugte sich Korbin über den Schreibtisch. »Ich halte das, was Lewis tut, für verwerflich. Das habe ich in meinem Brief zum Ausdruck gebracht. Und das würde ich ihm auch ins Gesicht sagen.«

Lesley Wittiger und Yellin nickten zustimmend.

Jessie zögerte. Samthandschuhe, hatte Espes gesagt. »Lewis hat betont, er verteidige die verfassungsgemäßen Rechte dieser Gruppe auf freie Meinungsäußerung. Ihre Bürgerrechte.«

»Und was ist mit unseren Bürgerrechten?« Jetzt war Yellins Akzent ausgeprägter. An seiner Schläfe zuckte eine Ader. »Meine Frau und ich haben unsere Familien im Holocaust verloren, Detective. Wir kamen in dieses Land, weil es uns Freiheit und Schutz vor Verfolgung versprochen hat. Wo bleibt jetzt unser Schutz, können Sie mir das sagen?«

Jessie wußte nicht, wie sie darauf reagieren sollte. Bei ihren Untersuchungen der zunehmend brutalen Verbrechen, die in der Stadt geradezu epidemisch zu werden schienen, hatte sie auch Opfer kennengelernt, die Überlebende der Judenvernichtung waren. Aber sie hatte nie mit ihnen über ihre Erlebnisse gesprochen.

»Die Väter der amerikanischen Verfassung hatten nicht die Absicht, Haß und Gewalt zu sanktionieren«, erklärte Korbin. »Diese Gruppierung will einschüchtern und Angst innerhalb der jüdischen Gemeinde verbreiten, besonders unter jenen Menschen, die Hitler entkommen sind.«

»Jemach sch'mo we'sitschro«, flüsterte Yellin rauh.

»Möge sein Name und sein Andenken ausgelöscht sein«, übersetzte Korbin. »Was sie tun, ist von Übel. Und was Lewis tut, daß er sein eigenes Volk verrät, ist unverzeihlich.« Er schüttelte den Kopf. »Aber einen *magejn-dawid* an eine Tür zu malen, bewirkt gar nichts.«

»Magejn-dawid?« wiederholte Jessie verständnislos.

»Einen Davidsstern. Eigentlich bedeutet das hebräische Wort *magejn* ›Schild‹ oder ›Schutz‹.«

Für Lewis war es kaum ein Symbol für Schutz, dachte Jessie. »Irgend jemand hat die Tür der Lewis' beschmiert. Sie sind bedeutende Vertreter der jüdischen Gemeinde. Sie wissen bestimmte Dinge, hören gewisse Dinge.« Sie sah Lesley Wittiger an. Die Frau schüttelte den Kopf. Ebenso Korbin und Yellin. Ein Triumvirat des Schweigens.

»Wer immer den Stern gemalt hat, hat auch ein Drohschreiben hinterlassen«, sagte Jessie und beobachtete die drei Gesichter. »Ich bin mir ziemlich sicher, daß es sich auf die zehnte Plage bezieht: ›Der Engel des Todes hat Deine Vorfahren verschont – wird er auch Dich verschonen?‹«

»Mengele!« hauchte Yellin. Er war leichenblaß geworden.

»Josef Mengele, der berüchtigte Arzt, der an den Häftlingen der Vernichtungslager unmenschliche Experimente vorgenommen hat, wurde auch der Engel des Todes genannt«, sagte Korbin mit tiefernster Stimme. »Aber ich glaube, Detective Drake hat recht, Ira. Die Formulierung bezieht sich auf die zehnte Plage, nicht auf Mengele.« Er strich sich nachdenklich über den Bart. »Aber für mich klingt es weniger wie eine Drohung. Mehr wie eine Warnung. Eine Mahnung, daß Gott Vergeltung üben kann.«

»Aber es könnte eine Drohung sein«, beharrte Jessie und wartete ab. Keine Reaktion. »Und was sind Ihre nächsten Schritte, Rabbi? Im Hinblick auf Lewis, meine ich.«

»Ich werde ihn heute noch einmal anrufen. Ich werde mich bemühen, an das Gewissen des Mannes zu appellieren, das er offensichtlich verdrängt hat. Aber ich plane nichts Gewalttätiges, das kann ich Ihnen versichern.«

Bestätigendes Nicken von Lesley Wittiger und Yellin. Jessie fühlte sich an die Spielzeughunde erinnert, die sich manche Leute auf das Armaturenbrett stellten. Ein kleiner Schubs, und ihre Köpfe nickten minutenlang. »Erzählen Sie mir von der *White Alliance.*«

»Es handelt sich um eine relativ neue Gruppierung«, sagte Lesley Wittiger, »organisiert von einem Mann namens Roy Benning. Wir wissen noch nicht viel über sie. Aber wir sind sicher, daß sich ihnen andere Neonazi-Gruppierungen anschließen werden.«

»Wer beispielsweise?«

Sie zuckte die Schultern. »In diesem Land gibt es zweihundertfünfzig dieser Organisationen, mehr als vierzigtausend Skinheads. Und eine Menge von ihnen sind im südlichen Kalifornien aktiv. Suchen Sie sich etwas aus.«

»Wahnsinn«, murmelte Yellin, und Jessie mußte ihm zustimmen, daß zweihundertundfünfzig derartiger Organisationen dem Wahnsinn sehr nahe kamen. »Ich habe es dir gesagt, Sheldon. Wir müssen bereit sein. Wir müssen wachsam sein.«

»Wir sind wachsam, Ira.« Korbins Stimme enthielt einen Hauch von Gereiztheit. »Wir beobachten ihre Aktionen. Das tut auch die ADL.«

»Glauben Sie, daß der *White Alliance* das Abhalten der Parade gestattet wird?« wollte Jessie wissen.

»Im Jahr 1977 wurde Frank Collins das Recht eingeräumt, in Skokie, Illinois, eine Neonazi-Demonstration zu veranstalten«, erwiderte Lesley Wittiger. »In Skokie wohnen viele jüdische Überlebende des Holocaust. Der ACLU-Anwalt, der Collins vertrat, war ebenfalls Jude. Wie Barry Lewis.« Sie spuckte den Namen förmlich aus.

»Die *White Alliance* hat vor, durch jüdische Wohngebiete zu marschieren«, sagte Korbin. »Auf von ihnen verteilten Flugblättern heißt es, daß sie in schwarzen Uniformen mit Hakenkreuzen auftreten werden. Wir können darauf verweisen, daß es sich um Volksverhetzung handelt . . .«

Yellin schüttelte den Kopf. »Auch in Skokie erklärten die Nazis, sie würden Hakenkreuze tragen. Nein, nein, Lewis wird mit dem First Amendment argumentieren. Es wird zu einer Parade kommen.« Er wandte sich Jessie zu. »Die Juden von Los Angeles sind erbittert und zornig. Ich kann nur hoffen, daß die Polizei zusätzliche Kräfte an der Paradestrecke bereitstellt.«

»Ich bin sicher, daß wir uns entsprechend vorbereiten«, sagte Jessie. »Haben Sie vor, offiziell gegen die Demonstration Stellung zu nehmen?«

»Darüber ist noch nicht entschieden«, erklärte Korbin.

»Je weniger Beachtung wir der Parade schenken, desto besser. Die machen das, um die Aufmerksamkeit der Medien zu erregen und an Glaubwürdigkeit zu gewinnen. Andererseits . . .«

»Wir sollen diese Kerle also an unseren Wohnungen vorbeimarschieren lassen?« rief Yellin empört. »Warum haben wir solche Angst, für uns selbst einzutreten? Sechs Millionen Menschen wurden ermordet. Haben wir daraus denn gar nichts gelernt?«

»Wir haben eine Gegendemonstration noch nicht ausgeschlossen, Ira«. erwiderte Korbin beruhigend. »Hier vor dem Wiesenthal Center.«

»Das reicht nicht! In Kanada wäre so etwas nicht möglich. In Kanada weiß man, wie man derartige Verbrechen unterbindet. Wir müssen uns diesen Nazis entgegenstellen . . .« Yellin schlug mit der Faust auf Korbins Schreibtisch, »und ihnen zeigen, daß sie sich so etwas nicht erlauben dürfen. Nicht noch einmal.«

»Ich glaube, du überschätzt, wieviele dieser Neonazis auftauchen werden, Ira«, meinte Lesley Wittiger. »Sie werden ihre Parade veranstalten und dann wieder nach Hause gehen.«

»Hitler hat mit sieben Leuten begonnen«, entgegnete Yellin. »Mit ganzen sieben.« Er hielt sieben Finger hoch.

»Du überreagierst, Ira.« Lesley Wittiger seufzte.

»Sag mir nicht, daß ich überreagiere!« Die Ader an Yellins Schläfe pochte heftig. »Du warst nicht dabei! Du weißt nicht, wie es ist, wenn SS-Männer deine Türen einschlagen. Eltern, Schwester und Brüder umbringen. Und jetzt sind sie schon wieder da!«

Keine nickenden Hündchen diesmal. Die Spannung im Raum war mit Händen zu greifen. »Auch Einzelpersonen haben sich an Lewis gewandt«, sagte Jessie. »Zum Beispiel ein gewisser Ezra Nathanson. Kennen Sie ihn?«

Korbin schüttelte den Kopf. Die anderen folgten seinem Beispiel.

»Was ist mit Ohr Torah? Dort unterrichtet Nathanson.«

»Ohr Torah ist ein Bildungsinstitut«, erläuterte Korbin. »Der Name bedeutet ›das Licht der Tora‹, der Bibel. Die Schule bietet Kurse für Männer und Frauen aller Altersgruppen und Wissensstufen über das Judentum an.«

Jessie notierte die Information. »Was wissen Sie über Joel Ben-Natan?« Plötzlich wirkten alle drei Gesichter sehr wachsam. »Könnte er hinter der Sache stecken?«

»Ben-Natan ist ein Hitzkopf«, erklärte Lesley Wittiger. »Vor einiger Zeit wollte er für uns tätig werden. Wir haben ihn abgewiesen.«

»Ich bewundere seinen Willen, Juden zu beschützen«, fügte Korbin hinzu. »Aber mit seinen Methoden kann ich nicht einverstanden sein. Gewalt gebiert Gewalt.«

Verdammt sicher tat sie das. Jessie entging nicht, daß sich Yellin beim Thema Ben-Natan sehr zurückgehalten hatte. Sie stand auf. »Vielen Dank für Ihre Zeit. Und Ihre Offenheit.« Korbin schien ein Lächeln zu unterdrücken. »Übrigens brauche ich Kopien der Briefe, die Sie im Namen Ihrer Organisationen an Mr. Lewis gesandt haben. Sie können die Schreiben faxen. Die Nummer ist hier verzeichnet.« Sie verteilte Karten an Yellin, Lesley Wittiger und Korbin.

Yellin starrte erst die Karte an, dann Jessie. »Warum?«

Damit ich weiß, welche Rabbiner den Brief des *Jewish Federation Council* unterschrieben haben. Laut sagte sie: »Ich möchte sie mit den Briefen vergleichen, die Lewis erhalten hat. Um sicherzustellen, daß niemand unbefugt Ihr Briefpapier benutzt hat, um sein eigenes Schreiben zu verfassen.«

Yellin sah Korbin an. Der nickte. »Ich werde Ihnen unverzüglich eine Kopie faxen, Detective«, versicherte Yellin. Es klang unglücklich.

Korbin erhob sich und begleitete Jessie aus dem Raum.

»Glauben Sie noch immer, daß Ihre Steuergelder gut angelegt sind?« fragte sie.

Er lächelte. »Absolut.« Dann fügte er in ernsterem Ton hinzu: »Sie denken, wir hätten uns verschworen, Sie im Dunkeln zu lassen. Ich habe es Ihren Augen angesehen.« Er schüttelte den Kopf. »Was Lewis da tut, gefällt mir nicht. Aber noch weniger gefällt mir, was ihm zugestoßen ist. Die Vorstellung, daß Juden gegen Juden kämpfen, betrübt mich. Das freut nur unsere Feinde. Wenn es stimmt«

Jessie nickte, sagte aber nichts.

»Aber da Sie nun einmal hier sind, Detective, wollen Sie nicht einen kleinen Rundgang durch unser Museum machen? Dann könnten Sie unsere Abneigung gegen Gruppierungen wie die *White Alliance* und deren Ziele vielleicht besser verstehen. Und gegen Menschen wie Lewis, die ihnen helfen, ihre Haßtiraden zu verbreiten.«

»Tut mir leid. Aber ich muß Ezra Nathanson aufsuchen. Vielleicht ein anderes Mal.«

Als Jessie die Treppe hinunterging, fragte sie sich, ob er ihr Erröten bemerkt hatte. Es stimmte zwar, daß sie Nathanson treffen wollte, aber sie scheute auch vor einem Besuch des Museums zurück und vor dem, was es dokumentierte: Greueltaten, die Menschen an Menschen begangen hatten. Als Angehörige der Mordkommission hatte sie genug Scheußlichkeiten gesehen.

Genug ist genug.

Diesen Satz hatte ihre Mutter jedesmal gesagt, wenn sie die Ankündigung eines Films oder eines TV-Features über den Holocaust sah oder entsprechende Artikel in Zeitungen und Zeitschriften las. »Genug ist genug«, sagte Frances Claypool zu ihren beiden Töchtern und ihrem Mann, obwohl sie selbst entfernte jüdische Verwandte besaß.

»Wie oft wollen sie sich denn noch darüber verbreiten? Können sie es denn nicht endlich vergessen?«

Hatte sich diese Einstellung auch in Jessie festgesetzt?

Vielleicht werde ich das Museum doch einmal besuchen, dachte Jessie. Sie unterschrieb das Besucherbuch des Wachmanns und sah noch einmal zur Balustrade des ersten Stockwerks hoch. Dort stand Korbin und sah ihr nach.

Neuntes Kapitel

». . . immer noch keine Tatverdächtigen. Unterdessen dauern die Auseinandersetzungen um die bevorstehende Parade an. Für weitere Informationen zu diesem und anderen aktuellen Themen, schalten Sie Kanal Vier ein . . .«

Emery Kraft schaltete den Fernseher per Fernbedienung ab. »Juden streiten gegen Juden«, sagte er laut in den großen, leeren Raum hinein. »Furchtbar.« Er schüttelte den Kopf. Er griff nach dem Telephon auf dem Beistelltisch zu seiner Linken und nahm den Hörer ab. In der Adressenrolle auf dem Butlertisch vor ihm fand er die gesuchte Nummer und wählte.

»Barry Lewis bitte«, sagte er, als sich die Zentrale gemeldet hatte.

»Ich werde sehen, ob Mr. Lewis zu sprechen ist. Wer ist da, bitte?«

»Emery Kraft.«

»Weiß er, worum es geht?«

»Das glaube ich nicht, Madam.«

Ein Moment zögerndes Schweigen. Dann: »Einen Augenblick bitte.«

Kurze Zeit später erklang eine Männerstimme. »Mr. Kraft? Barry Lewis. Was kann ich für Sie tun?«

»Im Fernsehen habe ich gesehen, was man Ihnen angetan hat, Mr. Lewis. Ich bedauere es unendlich. Das wollte ich Ihnen nur mitteilen.«

»Vielen Dank. Ich weiß Ihr Mitgefühl zu schätzen.«

»Ich möchte Ihnen auch sagen, daß mir bewußt ist, wie schwierig es für Sie sein muß, eine Haltung zu vertreten, die bei Ihren eigenen Leuten so unbeliebt ist. Das verlangt Mut, Mr. Lewis. Ich bewundere Mut. Er ist eine Tugend, die man in unserer Nation nur noch selten antrifft.«

»Ich tue nur, was ich für richtig halte.« Lewis machte eine kurze Pause. »Darf ich fragen, welche Beziehung Sie zu diesem Fall haben?«

»Keine, Mr. Lewis. Ich bin nur ein Bürger, dem es um das Recht auf freie Meinungsäußerung geht. Genau wie Sie. Ich unterstütze Ihre Haltung und wünsche Ihnen für morgen viel Erfolg.«

»Vielen Dank. Aber wie ich sehe, bekomme ich gerade einen anderen Anruf. Wenn Sie mich bitte entschuldigen würden . . .?«

Kraft lächelte. »Sicher. Sie sind ein vielbeschäftigter Mann, wie ich weiß. Ich werde für Sie beten, Mr. Lewis.«

Kraft legte den Hörer auf die Gabel zurück. Dann hievte er sich schwerfällig von der schwarzen Ledercouch hoch und ging zu der Mahagoni-Schrankwand hinüber. Er öffnete eine Schranktür, wählte ein Videoband aus, schob es in den Recorder, schaltete den übergroßen Bildschirm ein und ging zur Couch zurück.

Einen Augenblick später erschienen Wochenschau-Aufnahmen von Hitler in Uniform auf dem Bildschirm. Er stand in einem Geländewagen, der von marschierenden Wehrmachtsangehörigen mit versteinerten Gesichtern umgeben war. Kraft lehnte sich entspannt in die Lederpolster zurück.

Die Tür öffnete sich. Ein großer deutscher Schäferhund steckte den Kopf ins Zimmer.

»Komm her, Junge«, rief Kraft und schlug zweimal auffordernd neben sich auf das Polster.

Der Hund umrundete vorsichtig die teure Orientbrücke, wie es ihm beigebracht worden war. Seine Pfoten klickten auf den dunklen Holzdielen.

»Sieh dir den Film an«, sagte Kraft. »Das sind die guten Jungs. Sie sind nur verleumdet worden.« Er richtete den Kopf des Hundes in Richtung auf den Bildschirm.

Der Hund sah kurz auf die Soldaten, wandte sich dann aber wieder zu Kraft um und leckte seine Hand. Die Soldaten marschierten vom Bildschirm. Sie wurden von grobkörnigen Schwarzweißbildern von Frauen, Kindern und bärtigen Männern mit Schädelkäppchen abgelöst. Alle starrten blicklos ins Nichts.

»Das sind die Verleumder«, sagte Kraft leise. »Siehst du ihre Augen?« Er riß am Halsband des Hundes, um seine Aufmerksamkeit zu erregen.

Der Hund jaulte auf, fletschte die Zähne und begann zu knurren.

»Geduld, Junge.« Kraft vergrub seine Finger im schwarzgelben Fell des Hundes. »Alles zu seiner Zeit.«

Zehntes Kapitel

Ohr Torah lag am Pico Boulevard, nahe Livonia und gegenüber einem Dunkin' Donuts. Das schmale gelbgestrichene Haus zwängte sich zwischen eine Reinigung und ein Kleidergeschäft, das sich als Boutique bezeichnete, angesichts des kümmerlichen Angebots in den Auslagen aber keine war. Auf die mit schlichtem beigefarbenem Stoff verhängten Fenster von Ohr Torah stand in englischen und hebräischen Buchstaben der Name der Schule geschrieben.

Der Regen war heftiger geworden, aber es gab keine Markise. Die Tür erwies sich als verschlossen. Es war bedauerlich, wie sicherheitsbewußt Schulen in letzter Zeit geworden waren, nahezu paranoid. Aber als Cop konnte Jessie es ihnen kaum verdenken. Noch bedauerlicher jedoch war die Tatsache, daß in einer zunehmenden Zahl öffentlicher Schulen die Gefahr für die Schüler nicht von außen, sondern von innen kam. Kids brachten geladene Waffen mit in die Schule, brachten Mitschüler um. Sie dachte an ihren Neffen und war froh, daß Matthew erst neun Jahre alt war. Vielleicht hatte sich die Situation ein bißchen gebessert, wenn er zur Oberschule kam.

Aber vermutlich nicht.

Jessie klingelte. Das Schrillen wurde vom Rauschen des Regens fast übertönt.

»Ja, bitte? Was kann ich für Sie tun« fragte eine muntere Frauenstimme aus dem Lautsprecher rechts von Jessie.

Du kannst mich endlich vor dem Regen retten. »Detective Jessie Drake«, erwiderte sie. »Polizei Los Angeles.«

Pause. Dann sagte die Frau: »Einen Augenblick, bitte.« In ihrer Stimme war Vorsicht an die Stelle der Munterkeit getreten.

Wenige Sekunden später hörte Jessie Schritte.

»Würden Sie sich bitte ausweisen?« fragte die Frau.

»Aber gern«, sagte Jessie. Die Tür öffnete sich einen Spalt, blieb aber von einer Kette gesichert. Jessie streckte ihren Dienstausweis in den Spalt. Die Frau schien endlose Zeit zu brauchen, das Foto auf dem Ausweis mit dem Bild zu vergleichen, das ihr der verregnete weibliche Cop bot.

Endlich sagte sie: »Vielen Dank« und schloß die Tür. Jessie hörte, wie die Kette gelöst wurde. Dann ging die Tür weit auf.

»Kommen Sie bitte herein«, sagte die Frau. »Ich bin Shulamit Cohn.« Sie war Mitte Zwanzig, hübsch, mit schulterlangen, mittelbraunen Haaren. Sie trug einen voluminösen weinroten Pullover mit Zopfmuster zu einem langen, gerade geschnittenen Denimrock.

Und Stiefel. Jedermann schien gewußt zu haben, daß es heute regnen würde – nur sie nicht. Ihre Schuhe quietschten vor Nässe, als sie über den weißgrauen Fußbodenbelag aus Linoleum lief.

»Sie sind ja völlig durchnäßt!« rief die Frau. »Es tut mir leid, daß ich Sie so lange da draußen warten ließ.«

»Kein Problem. Kann ich mich irgendwo frischmachen?«

»Selbstverständlich.« Sie deutete auf eine Tür am Ende des Korridors. »Und Ihre Jacke können Sie dort aufhängen.« Sie wies auf einen Garderobenständer.

Im winzigen Waschraum betrachtete sich Jessie mißmutig im Spiegel, griff zu ein paar Papiertüchern und betupfte ihre Haare. Dann faßte sie die noch immer feuchten Strähnen im Nacken zu einem Knoten zusammen. Nicht besonders ansehnlich, aber immerhin präsentabel.

Shulamit Cohn lauerte neben der Tür, als Jessie den Waschraum verließ. »Ich kann den Direktor leider nicht erreichen. Aber können Sie mir vielleicht sagen, worum es geht?« Sie war fast atemlos vor Unsicherheit.

»Ich bin gekommen, um mit Mr. Nathanson zu sprechen.«

»Mit Ezra?« Sie erblaßte. »Stimmt irgend etwas nicht?« Unvermittelt richtete sie ihren Zeigefinger auf Jessie. »Sie sind das, die vorhin angerufen hat.«

Jessie nickte. »Wo befindet sich Mr. Nathansons Klasse?«

»Er wird in zehn Minuten fertig sein. Könnten Sie bis dahin bitte warten? Er ist einer unserer beliebtesten Lehrer«, fügte sie hinzu.

Es war ein wenig früh für Referenzen. Jessie lächelte. »Ich möchte nicht stören, nur ein wenig zusehen.«

Shulamit Cohn zögerte, zeigte dann aber über ihre Schulter. »Der Raum links.«

Jessie lief den Korridor entlang, blieb vor der Tür stehen und spähte durch das rechteckige Fenster in den Klassenraum. Sechzehn Schüler zählte sie, mehr Frauen als Männer. Sie saßen im Halbkreis um einen hochgewachsenen, schlaksigen Mann in kamelhaarfarbenem Sportsakko, vermutlich Ezra Nathanson. Eine Kleiderordnung schien es nicht zu geben. Zwei der Zuhörer trugen gleichfalls Sakkos, drei andere Jeans und Strickhemden. Bis auf einen trugen alle Schädelkäppchen. Auch einige der Frauen hatten Jeans an, andere lange Röcke. Viele hatten die Köpfe in farbenprächtige Tücher gehüllt.

Nathanson stand und gestikulierte mit einer Hand, die andere steckte in der Tasche seiner braunen Hosen.

Jessie öffnete die Tür so leise wie möglich und suchte sich dann einen Stuhl im Hintergrund des Raumes.

». . . bedenken Sie die Rituale des *Seder*, der besonderen Zeremonie an den ersten beiden Abenden des Passahfestes, an dem wir zu Hause die *Haggoda* lesen, die Geschichte unseres Auszugs aus Ägypten, die Errettung unseres Volkes, die Geburt einer Nation.«

Einige Leute verrenkten die Köpfe, um zu sehen, wer hereingekommen war, wandten ihre Aufmerksamkeit dann aber wieder Nathanson zu. Er lächelte Jessie an. Er hat ein nettes Lächeln, dachte sie. Warm, offen. Aber sie hatte Kriminelle mit warmem, offenem Lächeln kennengelernt. Sogar Mörder.

»Haben einige von Ihnen besondere Erinnerungen an den *Seder* in Ihrer Kindheit?« wollte Nathanson wissen.

»Daß wir vier Gläser Wein getrunken haben«, erwiderte ein Mann. »Nach dem zweiten Glas bin ich eingeschlafen.«

»Trinken Sie ein Glas Wein und dann nur noch Grapefruitsaft«, riet Nathansan. »Oder mischen Sie den Wein mit Saft.«

»Wir haben *Mazze* gegessen«, meinte ein anderer. »Warum eigentlich?«

»*Mazze*, ungesäuertes Fladenbrot, symbolisiert die Hast, mit der die Israeliten aus Ägypten geflohen sind. Es war nicht genügend Zeit, den Brotteig gehen zu lassen. Daher nehmen wir am achten Tag des Passahfestes keinen *chamejz* zu uns, keinen Sauerteig. Statt dessen essen wir *Mazze.*«

Jessie aß gern Mazze. Sie fand die knusprigen Rechtecke sehr schmackhaft. Sie hatte zwar gewußt, daß sie irgendwie mit Passah zu tun hatten, aber nicht warum. Aufmerksam hörte sie weiter zu.

»Ich weiß noch, daß ich den *afikoman* versteckt habe«, lächelte eine junge Frau mit einem geblümten Kopftuch. »Mein Vater konnte ihn nie finden.«

»Ruth meint damit das Stück *Mazze*, das wir am Ende der *Seder*-Abende essen, gleichsam als Dessert«, erläuterte Nathanson. »Es stammt von der mittleren der drei Mazzen, die jeder erwachsene Mann vor sich hat. Der *afikoman* symbolisiert den *korban-pessach*, das Opferlamm. In Ägypten wurde uns befohlen, unsere Türpfosten mit seinem Blut zu bestreichen, damit der Engel des Todes unsere Schwellen nicht überschritt.«

Wieder der Engel des Todes, dachte Jessie. Sie verlagerte ihr Gewicht.

»Auch ich erinnere mich, den *afikoman* versteckt zu haben, wußte aber nie, warum wir das taten«, erklärte eine Frau mit kurzgeschnittenen grauen Haaren.

»Um die Kinder dazu anzuregen, während der ganzen Zeremonie wach zu bleiben. Während des *Seder* ›stehlen‹ Kinder den *afikoman*, und lassen ihn sich dann ›abkaufen‹. Sie werden ermuntert, am *Seder* teilzunehmen. Die jüngsten Kinder stellen beispielsweise die rituelle Frage: ›Warum ist dieser Abend des Passah anders als alle anderen Abende des Jahres?‹«

»Und was ist der Preis für einen *afikoman*?« fragte ein Mann in mittleren Jahren, in Jeans und kariertem Hemd. »Ich möchte wissen, was da auf mich zukommt.«

»Das hängt ganz davon ab, wie geschäftstüchtig Ihr Sohn oder Ihre Tochter ist, Marty.« Nathanson lächelte. »Mein Neffe und meine Nichte fordern ein Brettspiel oder einen Ausflug in die Universal Studios.«

»Meine Tochter verlangt jedesmal neue Kleidung«, meldete sich Ruth.

»Eine Nintendo-Kassette«, sagte eine andere Frau.

»Mein Junge wird mich vermutlich um einen Isuzu-Reiter angehen«, meinte Marty. »Was mache ich dann?«

»Das ist Ihre Entscheidung, aber schicken Sie mir nicht die Rechnung.« Er grinste.

Gelächter klang auf. Auch Jessie lächelte.

»Wissen Sie, woran ich mich erinnere?« fragte eine Frau mit blonden Haarsträhnen. »Daß wir dem Propheten Elias die Tür geöffnet haben. Trinkt er tatsächlich in jedem Haus, das er besucht, einen Schluck Wein aus den bereitgestellten Bechern?«

»Selbstverständlich. Sagen Sie jetzt bitte nicht, Sie wüßten es besser.« Nathanson machte ein gespielt grimmiges Gesicht, dann lächelte er.

»Und warum lesen wir die *Haggoda*?« wollte Marty wissen. »Ich meine, es ist doch Jahr für Jahr die gleiche Geschichte. Wo liegt der Sinn?«

»Daß wir uns daran erinnern, daß uns Gott aus der Knechtschaft befreit hat«, erwiderte Nathanson ernst. »Wir sollten unsere Freiheit nicht als selbstverständlich hinnehmen. Selbstgefälligkeit ist gefährlich. Denken Sie daran, was in Deutschland unter den Nationalsozialisten geschehen ist. Denken Sie daran, was sich heute ereignet, auch mitten unter uns.«

Es entstand ein Moment des Schweigens, in dem mehrere Köpfe zustimmend nickten. Auch Jessie ertappte sich dabei.

Ein schlaksiger junger Mann mit langen braunen Haaren hob die Hand. »Im letzten Monat haben Sie uns vom Purimfest erzählt, Ezra, und wie Haman versucht hat, uns zu vernichten. Ist seine Bösartigkeit mit der des Pharao zu vergleichen?«

»Ausgezeichnete Frage, Paul. Nein. Haman ist sehr viel schlimmer. Der Pharao ließ unsere Erstgeborenen töten, weil ihm seine Ratgeber gesagt hatten, die jüdischen Sklaven würden sich erheben und revoltieren. Haman wollte uns völlig grundlos vernichten. Haman stammt von Amalek ab. Und uns ist aufgetragen, Amalek zu vernichten. *Jemach sch'mo we'sitschro.* Möge er unter dem Himmel ausgetilgt sein, daß man seiner nicht mehr gedenke.«

Genau das hatte Yellin über Hitler gesagt, erinnerte sich Jessie.

»Daher setzen wir zu Purim jedesmal, wenn er im Megillat Esther, im Buch Esther, erwähnt wird, Schnarren in Betrieb, um seinen Namen zu übertönen.« fügte Nathanson hinzu.

»Wer ist Amalek?« fragte Marty. »An dieser Stunde habe ich nicht teilgenommen.«

»Er ist unser Erzfeind und ironischerweise ein Enkel Esaus, des Zwillingsbruders unseres Vorfahren Jakob. Esau befahl seinem Sohn und seinem Enkel Amalek, Jakob und dessen Nachkommen zu vernichten. Auf dem Totenbett befahl Amalek seinen Kindern, diesen Kampf von Generation zu Generation fortzuführen.«

»Familienfehden . . .« Marty schüttelte den Kopf.

Nathanson nickte. »Während unserer vierzigjährigen Wanderschaft nach dem Exodus durch die Wüste griff uns ein Volk nach dem anderen an. Aber der Feind, der uns weder aus Gewinnstreben, noch aus Rachedurst oder reiner Furcht angriff, sondern aus reiner Bosheit, war Amalek. ›Gedenke, was dir die Amalekiter taten auf dem Wege, da ihr aus Ägypten zogt ... und fürchteten Gott nicht ... so sollst du das Gedächtnis der Amalekiter austilgen unter dem Himmel.‹«

»Sie sagten, Amalek ›ist‹ unser Erzfeind«, wandte eine Frau in Jeans ein. »Aber Amalek ist seit Tausenden von Jahren tot.«

Nathanson schüttelte den Kopf. »Amalek lebt, Ellen. Er ist die Personifizierung des Bösen. Zur Zeit von Königin Esther war Amalek Haman, ein Günstling des Perserkönigs Xerxes oder Ahasveros. Und in den vierziger Jahren in Europa war es Hitler – nicht, weil wir den genealogischen Beweis dafür hätten, sondern wegen seines allesverzehrenden, grundlosen Hasses auf unser Volk. Dieser Haß ist die Flagge des Amalek.«

Wieder breitete sich Schweigen aus. Dann fragte jemand: »Und wer ist Amalek heute?«

»Die Neonazis und Skinheads«, sagte Marty. »Diejenigen, die diese verdammte Parade planen. Zu schade, daß wir sie nicht mit Schnarren auslöschen können.«

Zustimmendes Gemurmel wurde laut. Jessie beobachtete Nathanson.

»Ich weiß nicht, ob sie Amalekiter sind.« Seine Stimme klang ernst. »Wir dürfen keine voreiligen Schlüsse ziehen. Andererseits müssen wir auch wachsam sein. Das lehrt uns unsere Geschichte.«

Auch Ira Yellin hatte von Wachsamkeit gesprochen, erinnerte sich Jessie. Umfaßte diese Wachsamkeit auch das Malen eines Davidssterns an die Haustür eines Gegners?

»Nicht unbedingt eine großartige Geschichte«, bemerkte ein Mann.

»Doch, es ist eine großartige Geschichte. Es ist ein Vermächtnis des Überlebens.« Nathanson gestikulierte mit beiden Händen. »Pharao und sein Heer ertranken in demselben Roten Meer, das sich teilte, um die Kinder Israels sicher ans andere Ufer gelangen zu lassen. Haman wurde an dem Baum aufgeknüpft, an dem er Mordechai aufhängen wollte, den Vormund der Königin Esther. Der König widerrief seine Erlaubnis, die Juden niederzumetzeln. Die Juden besiegten ihre Feinde.« Er machte eine kurze Pause. »Ich glaube, Sie könnten es als ›Glücksumschwung‹ bezeichnen, Marty. Zum Unglück für Haman hatte er nicht Alan Dershowitz als juristischen Berater.« Nathanson lächelte breit.

Marty reckte den Daumen. »Das war ein guter, Ezra. Sehr gut.«

Erneutes Gelächter. Jessie erkannte, warum Nathanson so beliebt war. Seine lockere Art motivierte rege Beteiligung.

»Das wär's für heute. Sagen Sie Shulamit Bescheid, wenn Sie an einem *Seder* teilnehmen möchten. Sie kann entsprechende Einladungen vermitteln. Und falls Sie an der Herstellung von *Mazze* interessiert sein sollten, können Sie sich in die betreffende Liste eintragen. Morgen sprechen wir über den Symbolwert der Speisen, die während des *Seder* gegessen werden.«

Die meisten Schüler verließen den Raum, aber zwei oder drei unterhielten sich noch mit Nathanson. Als auch sie gegangen waren, trat Jessie auf ihn zu. Er sah ausgesprochen gut aus und wirkte auf sie irgendwie vertraut. Sie fragte sich, ob sie ihn vielleicht in den TV-Nachrichten gesehen hatte.

»Hi.« Nathanson lächelte Jessie an. »Haben Sie eine Frage, die ich vielleicht beantworten kann?«

»Warum besucht der Prophet Elias eigentlich jedes Haus?« Das hatte zwar nichts mit dem Grund ihres Kommens zu tun, aber sie war neugierig. Später würde Nathanson bestimmt nicht mehr so aufgeschlossen sein.

»Zum Passahfest danken wir Gott für unsere Errettung aus der ägyptischen Knechtschaft und beten um unsere künftige Errettung durch den Messias. Dessen Kommen kündigt Elias an. Also stellen wir in jedem Heim Wein für ihn bereit, um ihn – und damit auch den Messias – willkommen zu heißen.«

»Und trinkt er tatsächlich einen Schluck aus jedem Glas?«

»Als Kind habe ich stets unverwandt auf Elias' Glas gestarrt, nachdem wir ihm die Tür geöffnet hatten. Und ich sah jedesmal, daß der Weinpegel in Bewegung geriet. Wer weiß?« Wieder lächelte Nathanson. »Ich habe Sie hier noch nie gesehen? Wie heißen Sie?«

»Jessie Drake.« Sie streckte die Hand aus. Er schüttelte sie kurz, aber fest. Dann sagte sie: »Detective Jessie Drake, von der Polizei Los Angeles.«

Er starrte sie verdutzt an, dann grinste er. »Sie machen Witze, stimmt's?«

Sie holte ihren Dienstausweis heraus und hielt ihn ihm unter die Nase.

Er betrachtete ihn einen Moment, dann fragte er: »Weshalb sind Sie hier, Detective? Wollen Sie mich wegen meiner kläglichen kleinen Scherze festnehmen?« Sein Tonfall war gelassen, aber seine braunen Augen blickten intensiv, sein Körper hatte sich verspannt.

»Können wir uns nicht vielleicht setzen, Mr. Nathanson?«

»Ihr Wunsch ist mir Befehl, oder?« Er zog einen Stuhl heran und setzte sich rittlings so, daß die Lehne zwischen ihnen eine Barriere bildete. »Was gibt es?«

Jessie nahm auf einem der Stühle des Halbkreises Platz. »Sheila Lewis erzählte mir, daß Sie ihrem Mann mehrere Briefe im Zusammenhang mit der Parade geschickt haben.«

»Also darum geht es?« Erleichterte Röte überflog sein Gesicht. »Ja, ich habe ihm geschrieben. Aber das ist doch kein Verbrechen, oder?«

War die Erleichterung echt? »Aber das Beschmieren fremden Eigentums ist ein Straftatbestand.«

»Der Davidsstern?« Nathanson schüttelte den Kopf. »Damit habe ich nichts zu tun.« Die mit Wildlederflecken besetzten Ärmel seiner Jacke ruhten auf der Stuhllehne. Er stützte das Kinn in die Hände.

»Können Sie das beweisen?«

Sein Kinn zuckte hoch. »Was ist eigentlich aus dem guten Grundsatz geworden: Unschuldig bis zum Beweis des Gegenteils?« Er lächelte nicht mehr. »Ich hatte gestern abend eine Verabredung. Wir haben irgendwo einen Happen gegessen und einen Kaffee getrunken. Gegen elf Uhr war ich wieder zu Hause.« Die Knöchel beider Hände waren schneeweiß.

»Wie heißt Ihre Freundin?«

»Ich möchte sie da nicht hineinziehen.«

»In was nicht hineinziehen?«

Nathanson schwieg. »Eileen Pasternak«, sagte er schließlich und nannte Jessie die Telephonnummer. »Es war eine Zufallsverabredung. Wer weiß, was sie denkt, wenn Sie sie anrufen.«

»Das tut mir leid.«

»Was Sie nicht sagen.«

Jessie war es gewöhnt, daß Menschen auf ihre Fragen sarkastisch reagierten. Im allgemeinen maskierte das Angst. Im allgemeinen machte es ihr nichts aus. Jetzt machte es ihr etwas aus. Und auch das machte ihr etwas aus. »Wieviele Briefe haben Sie geschrieben?«

»Zwei. Ich habe sie ihm an die ACLU-Adresse geschickt.«

Vielleicht hatte die ACLU Kopien angefertigt. Das würde sie überprüfen. »Und wann haben Sie den letzten geschickt?«

»Vor etwa einer Woche. Warum?« Er stand abrupt auf, ging zu seinem Schreibtisch und lehnte sich mit verschränkten Armen dagegen.

Er der Lehrer, ich die Schülerin? Sie überhörte die Frage. »Was stand in den Briefen?«

»Warum fragen Sie nicht Lewis? Ich bin sicher, er hat sie aufbewahrt. Er muß eine ganze Sammlung davon haben, könnte ich mir vorstellen.«

»Ich würde gern Ihre Version hören.«

Er musterte sie einen Moment lang, dann lächelte er. »Lewis hat die Briefe weggeworfen, oder? Haben ihm vermutlich Gewissensbisse verursacht.«

Sie reagierte mit einem nichtssagenden Lächeln. »Was stand in den Briefen?«

Er zuckte mit den Schultern. »Nichts Bedrohliches. Ich bat Lewis um ein Gespräch, um ihm meinen Standpunkt zu erläutern.«

»Warum?«

»Weil ich sein Verhalten für verwerflich halte. Und weil ich glaube, daß er es irgendwann noch einmal bereuen wird, sein Volk verraten zu haben.«

»Und wenn er nun überzeugt ist, daß er das Richtige tut? Daß er das Recht aller Amerikaner auf freie Meinungsäußerung verteidigt?« Sie war sich noch immer nicht ganz über Lewis' Motive klar. Das Festhalten an Überzeugungen war ein politisches Ideal, sicher. Aber an dieser Haltung war etwas Starrsinniges. Und Überhebliches.

»Die Rhetorik ist mir bekannt: ›Wir Juden sollten die wachsamsten sein, wenn es darum geht, die Rechte anderer zu wahren, um letztendlich uns selbst zu schützen.‹« Nathanson schüttelte den Kopf. »Hören Sie, ich achte die

ACLU und ihre Entschlossenheit, unsere bürgerlichen Rechte zu wahren. Sie betrachten das von einem sehr rigiden, First-Amendment-über-alles-Standpunkt aus. Das Prinzip ist alles. Inhalt und Substanz zählen nicht. Damit stimme ich zwar nicht überein, respektiere aber ihr Recht auf eine eigene Meinung. Was ich nicht respektieren kann, was ich nicht gutheißen kann, ist die Tatsache, daß ein jüdischer Anwalt Nazis dabei hilft, ihre Haßtiraden zu verbreiten.«

»Und was ist mit den Rechten der Neonazis?«

Nathansons Hände krallten sich um den Rand der Schreibtischplatte. Er beugte sich vor. »Und was ist mit dem Leid der Überlebenden, Detective? Was ist mit ihren Rechten? Warum sollten sie gezwungen sein, den Schrekken und das Grauen wieder zu erleben, die sie jahrelang verfolgt haben? Jene Uniformen und Hakenkreuze wiederzusehen, die sie in ihren Alpträumen peinigen?«

Jessie antwortete nicht. In der plötzlichen Stille hörte sie das Trommeln des Regens gegen die Fensterscheiben. Sie dachte an Ira Yellin und die Familie, die ihm genommen worden war. »Sie klingen sehr zornig. In Ihrem Vortrag haben Sie über Amalek gesprochen, über das personifizierte Böse. Halten Sie Barry Lewis für das personifizierte Böse?«

Er verschränkte wieder die Arme. »Ich bin sehr zornig. Aber ich halte Lewis nicht für böse. Ich halte ihn für irregeleitet. Und ich habe mich nicht an seiner Tür vergriffen.« Er hielt inne und fuhr dann fort: »Auch andere Menschen sind empört. Ich bin davon überzeugt, daß ich nicht der einzige war, der an Lewis geschrieben hat.«

»Denken Sie da an eine bestimmte Person?«

»Das ist doch Ihre Aufgabe, oder? Es gibt eine jüdische Regel, keinen bösartigen Klatsch über andere Menschen zu verbreiten.«

»Selbst wenn ein Menschenleben auf dem Spiel steht? Barry Lewis wurde immerhin bedroht.«

»Vielleicht ist das nur eine leere Drohung.«

»Vielleicht auch nicht.« Erneut ertappte sie sich dabei, daß sie etwas erwähnte, an das sie nicht glaubte. Sie fragte sich flüchtig, ob die Behauptung, Lewis befände sich in Lebensgefahr, durch Wiederholungen wahr werden könnte.

Nathanson hob die Schultern. »Tut mir leid, ich kann Ihnen nicht helfen.«

»Können oder wollen Sie nicht? Kennen Sie einen Joel Ben-Natan?«

Nathan starrte sie an, dann lächelte er. »Ja. Er steht mir recht nahe.«

»Könnten Sie sich vorstellen, daß er für das alles verantwortlich ist?«

»Keinen bösartigen Klatsch über andere Menschen, Detective.«

Ein seltsamer Ausdruck stand in seinen Augen. Sie spürte, daß er mit ihr spielte. »Was wissen Sie über Ben-Natan?«

»Alles und nichts.« Er blickte über Jessies Kopf hinweg ins Leere.

»Ist das ein Rätsel, Mr. Nathanson?« Sie konnte ihre Verärgerung nicht mehr verbergen.

»Es ist die Wahrheit.« Er sah sie wieder an. »Joel Ben-Natan ist mein Zwillingsbruder. ›Ben‹ heißt auf Hebräisch ›Sohn‹. Ben-Natan bedeutet also Nathans Sohn.«

Deshalb war ihr Nathanson so bekannt vorgekommen! Sie dachte an das Paßfoto von Ben-Natan, das ihr die Einwohnerbehörde gefaxt hatte.

»Also kenne ich Joels Vergangenheit. Es ist auch meine Vergangenheit. Ich weiß alles über ihn. Ich kenne seine Lieblingsgerichte, seine Lieblingsfarben — sie sind auch meine. Ich weiß, welche Kleidung, welche TV-Shows und welchen Frauentyp er bevorzugt. Da unterscheiden wir uns.« Er lächelte. »Aber um ganz ehrlich zu sein, Detective, ich habe nicht die leiseste Ahnung, zu was für einem Menschen mein Bruder geworden ist.«

»Hat er ein enges Verhältnis zu Ihren Eltern?«

»Meine Eltern sind seit mehr als fünf Jahren tot.«

»Das tut mir sehr leid«, sagte sie sanft und wußte nicht, wie sie auf den leisen Schmerz in seiner Stimme reagieren sollte. Fast täglich wurde sie mit dem Tod konfrontiert, sah sich aber stets außerstande, die Hinterbliebenen angemessen zu trösten.

Nathanson nickte. »Danke.«

»Sie haben von einem Neffen und einer Nichte gesprochen.«

»Sie hören gut zu.« Endlich lächelte er wieder. »Die Kinder meiner Schwester Dafna. Sie leben in West L.A. Meine Schwester und ich stehen uns sehr nahe.«

»Wo wohnen Sie?«

Er hob die Brauen. »Warum?«

»Vielleicht habe ich noch ein paar Fragen an Sie . . .«

Er nannte ihr eine Adresse am Reeves Boulevard und sah zu, wie sie sie aufschrieb.

»Und wie ist es mit Ihrem Bruder?« fragte Jessie. »Stehen Sie ihm auch sehr nahe?«

Nathanson schüttelte den Kopf. »Wir sprechen dann und wann miteinander. Dafna lädt uns für gewöhnlich zu den Feiertagen ein. Aber üblicherweise kommt es zu Auseinandersetzungen.«

»Warum?«

»Ich strebe danach, in Menschen, die es danach verlangt, die Liebe zum Judentum zu wecken. Mein Bruder strebt nach Haß. Er sieht sich in einer Welt, in der fast jedermann Juden haßt.«

»Und was sehen Sie?«

»Ich sehe Menschen, die unschuldig sind, solange das Gegenteil nicht bewiesen ist, Detective. Ich sehe sinnlose Gewalt und frage mich, wo das enden wird.« Wieder starrte er über sie hinweg.

»Es sei denn, die Gewalt richtet sich gegen Amalek. Dann ist sie nicht sinnlos, oder?«

Überrascht sah er sie an. Ein winziges Lächeln huschte über seine Lippen. »Sie sind eine gute Schülerin, Detective.«

»Sie sind ein guter Lehrer.«

Elftes Kapitel

»Ira Yellin vom *Jewish Federation Council* ist am Telephon, Mr. Lewis«, sagte seine Sekretärin.

»Sagen Sie ihm, ich sei beschäftigt.«

»Und Rabbi Korbin vom . . .«

»Sagen Sie ihm das gleiche«, brauste Lewis auf. »Können Sie das nicht selbst erledigen, ohne mich zu behelligen? Sie wissen doch, daß ich zu tun habe!«

»Entschuldigung, Sir.«

Der gekränkte Ton ihrer Stimme entging ihm nicht. »Es tut mir leid, Joanne«, seufzte er. »Diese ganze Situation zerrt an meinen Nerven. Ich hoffe, Sie verstehen das.«

»Selbstverständlich, Sir.«

Sie war noch immer nicht versöhnt. Scheren Sie sich doch zum Teufel, hätte er am liebsten gesagt. Er legte den Hörer auf und starrte vor sich hin. Dann schob er abrupt den Stuhl zurück, stand auf und betrat das Vorzimmer.

»Ich gehe zum Lunch«, sagte er zu seiner Sekretärin.

Sie blickte zu ihm auf, griff zu Stenoblock und Stift. »Wo sind Sie zu erreichen?«

»Das weiß ich noch nicht. Ich rufe Sie an.«

Sein schwarzer BMW befand sich in der zweiten Etage der unterirdischen Parkgarage. Er öffnete die Tür und stieg ein. Erst in diesem Moment fiel sein Blick auf die Windschutzscheibe. Mit großen roten Buchstaben stand da eine Botschaft geschrieben. Darunter befand sich ein Davidsstern.

Er lehnte sich in die braunen Lederpolster zurück und starrte die Spiegelschrift an. In seiner Wange zuckte ein Muskel, und seine Hände umkrallten das Steuerrad so fest, daß seine Knöchel schmerzten.

Einen Augenblick später stand er vor der Kühlerhaube des Wagens.

»Pharao verhärtete sein Herz, und er starb. Mußt auch du dein Herz verhärten?«

Er biß die Zähne zusammen und berührte einen der Buchstaben. Sie waren feucht und ließen sich leicht abwischen. Er roch an seinen Fingern. Es schien eine wasserlösliche Farbe zu sein.

Unter einem der Scheibenwischer steckte ein weißes Stück Papier. Er nahm es und las die handschriftliche Mitteilung:

»ZU JUNG, UM WAISEN ZU WERDEN!«

Mit bebenden Händen drehte er das Papier um und sah in die lächelnden Gesichter seiner blonden Töchter, die im Hof ihrer Privatschule auf einer Wippe saßen. Er konnte kaum atmen.

Er setzte sich wieder ins Auto, schaltete die Scheibenwischer an und ließ die Buchstaben in blutroten Rinnsalen die Scheibe hinunterlaufen. Den Rest wischte er mit einem Lederlappen ab.

Er befragte den Parkwächter, aber der Mann hatte niemanden in der Nähe seines Autos bemerkt.

Er beschloß, Detective Drake anzurufen. Er lief wieder

nach oben und wollte gerade die Tür zu seinem Büro öffnen, als er seinen Namen hörte. Er drehte sich um und sah sich Walter Haus gegenüber, einem der geschäftsführenden Partner der Kanzlei.

»Alles bereit für morgen?« erkundigte sich Haus.

Barry Lewis zögerte nur den Bruchteil einer Sekunde, dann nickte er.

»Ich wette, Ihnen fällt ein Stein vom Herzen, wenn das alles vorüber ist.« Lächelnd legte Haus Lewis eine Hand auf die Schulter. »Ich bin stolz auf Sie.«

»Vielen Dank, Sir.«

Er setzte sich an seinen Schreibtisch und griff zum Telephonhörer, legte ihn dann aber wieder auf die Gabel. Sie wollten ihm nur Angst einjagen. Er wußte es, und es ärgerte ihn. Er riß das Photo in kleine Fetzen, warf sie in den Papierkorb unter seinem Schreibtisch und dankte Gott dafür, daß das Photo nicht bei ihm zu Hause deponiert worden war, wo es Sheila hätte finden können.

Er zog seinen Block zu sich heran und begann zu schreiben.

Zwölftes Kapitel

»Hi, Gene! Sehe ich dich heute abend?«

Eugene Oppman schloß sein Schrankfach und drehte sich um. Er lächelte. »Kann leider nicht, Cal. Zuviel Hausarbeiten. Meine Alten machen mir Dampf.« Er hob die Schultern.

»Und ich war sicher, daß du mir die Daumen drücken würdest.«

»Ich wünschte, ich könnte es. Aber du hast doch gar kein Daumendrücken nötig. Du bist unser Star-Sprinter. Das weiß doch jeder.«

Cal grinste. »Also dann beim nächsten Mal, ja?« Er streckte Gene die Handfläche entgegen.

»Darauf kannst du dich verlassen.« Gene schlug in seine Hand und lief dann den langen Flur hinunter. Auf dem Weg zum Ausgang betrat er einen Waschraum und spülte sich die Hände ab. Er hätte damit auch bis zu Hause warten können, aber so war es besser. Nur kein Risiko eingehen.

Im Bus fand er zwei leere Plätze nebeneinander und setzte sich auf den am Gang. Er zog eine Taschenbuchausgabe von *Eine amerikanische Tragödie* heraus und schlug die Seite auf, die er mit einem Eselsohr markiert hatte. Zunächst hatte er Dreisers Stil reichlich verschroben gefunden, aber inzwischen interessierte er sich brennend für Clyde Griffiths' Lebensprobleme.

Griffiths hatte es wirklich nicht leicht. Seine knickrigen Heilsarmee-Eltern machten ihm das Leben zur Hölle. Eine berufliche Enttäuschung nach der anderen. Clyde Griffiths bemühte sich wirklich, irgendwo unterzukommen, aber irgendwas oder irgend jemand verpatzte ihm dann immer wieder seine Chance.

Und so wie Griffiths fühlte sich Gene die meiste Zeit auch: frustriert, wütend. Aber natürlich stellte es Dreiser so hin, als läge alles nur an Clyde. Als hätte er falsche Vorstellungen, als wollte er das Falsche, etwas, was er nicht haben konnte. Das sei die amerikanische Tragödie, war Theodore Dreisers Botschaft – jedenfalls nach Meinung von Genes Englischlehrerin Mrs. Rosenthal.

Dreiser irrte sich. Das war nicht die amerikanische Tragödie. Es war etwas anderes, etwas, das tagtäglich an Gene nagte. Aber er unternahm wenigstens etwas dagegen.

Der Bus hielt. Gene las weiter. Eine Minute später ruckte der Bus wieder an.

»Würden Sie mich bitte durchlassen?« fragte eine Frau mit spanischem Akzent.

Gene sah hoch. Die Frau war klein und untersetzt, mit bräunlichem Teint und schwarzen Locken. Lächelnd nahm er seinen Rucksack vom Sitz, stand auf und wartete im Gang, bis sie am Fenster Platz genommen hatte. Er blickte sich im Bus um. Es gab keine freien Plätze mehr. Er schob den Rucksack unter den Sitz, setzte sich und versuchte weiterzulesen, konnte sich aber nicht konzentrieren. Sogar wenn er den Blick auf die Buchzeilen richtete, sah er, wie sich die Hüften der Frau ausbreiteten. Ihn fast berührten. Der Geruch ihres regennassen Wollmantels, ihres blumigen Parfums siegte über die Abgase des Busses. Ein Gefühl der Übelkeit stieg in ihm hoch.

Er fragte sich, ob sie wußte, wie sehr er sie verabscheute. Er fragte sich, ob irgend jemand in der Schule wußte, was er wirklich empfand. Beispielsweise Mrs. Rosenthal, die so stolz auf seine Aufsätze war und ihn ständig ermutigte, sich um ein Stipendium an einem der Ivy-League-Colleges zu bemühen. Oder Calvin Donnert, der afroamerikanische Sprinterstar an der Long Beach High und seit drei Jahren Genes Mitschüler. Oder alle anderen, die nicht dazu gehörten. Er war zu ihnen allen freundlich, lachte über ihre Späße, half ihnen bei den Hausaufgaben.

Eugene Oppman konnten alle gut leiden.

Er haßte sie alle.

Die Frau neben ihm verlagerte ihr Gewicht. Der Ärmel ihres Mantels berührte ihn. Er rückte ein Stück ab und stellte sich vor, von einer schützenden, durchsichtigen Blase umgeben zu sein. Das tat er häufig: in der Klasse, in der Sporthalle, im Supermarkt, im Kino. Immer dann, wenn er von ihnen umzingelt war.

Sie zerstörten sein Leben. Diese Frau und ihre Legionen von Verwandten und Freunden – zumeist illegal eingewanderte Fremde –, die die finanziellen Mittel der Regierung aufzehrten. Der schlitzäugige Mann und seine beiden Kinder, die zwei Reihen vor ihm saßen. Mrs. Rosenthal, die sich insgeheim über ihn lustig machte, indem sie ihn ermunterte, sein Geld für College-Bewerbungen zu verschwenden, obwohl sie doch nur allzu gut wußte, daß er dort nie angenommen werden würde, weil die Juden und Asiaten schlauer waren als er; und darüber hinaus waren die Juden so reich, daß sie sich einen Collegeplatz erkaufen konnten. Die Schwarzen und Latinos waren zwar nicht schlauer als er, aber ihnen räumte man größere Möglichkeiten ein, weil sie Minderheiten angehörten.

Aus diesem Grund bekamen sie auch die besseren Ferienjobs. Im letzten Sommer hatte er sich verzweifelt um einen Job bemüht und mit einer ganzen Reihe der Geschäftsführer gesprochen, die Stellenangebote in ihre Fenster gehängt hatten. McDonald's. The Foot Locker. Ralph's Supermarket. The Warehouse. Er wußte, daß er keinen schlechten Eindruck machte. Er war groß, schlank, anständig gekleidet, intelligent. Aber jedesmal erhielt er die gleiche Antwort: »Die Stelle ist leider schon vergeben. Versuchen Sie es doch später noch einmal.«

Nun, er wußte genau, an wen die Stellen vergeben waren.

An Angehörige von Minderheiten.

In diesem Jahr würde er sich gar nicht erst um einen Ferienjob bemühen. Er hatte keine Lust, sich wieder zum Narren zu machen.

Dreiser irrte sich gründlich. Die wahre amerikanische Tragödie war das, was sich Tag für Tag in diesem Land abspielte. Echte Amerikaner wurden immer stärker ausmanövriert, in den Hintergrund gedrängt – von Fremden, die nicht hierher gehörten. Von Juden, Schwarzen, Koreanern, Latinos, Arabern, Chinesen – seine High School war voll von ihnen.

Inzwischen sind wir in der Minderheit, sagte sich Gene.

Er hatte nicht immer gewußt, wo das Problem lag. Seine

Eltern sprachen dauernd von »schweren Zeiten« und »Rezession«, aber ihm war klar, daß sie nur das wiederholten, was sie in den Medien hörten. Und die Medien wurden von den Juden beherrscht. Bevor er der Gruppe beigetreten war, hatte er das natürlich nicht gewußt, aber dann hatte er die Fakten und Statistiken gesehen und erkannt, daß es stimmte. Alles stimmte. Und wenn nicht endlich jemand etwas dagegen unternahm, würden sie bald das ganze Land unter ihre Kontrolle bringen.

Einmal hatte Gene versucht, mit seinen Eltern über diese Tatsachen zu sprechen. »Wie kannst du nur so etwas sagen?« hatten sie sich erregt. »Woher hast du nur diese Ideen? Wir haben dich doch immer dazu angehalten, einen Menschen nicht aufgrund seiner Religion oder seiner Hautfarbe zu beurteilen. Kannst du denn nicht einsehen, daß . . .« Nie wieder hatte er versucht, ihnen etwas zu erklären. Aber in seinem tiefsten Inneren spürte er, daß seine Eltern wußten, daß er recht hatte. Sie fürchteten sich nur davor, das auch zuzugeben. Anfangs hatte auch Gene Angst gehabt, seine Ressentiments offen einzugestehen, aber als er es dann erst einmal getan hatte, fühlte er sich gereinigt, fast neugeboren. Frei.

Der Bus näherte sich seiner Haltestelle. Er zog an der Schnur, drückte auf das Stopsignal, nahm seinen Rucksack und ging zur Tür. Der Busfahrer – ein Schwarzer – hielt so abrupt, daß Gene die Stufe hinabtaumelte. Das hatte der Bastard mit Absicht getan. Die hydraulischen Türen gingen zischend auf. Gene verließ den Bus und lief die drei Blocks nach Hause.

»Bist du das, Gene?« rief seine Mutter aus der Küche.

»Yeah.« Er ging in sein Zimmer, warf den Rucksack aufs Bett, betrat das Bad und wusch sich erneut die Hände. Er glaubte nicht wirklich, daß er sich durch den Handschlag mit Cal eine Krankheit eingefangen haben könnte. Er war nur vorsichtig.

Er ging wieder in sein Zimmer und schloß die Tür. Aus dem Schrank holte er die dunkelbraunen Militärstiefel, die er von Roy Benning erhalten hatte. Sie waren spiegelblank und tadellos, aber er wischte sie noch einmal mit einem weichen Tuch ab.

Einen Augenblick später klopfte seine Mutter. »Gene? Darf ich reinkommen?«

»Sicher.« Er stellte die Schuhe wieder in den Schrank. Als seine Mutter eintrat, saß er auf dem Bett.

»In der Schule alles in Ordnung?« fragte sie und ließ ihn nicht aus den Augen.

Er wußte, daß sie es vermied, das Poster von Adolf Hitler und das Hakenkreuz an der Wand über ihm anzusehen. In gewisser Weise genoß er ihr Unbehagen. »Das gehört sich nicht«, hatten seine Eltern gesagt, als er das Poster und das Hakenkreuz anbrachte. »Wir dulden so etwas nicht in unserem Haus.« Aber er hatte ihnen erklärt, es sei sein Zimmer und er hätte das Recht auf seine Privatsphäre. Seine Mutter, eine Lehrerin, hatte die Stirn gerunzelt, und sein Vater, ein Psychologe, hatte gesagt: »Nun, ich denke, du solltest dir das noch einmal gründlich überlegen.« Da wußte Gene, daß alles in Ordnung war.

Am Abend hatte er eine Unterhaltung seiner Eltern belauscht. Seine Mutter wollte, daß Gene Poster und Hakenkreuz entfernte. Aber sein Vater sagte, das sei nur eine Entwicklungsphase, und wenn sie ihn zwängen, würde er nur Widerwillen gegen sie empfinden und seine Gefühle unterdrücken. Immerhin rasiere er sich nicht den Schädel wie diese Skinheads, hatte sein Vater gesagt.

Poster und Hakenkreuz blieben an der Wand. Und Gene fügte zwei Achten aus Filz hinzu: Acht stand für den Buchstaben H. Zwei Achten bedeuteten »Heil Hitler«. Und

Gene wußte, daß sein Vater – sogar noch mehr als seine Mutter – insgeheim stolz war auf das, was er tat.

»In der Schule ist alles okay«, sagte er zu seiner Mutter.

»Was gibt's Neues und Aufregendes?«

Dieser Satz stammte aus Melanie Griffiths Film *A Stranger Among Us.* Seine Eltern hatten das Video ausgeliehen und ihn praktisch gezwungen, es sich mit ihnen zusammen anzusehen. Der Film handelte von chassidischen Juden. Er krümmte sich innerlich – teils in der Erinnerung an seinen Widerwillens beim Anblick von Schwärmen schwarzgekleideter chassidischer Juden mit ihren schmuddeligen Schläfenlocken, und teils wegen der Tatsache, daß seine Mutter diese Formulierung übernommen hatte, um so zu tun, als hätten sie eine enge Beziehung zueinander, und als würde sie ihn genauso lieben wie seinen kleinen Bruder John.

Was es Neues und Aufregendes gab? Morgen, hätte er seiner Mutter am liebsten erzählt, morgen, wenn sie die Erlaubnis für die Parade erhalten, wird es etwas Neues geben. Gene konnte an der Verhandlung nicht teilnehmen, konnte die Schule nicht schwänzen, aber Mr. Benning hatte ihm versichert, daß die *White Alliance* gewinnen würde. An der Parade selbst würde Gene teilnehmen, selbst, wenn er deswegen der Schule verwiesen würde. Die würde er sich auf keinen Fall entgehen lassen.

»Nichts Neues«, sagte er. »Immer dasselbe.«

»Aber heute abend ist doch eine Leichtathletikveranstaltung, oder? Gehst du hin?«

»Ich habe etwas anderes vor.«

»Du gehst wieder zu dieser Gruppe, stimmt's?« Sie schürzte die Lippen. »Gene . . .« Sie brach ab und sagte nach kurzer Pause: »Komm nicht zu spät nach Hause.« Damit verließ sie den Raum und zog die Tür hinter sich zu.

»Ich tippe auf Ben-Natan«, verkündete Espes. »Er ist ein militanter Geist, wie die Akten zeigen. Sie haben noch nicht mit ihm gesprochen, oder?«

»Er ist heute verreist.« Das stand in ihrem Report. Konnte Espes nicht lesen?

»Was ist mit diesem Zwillingsbruder? Haben Sie sein Alibi überprüft?«

»Ich habe versucht, Eileen Pasternak anzurufen, mit der er angeblich gestern abend zusammen war. Es ging niemand an den Apparat. Bevor ich gehe, versuche ich es noch einmal.«

Espes vertiefte sich wieder in den Bericht, dann blickte er auf. »Gute Arbeit, Drake. Gründlich und präzise. Und Ihre Handschrift ist tatsächlich lesbar, nicht wie die Ihres Kollegen.« Er lächelte. »Wen werden Sie noch befragen?«

Jessie schlug die Beine übereinander, und wieder fielen ihr die Wasserflecken am Saum ihrer braungrauen Hosen auf. Hosen, die sie gerade erst aus der Reinigung geholt hatte. »Rita Warrens von der ACLU könnte vielleicht einige Hinweise geben. Ich habe mehrfach in ihrem Büro angerufen, aber sie war nie zu sprechen. Ira Yellin hat mir bisher keine Kopie des Briefes gefaxt, den sein *Jewish Federation Council* an Lewis geschrieben hat. Er wurde von den meisten Rabbinern in L.A. unterzeichnet.« Sie hatte das unbestimmte Gefühl, daß Yellin sein Versprechen »vergessen« haben könnte. Vielleicht wollte er vermeiden, daß die Rabbiner in die Angelegenheit hineingezogen wurden. Sie nahm sich vor, ihn anzurufen.

»Ich könnte die Rabbiner befragen.« Das behagte ihr nicht besonders, es würde Tage in Anspruch nehmen. »Ich habe auch daran gedacht, Rita Warrens ihre Namen zu nennen. Vielleicht hat einer von ihnen sich mit der ACLU in Verbindung gesetzt. Das könnte den Kreis einengen.«

»Gute Idee.« Espes ließ den Bericht fallen und lehnte sich in seinen Sessel zurück. »Sie halten das alles für glatte Zeitverschwendung, stimmt's?« Er musterte Jessie.

Hatte er ihre Abneigung gespürt? Oder wollte er sie wieder schikanieren? »Nahezu jeder hätte sich an Lewis' Tür zu schaffen gemacht haben können. Möglicherweise finden wir den Schuldigen nie.«

Espes dachte einen Moment nach. Dann schüttelte er den Kopf. »Besorgen Sie sich das Fax von Yellin, warten Sie mit der Kontaktaufnahme zu den Rabbinern jedoch noch ab. Ich möchte, daß Sie morgen zu der Verhandlung gehen. Und sehen Sie zu, daß Sie Rita Warrens erreichen.«

»Ich werde es versuchen.«

»Belassen Sie es nicht bei einem Versuch. Bringen Sie die Sache zum Abschluß, Drake, damit Sie zu Ihren Mordfällen zurückkehren können. Das ist es doch, was Sie wollen. Oder?«

Natürlich will ich das, sagte sich Jessie, als sie Espes' Glaskäfig verließ. Aber nachdem ich einen ganzen Tag mit Nachforschungen im Fall Lewis zugebracht habe, will ich auch wissen, wer den Stern an seine Tür gemalt hat.

Sie rief bei der ACLU an, wo man ihr wieder sagte, daß Mrs. Warren nicht zu sprechen sei. Sie wählte die acht Nummern von Eileen Pasternaks Anschluß und ließ das Telephon zwölfmal klingeln, bevor sie aufgab. Plötzlich fragte sie sich, ob Ezra Nathanson wieder mit Miss Pasternak zusammen war, um sein Alibi hieb- und stichfest zu machen.

Verdammt.

»Ich habe deinen Honda in der Auffahrt gesehen. Daher wußte ich, daß du zu Hause bist«, sagte Frank Pruitt, als er die Diele betrat.

»Regnet es immer noch?« fragte Jessie und schloß die Tür. Sie freute sich, daß er da war, war aber auch verärgert darüber, daß er zuvor nicht angerufen hatte, um sich zu vergewissern, daß sie zu Hause war. Offenbar dachte er, sie stünde auf Abruf bereit.

»Es nieselt. Ich mußte hundertmal klingeln«, beschwerte er sich und zog seinen Mantel aus. »Ich hatte schon Angst, daß dir etwas zugestoßen sein könnte.«

»Ich war unter der Dusche.«

»Das habe ich mir gedacht.« Er legte den Arm um ihre Hüfte, zog sie an sich und küßte sie.

Jessie hielt sich zurück, strafte ihn dafür, daß er sie den ganzen Tag lang nicht angerufen hatte – bis sie merkte, daß sie damit auch sich selbst strafte. Sie entspannte sich, überließ sich der Umarmung und öffnete ihre Lippen. Ihr gefiel der leichte Moschusgeruch seines Rasierwassers, die vertraute Stärke seiner muskulösen Arme, die Art, wie er seinen Körper an sie drückte.

»Ich hab dich im Parker Center angerufen«, sagte sie einen Moment später und fuhr mit ihren Fingern durch seine feuchten dunkelbraunen Haare. Langsam setzten sich die grauen Strähnen durch, und Jessie erinnerte sich an eine Bemerkung, die Helen kürzlich gemacht hatte. »Frank ist sechsundvierzig, Neil vierundvierzig«, hatte sie gesagt. »Sieht ganz so aus, als würden wir beide ältere Männer bevorzugen, was, Jess?«

»Ich war den ganzen Tag mit den Jungen unterwegs«, erwiderte er. »Eigentlich wollten wir zum Magic Mountain, aber das Radio sagte Regen voraus, daher fuhren wir zunächst zum Panoptikum in Hollywood, dann zur Academy. Das Panoptikum war ein Reinfall, die Academy ein voller Erfolg. Besonders der Souvenirladen.« Er grinste kläglich.

»War Rona mit von der Partie?« Sie bereute die Frage sofort.

»Ja. Die Jungen fragten, ob sie mitkommen könne. Da konnte ich kaum nein sagen.« Er zuckte mit den Schultern und sah sie an. »Kein Grund zur Sorge, Jess.«

»Ich weiß.« Sie lächelte, um ihm zu beweisen, daß sie es ernst meinte. »Ich war nur neugierig.«

»Ich dachte, wir können vielleicht irgendwo essen gehen. Die Jungen sind mit Rona bei deren Eltern.«

»Klingt hervorragend. Und danach vielleicht ins Kino? In Century City gibt es einen neuen Film mit Mel Gibson.«

Er zögerte. »Ich habe den Jungen versprochen, daß sie heute bei mir schlafen können«, sagte er schließlich und legte ihr die Hand auf die Schulter. »Es ist mir wichtig, daß ich mit ihnen zusammen bin, Jess. Ich sehe sie nur ein paarmal im Jahr.«

»Selbstverständlich. Du brauchst mir nichts zu erklären, Frank.«

»Ich habe das Gefühl, ich sollte es«, entgegnete er leise.

Sie schüttelte den Kopf. »Ich bin nur ein bißchen enttäuscht. Und unvernünftig. Entschuldige.« Vielleicht ist das Wetter daran schuld, dachte sie, wußte aber gleichzeitig, daß es nicht so war.

»Du bist durchaus nicht unvernünftig. Auch ich bin enttäuscht, Süße. Aber Rona und die Jungen bleiben höchstens noch eine Woche. Glaubst du, daß wir es so lange aushalten?« Er küßte sie wieder, schob seine Hand in ihren Bademantel und umfaßte ihre Brust.

Auch nach acht Monaten reagierte sie noch immer fast unerträglich erregt, wenn er sie berührte. Und sie wußte, daß auch sie ihn erregte. Manchmal befürchtete sie, daß es nur der Sex war, der sie verband. Sie liebten sich jedesmal, wenn sie sich trafen, und manchmal sprachen sie nur wenig miteinander. Im Gegensatz zu Gary äußerte sich Frank kaum über sich selbst.

Aber natürlich gab es zwischen ihnen weitaus mehr als

Sex. Beide waren sie Cops. Beide waren sie geschieden. Sie hatten viel miteinander gemein. Mit der Zeit würde er ihr gegenüber schon offener werden. Sie löste sich aus seinen Armen. »Laß mir eine Viertelstunde, damit ich mir die Haare trocknen und mich anziehen kann.«

»Wir brauchen doch nichts zu überstürzen, oder?« Er setzte kleine flinke Küsse auf ihren Hals, löste den Gürtel ihres Bademantels und zog sie an sich.

Sie dachte an Widerspruch, um sich etwas zu beweisen, wollte ihn aber mit einer Heftigkeit, die sie verblüffte. »Eigentlich nicht.«

Schließlich gingen sie doch nicht aus. Jessie taute zwei Scheiben Lachsfilet auf und dünstete sie mit einem Hauch Margarine, ein paar Tropfen Zitronensaft, Knoblauchpulver und Paprika. Backkartoffeln aus der Mikrowelle. Salat. Haute cuisine à la Drake.

Sie trug einen dunkelgrünen Pullover, khakifarbene Hosen und warme Socken. Keine Schuhe. Ihre langen Haare waren an der Luft getrocknet und lockiger, als sie es liebte. Sie wollte sie im Nacken zusammenfassen, aber Frank nahm ihr das Band aus der Hand und fuhr ihr mit den Fingern durch die Haare, bis sie ihr wirr auf die Schultern fielen.

»So gefällt es mir besser«, erklärte er.

In dieser Beziehung hatten Männer offenbar einen Tick. Auch Gary hatte ihr Haar offen und lockig geliebt. Und lang. Plötzlich fragte sie sich, warum sie eigentlich an ihren Ex-Mann dachte. Vielleicht weil Rona zu Besuch war.

Während des Essens erzählte Frank von seinen Söhnen. Christopher war neun, nur wenig älter als Jessies Neffe Matthew. Andy fast zwölf.

»Ich wünschte, du könntest sie kennenlernen«, sagte er.

Besser konnte es gar nicht kommen. »Wie wäre es am

Wochenende?« schlug sie schnell vor. »Helen und Neil fahren nach Tucson, und Matthew bleibt bei mir. Es wird bestimmt ein großer Spaß, Frank.« Sie lächelte ihn an.

»Es wäre bestimmt ein großer Spaß, aber Ronas Eltern haben die ganze Sippe eingeladen, um am Sonnabend Andys Geburtstag zu feiern. Ich dachte, das hätte ich dir schon gesagt.«

Sie schüttelte den Kopf und trank einen Schluck Wasser.

»Vermutlich habe ich es vergessen. Und dann habe ich ihnen einen Besuch in Disneyland versprochen. Am Sonntag.« Nach einer Pause fügte er hinzu. »Rona kommt auch mit. Tut mir leid, Jess.«

»Kein Problem. Matthew und mir wird schon etwas anderes einfallen. Nimm dir noch etwas Salat«, sagte sie und schob ihm die Schüssel zu. Einige Minuten aßen sie schweigend. Jessie hatte nicht gewußt, wie laut Messer und Gabeln klappern können.

»Und wie steht es an der Mordfront von L.A.?« fragte Frank schließlich.

»Keine Ahnung.« Sie berichtete ihm vom Fall Lewis. »Morgen ist die Gerichtsverhandlung. Falls Lewis gewinnt, und davon kann man wohl ausgehen, könnte sich derjenige, der sich an seiner Haustür vergriffen hat, etwas Neues einfallen lassen.«

»Aber doch nicht unbedingt Mord, oder?« Er schob sich ein Stück Lachs in den Mund. »Glaubst du, daß Espes dich tyrannisiert?«

»Vielleicht. Vielleicht aber auch nicht.« Sie seufzte. »Ich kann nur nicht begreifen, warum er die Sache nicht CAPS übergibt.«

»Druck. Sie haben eine Menge Einfluß, wie du weißt. Im Präsidium. Beim Bürgermeister. Im Stadtrat.«

Jessie runzelte die Brauen. »Wer?«

»Juden. In diesem Fall Lewis. Ich wette, wenn Lewis

kein Jude wäre, hätte dir Espes diesen Fall nicht aufgehalst.«

Jessie schüttelte den Kopf. »Lewis hat keine Untersuchung verlangt, Frank. Er war dagegen, daß ich die Sache weiter verfolge, und regelrecht empört, als mir seine Frau Namen nannte.«

»Dann eben die Rabbiner.« Er spießte ein Stück Gurke auf.

»Das glaube ich nicht. Espes sagte, er rechne mit einem großen Medieninteresse in dieser Sache, und er übergebe mir den Fall, weil er wisse, daß ich einige Erfahrungen mit Presse und Fernsehen habe. Und Phil meinte, das könnten tatsächlich Espes' Motive gewesen sein.«

»Vielleicht.« Er erzählte ihr von dem Fall, mit dem er gerade befaßt war – eine Serie von Raubüberfällen, die offenbar alle von demselben Täter oder derselben Täterbande begangen worden waren. Als er mit dem Rest seines Lachses fertig war, lehnte er sich seufzend auf seinem Stuhl zurück.

»Großartiges Essen, Jess. Aber beim nächsten Mal lade ich dich zum Essen ein. Du kannst dir schon ein feines Restaurant aussuchen.«

»Chasen's?« Sie lächelte.

»So fein nun auch wieder nicht.« Er lachte und sah auf die Uhr. »Aber jetzt sollte ich besser gehen.«

Sie verspürte einen Stich der Enttäuschung. Er schien doch gerade erst gekommen zu sein. »Kein Dessert?«

»Das hatte ich bereits, Süße.« Lächelnd fuhr er ihr mit dem Daumen über die Hand.

Zu einem anderen Zeitpunkt hätte seine Bemerkung sie amüsiert. Jetzt ärgerte sie sich darüber. Sie fühlte sich irgendwie ausgenutzt, billig. Sie wußte, daß es ihr Fehler war, nicht seiner, und zwang sich zu einem Lachen. »Ich dachte an Apple Pie.«

»Ich wünschte, ich könnte bleiben. Aber ich habe den Jungen versprochen, gegen halb neun zu Hause zu sein. Ich rufe dich morgen an. Vielleicht schon heute abend, wenn die Jungen eingeschlafen sind.«

Nachdem Frank gegangen war, ging Jessie ins Wohnzimmer, setzte sich auf das schwarze Ledersofa und schaltete den Fernseher ein. Dann griff sie aus einem Impuls heraus zum Telephon und rief ihre Eltern an. Sie lebten in La Jolla, einem Küstenort nördlich von San Diego.

Arthur Claypool meldete sich. »Jessie! Wie schön! Alles in Ordnung?« fügte er schnell hinzu.

»Alles okay, Dad. Und wie geht es dir?«

»Gut, gut. Also gibt es keinen besonderen Anlaß für deinen Anruf?«

»Nein. Ist Mom da? Ich würde sie gern etwas fragen.«

»Aber selbstverständlich. Warte, ich hole sie an den Apparat.« In der Stimme ihres Vaters mischten sich Überraschung und Wachsamkeit.

Sie wünschte, ihr Anruf wäre kein so ungewöhnliches Ereignis, aber die Kommunikation mit ihren Eltern – besonders mit ihrer Mutter – war ausgesprochen sporadisch. Jessie hatte ihr Elternhaus mit siebzehn Jahren verlassen und danach zuerst in La Jolla, dann in San Diego gewohnt. Zwei Jahre später war sie nach Los Angeles gezogen, und nach ihrem Abschluß in Politologie am California State Northridge hatte sie sich an der Polizei-Akademie eingeschrieben. Auf diesen Laufbahnwechsel hatte ihr Vater besorgt reagiert, ihre Mutter verärgert.

Aber schließlich konnte sie es ihrer Mutter nie recht machen. Daran hatte sich Jessie inzwischen gewöhnt.

»Jessica? Was ist geschehen?«

»Nichts ist geschehen, Mom. Mir war nur danach, euch anzurufen.«

»Hast du Besuch? Ich höre Leute reden.«

»Das ist der Fernseher, Mom.«

»Aber es klingt wie eine Unterhaltung«, erklärte Frances Claypool.

»Hier ist niemand, Mom.« Jessie schaltete die Lautstärke herunter. »Wie geht es dir?«

»Gut.« Ihre Mutter hörte sich mißtrauisch an. »Es geht doch nicht um Helen? Neil verläßt sie doch nicht etwa, oder?«

Jessie seufzte. »Helen und Neil geht es gut. Sie . . .« Jessie wollte gerade erzählen, daß die beiden über das Wochenende nach Arizona fahren und Matthew bei ihr lassen würden, aber ihr Fehler wurde ihr noch rechtzeitig bewußt. Ihre Mutter würde außer sich sein, weil Helen ihr nichts von ihren Plänen erzählt und sie gebeten hatte, auf Matthew aufzupassen.

»›Sie‹ . . . was?« hakte Frances Claypool sofort nach.

»Sie kommen sehr gut miteinander aus. Ich glaube, die Therapie zahlt sich aus.«

»Die Therapie ist Schwachsinn. Eine kostspielige Zeitverschwendung. Helen und Neil müssen selbst sehen, daß sie miteinander auskommen.«

»Eine Therapie kann helfen, Mom.« Jessie hatte sie geholfen, etwas von dem Zorn abzubauen, den sie jahrelang gegen ihre gutaussehende, wohlerzogene und gleichgültige Mutter sowie gegen ihren Vater empfunden hatte, der vor allem die Augen und Ohren verschloß. Sie hoffte, sie half auch Helen, mit ihrem Packen an Leid und Lieblosigkeit fertigzuwerden.

»Deine Ehe mit Gary hat sie jedenfalls nicht gerettet, nicht wahr?« sagte ihre Mutter.

»Nein, das hat sie nicht«, antwortete Jessie und zwang sich dazu, auf den selbstgefälligen Ton ihrer Mutter nicht gereizt zu reagieren. Sie grub ihre Fingernägel in das Lederpolster. Ich hätte nicht anrufen sollen, sagte sich sich.

»Helen hat sich an dich gewandt, nicht wahr? Sie will unbedingt, daß ich an einigen ihrer Sitzungen teilnehme, aber das werde ich nicht tun. Das kannst du ihr von mir ausrichten.«

»Mom, Helen hat mich nicht gebeten, dich anzurufen.«

»Lüge mich nicht an! Ich weiß doch, was los ist. Du glaubst, daß ich an ihren Problemen schuld bin. Hast du das auch ihrem Therapeuten erzählt?«

Ruhig bleiben! »Mom, ich habe nicht mit Helens Therapeuten gesprochen. Ehrlich nicht. Und ich rufe auch nicht an, um über Helen zu reden. Es tut mir leid, wenn ich dich verärgert haben sollte.« Ihre Mutter schwieg. »Okay?« Schweigen. »Ich würde dich gern etwas fragen, Mom.« Immer noch keine Antwort, aber sie fuhr trotzdem fort: »Ich untersuche gerade einen Fall, bei dem jemand einen Davidsstern an die Tür eines jüdischen Anwalts gemalt hat, der ...«

»Das habe ich in den Abendnachrichten gesehen. Aber sie haben deinen Namen nicht erwähnt. Jedenfalls habe ich ihn nicht gehört. Ich werde deinen Vater fragen.«

»Mom ...«

»Einen Augenblick ... Arthur, haben sie Jessicas Namen in dem Bericht über diese Sache mit dem Davidsstern erwähnt?« Einen Moment später sagte Frances Claypool zu Jessie: »Dein Vater hat deinen Namen auch nicht gehört. Vielleicht bringen sie ihn in den Elf-Uhr-Nachrichten.«

»Es interessiert mich nicht, ob mein Name erwähnt wird oder nicht, Mom. Eigentlich wollte ich dich nach deiner Meinung über die Parade fragen, die diese Neonazis planen.«

»Die finde ich natürlich schrecklich. Dein Vater auch. Warum?«

»Ich dachte gerade über den Fall nach und über die Leute, mit denen ich heute gesprochen habe. Alle sind sie Juden, Mom, und da fielen mir deine jüdischen Verwandten ein, und . . .«

»Was hat das denn damit zu tun, Jessica?«

»Ich dachte, du könntest wegen dieser familiären Beziehungen vielleicht empörter sein als andere.«

»Dein Vater und ich empören uns über die Parade, weil es um Rassismus geht. Und weil Rassismus für jeden in diesem Land gefährlich ist. Mit mir persönlich hat das nichts zu tun.«

»Denkst du denn nicht an sie? Fragst du dich nicht, wie sie empfinden würden?«

»Sie sind tot, Jessica. Ich habe sie nie kennengelernt. Offengestanden tut es mir leid, daß ich sie dir gegenüber jemals erwähnt habe.«

»Woher willst du wissen, daß ihre Kinder nicht mehr am Leben sind? Wer waren sie, Mom? Wie waren ihre Namen?«

»Jessica, ich sage es dir jetzt zum letzten Mal. Ich erinnere mich vage daran, daß meine Eltern irgendwann einmal von irgendwelchen jüdischen Verwandten gesprochen haben. Sie zeigten mir ihr Foto. Und das hatte ich völlig vergessen, bis du es dann gefunden hast. Das ist alles, was ich über diese Leute weiß. Du scheinst ja von ihnen geradezu besessen zu sein. Ich kann mir nicht erklären warum – es sei denn, du führst ein so leeres Leben, daß du es unbedingt mit den Problemen anderer Menschen ausfüllen mußt.«

Jessie ignorierte den Seitenhieb. »Mom, bist du der Ansicht, daß man diesen Neonazis das Handwerk legen sollte?«

»Großer Gott, Jessica! Erst rufst du monatelang nicht an, und dann behelligst du mich mit belanglosem Unsinn und stellst hypothetische Fragen über längst verstorbene Verwandte und Nazis!«

»Ich mußte mit dir sprechen, Mom. Du sagst doch immer, daß wir häufiger miteinander sprechen sollten. Glaubst du, daß man die Parade verbieten sollte?«

Frances Claypool seufzte. »Meiner Meinung nach bauschen diese Rabbiner die ganze Angelegenheit zu sehr auf. Laßt diese Nazi-Banditen doch ihre Parade abhalten und fertig.«

»Und was ist, wenn sie beschließen, auch durch La Jolla zu marschieren?«

»Gute Nacht, Jessica.«

»Mom ...«

»Grüß Helen von mir. Du kannst ihr sagen, es würde nichts schaden, wenn sie auch einmal bei ihren Eltern anruft. Es sei denn, ihr Therapeut rät ihr dringend davon ab.«

Der Freiton summte in Jessies Ohren.

Eins zu null für Frances Claypool. Jessie legte den Hörer auf die Gabel.

Vierzehntes Kapitel

Der Saal des Los Angeles County Superior Court war brechend voll. Jessie war zwanzig Minuten vor Beginn der Verhandlung erschienen, aber als sie an diesem Mittwochmorgen um zehn nach acht den Gerichtssaal betrat, gab es auf den beiden Zuschauergalerien nur noch wenige leere Plätze.

Auf der rechten Galerie erblickte sie bekannte Gesichter: Korbin, Yellin (sie wartete noch immer auf sein Fax), Lesley Wittiger, Myron Perkins, der für den betreffenden Bezirk zuständige Stadtrat, Jeffrey Beal, der stellvertretende Staatsanwalt, ein gutaussehender Mann mit dichtem, vorzeitig ergrautem Haar. Jessie war Beal im Parker Center häufig begegnet, und er war auch anwesend gewesen, als sie vor sieben Monaten ihre Belobigung erhalten hatte.

Auch Ben-Natan war da. Selbst aus der Entfernung erkannte ihn Jessie aufgrund seines Paßfotos. Er unterhielt sich mit einem Mann, den Jessie nach einigem Überlegen schließlich als den Leiter der *Jewish Defense League* identifizierte. An seinen Namen konnte sie sich nicht erinnern.

Jenseits des Ganges saßen die Antragsteller, mehr Männer als Frauen. Einige trugen die Schädel glattrasiert – das Kennzeichen der Skinheads. Auch ein paar Teenager waren da. Sie sollten eigentlich in der Schule sein, dachte Jessie, aber Schwänzen stand hier wohl kaum zur Debatte. Ein großer, stämmiger Mann mit braunen Haaren und grauem Anzug ging umher und sorgte für Ordnung. Vermutlich Roy Benning, der Anführer. Hinter der Gruppe saßen durchschnittlich wirkende Leute: Sympathisanten oder Menschen, die es eher zufällig in den Gerichtssaal verschlagen hatte? Jessie hoffte das letztere. Es war eine beunruhigende Vorstellung, daß das rassistische Gedankengut der *White Alliance* breitere Zustimmung bei Mr. und Mrs. America gefunden haben könnte.

Und dann war natürlich auch die Presse präsent: Zeitungsreporter mit ihren Notizblöcken, ein Gerichtszeichner, Fernsehberichterstatter und ihre Kameraleute.

Aber nirgendwo konnte sie Barry Lewis entdecken. Vermutlich wartete er irgendwo draußen auf dem Flur auf den Beginn der Verhandlung.

Jessie setzte sich auf einen der wenigen leeren Plätze auf der linken Galerie.

»Na, das ist ja ein beachtliches Aufgebot, was? Sieht ganz so aus, als wäre ich gerade noch rechtzeitig gekommen.«

Jessie blickte hoch und sah in das lächelnde Gesicht von Ezra Nathanson. »Schwänzen Sie etwa die Schule?«

Er setzte sich neben sie. »Mein erster Kurs beginnt um Viertel nach zehn. Ich rechne damit, daß es hier nicht allzu lange dauert. Haben Sie schon mit Eileen Pasternak gesprochen?«

Er hörte sich besorgt an, aber vielleicht lag das auch nur an seinem Flüsterton. Aber bei all der Geschäftigkeit und dem Raunen im Raum war sein Bemühen ohnehin unnötig.

»Sie hat Ihr Zusammensein bestätigt.« Nach dem Telephonat mit ihrer Mutter hatte Jessie die Frau gestern abend schließlich doch noch erreicht. »Sie wirkte nicht besonders überrascht.«

Errötend zupfte Nathanson an seiner Krawatte. »Ich wollte nicht, daß sie sich über Ihren Anruf aufregt. Ich bat sie, Ihnen die Wahrheit zu sagen.«

»Nett von Ihnen. Ms. Pasternak sagte, Sie hätten sie erst sehr spät, zehn Minuten nach zehn, abgeholt und eine Stunde später wieder nach Hause gebracht. War wohl kein großer Erfolg, oder?«

»Auf dem Hinweg hatte ich eine Reifenpanne. Hat sie Ihnen das nicht erzählt?«

»Haben Sie den Abschleppdienst gerufen?«

Er schüttelte den Kopf. »Ich habe einen Ersatzreifen aufgezogen. Dabei bekam ich Öl auf die Hosen und mußte mich umziehen.«

Also keine Zeugen. »Ich hoffe, die Flecken sind rausgegangen.« Von der rechten Galerie erklang Zischen. Jessie drehte sich um und sah, daß Lewis in Begleitung einer zierlichen Blondine mit Brille den Saal betreten hatte. Rita Warrens? Das Paar begab sich zur linken Galerie und wurde von dem braunhaarigen Mann begrüßt, der in den Reihen der *White Alliance* für Ordnung gesorgt hatte. Das Zischen erstarb.

Jessie wandte sich wieder Nathanson zu. »Gestern sagten Sie nichts davon, daß Sie zu spät zu Ihrer Verabredung gekommen sind.«

»Ich hielt es nicht für wichtig.«

»Aber es war wichtig genug, sich mit Ms. Pasternak abzusprechen.«

»Ich habe mich nicht mit ihr abgesprochen.« Seine Miene verriet Verärgerung.

»Die Richterin Phoebe Williams. Bitte erheben Sie sich.«

Plötzliche Stille und leises Füßescharren. Auch Jessie stand auf und sah zu, wie die Richterin ihren Platz auf der Richterbank einnahm. Sie war eine stattliche Frau, etwa einsfünfundsiebzig groß, mit zurückgekämmtem Haar, hohen Wangenknochen und aufgeworfenen Lippen. Jessie hatte sie noch nie im Gericht erlebt, aber schon viel von der siebenundvierzigjährigen Afro-Amerikanerin aus South Central gehört, die sich nach ihrer Kindheit in diesem armen und gewalttätigen Bezirk von Los Angeles zunächst einen Namen als erfolgreiche Staatsanwältin und dann als Richterin des Superior Court gemacht hatte.

»Guten Morgen«, sagte Phoebe Williams, nachdem sie sich gesetzt hatte. Ihre tiefe, rauhe Stimme hallte im Saal wider. »Mein Gerichtskalender sagt mir, daß das ein langer, langer Tag wird. Also, meine Herren Verteidiger, nennen Sie mir die Partei, die Sie vertreten, und geben Sie mir eine Zeiteinschätzung.« Sie setzte eine Lesebrille auf und nahm ein Schriftstück zur Hand. »Angelo gegen den Staat Kalifornien.« Sie blickte auf.

Auf der linken Galerie erhob sich ein Mann. »Ich vertrete Vincent Angelo, Euer Ehren. Fünf Minuten.« Er setzte sich wieder.

»In Vertretung des Staates Kalifornien, Euer Ehren«, erklärte ein Mann auf der rechten Galerie. »Fünf Minuten.«

»Connelly gegen Meyer«, las Richterin Williams vor.

»Ich vertrete Andrew Connelly, Euer Ehren. Fünf Minuten.«

»Ich vertrete . . .«

»Fünf Minuten?« flüsterte Nathanson Jessie zu. »Offensichtlich keine Juden.« Er lächelte sie an.

»Das Gericht behandelt pro Tag achtundzwanzig bis dreißig Fälle«, flüsterte Jessie zurück. »Jeder, der eine längere Dauer angibt, wird ans Ende der Gerichtssitzung verschoben.«

»In Vertretung von . . .«

In schneller Folge meldeten sich Verteidiger und Ankläger. Schließlich war Barry Lewis an der Reihe. »Ich vertrete die *White Alliance*, Euer Ehren. Fünf Minuten, eher weniger.«

Reine Show, dachte Jessie.

»Dann bemühen Sie sich nach Kräften, so knapp wie möglich zu sein.«

Jeffrey Beal stand auf. »In Vertretung der Stadt Los Angeles, Euer Ehren. Fünf Minuten.«

Noch zwei Fälle wurden aufgerufen, dann fragte Richterin Williams: »Gibt es dringende Gründe dafür, daß einer der Fälle mit Vorrang verhandelt werden sollte?«

Beal erhob sich wieder. »Ich habe um neun Uhr einen Termin vor einem anderen Gericht, Euer Ehren.«

»In diesem Fall bitte ich Sie vorzutreten, Mr. Beal.«

»Sie haben Glück«, flüsterte Jessie Nathanson zu.

Er nickte und blickte zur Richterbank.

Beal begab sich nach rechts zum Klägertisch. Lewis saß an dem entsprechenden Tisch auf der linken Seite.

»Mr. Beal«, begann Richterin Williams, »Ich habe die Unterlagen und Akten zu diesem Fall gründlich überprüft. Mir ist bekannt, daß die Polizeibehörden diese Parade genehmigt haben, daß aber die Stadt von ihrem Einspruchsrecht Gebrauch gemacht und die Parade verboten hat. Offengestanden sehe ich den Grund für diese Entscheidung der Stadt nicht ein, Mr. Beal. Vielleicht können Sie meinem Verständnis auf die Sprünge helfen?«

»Diese Parade würde den Bürgern von Los Angeles unerhörten Schaden zufügen, Euer Ehren, vor allem den Bewohnern von Beverly-Fairfax und Pico-Robertson, durch deren Wohngebiete die Parade führen soll. Viele dieser Anwohner sind Überlebende des Holocaust. Der Rat der Stadt Los Angeles sieht in dieser Parade den bewußten Versuch, die jüdische Bevölkerung von Los Angeles einzuschüchtern und in Angst und Schrecken zu versetzen, sowie zu religiösem und Rassenhaß aufzurufen. Das wird besonders daraus ersichtlich, daß diese Parade am zwanzigsten April stattfinden soll, am Geburtstag von Adolf Hitler. Die öffentliche . . .«

»*Jemach sch'mo!*« erklang eine Männerstimme.

Jessie blickte in die Richtung des Rufers, dann wieder zur Richterbank. Phoebe Williams runzelte die Stirn.

»Die öffentliche Zurschaustellung von Hakenkreuzen bei dieser Parade«, fuhr Beal fort, »stellt einen symbolischen Angriff auf eine große Zahl von Bewohnern von Los Angeles dar und ist eindeutig darauf ausgerichtet, Gewalt und Gegengewalt zu erzeugen. Darüber hinaus . . .«

»Wir sind bereit!« rief eine Männerstimme.

Jessie konnte nicht erkennen, ob es derselbe Mann war. Sie blickte auf Ezra Nathanson, konnte seiner Miene aber weder Zustimmung noch Ablehnung entnehmen.

»Meine Damen und Herren«, erklärte Phoebe Williams mit ruhiger Autorität. »Mir ist bewußt, daß diese Angelegenheit Emotionen weckt, und ich habe großes Verständnis für die Empfindungen aller Betroffenen. Ich möchte Sie jedoch darauf hinweisen, daß ich weitere Zwischenrufe nicht dulden werde. Bitte fahren Sie fort, Mr. Beal.«

Beal räusperte sich. »Darüber hinaus ist zu befürchten, daß diese Parade und das Mitführen von Hakenkreuzen feindselige Reaktionen unter Zuschauern hervorrufen und eine gefährliche Situation für die Antragsteller sowie für neutrale Passanten schaffen kann. Das Auftreten der Antragsteller in militärischen Uniformen und mit Hakenkreuzen ist ›kriegerisch‹, Aufwiegelei zum Aufruhr. Daher sind, und hier ziehe ich den Fall Chaplinsky gegen New Hampshire von 1942 heran, diese Demonstration und die Botschaft, die sie vermittelt, nicht durch das First Amendment gedeckt.

Euer Ehren, die Antragsteller haben in Beverly-Fairfax und Pico-Robertson mit Flugblättern für ihre Parade geworben. Diese Flugblätter und ihre Botschaft des Hasses und der Gewalt gegen jüdische Menschen erfüllen den Tatbestand der Volksverhetzung. Verleumdung wurde noch nie durch das First Amendment gedeckt.

Schließlich ist sich die Stadt des deutlichen Unterschieds zwischen unliebsamer Meinungsäußerung und Verleumdung bewußt, Euer Ehren. Das First Amendment schützt das erstere. Es sollte nicht auch auf das letztere angewandt werden. Die jüdischen Bewohner von Beverly-Fairfax und Pico-Robertson sind das erklärte Ziel dieser Verleumdung. Wir bitten das Gericht, die verfassungsmäßigen Rechte dieser Anwohner zu wahren und den Antrag auf Erlaubnis zum Abhalten dieser Parade abschlägig zu bescheiden. Vielen Dank, Euer Ehren.«

Beal setzte sich.

»Mr. Lewis«, sagte Richterin Williams.

Barry Lewis stand auf. »Euer Ehren, mein Klient ersucht das Gericht um eine Anordnung, die die Stadt Los Angeles dazu verpflichtet, sich an die Entscheidung der Polizeibehörden zu halten und meinem Klienten das Abhalten einer friedlichen Parade am zwanzigsten April zu gestatten . . .«

»Verräter! Du hättest in den Öfen umkommen sollen!«

Richterin Williams schlug mit dem Hammer auf die Tischplatte. Jessie konnte Lewis' Gesicht nicht sehen. Was empfand er? Wut? Furcht? Ezra Nathanson schüttelte seufzend den Kopf.

»Sie da hinten . . . Der Herr in der zweitletzten Reihe, drei Sitze vom Gang . . . Würden Sie bitte aufstehen?«

Ein etwa sechzigjähriger Mann mit hochrotem Gesicht erhob sich zögernd. Er trug ein Schädelkäppchen.

»Wie heißen Sie?«

»Samuel Hochburg.«

»Verstehen Sie Englisch, Mr. Hochburg?«

»Selbstverständlich, Euer Ehren.«

»Nun, dann ist mir Ihr Ausbruch nach meiner Warnung unverständlich.«

»Wir leben in einem freien Land, Euer Ehren, nicht wahr? Wenn es einem Nazi gestattet wird, in jüdische Wohngebiete einzudringen, dann kann ein Mann auch sagen, was er denkt.«

»Wir leben in einem freien Land, Mr. Hochburg, und Sie können Ihre Ansichten über Mr. Lewis und seine Handlungen in nicht verleumderischer Weise äußern. Aber nicht in meinem Gericht. Nicht ohne meine Erlaubnis. Haben Sie das verstanden?«

Hochburg nickte.

»Sie können sich wieder setzen. Noch ein Zwischenruf, und ich lasse Sie wegen Mißachtung des Gerichts vorladen. Eine weitere Störung der Verhandlung, und ich lasse den Saal räumen. Fahren Sie fort, Mr. Lewis.«

»Euer Ehren, um das Tragen von Hakenkreuzen als ›kriegerisch‹ zu kennzeichnen, hat Mr. Beal den Fall Chaplinsky gegen New Hampshire von 1942 bemüht, aber in diesem Fall gab es keine Vorabmaßnahmen vor dem eigentlichen Ereignis, zu dem Mr. Beal das Gericht im Hinblick auf meinen Klienten bewegen möchte. Und was Anstiftung zum Aufruhr anbelangt, so stellt dieses Argument eine hypothetische Annahme dar und als solche einen weiteren

Versuch, einen durch die Verfassung nicht gedeckten den Ereignissen vorgreifenden Zwang auszuüben. Mr. Beal räumt ein, daß mein Klient als Folge der geplanten Parade körperlichen Schaden nehmen könnte. Auch dieses ›Einheizer-Veto‹ ist Anwendung nicht verfassungskonformen den Ereignissen vorauseilenden Zwanges. Mr. Beal hat selbst darauf hingewiesen, daß mein Klient seine bevorstehende Parade und deren Inhalt angekündigt hat. Daher kann meinem Klienten nicht der Vorwurf gemacht werden, über den Überraschungseffekt eine Konfrontation zu suchen.« Lewis machte eine Pause.

Im Gerichtssaal war es ganz still. Jessie sah, daß Nathanson den ACLU-Anwalt anstarrte. Seine Hände waren zu Fäusten geballt.

»Euer Ehren, Mr. Beal hat von Angst und Schrecken, von dem Trauma der Menschen gesprochen, in deren Wohngebiet mein Klient seine Parade abhalten möchte. Ich bestreite dieses Trauma keineswegs, noch habe ich die Absicht, es in irgendeiner Weise herabzuwürdigen, aber das First Amendment räumt meinem Klienten das verfassungsmäßige Recht ein, eine Parade abzuhalten und Ansichten zu äußern, gegen die die meisten der heute in diesem Saal Anwesenden Abscheu empfinden mögen. Aber noch verabscheuungswürdiger und bedenklicher wäre die Vorstellung, daß die verfassungsmäßigen Rechte meines Klienten beschnitten werden könnten. Richter Oliver Wendell Holmes hat das höchst eloquent so ausgedrückt: ›Wenn ein Prinzip der Verfassung mehr als jedes andere nach Verwirklichung verlangt, dann ist es das Prinzip der Gedankenfreiheit – nicht für jene, die mit uns übereinstimmen, sondern Gedankenfreiheit für jene, die wir verabscheuen.‹ Vielen Dank, Euer Ehren.« Lewis setzte sich.

Phoebe Williams faltete die Hände. »Mr. Beal, ich wünschte, ich könnte sagen, ich brauche mehr Zeit, um über Ihre Argumente nachzudenken. Auch wenn Ihre Worte beeindruckend und emotional überzeugend waren, bleibt es doch eine Tatsache, daß dieses Gericht Emotionen ignorieren und sich auf das Gesetz konzentrieren muß. Und in diesem Fall ist die Gesetzeslage eindeutig. Der Präzedenzfall ist, wie Sie sehr wohl wissen, der Fall *Die Ortschaft Skokie gegen Frank Collins.* Dieses Gericht schließt sich widerstrebend der Entscheidung des Illinois Supreme Court an, wonach die Zurschaustellung des Hakenkreuzes nicht unter die Ausnahmen zur Einschränkung der freien Meinungsäußerung fällt, ebensowenig wie die Vermutung, es könnte zu Mißfallensäußerungen und Auseinandersetzungen kommen, ein Verbot der Demonstration rechtfertigt. Dieses Gericht ist sich sehr wohl bewußt, daß das Hakenkreuz für die jüdischen Bewohner von Los Angeles ein unerträgliches Symbol ist und daß sie – besonders jene, die die Vernichtungslager der Nationalsozialisten überlebt haben – seiner Zurschaustellung mit großem Abscheu begegnen. Diese Tatsache rechtfertigt jedoch keine Einschränkung des Rechts auf freie Meinungsäußerung des Antragstellers. Daher befindet dieses Gericht widerstrebend zugunsten des Antragstellers.«

Höflicher Beifall von der linken Galerie.

»Zweimal ›widerstrebend‹«, sagte Nathanson. Es klang sarkastisch.

»Nazi-Freund!« zischte jemand auf der rechten Galerie. War das auf Lewis gemünzt, fragte sich Jessie. Oder auf die Richterin? Hatte sie es gehört?

Richterin Williams schwang wieder ihren Hammer. »Würden Sie bitte auf Ihren Klienten einwirken, sich derartiger Kundgebungen zu enthalten, Mr. Lewis? Ich finde, es gibt keinen Anlaß für Beifall.«

»Ja, Euer Ehren. Ich entschuldige mich für meinen Klienten.« Lewis sammelte seine Unterlagen ein.

»Überrascht?« fragte Jessie Ezra Nathanson.

Er schüttelte den Kopf. »Nein, aber dennoch enttäuscht. Unsinnig, nicht wahr?« Er sah auf seine Uhr. »Ich sollte besser gehen. Ich möchte nicht zu spät kommen.« Er stand auf und verließ den Gerichtssaal.

Der Mann im grauen Anzug erhob sich. Wie auf Kommando stand auch die *White Alliance* auf. Jessie fragte sich flüchtig, ob sie vor dem Mann salutieren und »Heil Hitler« rufen würden, aber natürlich taten sie es nicht. Sie verließen ihre Sitzreihen so geordnet, als hätte jemand ihren Abgang inszeniert. Vermutlich war es so. Es ergab einen gewissen Sinn, daß sie dem Barbarischen ihrer Überzeugungen und geplanten Aktionen mit betont zivilisiertem Verhalten entgegenzuwirken versuchten.

Auch Jessie verließ den Saal und nahm sich Zeit, die weiteren Ereignisse auf dem Flur zu beobachten. Die Presse lag schon auf der Lauer, Vertreter der gegnerischen Parteien abzufangen.

». . . Roy Benning«, sagte der Mann im grauen Anzug zu den Reportern, die sich um ihn scharten. »Ein großer Tag für die Demokratie und die weiße Bevölkerung von Amerika.« Er strahlte triumphierend. Mitglieder der *White Alliance* umringten ihn grinsend und reckten die Arme zum Hitler-Gruß.

». . . eine Tragödie, nicht nur für Juden, sondern für alle Bewohner von Los Angeles«, erklärte Rabbi Korbin einer Journalistin. »Ich respektiere Richterin Williams' Entscheidung, bin aber tief enttäuscht.«

»Ich respektiere sie nicht!« rief ein Mann in Korbins Nähe, und Jessie erkannte in ihm den Mann, den Phoebe Williams zur Ordnung gerufen hatte.

»Halten Sie die Richterin für voreingenommen?« wollte die Journalistin von ihm wissen.

»Aber selbstverständlich. Sie hat doch nichts von dem in

Betracht gezogen, was der Vertreter der Stadt vorgebracht hat. Ihr Urteil stand von vornherein fest. Sie . . .«

»Vielen Dank.« Die Journalistin blickte sich suchend um. »Abgeordneter Perkins!« rief sie über die Menge hinweg und drängte sich zu ihm durch. »Herr Abgeordneter, wird die Stadt gegen diese Entscheidung Berufung einlegen?«

»Sie müssen Berufung einlegen!« rief jemand. »Diese Parade ist eine Ungeheuerlichkeit, eine Verletzung unserer Rechte!«

Es war Ira Yellin, Jessie erkannte seine Stimme.

»Councilman?« hakte die Reporterin nach.

»Das kann ich Ihnen zum augenblicklichen Zeitpunkt noch nicht sagen«, wich Perkins aus.

»Aber glauben Sie nicht, daß . . .« Die Journalistin brach ab und sah zur geöffneten Tür des Gerichtssaales hinüber.

Jessie tat es ihr nach und erblickte Barry Lewis, der gerade mit der Frau herauskam, die Jessie für Rita Warrens hielt. Sekunden später waren beide dicht umringt.

»Nazi-Freund!«

»Mr. Lewis! Was sagen Sie . . .«

»Kein Kommentar!« Sein Gesicht war schneeweiß.

»Nie wieder!« rief jemand und reckte die Faust.

»Ms. Warrens, sind Sie mit der Entscheidung des Gerichts zufrieden?«

»Nie wieder!« wiederholte eine andere Stimme.

»Mr. Lewis, angesichts der Tatsache, daß Sie Jude sind . . .«

»Kein Kommentar.« Seine Aktentasche als Schutzschild verwendend, bahnte er sich einen Weg durch die Menge und stieß fast mit Joel Ben-Natan zusammen.

»Na, den großen Auftritt vor Gericht gehabt, Mr. ACLU-Anwalt? Das First Amendment über alles, was?«

Lewis trat einen Schritt zur Seite. Ben-Natan vertrat ihm erneut den Weg.

»Gehen Sie mir aus dem Weg.« In der plötzlichen Stille wirkte Lewis' Stimme unnatürlich laut.

»Und was ist, wenn ich es nicht tue, Lewis? Lassen Sie mich dann von einem Ihrer Nazi-Typen zusammenschlagen?«

Jessie warf einen Blick zu den Mitgliedern der *White Alliance* hinüber. Benning stand breitbeinig vor ihnen und forderte sie mit erhobenen Händen zum Schweigen auf.

»Warum werden Sie nicht endlich erwachsen, Ben-Natan?«

»Warum fallen Sie nicht einfach tot um, damit es sich auf der Welt wieder leben läßt?«

»Ist das eine Drohung?«

»Es ist ein Gebet. Und Gott ist auf meiner Seite.«

Barry Lewis schob Ben-Natan mit dem Ellbogen zur Seite. Ben-Natan griff zu und drehte ihm den Arm um. Lewis schlug ihm die Aktentasche gegen den Kopf. Ben-Natan ließ Lewis' Arm los und stolperte nach hinten.

»Yoel!« schrie eine Frau auf.

Lewis drängte sich durch die Menge und verschwand. Einen Augenblick später hörte Jessie einen Schrei, dann ein dumpfes Poltern. Die Menge stob auseinander, und Jessie sah Lewis lang ausgestreckt auf dem Fußboden liegen.

»Großer Gott!« Jessies Hand fuhr zu ihrer Waffe. Sie sah sich um. Waren denn keine Polizisten in der Nähe? Sie erreichte Lewis im gleichen Moment wie Rita Warrens. Die blonde Frau half Lewis auf die Beine.

»Jemand hat mich gestoßen.« Er erkannte Jessie. »Jemand hat mich zu Boden gestoßen, Detective!« wiederholte er wütend.

»Wer?« fragte Jessie.

»Am Hinterkopf habe ich bedauerlicherweise keine Augen!«

»Barry«, sagte Rita Warrens, »die Beamtin tut doch nur ihre Pflicht.«

»Ich weiß. Entschuldigen Sie.« Er klopfte sich den Anzug ab. »Fragen Sie die da«, sagte er zu Jessie und deutete über ihre Schulter.

Sie drehte sich um und sah sich einer Wand maskenähnlicher Gesichter gegenüber. Sie bemerkte, daß Ezra Nathanson im Hintergrund stand. Ihre Blicke trafen sich. Er drehte sich schnell um und lief zum Fahrstuhl.

Es war höchste Zeit, sich mit Ben-Natan zu unterhalten, bevor er wieder die Stadt verließ. »Warten Sie bitte einen Moment«, sagte Jessie zu Lewis und Rita Warrens und drängte sich auf der Suche nach Ben-Natan durch die Menge.

Er war verschwunden.

Wo zum Teufel war er nur geblieben?

Fünfzehntes Kapitel

»Ich weiß nicht, was ich Ihnen sagen könnte, das Sie nicht schon wüßten«, sagte Rita Warrens zu Jessie. Die beiden Frauen saßen in einem Restaurant in der Nähe des Gerichts. Die ACLU-Direktorin mußte Ende Dreißig sein, sah aber aus wie eine Kewpie-Puppe. Sie hatte große braune Augen mit langen Wimpern, die fast die Gläser ihrer rotgerahmten Brille streiften, und blondes, stufig geschnittenes Haar. Sie trug ein maßgeschneidertes graubraunes Wollkostüm mit cremefarbener Bluse und einer goldenen Nadel am Revers. Keine Ohrringe.

Die Kellnerin brachte ihre Bestellungen: ein Blaubeer-Muffin und Tee für Jessie, eine Tasse Kaffee für Rita Warrens. Kein Wunder, daß die ACLU-Vertreterin so schlank war.

»Mr. Lewis sagte, daß etliche der Briefe und Anrufe, die er im Zusammenhang mit seiner Tätigkeit für die *White Alliance* erhalten hat, bei der ACLU eingetroffen sind.« Jessie brach ein Stück Muffin ab und steckte es sich in den Mund.

»Das stimmt.« Rita Warrens umfaßte ihre Kaffeetasse mit beiden Händen und nahm einen vorsichtigen Schluck. Ihre Fingernägel waren kurz und farblos lackiert. Sie trug einen silbernen Ring mit einem Türkis.

»Haben Sie die Briefe noch?«

»Barry hat sie an sich genommen. Die Anrufe konnten wir natürlich nicht aufzeichnen. Das wäre ungesetzlich gewesen.« Sie schüttete den Inhalt eines Tütchens Sweet'n Low in ihre Tasse und rührte um.

»Haben Sie die Briefe gelesen?«

Rita Warrens nickte. »Manche waren ausgesprochen gehässig, kann ich Ihnen versichern. Widerlich.« Sie schüttelte sich, hob die Tasse wieder an die Lippen, atmete das Aroma ein, trank aber nicht. »Andere waren zwar wütend, aber in der Form zivilisiert.«

»Erinnern Sie sich an die Namen der Absender?«

Sie schüttelte den Kopf. »Tut mir leid. Und ich habe auch nicht alle von den Anrufen für Barry entgegengenommen. Ich selbst habe auch ein paar Briefe und Anrufe erhalten. Aber vermutlich hat Ihnen Barry das bereits erzählt.« Sie trank.

»Von wem?«

»Die meisten der Briefe waren von Leuten, die wegen der Parade aus der ACLU austraten. Ein paar kamen von jüdischen Organisationen. Von der ADL, dem Wiesenthal Center. Einer war von einer Reihe Rabbiner unterzeichnet.«

»Stammte das vom Jewish Federation Council?« Vielleicht brauchte Jessie Ira Yellins Fax letztlich gar nicht.

»Ich glaube schon. Aber ich kann gern in meinen Akten

nachschauen und Ihnen dann Kopien faxen. Ich habe alle Briefe aufbewahrt.«

Jessie hätte die Frau am liebsten umarmt. »Das wäre großartig. Sagt Ihnen der Name Ezra Nathanson irgend etwas?«

Rita Warrens runzelte nachdenklich die Stirn, schüttelte dann aber den Kopf.

»Und was ist mit Ben-Natan und dem *Shield?* Hat er sich an Sie gewandt?«

»Er hat zusammen mit seinen Freunden unsere Lobby belagert. Aber jetzt, nach der Gerichtsentscheidung, hoffe ich, sie nicht mehr sehen zu müssen.«

Vielleicht. Vielleicht aber auch nicht. »Was ist mit den Anrufern? Waren das Organisationen oder Einzelpersonen?«

»Einzelpersonen. Sie haben sich nicht vorgestellt.«

»Was haben sie gesagt?« Jessie aß noch ein Stück Muffin. Es war nicht frisch, aber sie hatte Hunger. Zum Frühstück hatte sie nur ein Glas fettarme Milch und eine Handvoll Cheerios zu sich genommen.

»Mehr oder weniger das, was sie auch zu Barry gesagt haben. Daß ich eine widerwärtige Person sei. Daß Gott mich strafen würde. Mein Leben sei nichts mehr wert, wenn ich Barry und die ACLU nicht dazu bewege, den Fall aufzugeben.« Sie zuckte mit den Schultern. »Nett, nicht?« Der ernste Ausdruck in ihren Augen strafte ihren lockeren Ton Lügen.

»Haben Sie Angst empfunden?«

»Natürlich hatte ich Angst! Ich habe schon früher Anrufe bekommen. Beschwerden gehören zu unserem Geschäft, wissen Sie. Aber diese waren anders. Nicht so . . . häßlich. Offengesagt, als ich hörte, was Barry zugestoßen war, wäre ich am liebsten auf meine Ranch gefahren und für immer dort geblieben. Bei meinen Pferden weiß ich doch wenigstens, woran ich bin. Reiten Sie?«

»Nicht mehr. Früher ist mein Vater sonntags mit meiner Schwester und mir in den Griffith Park zum Ponyreiten gefahren. Und als wir am Lake Arrowhead Ferien machten, sind wir auch geritten.« Frances Claypool hatte sie nur selten begleitet. »Es hat großen Spaß gemacht. Wo liegt Ihre Ranch?«

»In der Nähe von Palmdale. Sie hat meinen Eltern gehört. Nach ihrer Scheidung wollte meine Mom sie nicht. Sie ist nicht unbedingt der naturverbundene Typ.« Rita Warrens lächelte zum ersten Mal. »Daher hat mein Dad mir die Ranch überlassen. An jedem Wochenende fahre ich hinaus, um in den Canyons zu reiten. Das liebe ich sehr.«

»Aber offensichtlich sind Sie dann doch nicht ›für immer‹ auf Ihre Ranch gegangen.«

»Nein.« Sie seufzte. »Aber ich habe mir eine Alarmanlage in meine Wohnung einbauen lassen. Vermutlich war das übertrieben.« Sie sah Jessie fragend an.

»Im Grunde keine schlechte Idee.« Aber es war nicht hundertprozentig sicher. Gitter an den Fenstern und Türen sowie deutlich sichtbare Alarmanlagen schreckten zwar Tunichtgute ab und brachten professionelle Einbrecher dazu, ihre Fähigkeiten an weniger geschützten Heimen zu erproben. Aber nichts konnte einen entschlossenen – oder verzweifelten – Menschen davon abhalten, in eine Wohnung einzubrechen.

»Bedauern Sie im nachhinein, den Fall übernommen zu haben?« fragte Jessie. »Ich bin nur neugierig.«

»Keineswegs. Wissen Sie noch, was Barry vor Gericht gesagt hat? Daß er alles verabscheut, wofür die *White Alliance* einsteht? Ich empfinde genauso. Und doch wissen wir beide, daß unserer Demokratie Schaden zugefügt wird, wenn man die Bürgerrechte eines Menschen beschneidet.« Sie hielt inne. »Ich kann Ihnen gar nicht sagen, wie widerwärtig es mir war, mit Roy Benning und seinen Typen sprechen zu müssen. Sie wußten, daß wir ihren Fall übernehmen mußten, obwohl wir sie für Abschaum halten.« Sie trank ihren Kaffee aus und setzte die Tasse eine Spur zu heftig auf die Untertasse. »Sie haben jede einzelne Sekunde genossen.«

»Warum haben sie den Fall nicht jemandem übertragen, der kein Jude ist? Sie mußten doch wissen, daß er die jüdische Gemeinde aufbringen würde.«

»Barry bestand darauf, den Fall zu übernehmen – obwohl er wußte, was auf ihn zukommen würde. Wir haben darüber geredet. Aber wir haben wohl beide nicht geahnt, wie schlimm es wirklich werden würde.« Sie hörte sich düster an. »Großer Gott, ich kann es gar nicht erwarten, daß endlich alles vorbei ist.«

»Sie waren doch heute im Gerichtssaal. Haben Sie vielleicht einen der Zwischenrufer wiedererkannt?«

Rita Warrens schüttelte den Kopf.

»War vielleicht irgend etwas Bemerkenswertes an den Stimmen der Leute, die Sie angerufen haben? Ein besonderer Tonfall? Ein Akzent?«

»Einige von ihnen sprachen mit Akzent. Aber das ist kaum verwunderlich – angesichts der Tatsache, daß viele der Menschen, die sich über Barry, mich und unser Büro empören, europäische Juden sind, die den Holocaust überlebt haben.«

»Äußerten sich die Anrufer über Lewis und Sie gleichermaßen erbost?«

»Die meisten waren zorniger auf Barry, weil er Jude ist.« Sie hielt kurz inne und fuhr dann fort: »Ein Mann hat mich sogar beschuldigt, Barry dazu ›gezwungen‹ zu haben. Aber das trifft nicht zu. Barry hat freiwillig angeboten, den Fall zu übernehmen.«

Das war interessant. Jessie war sich fast sicher gewesen, daß Rita Warrens Lewis darum gebeten hatte. Aber eigentlich machte es keinen großen Unterschied. »Sie wissen aber nicht, wer dieser Anrufer war, oder?«

Rita Warrens zögerte. »Ich weiß nicht, ob ich Ihnen das sagen sollte.« Ihre Fingerspitze umrundete den Rand ihrer Tasse. »Es war Mr. Lewis. Ich meine Morris Lewis«, sagte sie schließlich.

Jessie zog die Augenbrauen hoch. »Barry Lewis' Vater?«

Rita Warrens nickte. »Er spricht nicht mehr mit Barry. Mrs. Lewis auch nicht. Sie sind übrigens beide Holocaust-Überlebende. Barry äußert sich zwar nicht dazu, aber ich weiß, wie sehr er unter diesem Zerwürfnis leidet.«

Wahrscheinlich war das der Name, den Sheila nicht genannt hatte. Waren Lewis' Eltern für den Davidsstern und das Drohschreiben verantwortlich? War Barry Lewis aus diesem Grund so sorglos mit dem Schreiben umgegangen und hatte die Briefe fortgeworfen? Um alle Beweise zu vernichten, die zu seinen Eltern führen könnten?

»Ist es vorstellbar, daß die Eltern Barry Lewis' Tür bemalt haben könnten?«

Rita Warren errötete. »Es ist mir durch den Kopf gegangen. Vielleicht taten sie es, um Barry dazu zu bewegen, den Fall abzugeben. Vielleicht befürchteten sie, daß ihm sonst jemand ernsthaften Schaden zufügen könnte.«

»Vielleicht.« Vielleicht fühlten sie sich durch das Verhalten ihres Sohnes aber auch hintergangen. Mehr als das – verraten. »Haben Sie Mr. Lewis oder seine Frau heute im Gerichtssaal gesehen?«

»Ich bin ihnen nie begegnet. Und Barry sagte nichts davon, daß er sie gesehen hätte. Allerdings haben wir nach der Verhandlung wegen des allgemeinen Tumults kaum ein Wort miteinander sprechen können.« Sie hob ihre Tasse, erinnerte sich dann aber daran, daß sie leer war und stellte sie wieder ab.

»Noch einen Kaffee?«

»Vielen Dank, nein.« Rita Warrens blickte auf ihre Uhr. »Himmel, so spät ist es schon? Wenn ich nicht sofort loslaufe, verpasse ich noch meinen nächsten Termin.« Sie öffnete ihre Handtasche und zog ihr Portemonnaie heraus. »Reichen zwei Dollar?«

»Ich bitte Sie! Das geht auf mich.« Jessie lächelte.

Sechzehntes Kapitel

Der bescheidene Bungalow war von einem schwarzen, massiven Eisenzaun umgeben, der ihn wie eine Festung erscheinen ließ. Ben-Natan war offensichtlich ein vorsichtiger Mann.

In der Einfahrt stand ein schwarzer Ford Explorer. Jessie trat vor das Tor und spähte durch das Zaungitter. Das Haus war weiß getüncht, aber der Regen der letzten Nacht hatte auf der Fassade unregelmäßige dunkle Flecke hinterlassen. Der Rasen mußte geschnitten werden, und die Blumenbeete zeigten die kläglichen Reste der bunten Margeriten, die längst vor dem Wetter kapituliert hatten.

Irgend jemand hatte das Tor nicht ganz zugezogen. Also doch keine Festung, dachte Jessie, als sie es aufschob und den wassergetränkten Rasen betrat. Sie schloß das Tor und hörte wütendes Gebell.

Sekunden später sah sie sich zwei riesigen schwarzen Dobermannpinschern gegenüber.

Knapp drei Meter von ihr entfernt blieben sie stehen. Ihr wütendes Gebell war nicht weniger erschreckend als der Anblick der scharfen weißen Zähne in den weit aufgerissenen Schnauzen, das wilde Funkeln ihrer Augen. Ihre Körper waren angespannt, die Schwänze zeigten steil nach oben.

Jessie stand wie erstarrt. Das Herz klopfte ihr wild in der Brust und das Muffin drohte wieder hochzukommen.

Ihre Waffe befand sich unter ihrer Jacke. Sie hob die Hand, ließ sie aber schnell wieder sinken, als sich die Hunde knurrend auf sie zubewegten. Sie wartete einen Moment und machte dann einen vorsichtigen Schritt rückwärts.

Die Hunde kamen näher.

Ihr Atem ging in kurzen, keuchenden Stößen.

Sie zog sich einen weiteren Schritt zurück.

Die Hunde rückten weiter vor.

Sie griff behutsam hinter sich und tastete nach dem Torknauf. Warum hatte sie es nur verschlossen?

»Was zum Teufel haben Sie auf meinem Grundstück zu suchen?«

Die Stimme des Mannes kam von irgendwo hinter ihr, aber sie wagte nicht, den Blick von den beiden schwarzen Ungeheuern abzuwenden.

»Detective Jessie Drake, Polizei von Los Angeles.« Sie war erstaunt, wie normal sie sich anhörte. »Rufen Sie Ihre Hunde zurück.« Sie bemühte sich, ihrer Stimme einen Anschein von gelassener Autorität zu verleihen, war sich aber nicht sicher, daß das auch gelang.

»Woher soll ich wissen, daß Sie tatsächlich von der Polizei sind?«

»Rufen Sie Ihre Hunde zurück, dann zeige ich Ihnen meinen Dienstausweis.«

»Zeigen Sie mir Ihren Ausweis, dann rufe ich sie zurück.«

Sie wußte nicht, ob er sie reizen wollte oder ob er nur vorsichtig war. »Die Hunde werden mich also nicht angreifen, wenn ich den Ausweis aus der Tasche ziehe?«

»Nur, wenn ich sie dazu auffordere.«

Sie hörte, wie hinter ihr das Tor geöffnet und wieder

geschlossen wurde. Langsam griff sie in ihre Jackentasche, zog ihren Ausweis heraus und hielt ihn nach hinten.

Lange Zeit tat sich nichts, dann kam er in ihr Blickfeld und ging auf die Hunde zu. Joel Ben-Natan. Aus der Nähe war die Ähnlichkeit mit seinem Zwillingsbruder noch verblüffender. Das gleiche dunkelbraune Kraushaar. Kein Schädelkäppchen. Jeans und ein graues Sweatshirt mit UCLA Bruins-Logo anstelle eines Sportsakkos zu Leinenhosen. Eine geschwollene Lippe und eine violett verfärbte Prellung, die die linke Hälfte seines Gesichts verunzierte.

Ganz langsam steckte sie den Ausweis wieder ein. Ihre Hand zitterte.

Ben-Natan ging in die Hocke. Die Hunde sprangen schwanzwedelnd an ihm hoch und beleckten sein Gesicht. Er strich ihnen über das glatte Fell und stand wieder auf. »Verschwindet«, sagte er zu ihnen.

Sie gehorchten sofort und zogen, von Bestien in Schoßtiere verwandelt, gemächlich von dannen.

»Sind sie nicht herrlich?« Ben-Natan sah ihnen nach, wie sie um die Hausecke verschwanden. Dann wandte er sich Jessie zu. »Tut mir leid, wenn sie Ihnen Angst eingejagt haben. Sie sind darauf abgerichtet, Fremde vom Grundstück fernzuhalten.«

Noch immer schlug ihr Herz heftig. Ihr gerötetes Gesicht verriet überstandene Furcht und neue Verärgerung. »Sie sollten am Tor eine Warnung vor den Hunden anbringen!« fauchte sie gereizt.

»Unbefugt sollte niemand mein Grundstück betreten.«

»Ihr Tor war nicht verschlossen.«

»Nicht?« Er runzelte die Stirn. »Normalerweise bin ich nicht so sorglos. Aber es ist ja kein Schaden entstanden. Warum sind Sie hier?«

»Ich untersuche die Schmierereien an Barry Lewis' Tür.«

»Ich wiederhole: Warum sind Sie hier?«

Ganz schön cool. Keinerlei Anzeichen von Nervosität. Vielleicht war er für den Stern tatsächlich nicht verantwortlich. Aber vielleicht war er auch auf einen Besuch der Polizei vorbereitet. »Können wir nicht hineingehen? Es ist ziemlich kalt.«

Er musterte sie einen Moment, dann sagte er: »Aber sicher.«

Sie folgte ihm über den Rasen zum Eingang. Auch dieser war durch ein Tor aus Gußeisen vor der eigentlichen Haustür verbarrikadiert. Ben-Natan schloß Tor und Tür auf und ließ Jessie mit einer übertrieben galanten Armbewegung den Vortritt.

»Meine Burg«, verkündete er.

Er führte sie in ein Wohnzimmer, das mit einer braunen Naugahyde-Couch, einem nichtssagenden Couchtisch und einem Fenseher nebst Videorecorder ausgestattet war. Auf dem Tisch befanden sich eine leere Bierdose, ein Glas und ein Stapel Briefpapier.

Ben-Natan wies chevaleresk auf die Couch und wartete, bis sie sich gesetzt hatte. Dann nahm er am anderen Ende Platz. Seine haselnußbraunen Augen waren groß und ausdrucksvoll – wie die seines Bruders. Nur härter.

»Mr. Lewis berichtete, Sie hätten ihn wegen seines Eintretens für die *White Alliance* mehrmals bedroht«, begann Jessie.

»Ich habe ihm empfohlen, den Fall niederzulegen.« Ben-Natans Lächeln zerrte an dem Riß in seiner Lippe. Er zuckte leicht zusammen. »Bedroht habe ich ihn nie.«

Sie holte ihre Notizen hervor. »Ich zitiere aus Mr. Lewis' Aussage: ›Wenn ich meinen Klienten nicht fallenlasse‹, sagte er – damit meinte er Sie –, ›würde ich schon sehen, was ich davon habe. Gott würde mich zur Verantwortung ziehen.‹« Sie sah Ben-Natan an.

»Das habe ich gesagt. Na und?« Er hob die Schultern.

»Lewis wird schon sehen, was er davon hat. Das ist keine Drohung, sondern die Wahrheit.«

»Und Sie haben nicht vor, der Vollstrecker dieser Wahrheit zu sein?«

»Neulich habe ich gehört, daß Körperverletzung gegen das Gesetz verstößt.«

»Als was würden Sie Ihre Auseinandersetzung im Gericht bezeichnen?«

»Lewis war dabei, das Gebäude zu verlassen, aber ich wollte mit ihm reden. Ich bin derjenige, der verletzt wurde, falls Sie das noch nicht bemerkt haben sollten.« Er faßte sich nachdrücklich ans Kinn und sah sie dann mit zusammengekniffenen Augen an. »Sie kommen mir bekannt vor. Kennen wir uns?«

»Wo waren Sie am Montagabend zwischen sechs und zehn?«

»Zu Hause.« Er machte es sich auf der Couch bequem.

War da ein leichtes Zögern gewesen? »Zwei Zeugen haben einen Mann, auf den Ihre Beschreibung paßt, an diesem Abend vor dem Haus der Lewis' gesehen.«

Diesen Satz brachte Jessie mit ausdrucksloser Miene und ohne jeden Gewissensbiß hervor. Bei der Suche nach der Wahrheit darf die Polizei lügen. An der Akademie hatte sie dieses Prinzip nur ungern in sich aufgenommen und den darin enthaltenen Zynismus gar nicht geschätzt – damals. Der Arbeitsalltag hatte sie dann schnell darüber belehrt, daß die Anwendung aller legalen Mittel notwendig war, wenn es darum ging, die Wahrheit aus Leuten herauszuholen, die nicht mit ihr herausrücken wollten.

»Tausende sehen so aus wie ich«, erwiderte Ben-Natan. »So einmalig ist mein Gesicht nicht.«

»Ich zeigte ihnen Ihr Paßfoto. Und sie waren sich ziemlich sicher, daß es sich um Sie handelt.«

»Hübsches Foto, nicht?« Sein hochrotes Gesicht paßte

so gar nicht zu seiner Nonchalance. »Aber ich war es trotzdem nicht. Am Montagabend war ich nicht einmal in der Nähe von Lewis' Haus.«

»Haben Sie Ihre Briefe dorthin geschickt? An Mr. Lewis' Privatadresse?«

»Ich habe keine Briefe geschrieben. Ich habe Lewis zwar ein paarmal angerufen, aber nie Briefe geschickt.«

»Wo haben Sie ihn angerufen?«

»In seiner Kanzlei.«

»Nie zu Hause?«

Nach kurzem Zögern sagte Ben-Natan: »Vielleicht habe ich ihn auch einmal zu Hause angerufen, aber ich kann mich nicht daran erinnern.«

Er fragt sich, ob Barry und Sheila Lewis es mir gesagt haben, dachte Jessie. Er will nicht bei einer Lüge ertappt werden. »Lewis hat eine Geheimnummer. Wie sind Sie an sie gekommen?«

»Ich habe ein paar Leute angerufen. Es war nicht allzu schwer.«

Lewis hatte erwähnt, daß seine Adresse und Telephonnummer bei einigen jüdischen Organisationen verzeichnet war. »Erzählen Sie mir vom *Shield of Jewish Protectors.*«

»Der Name erklärt, wer wir sind.«

»Erzählen Sie mir trotzdem etwas darüber.«

Sein tiefes Seufzen kündete von seinem Verdruß über ihre Beharrlichkeit. »Wir kämpfen gegen den Antisemitismus. Wir initiieren Proteste. Wir erheben unsere Stimme, wenn jüdische Wohnungen und Synagogen geschändet und angezündet werden. Das sind wir. Das tun wir.«

»Mit allen Mitteln?«

»Mit allen legalen Mitteln.« Er schlug die Beine übereinander.

»Sie sind wegen Ihrer Aktivitäten bereits mehrmals festgenommen worden.«

»Gandhi wurde verhaftet. Martin Luther King wurde verhaftet. Ich befinde mich also in ziemlich guter Gesellschaft.«

»Gandhi und King waren strikt gegen jede Gewalt.«

»Ich bin auch strikt gegen jede Gewalt. Gewalt gegen Juden.«

Ganz schön schlagfertig. »Ihre Organisation hat keinen Eintrag im Telephonbuch. Warum nicht?«

»Wir sind in ein kleines Büro am Chandeler Boulevard umgezogen.«

»Und dort haben Sie kein Telephon?« fragte sie mit hochgezogenen Brauen.

»Es ist vorübergehend auf den Namen eines Mitglieds eingetragen.«

»Wie sollen die Leute Sie da finden?«

»Mundpropaganda. Wir legen auch gar keinen Wert darauf, daß uns jeder findet.«

»Verstecken Sie sich, Mr. Ben-Natan?«

»Wir bemühen uns um Unauffälligkeit, Detective.« Er lächelte. »Wir haben Kritiker. Einige von ihnen sind Juden, muß ich zu meinem Bedauern sagen.«

›Schläger‹ hatte Barry Lewis die Mitglieder des *Shield* genannt. »Die ADL beispielsweise? Wie ich hörte, hat man dort Ihr Angebot zur Mitarbeit abgelehnt.«

»Vermutlich gefiel ihnen mein Aufzug nicht.« Ben-Natan warf einen bezeichnenden Blick auf sein Sweatshirt, dann lächelte er Jessie dünn an. »Eine ganze Reihe jüdischer Organisationen äußern sich kritisch über uns. Aber in Wahrheit sind sie froh, daß es uns gibt. Unsere Aktivitäten lassen sie gut aussehen. Wir sind es, die von den Medien die Schelte beziehen. Und gleichzeitig erregen wir Aufmerksamkeit für die Themen, die Aufmerksamkeit nötig haben.«

»Werden Sie vom *Shield* bezahlt?«

Er schüttelte den Kopf. »Das ist alles ehrenamtlich.«

»Und wovon leben Sie?« fragte Jessica nun nach.

Er runzelte die Stirn. »Ich kann nicht erkennen, was das mit Lewis zu tun haben sollte.«

»Nichts. Sie brauchen darauf nicht zu antworten, wenn Sie nicht wollen.«

»Klar. Und wenn ich es nicht mache, denken Sie, ich sei im Drogengeschäft.« Er machte eine kurze Pause, dann sagte er: »Vor ein paar Jahren, als es sich noch lohnte, habe ich eine kleine Erbschaft in Immobilien investiert.«

Auch Nathanson hatte eine Erbschaft erwähnt. »Sie sagen also, Sie wären den ganzen Montagabend zu Hause gewesen?«

Er nahm den Arm von der Couchlehne. »Den ganzen Abend. Das kann meine Freundin Yaffa bezeugen. Sie war die ganze Zeit mit mir zusammen. Sie ist gerade einkaufen, aber wenn Sie wollen, kann sie Sie später anrufen.«

Nachdem du sie instruiert hast. Genauso, wie Nathanson es dieser Pasternak eingetrichtert hatte. Gleiche Brüder, gleiche Kappen? »Ich würde lieber auf sie warten.«

Er zuckte mit den Schultern. »Wie Sie wollen. Aber es wird eine Weile dauern, bis Yaffa zurückkommt. Ich hole mir ein Bier. Soll ich Ihnen eins mitbringen?«

Jessie schüttelte den Kopf.

»Kein Alkohol im Dienst, was?« Lächelnd verließ er den Raum und kam mit einer Dose Bier und einer Tüte Kartoffelchips zurück. Er stellte die Dose auf den Tisch und riß die Tüte auf. »Kein Salz, wenig Fett, alkoholfrei, kein Geschmack. Yaffa liebt sie. Sie achtet auf meine Gesundheit.« Er hielt ihr die Tüte hin.

»Nein, vielen Dank, Mr. Ben-Natan . . .«

»Im Fernsehen!« rief er. »Da habe ich Sie gesehen. Sie sind der Cop, der im letzten Jahr diesen Serienmörder gefaßt hat, stimmt's?«

»Stimmt, Mr. Ben-Natan . . .«

»Aber warum befassen Sie sich dann mit dieser Sache? Ich dachte, Sie wären bei der Mordkommission. Es ist doch niemand umgebracht worden.«

Erzählen Sie das Espes, hätte Jessie am liebsten zu ihm gesagt. Vielleicht könnten die Bewohner von Los Angeles eine Petition verfassen und ihm schicken: Stecken Sie Detective Jessie Drake endlich wieder in die Mordkommission, wo sie hingehört.

»Lassen Sie uns über Ihre Beziehungen zu Mr. Lewis reden«, sagte sie.

»Wir haben keine Beziehungen. Ich verabscheue, was er da tut. Ich hoffe, er wird in der Hölle schmoren.« Er sah Jessie an, wartete auf ihre Reaktion.

»Aber den Davidsstern haben Sie nicht an seine Haustür gemalt?«

»Gefragt und beantwortet, Detective. Aber eins sage ich Ihnen: Hochachtung vor dem, der das getan hat. Ich hätte gern Lewis' Gesicht gesehen, als er nach Hause kam.« Ben-Natan schob sich vorsichtig einen Kartoffelchip in den Mund und begann zu kauen.

»Darf ich mich bei Ihnen ein bißchen umsehen?«

»Auf keinen Fall. Weshalb sollte ich Ihnen das gestatten?«

»Haben Sie etwas zu verbergen? Was?«

»Nichts. Ich wahre nur meine mir von der Verfassung garantierten Rechte.« Er grinste. »Wenn Sie sich bei mir umschauen wollen, dann kommen Sie mit einem Hausdurchsuchungsbefehl wieder. Ich kenne meine Rechte.«

»Ich nehme an, Sie haben Ihre Erfahrungen mit dem System, was?«

»Das ging unter die Gürtellinie.« Er schüttelte den Kopf. »Nicht gerade nett.«

»Ihr Bruder sagte, Sie wären ein sehr zorniger Mann. Er meinte, Ihre Welt wäre ausschließlich mit Menschen angefüllt, die Juden hassen.«

Ben-Natans Brauen hoben sich. »Sie kennen Ezra? Netter Junge. Er ist unser Jakob.« Jessies verständnisloser Blick entging ihm nicht. »Aus der Bibel . . . Jakob und Esau, die Zwillingsbrüder, Isaaks Söhne.«

Jessie nickte. Wie gut, daß sie gestern in Nathansons Kursus gesessen hatte.

»Ezra ist der gute Bruder. Jedermann hat ihn gern.«

Armer Junge. »Und Sie liebt niemand?«

Er lächelte. »Das würde ich nicht sagen. Ezra liebt jeder, weil er ein Gelehrter ist, genau wie Jakob. Bibelkommentatoren behaupten, als Rebekka mit den Zwillingen schwanger war, habe Jakob jedesmal wild gestrampelt, wenn sie an einer Schule vorüberging. Das ist Ezra – bis auf's I-Tüpfelchen.«

»Was war Esau?«

»Ein Jäger.« Ben-Natan vertilgte einen weiteren Kartoffelchip.

»Sind Sie das auch?«

»Ich liebe Tiere, Detective. Sie täuschen einen nicht. Entweder sind sie dein Freund oder dein Feind. Nein, ich habe noch nie Tiere gejagt.«

Und Menschen? Sie nahm einen Briefbogen vom Tisch. In der Mitte des Briefkopfes stand mit roten Buchstaben: THE SHIELD OF JEWISH PROTECTORS.

»Hübsches Logo.« Sie deutete auf den erhabenen roten Davidsstern in der oberen linken Ecke.

»Uns gefällt es.« Sein Ton war wachsam.

»Man nennt ihn *magejn-dawid*, nicht wahr? Und *magejn* bedeutet Schild oder Schutz, oder? Ich hoffe, ich spreche es korrekt aus.«

»Ihre Aussprache ist perfekt. Wer hat es Ihnen beigebracht? Ezra?«

»Recht interessant, daß Ihr Emblem ein *magejn-dawid* ist, und daß jemand einen *magejn-dawid* an Lewis' Tür gemalt hat.« Sie lächelte.

»Alle Welt weiß, daß er das Logo des *Shield* ist.« Jetzt war er eindeutig verärgert. »Jedermann hätte den *magejndawid* an seine Tür malen können, um es mir in die Schuhe zu schieben. Also wäre es doch reichlich blöd von mir, einen zu malen, oder? Wollen Sie Ihre Karte hier lassen?«

Oder sehr schlau. »Werden Sie zu der Parade gehen?«

Er starrte sie an. »Ist das eine ernstgemeinte Frage? Selbstverständlich gehe ich hin. Alle vom *Shield* gehen hin, in Mengen.«

»Sie könnten festgenommen werden.«

Er zuckte mit den Schultern. »Wie Sie wissen, wäre das für mich nichts Neues.«

»Bisher sind Sie mit leichteren Strafen davongekommen. Beim nächsten Mal haben Sie vielleicht nicht so viel Glück.«

»Vielen Dank für die Warnung. Wollen Sie mich nicht besuchen?«

Sie hob die Brauen. »Sie nehmen das offenbar auf die leichte Schulter.«

»Ich nehme es tödlich ernst. Es ist doch ganz einfach. Die Nazis haben vor, durch jüdische Wohngebiete zu marschieren. Und wir haben nicht vor, das stillschweigend hinzunehmen.«

»Und wenn Menschen verletzt werden?«

»Wir haben Maßnahmen zum Schutz unserer jüdischen Glaubensbrüder getroffen, Detective. Und was die andere Seite betrifft, so ist es mir scheißegal, was mit ihnen geschieht. Wenn sie in unsere jüdischen Wohngebiete eindringen, so tun sie das auf eigenes Risiko.« Er biß krachend in einen Chip, als wolle er damit seinem Standpunkt Nachdruck verleihen.

Viel Prahlerei, wenig Vernunft. Es ließ sich nicht vorhersehen, welche Formen derartige Protestdemonstrationen annehmen konnten. Sehr häufig kamen dabei Unschuldige zu Schaden. Sie dachte daran, Ben-Natan das zu sagen, kam dann aber zu der Überzeugung, daß er an ihrer Ansicht nicht interessiert sein würde.

Sie hörte lautes Gebell und mußte sich daran erinnern, daß sie hier drinnen in Sicherheit war. »Nur noch ein paar Fragen. Glauben Sie . . .«

»Yoel?« rief eine Frauenstimme. »Bist du da?«

»Ich komme! Das ist Yaffa«, sagte er zu Jessie, als er aufstand. »Ich muß ihr helfen, die Einkäufe hereinzubringen. Bin gleich wieder da.«

›Yoel‹ – mit der Betonung auf der zweiten Silbe – mußte die hebräische Form von Joel sein. Auch Jessie erhob sich. »Ich denke, es ist besser, wenn Sie hier warten.«

»Für mich nicht. Yaffa wird sauer sein.« Er grinste.

»Sie wird es überwinden.«

»Vertrauen Sie mir etwa nicht?« Er legte die flache Hand gegen die Brust.

Jessie lächelte.

»Mit wem redest du denn da, Yoel?« rief die Frau. Einen Augenblick später stand sie in der Tür.

Eine Schönheit. Sie hatte glatte, olivfarbene Haut, hohe Wangenknochen und kohlschwarze Augen mit dichten Wimpern. Ihr schwarzes Haar war zu einem langen Zopf geflochten. Kein Make-up. Kein Schmuck. Sie trug einen übergroßen eierschalenfarbenen Seemannspullover zu hautengen Jeans und dunkelbraunen Stiefeln. Sie war gertenschlank.

Mit der Grazie einer Tänzerin machte sie ein paar Schritte in den Raum hinein. »Du hast Besuch, Yoel?« Sie sah erst Jessie, dann Ben-Natan an. Ihre Augen und der energische Mund verlangten eine Erklärung.

Ben-Natan hatte recht, dachte Jessie. Yaffa war sauer.

»Das ist Detective Drake. Detective, das ist Yaffa Aloni«, stellte er vor.

Yaffa zog scharf den Atem ein. »Was ist geschehen?«

»Nichts ist geschehen. Detective Drake möchte wissen ...«

»Miss Aloni, wo waren Sie am Montagabend?« Jessie stellte sich schnell zwischen die Frau und Ben-Natan.

»Hier. Den ganzen Abend. Wieso fragen Sie?«

»Wann kam Mr. Ben-Natan am Montagabend nach Hause?«

»Am Montagabend?« Yaffa runzelte die Stirn. »Yoel war den ganzen Montagabend mit mir zusammen. Wir haben ferngesehen.«

Die Frau log. Ben-Natan hatte ihr schweigend die richtige Antwort übermittelt. Es gab eine Zeit, in der Gary und sie dic gleiche magische Fähigkeit besessen hatten, miteinander ohne Worte zu kommunizieren, zu wissen, was der andere dachte, was der andere brauchte. Jetzt vermißte Jessie diese Fähigkeit und das Gefühl des Einsseins, das damit zusammenhing. Sie fragte sich, ob sie diese Nähe jemals wieder empfinden würde.

»Welches Programm haben Sie gesehen?« fragte Jessie und wußte, daß die Antwort belanglos war.

»Kein Programm. Ein Video. Was war es doch noch gleich, Yoel? *Dirty Dancing?*«

»Dirty Dancing«, erwiderte Joel. Lächelnd trat er neben Yaffa und legte ihr den Arm um die Schulter. »Noch Fragen, Detective? Wenn nicht – ich habe noch eine Menge zu tun.«

»Im Augenblick habe ich keine Fragen mehr. Aber vielleicht muß ich noch einmal auf Sie zurückkommen.« Sie zögerte einen Moment und fügte dann hinzu: »Würden Sie mich bitte hinausbegleiten? Ich habe großen Respekt vor Ihren Hunden.«

»Mit größtem Vergnügen. Bin gleich wieder da«, sagte er zu Yaffa und verließ zusammen mit Jessie den Raum.

Vor der Tür blickte sie sich sichernd um. Die Hunde waren zwar nirgendwo zu sehen, aber sie fühlte, daß sie in der Nähe lauerten. Es hatte wieder zu nieseln begonnen.

»Sehen wir uns am Tatort?« fragte er am Gartentor.

Jessie hob die Brauen. »Was?«

»Bei der Parade, Detective. Sie werden doch da sein, oder?«

»Vermutlich.« Dafür würde schon Espes sorgen.

»Eigentlich ist es schon komisch. In den Medien hört man jetzt pausenlos vom Wiedererstarken des Rechtsextremismus in Deutschland. Aber es ist eine Tatsache, daß Neonazis und Skinheads diese Parade dort nie abhalten dürften. Man würde sie auf der Stelle festnehmen.«

Er öffnete das Tor. »Das ist doch erstaunlich, nicht wahr?«

Siebzehntes Kapitel

»Ich glaube, ich habe nichts vergessen.« Helen wandte sich an Matthew, der mit gekreuzten Beinen auf dem weißen Linoleumboden von Jessies Gästezimmer saß. »Deine Vitamine habe ich dir doch schon gegeben, nicht wahr, Schätzchen?«

»Hm-hm«, machte er, ohne von seinem Computerspiel aufzublicken.

Helen sah Jessie an. »Er muß Schönschrift und Buchstabieren üben. Hefte und Bücher sind in seinem Rucksack. Drücke dich nicht wieder vor den komplizierten Wörtern, Matthew.« Als er nicht reagierte, wiederholte sie seinen Namen.

Er blickte zu seiner Mutter hoch. »Mrs. Kalb hat gesagt, wenn wir nicht wollen, brauchen wir es nicht zu tun.«

»Nun, du solltest es zumindest versuchen.«

»Aber ich muß nicht, oder?«

»Nein, du mußt nicht.« Helen lächelte. »Aber es würde Mommy glücklich machen, wenn du es tätest. Du solltest dich immer bemühen, dein Bestes zu geben.«

Frances Claypool läßt grüßen, dachte Jessie. Allerdings hatten sie und ihre Schwester feststellen müssen, daß sie bei allem Bemühen in den Augen ihrer Mutter nie ihr Bestes gaben. Jessie und Helen hatten sich geschworen, es anders zu machen. »Wenn wir Kinder haben . . .« hatten sie unzählige Male aus unzähligen Anlässen gesagt. Sie würden einmal weniger kritisch sein, weniger streng. Sie würden gelassener sein, entspannter, sich mit einem Versagen leichter abfinden, auch kleine Erfolge loben.

Jessie fragte sich, wieviele Menschen ähnlich ernste Schwüre auch einhielten. Wenn man Helen sah, nicht viele. Sie fragte sich aber auch, ob sie zu ihrem Kind anders sein würde, falls sie je eines bekam.

»Also wirst du die schweren Wörter buchstabieren, Matthew?«

»Mach ich, Mommy. Tschüs.«

Jessie verbarg ihr Lächeln hinter der Hand und tat so, als müsse sie husten.

»Nun, er scheint ja geradezu wild darauf zu sein, mich los zu werden, was?« Helens Lachen klang verlegen. Sie sah auf die Uhr. »Aber ich muß jetzt wirklich los. Ich muß den Wagen auf dem Flughafenparkplatz lassen und mit dem Bus zum Terminal fahren.« Sie entnahm ihrer Handtasche eine Liste und gab sie Jessie. »Hier ist die Telephonnummer des Hotels. Ich habe dir auch die Nummer des Kinderarztes aufgeschrieben – für den Fall, daß Matthew krank wird.«

»Ich werde nicht krank«, erklärte Matthew. »Ich habe Vitamine.«

Erneut verbarg Jessie ein Lächeln. »Hast du auch deinen

Badeanzug eingepackt, Helen?« In der Morgenzeitung hatte sie gelesen, daß in Tucson knapp dreißig Grad herrschten. In L.A. waren es gerade mal zwanzig. Aber wenigstens regnete es nicht mehr.

Helen nickte. »Und den Tennisschläger.« Sie zog Jessie ein wenig näher an sich heran und flüsterte: »Und ein neues Negligée.« Lächelnd beugte sie sich zu Matthew hinunter. »Du wirst mir schrecklich fehlen, Schätzchen. Wirst du Mommy auch vermissen?« Sie fuhr ihm mit den Fingern durch die Haare.

»Hm-hm.« Er küßte sie auf die Wange und gestattete ihr, ihn zu umarmen.

Jessie brachte Helen zur Tür. »Seit ich ihn vor drei Wochen gesehen habe, ist er schon wieder gewachsen. Ich wette, er ist schon so groß wie Neil.« Und so schlaksig. Mit seinen fast schwarzen glatten Haaren und den dunkelgrauen Augen wirkte Matthew wie eine jüngere Version seines Vaters.

»Gott sei Dank. Stell dir vor, er käme nach mir!«

Helen war so zierlich wie ihre Mutter, zehn Zentimeter kleiner als Jessie. Helen hatte auch das blonde Haar und die grünen Augen von Frances Claypool geerbt sowie – bedauerlicherweise für Helen und mitunter auch für ihre Umgebung – deren Migräneanfälle. Und ihr Temperament. Daher die Therapie.

»Er sieht sehr viel besser aus, findest du nicht auch?« flüsterte Helen, als könnte sie Jessies Gedanken lesen. »Entspannter?«

»Eindeutig. Du aber auch.« Jessie war nicht entgangen, wie positiv sich ihre Schwester in den vergangenen Monaten entwickelt hatte. Sie wirkte nicht mehr so hart, so verspannt.

»Ich habe daran gearbeitet. Doktor Rossmans Methoden scheinen zu helfen.«

Jessie grinste. »›Erarbeitete Entspannung‹? Sind wir wieder bei den Oxymorona?«

»›Zweitbester.‹«

»›Alter Knabe.‹«

»›Beredtes Schweigen.‹«

»›Bittersüß‹«, lächelte Helen. »Du hast recht. Es klingt wirklich absurd. Wir sollten Mom anrufen. Ob sie ihr Buch noch hat?«

»Höchstwahrscheinlich.« Frances Claypool hatte Oxymorona amüsant gefunden und in ein ledergebundenes Tagebuch geschrieben. Arthur, Jessie und Helen hatten ihre Sammlung bereichert. Sie hatte ihre Beiträge dankbar aufgenommen, aber als Gary »heilige Scheiße« vorschlug, fand sie das gar nicht witzig. Im Gegensatz zu Arthur. Die Erinnerung ließ Jessie lächeln.

»Da wir gerade von Mom sprechen, Helen . . . Ich habe sie gestern abend angerufen. Sie ist gekränkt, daß du seit einiger Zeit nicht mehr mit ihr telephoniert hast.«

»Du hast sie angerufen?« Helens Brauen stiegen in dramatische Höhen.

Jessie schüttelte lächelnd den Kopf. »Ich kann es selbst kaum glauben. Weißt du, es ging um die Parade, die diese Neonazis planen.« Als Helen sie verständnislos ansah, erklärte Jessie: »Jemand hat einen Davidsstern an die Tür ihres Anwalts gemalt. Du mußt doch davon in den Nachrichten gehört haben, Helen.«

»Oh, das. Was ist damit?«

Jessie erzählte, daß sie den Fall bearbeitete und wiederholte die Unterhaltung mit ihrer Mutter. »Fragst du dich denn nicht, wie du auf diese Veranstaltung reagieren würdest, wenn du Jüdin wärst?«

»Überhaupt nicht. Warum sollte ich das tun?« Helen reckte sich auf die Zehenspitzen und küßte ihre Schwester. »Vielen Dank, daß du dich um Matthew kümmerst, Jess.«

»Es ist mir eine Freude. Amüsier dich!«

»Du hörst dich an wie Doktor Rossman. Er sagte, Neil und ich sollten eine Zeitlang ohne Matthew verbringen und uns ›ganz darauf konzentrieren, einander körperlich, emotional und geistig zu genießen‹.« Sie machte eine kurze Pause. »Ich fürchte, daran werde ich arbeiten müssen. Ich denke, ich fange mit ›körperlich‹ an.« Sie grinste. »Was sagst du dazu? Ich habe einen Scherz gemacht.«

Jessie und Matthew verbrachten den Tag im Childrens's Museum in Downtown L.A., nur wenige Blocks vom Gerichtsgebäude entfernt. Auf dem Rückweg von ihrem Gespräch mit Rita Warrens waren ihr die Fahnen aufgefallen, die für einen Besuch des Museums warben. Im Büro hatte sie dann Phil gefragt, ob Matthew das Kindermuseum gefallen würde. Mit Sicherheit, war seine Antwort gewesen. Seine beiden Söhne hätten es begeistert besucht, als sie noch kleiner gewesen waren.

Sie sahen sich Kinderzeichnungen an. Sie erkundeten in »City Streets« unterirdische Kanalisationsrohre. Bei der Feuerwehr »löschte« Matthew als Feuerwehrmann in Uniform, Stiefeln und Helm »einen Brand« mit einem richtigen Schlauch. Sie besuchten die »Höhle«, in der er seine eigene »Geheimhöhle« erforschte und Dinosaurierfußspuren, Knochen und Hologramme entdeckte.

Jetzt saßen sie auf einer der Bänke im Innenhof des Museums und aßen die mit Thunfisch gefüllten Pita-Fladen, die Jessie zubereitet hatte. Matthew ging überaus methodisch vor und gestattete sich nach jedem zweiten Biß davon einen Kartoffelchip, während er zwei kleinere Jungen beobachtete, die auf der anderen Seite des Innenhofs Fangen spielten. »Ich glaube, sie sind Brüder«, vertraute er Jessie an. »Sie tragen die gleichen Hemden.« Er sah wieder zu den Jungen hinüber. »Mommy sagt, daß ich vielleicht eines

Tages auch einen Bruder oder eine Schwester bekomme. Es dauert neun Monate, bis ein Baby zur Welt kommt.«

Jessie lächelte. »Würdest du denn gern eine Schwester oder einen Bruder haben?«

»Klar. Ich würde ihm Dinge beibringen und würde auch mein Spielzeug mit ihm teilen. Aber nicht meine Legosteine, weil ein Baby einen davon verschlucken und sterben könnte.« Er biß von seinem Sandwich ab. »Hättest du gern ein Baby, Tante Jessie?«

Sie atmete tief ein. »Irgendwann vielleicht.«

»Wenn du Detective Pruitt heiraten würdest, könntest du eins bekommen.«

»Ich weiß nicht, ob ich Detective Pruitt heiraten werde. Im Moment sind wir nur gute Freunde.« Gute Freunde mit getrennten Leben. Sie hatte Frank seit Dienstag nicht gesehen und nur einmal mit ihm gesprochen, als er am Freitagabend angerufen hatte. Sie stellte sich vor, wie er neben seiner Ex-Frau im Haus seiner Ex-Schwiegereltern stand und ihrem Sohn half, seine Geschenke auszupakken.

»Mommy sagt, er ist nett, aber Onkel Gary gefalle ihr besser.«

Helen hatte Gary immer gemocht, und die Scheidung hatte sie sehr bekümmert. »Gary ist ja auch sehr nett«, sagte Jessie und fragte sich, warum ihre Schwester ihr Privatleben mit ihrem achtjährigen Sohn diskutierte. Aber vielleicht hatte Matthew auch nur eine Unterhaltung seiner Eltern mitangehört.

»Du hast ihn immer noch gern, stimmt's? Obwohl du nicht mehr mit ihm verheiratet bist.«

»Stimmt.«

Er knabberte an einem Kartoffelchip. »Wenn du ein Baby hättest – wer würde denn darauf aufpassen, wenn du zur Arbeit gehst?«

»Ich würde vermutlich einen Babysitter von einer zuverlässigen Agentur engagieren.«

»Aber du würdest nicht aufhören, ein Detective zu sein?«

Gary hatte gewollt, daß sie ihre Arbeit aufgab. Ihre Weigerung war ein wesentlicher Grund für die Spannungen zwischen ihnen gewesen. Dann hatte sie das Baby verloren, und obwohl der Gynäkologe Gary gesagt hatte, die Tatsache, daß sie bei einer Verfolgungsjagd von einem Verdächtigen zu Boden geschleudert worden war, müsse nicht unbedingt der Anlaß für die Fehlgeburt gewesen sein, hatte sich die Kluft zwischen ihnen vergrößert.

»Ich glaube nicht, daß ich aufhöre zu arbeiten«, sagte sie zu Matthew. »Aber genau weiß ich es nicht.«

Er nickte. Die Antwort schien ihn zu befriedigen. »Und an welchem Fall arbeitest du gerade, Tante Jessie?«

»An mehreren Dingen.«

Den größten Teil des Donnerstags hatte sie damit verbracht, die Leute zu überprüfen, die an Rita Warrens geschrieben hatten, Rita hatte ihr am Mittwochnachmittag Kopien der Briefe gefaxt. Die meisten Absender waren nicht in Kalifornien ansässig. Jessie hatte sieben Schreiber in Los Angeles angerufen – fünf Männer, zwei Frauen –, sie aber sehr schnell verworfen. Sie waren über die ACLU erbost, nicht über Barry Lewis.

Sie besaß inzwischen auch eine Kopie des Briefes vom *Jewish Federation Council* mit den Unterschriften der Rabbiner (tatsächlich hatte sie sogar zwei Kopien, denn natürlich war Yellins Fax fast unmittelbar nach Rita Warrens' eingetroffen), aber Espes hatte ihr davon abgeraten, zu ihnen Kontakt aufzunehmen. Jede Menge empfindliche Zehen. Am Freitag hatte sie mit Espes' Einverständnis Phil dabei geholfen, den Fall einer neunzehnjährigen jungen Frau aufzuklären, die mit durchschnittener Kehle in ihrer Wohnung in Westwood aufgefunden worden war.

»Ich arbeite mit meinem Kollegen Phil an einem neuen Fall«, antwortete sie Matthew ausweichend und ersparte ihm Einzelheiten. »Und dann beschäftigt mich noch eine andere Sache, die nicht in den Aufgabenbereich der Mordkommission fällt.« Sie berichtete von der beschmierten Haustür und von der geplanten Neonazi-Parade. Dann sprach sie in knappen Worten vom Holocaust, bemerkte, wie sich sein Gesicht verdüsterte und fragte sich, welches das richtige Alter für ein Kind war, um ihm zu erzählen, daß es – wenn der ›böse Mann‹ auch eine Fiktion war – doch sinnlosen, zerstörerischen Haß in der Welt gab.

»Deshalb sind die jüdischen Menschen hier in Los Angeles so wütend über die Parade, Matthew.«

»Aber warum hassen diese Leute die Juden denn?«

»Sie hassen eine Menge Menschen, nicht nur Juden. Sie hassen Schwarze, Latinos und Asiaten. Jeden, der anders ist als sie selbst. Es sind zornige, unglückliche Leute. Ich glaube, sie brauchen jemanden, den sie für ihr Unglück verantwortlich machen können.«

»Also würden sie auch mich hassen, wenn ich jüdisch wäre?« Er starrte sie ungläubig an. »Obwohl ich ihnen nie etwas getan habe? Obwohl sie mich gar nicht kennengelernt haben?«

»Dich könnte niemand hassen, Matthew«, sagte sie zärtlich.

Bedrückt aß er sein Sandwich auf, und Jessie bereute, mit ihm über die Neonazis gesprochen zu haben. Doch schon kurze Zeit später, als sie im Louis B. Mayer-Theater des Museums eine Aufführung ansahen, war er wieder heiter und unbeschwert und genoß die anderen Ausstellungen, die sie besuchten. Sie blieben, bis das Museum um fünf Uhr seine Pforten schloß.

Alles in allem ein sehr angenehmer Tag, würde sie Phil vermelden können. Auf dem Heimweg aßen sie in einer Pizzeria zu Abend und fuhren dann noch bei einer Videothek vorbei. Als sie nach Hause kamen, fanden sie auf dem Anrufbeantworter eine Nachricht von Helen und Neil vor. Jessie rief in dem Hotel an, sprach kurz mit ihrer Schwester und gab den Hörer dann an Matthew weiter.

»Ein toller Tag!« hörte sie ihn sagen, als sie in die Küche ging. »Einfach super!«

Sie lächelte. Es wäre zwar schön gewesen, Franks Söhne kennenzulernen, aber sie war froh, den Tag nur mit ihrem Neffen verbracht zu haben.

Am Sonntag wollten sie nach Marina del Rey. Jessie hatte sich Sorgen wegen des Wetters gemacht, aber der Himmel war wolkenlos blau, und die *Times* hatte Temperaturen bis zu fünfundzwanzig Grad versprochen.

Aber am Meer würde es kühler sein. Jessie ermahnte Matthew, seine Windjacke nicht zu vergessen, und lief in die Diele, um ihre eigene aus dem Schrank zu holen.

Es klingelte, und als sie durch den Spion blickte, erkannte sie die breiten Schultern ihres Ex-Mannes und seine blonden Haare.

Sie öffnete die Tür. »Hi, Gary. Was gibt's?«

Lächelnd beugte er sich vor und küßte sie auf die Wange.

Es war ein freundschaftlicher Kuß, weckte aber doch die Verwirrung, die sie stets empfand, wenn sie ihn sah. Manchmal dachte sie, wieviel einfacher alles doch wäre, wenn ihre Ehe in erbittertem Streit geendet hätte. Doch zu bitteren Auseinandersetzungen war es nicht gekommen – nur zu der schmerzlichen Erkenntnis, daß sie unterschiedliche Vorstellungen und Wünsche hatten. Jetzt, da sie getrennt lebten, da es zwischen ihnen keine Spannungen mehr gab, erinnerte sie sich vor allem an die glücklichen Stunden, die sie miteinander verbracht hatten, und er fehlte ihr mehr, als sie sich eingestand.

»Matthew wohnt über das Wochenende bei mir. Wir wollen gerade aufbrechen.«

»Nach Marina del Rey. Ich weiß. Helen hat es mir erzählt. Sie meinte, es wäre doch schön, wenn ich mitkomme, um Matthew und dir Gesellschaft zu leisten.«

Was um alles in der Welt hatte sich ihre Schwester dabei gedacht? Wollte sie die Kupplerin spielen? »Helen hätte es dir nicht erzählen dürfen. Zumindest hätte sie zuerst mit mir sprechen sollen.«

»Ich dachte, das hätte sie getan.« Er hob die Schultern. »Ich dachte, es wäre für mich eine gute Chance, Matthew wiederzusehen. Das letzte Mal war ich vor einem Monat mit ihm zusammen. Ich habe endlich mein Versprechen eingelöst und ihn in der *Times* herumgeführt.«

Das hatte Helen erwähnt. »Das war sehr nett von dir.«

»Er ist ein lieber Junge. Also, was sagst du? Darf ich mitkommen?«

Er war für einen Ausflug ans Meer gekleidet: Jeans, weiße Leinenschuhe und ein dunkelblauer Baumwollpullover, genau die Farbe seiner Augen. Den Pullover hatte sie ihm vor zwei Jahren zu seinem fünfunddreißigsten Geburtstag gekauft. Sie zögerte.

»Wenn es dir nicht paßt, brauchst du es nur zu sagen, Jess. Ich möchte nicht, daß du dich gedrängt fühlst.«

Warum zierte sie sich eigentlich? »Du kannst gern mitkommen. Matthew wird sich riesig freuen.«

»Und du?«

»Überspann den Bogen nicht, Gary«, lächelte sie.

Er folgte ihr in die Küche und lehnte sich gegen den Schrank, während sie zwei zusätzliche Roastbeef-Sandwiches zubereitete. Die anderen befanden sich bereits im

Picknickkorb, neben dem Obst, den Keksen und vier kleinen Flaschen Snapple.

»Knausere nicht mit der Mayonnaise, Jess.«

»Zuviel ist ungesund.«

Er griff nach einer Scheibe Roastbeef. Sie schlug ihm leicht auf die Finger.

»Ganz wie in alten Zeiten, was?« Grinsend stopfte er sich die Fleischscheibe in den Mund.

Matthew äußerte sich zwar erfreut, aber so wenig überrascht über Garys Begleitung, daß Jessie sich fragte, ob er in Helens Verschwörung eingeweiht worden war.

Am Pazifik wehte ein frischer Wind, der den Wellen kleine Schaumkronen aufsetzte und ihnen die Haare ins Gesicht wehte. Jessie genoß es. Sie mieteten ein Motorboot, und Matthew setzte sich neben Gary ans Ruder und half ihm beim Steuern. Nur dann und wann warf er über die Schulter einen stolzen Blick auf Jessie.

Nachdem sie das Boot zurückgebracht hatten, breitete Jessie im Sand eine Decke aus, und sie aßen ihren Lunch. Wenig später kam ein Junge angelaufen und fragte, ob Matthew mit ihm Frisbee spielen wolle.

»Darf ich, Tante Jessie?« Seine Augen strahlten.

»Natürlich. Aber lauf nicht zu weit weg, bleib in Sichtweite.« Sie setzte sich auf, umschlang die angezogenen Beine mit den Armen und sah ihm nach, wie er mit dem Jungen über den Strand auf eine Gruppe anderer Kinder zurannte.

»Wie geht es der Nummer Eins unter den Mordaufklärern von L.A. denn so?« fragte Gary.

»Gut. Ich bin auch noch mit einer anderen Sache befaßt. Ist dir diese Neonazi-Geschichte bekannt?«

Er nickte. »Aber . . .«

»Ich weiß, daß es dabei nicht um Mord geht. Mein neuer Chef hat mich damit beauftragt. Frag nicht, okay?«

»Okay. Hast du schon eine Ahnung, wer den Davidsstern an die Tür des Anwalts gemalt haben könnte?«

»Nein. Er wird übrigens *magejn-dawid* genannt.«

Er pfiff anerkennend. »Nicht schlecht für eine Schickse. Wo hast du das denn her?«

Jessie lächelte. »Bei der Gerichtsverhandlung am Mittwoch sagte die Richterin, daß die Polizeibehörden die Parade genehmigt, die Stadt dann aber diese Entscheidung widerrufen hätte. Weißt du irgend etwas Näheres darüber?«

Er nickte. »Das stand vor einigen Wochen in der Zeitung.«

»Das muß mir entgangen sein.« Sie runzelte die Stirn.

»Es wurde nicht groß aufgemacht. Die Polizei wußte, daß sie die Parade wegen des First Amendment nicht verbieten konnte. Das war der Stadt zwar auch klar, aber sie berief sich auf Prop Five und setzte die Polizeientscheidung außer Kraft.«

»Obwohl sie wußten, daß sie letzten Endes verlieren würden? Warum diese sinnlose Zeitverschwendung?«

»Der Abgeordnete Perkins sah seine Felle davonschwimmen. Du weißt, wie viele Juden in seinem Bezirk wohnen. Er konnte die Entscheidung der Kommission gar nicht hinnehmen, nicht, wenn er wiedergewählt werden will.«

»Also geht es nur um Politik?«

»Nicht ganz. Immerhin vertritt die Stadt ja auch einen moralischen Standpunkt.« Er ließ Sand durch seine Finger rieseln. »Als Journalist werde ich jedesmal verdammt nervös, sobald jemand versucht, andere in ihrer Meinungsfreiheit zu beschneiden. Aber diese Sache jagt mir kalte Schauer über den Rücken. Im Augenblick sind sie zwar nur eine kleine Gruppe von Fanatikern. Aber mit der Wirtschaft steht es nicht zum besten, die Arbeitslosenzahlen steigen, die Menschen sind verunsichert. Wer weiß denn, wieviele von ihnen unter Umständen den verschrobenen Ansichten dieser Gruppe zustimmen könnten? Nach dem Motto: ›Hört mal, die Jungs haben doch recht. Laßt uns die Juden, Schwarzen, Latinos und Asiaten in die Wüste schicken und dieses Land wieder zu dem machen, was es einmal war . . .‹«

Eine Frisbeescheibe landete nicht weit von ihrer Decke. Matthew kam angerannt und hob sie auf. Er winkte Jessie und Gary zu, denn rannte er wieder davon.

»Er macht einen großartigen Eindruck, nicht wahr, Gary?«

»Er ist ein völlig verändertes Kind. Ich freue mich für ihn, daß sich Helen und Neil bemühen, ihre Probleme in den Griff zu bekommen. Für sie selbst auch«, fügte er hinzu. »Eine gute Ehe ist immer einen Rettungsversuch wert, Jessie.« Er griff nach ihrer Hand.

Sie entzog sie ihm. »Laß das, Gary.« Es war ein so angenehmer Nachmittag. Warum wollte er ihn komplizieren?

»Triffst du dich noch immer mit diesem Detective?«

»Ja.«

»Habe ich eine Chance, daß du auch einmal mit mir ausgehst?«

»Das halte ich nicht für gut, Gary. Es würde die Situation nur verwirren.«

»Liebst du ihn, Jess?«

»Ich weiß es nicht.«

»Du triffst dich jetzt schon seit Monaten mit ihm. Mir hast du schon bei unserer dritten Verabredung gesagt, daß du mich liebst. Erinnerst du dich?«

Sie erinnerte sich. Sehr gut sogar. »Ich möchte nicht darüber sprechen, okay?« Jessie griff in den Picknickkorb, holte einen Apfel heraus und biß hinein.

»Helen sagte, seine Frau wäre mit ihren Jungen zu Besuch, und du würdest dich irgendwie wie das fünfte Rad am Wagen fühlen.«

Helen würde lange warten können, bis sie ihr wieder irgend etwas anvertraute! »Helen ist eine alte Klatschtante. Und sie ist seine Ex-Frau.«

Gary lächelte. »Also warum gehst du dann nicht mit mir aus, wenn Pruitt keine Zeit hat? Wenn er mit seiner Ex-Frau unterwegs ist, kannst du dich auch mit deinem Ex-Mann treffen.«

»Das halte ich für keine sehr gute Idee.«

»Warum denn nicht? Du bist mit dem Kerl doch nicht verlobt, oder?«

»Ich schlafe mit ihm, Gary. Ist es das, was du wissen wolltest?« Sie errötete. »Es überrascht mich, daß Helen dir das nicht gesagt hat.«

Auch er wurde rot und wandte den Blick ab.

Verdammt. Sie hatte ihn nicht kränken wollen. »Du hast gefragt, Gary.«

»Ja, das habe ich wohl, oder?« Er rappelte sich auf, klopfte sich den Sand von den Jeans und lief mit langen Sätzen zu Matthew hinüber.

Achtzehntes Kapitel

Rose lehnte sich enger an ihren Mann. »Sheila und Barry sind hier«, flüsterte sie. »Und die Mädchen.«

»So?« Er blickte nach vorn, wo sich der Rabbiner mit dem Kantor unterhielt. »Warum fangen sie denn nicht endlich an?« Seit ihrer Ankunft war er nervös gewesen, hatte mit anzüglichen Blicken gerechnet, mit Bemerkungen. Aber es hatte keine gegeben.

»Ich denke, wir sollten sie begrüßen, Morris. Wir haben sie seit sechs Wochen nicht gesehen.«

»Wenn du sie begrüßen willst, dann tu das.« Er kniff die Lippen zusammen. Seine Hände umkrallten seine Knie.

Seufzend stand Rose auf und schob sich aus der Bankreihe. »Grandma!« hörte sie die helle Stimme ihrer zehnjährigen Enkeltochter Jennifer.

Lächelnd rief Rose: »Morris!«

Er drehte sich um und sah, wie seine Enkelinnen den Gang entlanggelaufen kamen. Einen Moment später beugte sich Rose nieder und zog die beiden blonden Mädchen an sich. Tränen traten ihr in die Augen.

»Sagt eurem Grandpa guten Tag.« Rose deutete auf Morris.

Die Mädchen drängten sich in die Reihe, umarmten ihn und kehrten dann zu ihrer Großmutter zurück.

»Wir haben dich vermißt, Grandma!« rief die siebenjährige Monique. »Warum bist du nicht zu unserem *Seder* gekommen?«

Rose wischte sich verstohlen die Tränen fort. »Grandpa hat sich nicht besonders wohl gefühlt, Herzchen. Im nächsten Jahr werden wir wieder dabei sein. Hast du die *ma-nischtane* aufgesagt?«

Monique nickte. Ihr Pferdeschwanz wippte. »Sogar auswendig. Alle vier Fragen. Und ich habe keinen einzigen Fehler gemacht. Soll ich sie für dich noch einmal aufsagen?«

»Sie sind nur für den *Seder* bestimmt, Monique«, sagte ihre zehnjährige Schwester. »Du kannst diese Fragen nicht immer wieder stellen. Das wäre dumm.«

»Jenny wollte sie auch aufsagen, Grandma. Mommy wollte es ihr erlauben, aber Daddy sagte, nur das jüngste Kind dürfe es tun.«

»Im nächsten Jahr werden Grandpa und ich zuhören, wie du die *ma-nischtane* aufsagst, und du auch, Jennifer.« Rose strich der Zehnjährigen über den Kopf. »Ich bin ganz sicher, daß ihr sie beide fehlerlos könnt. Es war also ein schöner *Seder*?« Sie und Morris waren von Freunden eingeladen gewesen, aber Morris hatte nicht hingehen wollen. Statt dessen waren sie allein zu Hause geblieben, und Rose hatte sich in den Schlaf geweint.

»Daddy hat ganz schnell gemacht, weil er Kopfschmerzen hatte«, sagte Jennifer. »Und Mommy wollte mir nicht erlauben, die Tür für Elias zu öffnen. Sie hatte Angst wegen der Ereignisse in der letzten Woche«, fügte sie wichtig hinzu und sah ihre Großmutter an.

»Daddy hat gesagt, sie sei albern. Und dann hat er die Tür weit aufgerissen und gesagt: ›Siehst du, Sheila, da ist nichts, wovor du dich fürchten müßtest‹«, mischte sich Monique ein.

»Du sollst Mommy nicht bei ihrem Vornamen nennen«, rügte Jennifer.

Monique verzog schmollend den Mund. »Ich habe nur wiederholt, was Daddy gesagt hat.«

»Und wer hat den *afikoman* versteckt?« Aus dem Augenwinkel sah Rose, daß Sheila den Gang entlangkam. Sie blickte zu Morris. Auch ihm war es nicht entgangen. Er drehte sich abrupt um und starrte nach vorn.

»Am ersten Abend ich«, erwiderte Jennifer.

»Und ich am zweiten, aber es war überhaupt nicht lustig, weil Grandpa ihn immer sehr viel besser verteidigt. Daddy hat sich ja nicht einmal Mühe gegeben. Ich konnte ihn unter seinen Augen stiebitzen!« Sie kicherte und sah ihre Mutter an. »Ich habe Grandma gerade von dem *afikoman* erzählt, Mommy.«

Sheilas Lächeln wirkte bemüht. »Wie geht es dir, Mutter?«

»Gut. Du siehst hübsch aus. Ein neuer Hut?« Ein kleiner Schleier verdeckte die Augen ihrer Schwiegertochter.

Sheila nickte und wandte sich an die Mädchen. »Der Rabbi wird gleich sprechen. Wollt ihr nicht im Vorraum spielen?«

Monique und Jennifer küßten ihre Großmutter auf die Wange und liefen davon.

Rose legte eine Hand auf Sheilas Arm. »Es tut mir so leid, was mit eurer Haustür geschehen ist. Hat man den Schuldigen schon gefunden?«

Sheila schüttelte den Kopf. »Die Polizei ermittelt noch. Barry ist hier«, fügte sie leiser hinzu. »Warum kommst du nicht und sprichst mit ihm?«

»Ein Sohn sollte zu seiner Mutter kommen, finde ich«, entgegnete Rose ruhig.

»Bei Barrys letztem Anruf hat Dad einfach aufgelegt. Barry glaubt, daß ihr ihn verabscheut.«

Rose blickte kurz in Morris' Richtung. »Um Himmels willen, wir verabscheuen ihn doch nicht. Wir sind nur mit seinem Verhalten nicht einverstanden.«

»Rose«, rief Morris leise, ohne sich umzudrehen. »Sie fangen an.«

Sie blickte nach vorn und bemerkte, daß sich der Rabbiner dem Pult näherte. »Ich muß gehen, Sheila«. Sie drückte ihrer Schwiegertochter einen Kuß auf die Wange und ging zu ihrem Platz zurück.

»Heute, am achten Passah-Tag . . .« begann der Rabbiner.

Rose hörte kaum zu. Der Rabbiner, ein ernster Mann Mitte Dreißig, würde mit seiner wohlklingenden Stimme darauf hinweisen, wie wichtig es war, im Gedenken an geliebte Angehörige gute Werke zu tun, um ihre Seelen zu erheben und sie Gott näherzubringen. Wenn er fertig war, würden alle Anwesenden, deren Eltern noch lebten, den Raum verlassen, und der Jiskor-Gottesdienst konnte beginnen.

Vor einem halben Jahrhundert, auf einem anderen Kontinent, in einer anderen Welt, als Rose ein Kind gewesen war, hatte sie sich stets gefragt, warum sie mit den anderen

Kindern und vielen Erwachsenen hinausgeschickt wurde. Welch geheimer Gottesdienst fand da statt, von dem sie ausgeschlossen waren? Einmal hatte sie sich hinter einer Bank versteckt, während ihre Mutter mit ihren Schwestern und ihrem kleinen Bruder hinausgegangen war. Aber eine alte Frau hatte sie entdeckt. »Hinaus! Hinaus mit dir!« hatte sie wie eine aufgeregte Henne gegackert. »Oder willst du Unheil über dich und deine Familie bringen?« Später, als Rose und ihre Familie in die Lager deportiert worden waren, hatte sie sich oft an diesen Tag erinnert.

Aus ihrer Handtasche zog Rose die Liste mit den hebräischen Namen der Familienmitglieder, deren sie heute gedenken wollte. Ihres Vaters. Ihrer Mutter. Ihrer Großeltern mütterlicher- wie väterlicherseits. Ihrer drei Schwestern und vier Brüder. Ihrer Nichten, Neffen, Tanten, Onkel, Cousins und Cousinen. Alle dahin, ausgelöscht.

». . . zunächst ein Gebet des Gedenkens für unsere Eltern«, sagte der Rabbi, »dann für die Gemeinschaft der Juden, für die Vereinigten Staaten von Amerika, für den Staat Israel und seine Soldaten und für die jüdischen Märtyrer. Die Liturgie erwähnt die Märtyrer, ›die wegen ihres Glaubens getötet, ermordet, verbrannt, ertränkt und erwürgt‹ wurden und fügt fast beiläufig hinzu: ›sowie durch die Hände der deutschen Unterdrücker, möge ihr Andenken von der Erde getilgt sein.‹ Und ich muß mich fragen, was unsere Verantwortung gegenüber diesen Märtyrern heute ist, angesichts der abscheulichen Aktion, die am zwanzigsten April stattfinden wird, an Jom Haschoah?«

Roses Hand fuhr an ihre Lippen. Sie drehte sich zu Morris um. Sein Gesicht erbleichte, wurde dann aber hochrot. Sie griff nach seiner Hand. Er entriß sie ihr wieder.

». . . eine Aktion, die vor Gericht so überzeugend und eloquent verteidigt wurde – nicht von einem Fremden, sondern von Barry Lewis, einem Juden, einem von uns. Ich bin tief bekümmert über Barry Lewis und bete darum, daß er Vergebung für den Schaden sucht, den er der gesamten jüdischen Gemeinschaft zugefügt hat. Ich habe tiefes Mitgefühl mit seinen Eltern und bete zu Gott, daß er ihnen die Kraft gibt, diese Tragödie ebenso zu überstehen, wie sie schon so viele in ihrem Leben überstanden haben. Ich trauere um die Märtyrer des Holocaust und bitte Sie alle inständig, sich mit Ihren jüdischen Schwestern und Brüdern am zwanzigsten April im Innenhof des Bejt Haschoah zu einer würdigen Demonstration der Solidarität und Stärke gegen die neue Generation der Unterdrücker zusammenzufinden, die – ließe man sie gewähren – der Liste von Märtyrern, deren wir gedenken, neue Namen hinzufügen würden. Das können und werden wir niemals zulassen.«

Der Rabbiner verließ das Stehpult, und der Kantor nahm seinen Platz ein. »Jiskor«, stimmte er an.

Kleider raschelten, Sitze klappten geräuschvoll hoch, als sich die Gemeinde erhob. Auch Morris stand auf, die Tränen liefen ihm über die Wangen. Mit beiden Händen hielt er sich an der Bank vor ihm fest. Rose stand ebenfalls auf, öffnete ihr Gebetbuch und begann mit bebenden Lippen zu lesen.

»Möge sich der Herr der Seele meines Vaters erinnern, meines Lehrers Menachem, des Sohnes von Josef, der eingegangen ist in Sein Reich . . .

Möge der Herr sich der Seele meiner Mutter erinnern, meiner Lehrerin, Malka, der Tochter von Simon, die eingegangen ist in Sein Reich . . .

Möge der Herr sich . . .«

Neunzehntes Kapitel

Es war ein herrlicher Tag für eine Parade.

Über den blauen Himmel trieben Wattewölkchen, die hin und wieder die Sonne verhüllten und die Wärme ihrer Strahlen milderten. Die Morgenluft war belebend frisch und roch angenehm nach Frühlingsblüten und frischgemähtem Gras.

Anderthalb Kilometer südlich von Pico, drei Blocks vom »Welcome to Beverlywood«-Schild am Monte Mar Drive entfernt, verbreitert sich der Beverly Drive zu einer kreisförmigen Grünfläche. Auf dieser Raseninsel versammelten sich am Freitag, dem 20. April, die *White Alliance* und rund achtzig ihrer Anhänger. Die meisten von ihnen in Uniformen mit Hakenkreuzen.

Die Presse hatte sie bereits interviewt und gefilmt. Sie hatte auch die Demonstranten befragt, ein Dutzend Angehörige der *Jewish Defense League* und rund fünfundzwanzig des *Shield of Jewish Protectors*, die auf dem gegenüberliegenden Bürgersteig verharrten. Ben-Natan war schon früh mit Yaffa und seinen beiden Hunden eingetroffen. Er hatte etwas zu Yaffa gesagt und Jessie dann zugewinkt. Sie hatte zurückgelächelt und sich bemüht, die Hunde zu übersehen. Auf einen flüchtigen Betrachter mochten sie einen friedlichen Eindruck machen, wie sie da zufrieden mit den Schwänzen wedelten. Aber Jessie wußte es besser und war froh, daß Ben-Natan sie fest an der Leine hielt.

Um Punkt neun Uhr ertönte eine Stimme über Lautsprecher. Ben-Natans Hunde begannen erschreckt zu kläffen.

»Wir haben uns heute hier versammelt, um den Geburtstag von Adolf Hitler zu feiern«, rief die Männerstimme. »Wir haben uns heute hier versammelt, um als stolze Amerikaner für die Rechte der weißen Bevölkerung dieses Landes zu demonstrieren und das zu verteidigen, was rechtmäßig uns gehört. Wir werden nicht länger hinnehmen, daß . . .«

Es war Roy Benning in einer SS-Uniform, ein Hakenkreuz deutlich sichtbar am Ärmel. Jessie hörte kaum zu. Ihr Interesse richtete sich statt dessen auf die Angehörigen des JDL und des *Shield*, die lauthals und fäusteschwingend zu protestieren begonnen hatten, als Benning das Wort ergriff. Ben-Natans Hunde kläfften wie besessen. Ein hervorragendes Motiv für die Sieben-Uhr-Nachrichten. Endlich hatten die Kameraleute etwas zu tun.

Plötzlich verstummte der Lautsprecher. Das Hundegebell wurde zum Winseln und hörte dann ganz auf. Die Neonazis formierten sich, verließen die Grünfläche und marschierten den Beverly Drive hinunter. Einige von ihnen trugen Plakate mit Hitler-Photos, andere Transparente mit der Aufschrift: »White Power Now!« Unter gelegentlichen »Nie wieder!«-Rufen schlossen sich die Vertreter der JDL und des *Shield* an, sorgsam beobachtet von uniformierten Polizisten. Die Presse eilte hinterher.

Eine Viertelstunde später näherte sich die Marschkolonne der Kreuzung Pico und Roxbury Boulevard. Jessie konnte in den Innenhof des Museums blicken. Dort wartete ein Meer von Menschen, das sich nun langsam auf den Bürgersteig ergoß. Unter ihnen befanden sich auch viele Afro-Amerikaner. In der *Times* hatte Jessie gelesen, daß zwei Kirchen und etliche andere christliche Organisationen die jüdische Gemeinde ihrer Solidarität versichert hatten. Rund um die Kreuzung waren am Rinnstein Polizisten postiert, alle fünf Meter einer. Jessie erkannte Kolakowski und andere Kollegen vom West L.A., weitere waren von Wilshire abgestellt worden. Ein noch größeres Aufgebot an Reportern, Photographen, Kameraleuten.

Jemand sang eine klagende Melodie in ein Mikrophon. Als Jessie den Roxbury Boulevard überquerte und sich der

Menge näherte, hörte sie ein geflüstertes »Sie kommen!« Das Flüstern lief wie eine Welle durch die Versammelten, aber wie auf Vereinbarung drehte sich niemand um, um der dünnen Phalanx der Neonazis entgegenzublicken.

Jetzt ergriff Korbin das Wort. Jessie erkannte seine leicht heisere Stimme auf Anhieb. ». . . bitte um Ruhe, da Kantor Russell damit beginnen möchte, die Namen jener Menschen zu verlesen, die uns einige von den heute hier Anwesenden aufgeschrieben haben – stellvertretend für unsere sechs Millionen Brüder und Schwestern, die im Holocaust ihr Leben verloren haben. Kantor?«

Das Mikrophon knackte und knisterte, dann erhob sich die Stimme des Kantors: »Hindl bas Yonah, Treblinka. Mayer ben Chaim, Dachau. Yosroel ben Noam, Auschwitz. Yonasan ben Schlomo, Buchenwald. Faige bas Menachem Mendl, Majdanek. Mordechai ben Scholom, Theresien . . .«

»Den Holocaust hat es nie gegeben!« dröhnte Benning in den Lautsprecher.

Ein Moment absoluter Ruhe. Jessie wandte sich zu Benning um. Er marschierte vor seiner Marschkolonne über den Roxbury Boulevand. Hinter sich hörte sie ein kollektives Aufstöhnen. Als sie sich umdrehte, sah sie, daß sich die Menschen fast unisono dem Feind zuwandten.

»Mordechai ben . . .« begann der Kantor erneut. Seine Stimme bebte.

»Der Holocaust ist ein Schwindel!« schrie ein anderer Mann. »Eine zionistische Lüge!«

Die Kameras schwenkten von der Menge zu den Marschierern hinüber. Jessie sah, daß Ben-Natan die Hundeleine Yaffa übergab und zusammen mit anderen auf Benning und die Neonazis zulief. Die uniformierten Polizisten, die die JDL- und *Shield*-Mitglieder eskortiert hatten, sprinteten nach vorn und drängten sie zurück. Ben-Natans Gesicht verzerrte sich in hilfloser Wut.

»Den Holocaust hat es nie gegeben!« wiederholte Benning. Inzwischen befand er sich mit seiner Kolonne nur noch wenige Meter von der Menge vor dem Museum entfernt.

». . . nie gegeben!«

»Lügner!« schrie Ben-Natan. »Wie können Sie behaupten, es hätte ihn nie geschehen! Gottverdammte Lügner!«

»Den Holocaust hat es nie gegeben!«

»Nie gegeben! Nie gegeben! Nie gegeben! Nie . . .!« Die Worte wurden zu einem lauten Sprechgesang.

Ein Mann wollte auf einen Neonazi zuspringen. Ein Polizist hielt ihn zurück. Sekunden später drängten weitere Männer und Frauen in Richtung der Marschierer vor.

Mist! »Hier Detective Drake«, sagte sie hastig in ihr Funkgerät. »An der Kreuzung Pico und Roxbury gibt es Probleme!«

». . . nie gegeben!« schrie Benning in seinen Lautsprecher. Sein Gesicht war hochrot, seine Augen glänzten in fiebriger Erregung.

Kolakowski und die anderen Polizisten hatten eine Kette vor der andrängenden Menge gebildet. »Bleiben Sie, wo Sie sind!« rief Kolakowski. »Bleiben Sie zurück!«

Ein paar Meter weiter durchbrach ein Mann die Barriere aus Polizisten und versetzte einem Skinhead einen Faustschlag gegen das Kinn. Der Skinhead trat mit seinem Doc Martens-Stiefel nach ihm. Als der Mann erneut die Faust hob, rannte Jessie auf ihn zu. Er kam ihr vage bekannt vor. Wo hatte sie ihn schon einmal gesehen?

»Polizei!« Sie packte den Arm des Angreifers und drehte ihn ihm auf den Rücken. »Sie sind vorläufig festgenommen!«

»Sie wollen mich festnehmen? Und was ist mit diesen

Naziverbrechern? Um die sollten Sie sich kümmern!« Er setzte sich heftig zur Wehr.

Es war der Mann, den Richterin Williams zur Ordnung gerufen hatte. Jessie zwang ihn auf die Knie, zog Handschellen aus der Jackentasche und legte sie ihm an. Aus dem Augenwinkel sah sie, daß Reporter und Kameraleute herbeieilten.

»Setzen Sie sich da hin!« befahl sie und deutete auf den Rinnstein. »Und rühren Sie sich nicht vom Fleck!« Sie blickte den Skinhead an. Er rieb sich grinsend das Kinn. Dann sah sie zu Benning hinüber. Der Anführer der *White Alliance* hielt sich in sicherer Entfernung und wirkte wie in Trance.

»Setzen Sie sich mit Ihren Leuten in Bewegung!« rief sie. »Das ist eine polizeiliche Anordnung!«

»Mörder!« schrie eine kleine, grauhaarige Frau. »Meine gesamte Familie ist in den Lagern umgekommen, und jetzt wollt ihr auch noch meinen Schmuel umbringen!« Bevor sie Jessie davon abhalten konnte, rannte die Frau auf Benning zu.

»Ma, bleib hier!« Der Mann, dem Jessie Handschellen angelegt hatte, sprang auf und wollte ihr nach. Mit schnellem Griff hinderte ihn Kolakowski daran.

»Lügner!« Die Frau griff nach dem Lautsprecher.

Benning riß es aus ihrer Reichweite. Sie hob die Fäuste, wollte auf ihn einschlagen. Er stieß sie von sich. Die Frau taumelte, stolperte und stürzte rückwärts auf den Asphalt.

»Ma! Großer Gott, Mamma!«

Jessie rannte zu ihr, kniete sich neben sie. Die hellbraune Perücke der Frau war verrutscht und gab weißes Haar frei. Sie rang keuchend nach Atem und griff sich an die Kehle. Mit angstgeweiteten Augen starrte sie Jessie an, dann rutschten ihre Pupillen nach oben weg.

»Ich brauche einen Krankenwagen!« rief Jessie in ihr

Funkgerät. Sie griff nach dem Handgelenk der Frau. Puls war vorhanden. Sie zog ihre Jacke aus, hob den Kopf der Frau behutsam an, bettete ihn auf die zusammengefaltete Jacke und rückte die Perücke zurecht.

»Wird sie sterben?« erkundigte sich ein Reporter aus drei Meter Entfernung. Er hielt Jessie sein Mikrophon hin. Sie ignorierte es.

»Das ist meine Mutter! Ich muß zu ihr!« Der Festgenommene wehrte sich heftig gegen Kolakowskis Griff. »Bitte, ich flehe Sie an!«

Kolakowski drehte sich um und sah erst die Frau auf dem Asphalt, dann Jessie an. Sie nickte. Kolakowski ließ den Mann los. Mit auf dem Rücken gefesselten Händen rannte er unbeholfen zu seiner Mutter und ging neben ihr in die Knie.

»Sie ist tot!« rief er verzweifelt. »Sie atmet nicht mehr!«

»Nazi-Mörder!« schrie eine Stimme aus der Menge.

»Sie ist nicht tot«, versicherte Jessie dem Mann. »Sie ist nur bewußtlos. Der Krankenwagen ist schon unterwegs.«

»Sie ist tot!« schrie ein anderer. »Sie haben sie umgebracht!«

»Sie haben sie umgebracht?«

»Treten Sie zurück!« ordnete Kolakowski an.

»Jemand hat die Frau getötet! Nazi-Mörder!«

»Den Holocaust hat es nie gegeben!«

Jessie blickte zu der Menge auf. Ein Mann durchbrach die Absperrung. Dann noch einer. Innerhalb weniger Sekunden stürmten zahllose Männer und Frauen auf die Fahrbahn und begannen mit den Skinheads zu kämpfen. Jessie stand auf und versuchte, die gestürzte Frau in dem allgemeinen Durcheinander zu schützen.

Irgend jemand wollte sie zur Seite drängen, um zu der Frau durchzukommen. Es war der Reporter.

»Detective, können Sie uns sagen . . .«

»Diese Frau braucht Ruhe!« rief Jessie wütend. »Verschwinden Sie endlich, verdammtnochmal!«

Der Journalist zog sich zurück, und Jessie wandte sich wieder der Frau zu. Aber wieder wurde sie bedrängt und gestoßen. Wenn der Krankenwagen nicht bald da war, würden die Frau und ihr Sohn noch zu Tode getrampelt werden. Soviel zu Ben-Natan und seinen »Sicherheitsvorkehrungen«.

Der Mann streichelte die Hand seiner Mutter, blind gegen das Chaos um sie herum. »Sieh, was sie getan haben, Mamma!« rief er mit zitternder Stimme. »Sieh doch nur, was sie dir angetan haben!«

»Mörder!« schrie jemand von neuem, und dann übertönte durchdringendes Sirenengeheul alle anderen Geräusche.

Zwanzigstes Kapitel

Nachdem er vierzig Minuten in dem elegant eingerichteten Vestibül der Anwaltskanzlei Haus, Berkman, Lowell und Lowell gewartet hatte, betrat Emery Kraft um zehn nach eins das geräumige Büro von Walter Haus.

Haus stand hinter einem sehr großen, sehr glänzenden, dunklen Nußbaum-Schreibtisch. Er war ein hochgewachsener, distinguierter Mann Mitte Fünfzig, mit sorgfältig gekämmtem dichtem ergrauendem Haar, einem energischen Kinn und aufmerksamen braunen Augen. Vor dem Schreibtisch lag ein Aubusson-Teppich. Und auf diesem stand ein ernster und sehr verlegen wirkender Barry Lewis.

Walter Haus übernahm die Vorstellung. »Ich glaube, Sie und Mr. Lewis haben kürzlich miteinander gesprochen«, sagte er dann.

Kraft nickte. »Einmal. Wir haben miteinander telephoniert.« Er schüttelte Lewis die Hand. »Es ist mir eine Freude, Ihre Bekanntschaft zu machen.«

Haus nahm hinter dem Schreibtisch Platz. Kraft setzte sich auf einen der beiden schwarzen Ledersessel vor dem Schreibtisch, Lewis auf den anderen. Er vermied es, Kraft anzusehen.

»Ich weiß es zu schätzen, daß Sie so kurzfristig Zeit für mich einräumen konnten«, sagte Kraft.

»Ich freue mich, einem so guten Freund von Ronald Macklin behilflich sein zu können.« Haus' höfliches, aber kühles Lächeln deutete an, daß er keineswegs erfreut war. »Am Telephon sagten Sie, Sie hätten gern, daß Mr. Lewis Roy Benning vertritt. Darf ich Sie fragen, weshalb Ihre Wahl auf unsere Kanzlei gefallen ist? Und auf Mr. Lewis?«

Lächelnd rückte Kraft die mit seinen Initialen bestickten Manschetten seines maßgeschneiderten weißen Hemdes zurecht. »Zu Ihrer ersten Frage: Der ausgezeichnete Ruf Ihrer Kanzlei spricht für sich selbst. Ron Macklin hat mehr als einmal seine Zufriedenheit mit den Diensten Ihrer Sozietät betont.«

Haus nahm das Kompliment mit einem Kopfnicken zur Kenntnis. »Es gibt auch andere ausgezeichnete Kanzleien, andere ausgezeichnete Anwälte.«

»Ich bin fest davon überzeugt, daß es in Mr. Bennings bestem Interesse ist, wenn ihn Mr. Lewis vertritt.« Kraft lächelte Lewis an, doch der blickte ernst auf seinen Vorgesetzten.

»Werden Benning denn irgendwelche Vergehen zur Last gelegt?« erkundigte sich Haus. »Ich habe noch nichts davon gehört.«

»Noch nicht. Darüber gibt es ebensowenig Informationen wie über den Gesundheitszustand der verletzten Frau. Aber gewisse Einzelpersonen und Organisationen üben starken Druck auf die Polizeibehörden und den Bürgermeister aus, Mr. Benning festzunehmen.«

»Warum nicht abwarten, bis es so weit ist?«

»Roy Benning wird angeklagt. Davon können wir ausgehen. Und obwohl er offiziell belangt werden wird, weil er angeblich eine Frau zu Boden gestoßen hat, die infolgedessen gefallen ist und noch näher zu bestimmende Verletzungen erlitt, so wird sich doch die eigentliche Frage um sein verfassungsmäßiges Recht auf freie Meinungsäußerung drehen – in diesem Fall seine Zweifel an der Wahrheit des Holocaust.« Kraft wandte sich an Lewis. »Mehr als jeder andere in dieser Stadt sind Sie, Mr. Lewis, dazu prädestiniert, auf die Wahrung dieser Rechte zu achten. Das ist keine Schmeichelei, Sir. Das ist eine Tatsache.«

»Ich weiß Ihr Vertrauen zu schätzen, Mr. Kraft.« Lewis lächelte dünn. »Aber ich habe die *White Alliance* vertreten, deren Gründungsmitglied Mr. Benning ist. Wenn ich ihn gegen den Vorwurf der Körperverletzung verteidige, könnte es einen Interessenkonflikt geben.«

»Ich bewundere Ihr Berufsethos und Ihre Weitsicht – beides spricht für Ihren tadellosen Charakter.« Kraft lächelte erneut. »Die *White Alliance* ist bereit, die üblichen Verzichterklärungen zu unterzeichnen.«

»Das ist gut«, erwiderte Lewis. »Dennoch sollten Sie wissen, daß die Kanzlei die Sache dem geeignetsten und zuverlässigsten Juristen überträgt, falls sie sich dazu entschließt, Mr. Benning zu vertreten. Es ist nicht sicher, daß ich das bin.«

»Ich möchte Sie, Mr. Lewis.« Kraft zeigte auf ihn. »Sie finden Mr. Bennings Standpunkt vielleicht abstoßend. Aber inzwischen ist Ihnen vermutlich bekannt, daß ich als Gründer der Institution *History Is Truth* diese Ansichten teile. Ich bin nicht Ihr Feind. Es bereitet mir keine Genugtuung, Sie gegen Ihresgleichen auszuspielen. Ich bin kein Antisemit. Ich bin kein Neonazi, auch wenn wir in einigen Punkten vielleicht unterschiedlicher Meinung sind. Ich bin kein gewalttätiger Rassist. Ich bin ein angesehener Historiker, der eine höchst kontroverse Neubewertung einer Geschichtsepisode des zwanzigsten Jahrhunderts vorgelegt hat. Und ich hoffe, daß Ihre persönlichen Gefühle Sie nicht davon abhalten, diesen Fall zu übernehmen.«

»Ich kann Ihnen versichern, Mr. Kraft«, ergriff Walter Haus das Wort, »daß, sollten wir die Verteidigung Mr. Bennings übernehmen, Mr. Lewis wie jeder andere Anwalt unserer Kanzlei keinerlei Probleme damit haben wird, den Fall erfolgreich zu vertreten.« Er legte die Hände gegeneinander und sah Kraft an.

Kraft nickte. »Dieser Fall ist nicht nur für Mr. Benning und mich wichtig, sondern auch für die Redefreiheit, die *History Is Truth* glühend verteidigt. Ich weiß, daß es sich nicht gerade um die Art von Fällen handelt, mit denen sich Ihre Kanzlei für gewöhnlich befaßt. Ich bin bereit, Ihnen den bei geringfügigen Strafsachen üblichen Vorschuß zu zahlen.« Kraft griff in sein Jackett, zog einen Scheck heraus und legte ihn auf den Rand des Schreibtisches.

Haus griff nach dem Scheck und plazierte ihn genau in der Mitte der Tischplatte, als wäre er ein Kunstwerk. »Wir werden den Fall ausführlich besprechen, Mr. Kraft. Und wenn Mr. Lewis der am besten geeignete und am ehesten abkömmliche Anwalt ist, werden wir ihn sicher damit betrauen.«

»Das höre ich gern« Kraft wandte sich Lewis zu. »Als wir das letzte Mal miteinander sprachen, äußerte ich meine Bewunderung für Ihren Mut, eine bei Ihrem Volk unbeliebte Meinung zu vertreten. Und jetzt zögern Sie, einen ähnlichen Fall zu übernehmen?« Er tippte sich mit dem Zeigefinger nachdenklich an die Unterlippe. »Vielleicht bereuen Sie es, die *White Alliance* vertreten zu haben? Sie wurden bedroht. Ihre Haustür wurde beschmiert. Ich kann Ihr Zögern verstehen, Ihre Familie und sich einem neuen Risiko auszusetzen.«

»Mein Zögern hat absolut nichts mit Bedauern oder der Furcht vor Repressalien zu tun.« Plötzliche Röte überflog Lewis' Gesicht. »Aber in diesem Fall geht es um etwas gänzlich anderes als bei der Veranstaltung der Parade.«

Kraft beugte sich zu Lewis hinüber. »Es geht um genau das gleiche. Die *White Alliance* wollte ihre Überzeugungen zum Ausdruck bringen. Mr. Benning will nichts anderes.«

»Mr. Benning hat eine neunundsiebzigjährige Frau zu Boden gestoßen, so daß sie ins Krankenhaus gebracht werden mußte.« Die Ironie in seiner Stimme war unüberhörbar.

»Sie hat ihn angegriffen. Er hat sich lediglich verteidigt.« Kraft wandte sich an Haus. »Wenn Mr. Benning und ich die Geschehnisse auch zutiefst bedauern, so sollte man die Fakten doch nicht durcheinanderbringen.«

»Mr. Krafts Argumente sind nicht von der Hand zu weisen, Barry«, erklärte Haus.

Lewis schwieg.

»Haben Sie gesehen, was wirklich geschehen ist?« fragte Kraft Lewis.

»Nein.«

»Vielleicht sollten Sie das tun.« Kraft griff nach dem Aktenkoffer aus weinrotem Krokodilleder zu seinen Füßen, öffnete ihn und holte eine Videokassette heraus. »Ich habe mir die Freiheit genommen, ein Band mit Aufnahmen der bedauerlichen Ereignisse dieses Morgens mitzubringen. Würden Sie sich ein paar Minuten Zeit nehmen, um es sich anzusehen?«

»Eine hervorragende Idee.« Haus nahm die Kassette und ging zu einem dunklen Nußbaumschrank, öffnete ihn und schob die Kassette in einen Videorecorder. Er schaltete das Gerät ein und nahm wieder hinter seinem Schreibtisch Platz.

Der Schirm füllte sich mit Bildern von der Parade. Die Menge vor dem Museum war zu sehen, die näherkommenden Marschierer, die meisten von ihnen in schwarzen Uniformen. Dann hörte man Bennings Stimme: »Den Holocaust hat es nie gegeben!« Die Kamera schwenkte von Benning zu der Menge vor dem Wiesenthal Center, die gegen die Polizeiabsperrungen drängte. Dann sah man, wie eine alte Frau auf Benning zulief.

»Sehen Sie gut hin.« Auch Kraft wandte keinen Blick vom Bildschirm, als die Frau nach dem Lautsprecher griff. »Sehen Sie das?« fragte er, als die Frau ihre Fäuste gegen Benning erhob. »Sie will ihn schlagen, und er verteidigt sich, schiebt sie von sich. Sie fällt und schlägt mit dem Kopf auf der Fahrbahn auf. Soll Mr. Benning etwa festgenommen werden, weil er sich verteidigt und geschützt hat?«

»Um Himmels willen, sie ist eine zierliche, alte Frau!« rief Lewis empört. »Benning ist über einsachtzig groß und so kräftig wie ein Panzerschrank.«

»Sie war außer sich vor Wut. Wie konnte Benning sicher sein, daß sie ihm keinen Schaden zufügt? Daß sie nicht versuchen würde, ihm die Augen auszukratzen?« Ein Klicken zeigte an, daß das Band abgelaufen war. »Möchten Sie es sich vielleicht noch einmal ansehen, Mr. Lewis?«

Lewis schüttelte den Kopf.

Kraft nahm seine Kassette aus dem Recorder und blieb vor Lewis stehen. »Sie können mich wegen meiner Ansichten über den Holocaust verachten. Das verstehe und akzeptiere ich. Aber lassen Sie nicht zu, daß Ihre Emotionen Ihr Urteilsvermögen einschränken. Wenn es Ihnen mit der Einhaltung des First Amendment so ernst ist, wie ich glaube, dann bleibt Ihnen keine andere Wahl, als Roy Benning zu verteidigen, wenn er unter Anklage gestellt wird. Schließlich waren Sie behilflich, die Erlaubnis für das Abhalten der Parade zu erhalten. Ihre überzeugende Argumentation vor Gericht ermöglichten es Benning, straflos die Dinge auszusprechen, die er gesagt hat. Ihn jetzt im Stich zu lassen, würde die Integrität Ihrer eigenen Position ad absurdum führen.«

Kraft machte eine kurze Pause. »Es sei denn, Sie befürchten Repressalien von Ihren eigenen Leuten. Dafür hätte ich jedes Verständnis«, fügte er dann hinzu.

»Ich habe keine Angst.«

»Ausgezeichnet.« Kraft wandte sich an Haus. »Wann darf ich mit Ihrer Entscheidung rechnen?«

»Heute nachmittag gegen fünf Uhr.«

Kraft nickte. »Dann erwarte ich Ihren Anruf.«

»Ich kann Roy Benning nicht vertreten«, sagte Barry Lewis zu Haus, nachdem Kraft den Raum verlassen hatte.

»Jeder hat Anrecht auf juristische Vertretung, Barry.« Haus' gefaltete Hände ruhten nur Zentimeter vom Scheck entfernt. »Wir können uns nicht zum Moralhüter unserer Klienten aufschwingen. Das haben Sie bewiesen, als Sie das Recht der *White Alliance* auf freie Meinungsäußerung verteidigten.«

»Kraft will mich doch nicht wegen meiner Kenntnisse im Verfassungsrecht als Verteidiger. Er will mich, weil ich Jude bin.«

»Möglicherweise.« Haus lehnte sich in seinem Sessel zurück. »Aber wenn Sie Krafts Argumentation logisch abklopfen und sich bemühen, nicht emotional zu reagieren, werden Sie zugeben müssen, daß seine Strategie überzeugend ist.«

»Sehr viel Strategie und eine gewisse klammheimliche Freude. ›Ein Jude hilft den Nazis. Runde Zwei.‹« Lewis schüttelte den Kopf. »Aber diesmal nicht. Nicht mit mir.«

Haus seufzte. »Ron Macklin hat ihn zu uns geschickt, Barry. Und wie Sie wissen, ist Macklin ein wichtiger Klient, der unserer Kanzlei eine Menge an Aufträgen bringt. Es wäre ebenso ungeschickt wie schädlich, ihn dadurch zu verprellen, daß wir Krafts Bitte abschlagen.«

Lewis beugte sich vor und umfaßte den Rand des Schreibtisches mit beiden Händen. »Meine Eltern haben den Holocaust, von dem Kraft sagt, es hätte ihn gar nicht gegeben, gerade eben überlebt! Sie sind fast in den Konzentrationslagern gestorben, von denen Benning und seine Organisation behaupten, sie hätten nie existiert!« Mit ruhiger Stimme fügte er hinzu: »Ich bringe nicht genügend Überzeugung auf, um Benning verteidigen zu können. Daher kann ich seinem Fall nicht gerecht werden.«

»Aber selbstverständlich können Sie das, Barry«, entgegnete Haus ruhig. »Sie sind ein hervorragender Prozeßführer. Und auch wenn Sie und ich Kraft und Benning verachten sowie alles, wofür sie stehen, können wir doch nicht an der Tatsache vorbei, daß Benning in Notwehr handelte. Sie haben das Videoband gesehen.«

Lewis schwieg.

»Sie sollten es sich noch einmal ansehen«, erklärte Haus nachdrücklich. »Sie haben mich und meine Partner mit Ihrer beruflichen Hingabe und Ihrer Loyalität gegenüber unserer Kanzlei sehr beeindruckt, Barry. Deshalb haben Sie eine große Zukunft bei uns.« Er lächelte. »Ich bin davon überzeugt, daß Sie nichts tun würden, was uns enttäuschen oder die Interessen der Kanzel gefährden könnte.«

Lewis zog seine Hände von der Schreibtischplatte zurück und lehnte sich im Sessel zurück. »Nein. Nein, selbstverständlich nicht.«

»Selbstverständlich würde ich von Ihnen nichts verlangen, was Sie für moralisch verwerflich halten. Aber ich denke, Sie werden zu der richtigen Entscheidung kommen, wenn Sie sich das Band noch einmal in Ruhe angesehen und alle Faktoren bedacht haben.« Haus stand auf. »Jetzt werde ich mich mit meinen Partnern beraten, um Ihnen dann unsere Entscheidung mitzuteilen.«

Lewis nickte.

Einundzwanzigstes Kapitel

Rose stand vor den Silberleuchter auf dem Eßtisch, hob die Hände und vollführte langsam drei Kreise über den Sabbatkerzen, die sie gerade entzündet hatte. Nach jedem Kreis führte sie die Hände auf ihre Brust zu, als wolle sie die Kerzen umarmen. Als Kind hatte ihr ihre Mutter Malka gesagt, daß überall auf der Welt jüdische Frauen auf diese Weise die Sabbatkönigin in ihrem Haus willkommen heißen.

Seit ihrer Befreiung aus dem Konzentrationslager – sie war achtzehn, Morris zwanzig Jahre alt gewesen –, hatten sie den orthodoxen Glauben ihrer Kindheit zwar nicht mehr praktiziert, aber Morris hatte ihr ein paar Tage vor ihrer Hochzeit zwei einfache, verchromte Kerzenständer gekauft – sechs Monate nachdem sie sich in einem Flüchtlingslager in der Nähe von München kennengelernt hatten. Am Freitagabend nach ihrer Hochzeit hatte sie erstmals die Sabbatkerzen angesteckt, und seither an jedem Freitag. Zu Barrys Geburt hatte Morris den silbernen fünfarmigen Leuchter gekauft, und Rose war dazu übergegangen, eine dritte Kerze zu entzünden. Nach Janices Geburt waren es dann vier geworden. Auch Janice entzündete in ihrem Haus in Chicago die Sabbatkerzen. Genau wie Sheila.

Rose legte die Hände auf die Augen und sprach den Segen über die Kerzen: *»Baruch atah haschem . . .«* Danach betete sie mit noch immer bedeckten Augen für ihren Mann, ihre Kinder und Enkel und fügte eine flehende Bitte um die schnelle Gesundung von Lola Hochburg hinzu, des ersten Opfers der Parade.

»Morris, das Essen steht auf dem Tisch«, rief sie. Als er nicht reagierte, ging sie ins Wohnzimmer. Er saß auf der braunkarierten Couch und blickte auf den Fernseher.

»... erfolgten dreiundfünfzig Festnahmen. Vierundzwanzig Personen wurden verletzt, sieben davon schwer«, sagte der Moderator. »Lola Hochburgs Zustand ist noch immer kritisch. Wir schalten jetzt direkt zum Cedars-Sinai Medical Center und zu Connie Alvarez. Connie?«

Auf dem Bildschirm erschien eine schlanke, zierliche Reporterin.

Rose setzte sich neben ihren Mann. »Morris, warum schaltest du das nicht ab? Es regt dich nur unnötig auf.«

»Ruhe«, sagte er, aber nicht unfreundlich.

»Ich stehe hier vor dem Cedars-Sinai, Peter. Lola Hochburg geht es nicht besonders gut. Sie hat einen Schlaganfall erlitten und wird künstlich beatmet.«

»Ihr Sohn wurde festgenommen, aber inzwischen wieder freigelassen, stimmt das?«

Lautes Hupen im Hintergrund. Die Reporterin hielt sich die Ohren zu. »Wie war Ihre Frage?«

Der Moderator wiederholte sie.

»Das stimmt, Peter. Samuel Hochburg wurde am Vormittag festgenommen, weil er einen der Marschierer angegriffen hatte, wurde aber fast sofort wieder freigelassen und kam direkt hierher ins Krankenhaus. Seither hat er das Bett seiner Mutter nicht verlassen. Der von Hochburg angegriffene Mann wurde in keiner Weise verletzt. Ich denke, das trug zu Hochburgs schneller Freilassung bei.«

»Konnten Sie mit Mr. Hochburg sprechen, Connie?«

Geier, dachte Rose. Schakale. Sie sah, daß Morris nach

vorn gerückt war und konzentriert auf den Bildschirm starrte.

»Ganz kurz, Peter. Er ist verzweifelt und wütend auf Roy Benning, den Mann, der seine Mutter zu Boden gestoßen hat. Er machte Richterin Williams bittere Vorwürfe, weil sie die Parade gestattet hat. Er machte auch Barry Lewis Vorwürfe, dem Anwalt, der den Fall für die *White Alliance* und die ACLU übernommen hatte. Mr. Hochburg ist übrigens das einzige Kind seiner Mutter, einer Witwe.« Die Reporterin lächelte mitfühlend.

»Konnten Sie zu Barry Lewis Kontakt aufnehmen?«

Erneutes Lächeln. »Er und Rita Warrens, die hiesige ACLU-Direktorin, waren nicht erreichbar. Und Richterin Williams befindet sich in einem längst überfälligen Urlaub in Palm Springs. Inzwischen ist die Lage in der Stadt angespannt, Menschen beten für Lola Hochburg und warten ab, was weiter geschieht. Das war Connie Alvarez, live aus dem Cedars-Sinai.«

Morris sah Rose an. »Was habe ich getan? Sag mir, was ich Furchtbares getan habe, daß wir das erleiden müssen.«

»Nicht, Lieber.« Rose ergriff die Hand ihres Mannes. Sie zitterte.

»Vielen Dank, Connie. Wir schalten später noch einmal zu Ihnen um.« Der Moderator war wieder in Morris' und Roses Wohnzimmer zurückgekehrt. »Inzwischen wurde Roy Benning wegen Körperverletzung festgenommen. Benning ist der Anführer der *White Alliance* und hat enge Beziehungen zu einer Organisation namens *History Is Truth*, deren Mitglieder bestreiten, daß es den Holocaust gegeben hat. Wir zeigen jetzt noch einmal Aufnahmen von der Parade ...«

Rose wandte sich vom Bildschirm ab. Sie hatte die Aufnahmen bereits am Nachmittag gesehen und hatte keine Lust, die brutalen Szenen noch einmal zu betrachten.

». . . eindeutig hat die Richterin eine furchtbare Fehlentscheidung getroffen«, erklärte jemand. »Sehen Sie sich doch die Ergebnisse an.«

Rose sah wieder zum Bildschirm und erkannte Joel Ben-Natan, den Leiter des *Shield of Jewish Protectors.*

»Wollen Sie damit sagen, die Richterin hätte sich über Präzedenzfälle hinwegsetzen und die Verfassung verletzen sollen?« fragte der Reporter.

»Ich sage, daß irgend jemand seinen Verstand hätte gebrauchen sollen. Ich sage, daß Mrs. Hochburg dann nicht im Krankenhaus mit dem Tod zu kämpfen brauchte. Ich hoffe, Barry Lewis und die ACLU sind mit ihrem verfassungsgemäßen Sieg zufrieden.«

»Er hat recht«, bemerkte Lewis. »Gott helfe mir, aber er hat recht.«

»Nach unseren neuesten Informationen«, fuhr der Moderator fort, »hat sich Barry Lewis bereit erklärt, die Verteidigung von Roy Benning zu übernehmen. Mr. Lewis . . .«

»Nein!« Morris starrte den Fernseher an, dann seine Frau. »Was hat er gesagt, Rose?«

Sie räusperte sich. »Er sagte, daß Barry Benning verteidigt.«

Morris saß einen Moment reglos da, dann stand er abrupt auf und ging aus dem Zimmer. Rose hastete ihm in die Küche nach.

»Wohin willst du?« fragte sie ängstlich, als er seine Autoschlüssel aus einer Tasse im Schrank holte. »Morris, antworte mir!«

»Es reicht«, sagte er auf Jiddisch. Dann lief er zur Tür.

Sheila öffnete die Tür. »Hi, Mom. Hi, Dad. Das ist aber eine schöne Überraschung.« Ihr Lächeln und ihre Stimme verrieten ihr Unbehagen.

Sie sieht ja furchtbar aus, dachte Rose, als sie mit Morris

in der Diele stand. Totenbleich, hager, verhärmt. Mit rotgeweinten Augen. Sie sieht so aus, wie ich mich fühle.

»Ich habe mit Barry zu reden. Wo ist er?« wiederholte Morris.

Sheilas Gesicht war hochrot. »In seinem Arbeitszimmer.«

Mit Rose und Sheila im Schlepptau verließ Morris die marmorgeflieste Eingangsdiele und trat vor die Tür zum Arbeitszimmer seines Sohnes. Ohne zu klopfen betrat er den holzgetäfelten Raum. Rose folgte ihm. Sheila blieb draußen und schloß die Tür.

Beim Eintritt seines Vaters blickte Barry auf. »Hallo, Dad.« Er stand auf. »Hi, Mom.« Er verspannte sich zusehends.

»Trifft es zu, was man sagt?« wollte Morris wissen. »In den Nachrichten habe ich gehört, daß du diesen Verbrecher, diesen Lügner verteidigen wirst, aber ich konnte es nicht glauben. ›Das würde Barry nie tun‹, habe ich mir gesagt. Also?«

Barry kam um den Schreibtisch herum und blieb einen guten Meter von seinem Vater entfernt stehen. »Ich wollte dich anrufen, Dad, es dir erklären.«

»Was gibt es da zu erklären? Tust du es oder tust du es nicht?«

Seufzend fuhr sich Barry mit den Fingern durch die Haare. »Hör mal, können wir uns nicht setzen, um ganz ruhig über diese Angelegenheit zu sprechen?«

»Du willst also ganz ruhig darüber sprechen? Kann man denn ganz ruhig bleiben, wenn ein Haus in Flammen steht?« Morris' Stimme wurde lauter, erregter.

»Das verstehst du nicht. Die Sache ist kompliziert, Pa. Es gibt da . . .«

»Tu nicht so überheblich! Behandle mich nicht so, als wäre ich ein dummer Hinterwäldler!« Jetzt schrie er. Sein

Gesicht war zornrot. »Du hältst dich wohl für klüger, weil ich nie eine Oberschule besucht habe? Deine Mutter und ich haben uns jahrelang krummgelegt, damit ihr, du und deine Schwester, die beste Ausbildung erhalten konntet. Aber was hilft eine noch so gute Ausbildung, wenn du nicht weißt, wie man sich als anständiger Mensch verhält, als guter Jude?«

»Du wolltest, daß ich ein guter Anwalt werde. Du und Mom. ›Sieh zu, daß wir stolz auf dich sein können‹, hast du gesagt. ›Tu das Richtige‹.« Er verkrampfte die Hände. »Im Zusammenhang mit der Parade habe ich das getan, was ich für das Richtige halte. Ich weiß, daß du mir da nicht zustimmst. Ich weiß, daß ich dich gekränkt habe, und das tut mir sehr leid, aber ich muß Benning verteidigen. Das ist die Entscheidung der Kanzlei, nicht meine.«

»Sie würden dich also entlassen, wenn du den Fall nicht übernimmst?«

»Vielleicht.«

»Dann sollen sie dich doch feuern. Du bekommst einen anderen Job. Einen besseren.«

»Es ist nicht nur das. Es ist . . .« Barry schüttelte den Kopf. »Ich habe keine andere Wahl, Pa.«

»Jeder Mensch hat eine Wahl! Jeder!« Morris hob die Hände gen Himmel, als wolle er beten. »*Riboinoi schel ojlam*, was ist das für ein Jude, der mit Nazi-Mördern gemeinsame Sache macht, *jemach sch'mom*, kannst du mir das sagen? Was ist das für ein Jude, der einen Verbrecher als Klienten annimmt, der behauptet, die Großeltern des Anwalts und die Großeltern seiner Frau seien nicht in den Gaskammern ermordet worden?«

Barry schwieg.

Morris trat einen Schritt näher auf seinen Sohn zu. Barry wich zurück.

»Befürchtest du, ich könnte dich schlagen?« Morris

schüttelte den Kopf. »Ich werde dich nicht schlagen. Wann hätte ich dich jemals geschlagen?« Er brach ab, und als er wieder zu sprechen begann, war seine Stimme ein fast unverständliches Flüstern. »Du spuckst auf das Grab meiner Eltern. Du spuckst auf das Grab der Eltern deiner Mutter. Und wenn zu dazu beiträgst, Lügen wie diese zu verbreiten, spuckst du auf die Gräber von sechs Millionen Menschen. Daher spucke ich jetzt auf dich.«

Er bespuckte seinen Sohn, ergriff dann mit beiden Händen den Kragen seines Hemdes und zerrte an ihm, bis der Stoff zerriß.

»Morris, tu das nicht!«

»Jetzt kannst du tun, was du willst«, sagte Morris. »Jetzt habe ich keinen Sohn mehr. Aus. Für mich bist du tot.«

»Morris!« schluchzte Rose auf und hielt sich die Ohren zu. »*Tschas wescholom!* Um Gottes willen! Sage nichts, was du nicht so meinst.«

Barry stand wie erstarrt. Sein Vater drehte sich um, ging zur Tür, riß sie auf und verließ den Raum.

Rose sah ihren Sohn an und folgte dann ihrem Mann.

Zweiundzwanzigstes Kapitel

»Es ist schrecklich, nicht wahr, Frank?« Seufzend schaltete Jessie die Elf-Uhr-Nachrichten mit der Fernbedienung aus. »Vierundzwanzig Menschen wurden verletzt.«

»Nicht sehr schön.« Er zog sie näher an sich heran und massierte ihr die Schultern.

Sie zog die Beine auf die Couch und lehnte sich entspannt an seine Brust. Es war herrlich, wieder seine ganze Aufmerksamkeit zu haben, jetzt, da Rona und die Jungen nach Arizona zurückgekehrt waren. Während ihres Aufenthalts in L.A. hatte sie sich so verunsichert gefühlt, so bedroht. Aber jetzt kam es ihr unsinnig vor, daß sie sich jemals Sorgen gemacht hatte. Sie seufzte erneut tief auf, ergriff seine Finger und hielt sie fest.

»Harter Tag, was?« fragte er.

Jessie erkannte, daß er annahm, sie würde in der Erinnerung an die Parade seufzen. Sie korrigierte ihn nicht. Er hob ihr Haar und küßte sie auf den Nacken. Ein Schauer der Erregung durchpulste sie. Er zog ihr die Bluse aus den Jeans. Als er ihren BH aufhakte, fühlten sich seine Finger auf ihrer Haut ganz heiß an, und als sie ihre Brüste liebkosten, ging ihr Atem schneller.

»Laß uns ins Schlafzimmer gehen«, flüsterte sie. Dort liebten sie sich stets, auf der King-Size-Matratze, die sie gekauft hatte, nachdem Gary mit ihren schwarzlackierten Schlafzimmermöbeln ausgezogen war.

Sie stemmte sich hoch, aber Frank drückte sie wieder auf die Couch hinunter. Seine Lippen lagen auf ihrem Mund, seine Hände auf ihren Brüsten, ihr Herz raste, und sie versuchte, nicht daran zu denken, daß Gary und sie sich hier auf dieser Couch unzählige Male geliebt hatten. Schließlich hatten die schwarzen Lederpolster die Abdrücke ihrer Körper und die Glut ihrer Leidenschaft keineswegs in sich aufgenommen . . .

Jessies Kopf fuhr so abrupt hoch, daß sie gegen die Couchlehne stieß. Sie zog scharf den Atem ein.

»Entschuldige«, sagte Frank. »Alles in Ordnung?«

Sein Gesicht war so nahe, daß sie die Linien um seine dunkelbraunen Augen und den Mund sah. »Ich habe nur gerade an Mrs. Hochburg denken müssen«, log sie. »Noch immer höre ich dieses Geräusch, als ihr Kopf auf dem Asphalt aufschlug.« Sie dachte an den Sturz und zuckte zusammen. Jetzt verstellte sie sich nicht.

»Das hätte nie passieren dürfen. Was hat sich die alte

Dame eigentlich dabei gedacht, diesen Benning anzugreifen?« Er beugte sich vor, um sie wieder zu küssen.

»Frank, sie war im Konzentrationslager. Kannst du dir denn nicht vorstellen, was sie empfand, als er behauptete, den Holocaust hätte es nie gegeben? Ich finde diesen Benning und diesen *History-Is-Truth*-Verein einfach widerlich.«

»Vielleicht.« Seine Hände glitten zu ihren Jeans. »Ich habe den ganzen Tag nur an dich gedacht, Jess. Großer Gott, hast du mir gefehlt!« flüsterte er heiser. Er zog an ihrem Reißverschluß.

Sie hielt seine Hände fest. »Was meinst du mit ›vielleicht‹?«

»Mein Gott, Jess, du kannst einem aber wirklich die Stimmung vermiesen.«

Sie schob ihn so weit von sich, daß sie ihm in die Augen blicken konnte. »Was meinst du mit ›vielleicht‹?«

Er seufzte. »Wenn sie lügen, sind sie widerlich. Aber was ist, wenn sie davon überzeugt sind, die Wahrheit zu sagen?«

Stirnrunzelnd setzte sich Jessie auf. »Das ist nicht komisch, Frank.«

»Ich meine es ganz ernst, Jess. Woher soll ich denn wissen, daß es wirklich einen Holocaust gab? Ich meine, es war Krieg. Dabei sind Juden gestorben, aber andere Menschen auch. So ist es nun einmal in Kriegen. Aber sechs Millionen?« Er schüttelte den Kopf. »Das erscheint mir doch reichlich übertrieben.«

Jessie verspürte einen Anflug von Verärgerung. »Diese Zahlen stammen aus seriösen Geschichtsbüchern, Frank. Es gibt Dokumentationen darüber . . .«

»Ja, aber woher stammen diese Zahlen? Vermutlich doch aus jüdischen Quellen. Und die dürften kaum unvoreingenommen sein, oder?«

»Einige der Konzentrationslager wurden von amerikanischen Soldaten befreit, Frank. Sie haben gesehen, was dort vor sich gegangen ist.«

»Sie haben Kriegsgefangene gesehen, Süße. Sie haben keine Gaskammern oder Beweise für die anderen Greuel gesehen, die sich angeblich abgespielt haben.«

Ihre Verärgerung verwandelte sich in Empörung, aber sie versuchte, so gelassen wie möglich zu bleiben. »Warum sollte sich jemand so etwas ausdenken, Frank?«

»Um das Mitgefühl der Welt zu erregen, beispielsweise. Um Schuldgefühle in uns *gojim* zu wecken, daß wir ihnen nicht rechtzeitig zur Hilfe geeilt sind. Ich glaube, deshalb gibt der Kongreß auch soviel Geld an Israel.«

»Das ist doch absurd! Weißt du eigentlich, wie absurd das ist?« Und mit ruhigerer Stimme fügte sie hinzu: »Israel ist die einzige Demokratie im Nahen Osten, Frank. Selbstverständlich müssen die Vereinigten Staaten ihn unterstützen. Wer hat dir denn diesen Unsinn eingeredet?«

»Ich kann lesen. Aber was willst du eigentlich?« Er hob die Schultern. »Ich spreche nur aus, was eine Menge Leute denken. Da brauchst du nicht gleich so wütend zu werden.«

»Ich bin nicht wütend. Ich bin entsetzt, daß du diese Lügen glaubst. Das ist Unrat, Frank, antisemitischer Unrat. Siehst du das denn nicht?«

Plötzlich erkannte sie, wie wenig sie von ihm wußte. Sie war vertraut mit seinem Körper, wußte, daß er ein angesehener Cop war, geschieden, mit zwei Söhnen, daß er Gegner hatte, die seine politisch unkluge Offenheit ablehnten, und Freunde, die ihn bewunderten. Manny Freiberg, ein Psychologe, ein Mann, der sich mit Menschen auskannte, hatte ihr gesagt, daß Frank Pruitt ein netter, anständiger Bursche sei. »Sie sollten ihn kennenlernen«, hatte er zu ihr gesagt. Und sie war überzeugt gewesen, ihn kennengelernt zu haben.

»Ich kann nur sehen«, sagte Frank gereizt, »daß wir unterschiedlicher Meinung sind und du dein Bestes tust, einen angenehmen Abend zu ruinieren. Ich weiß nicht, warum du ein solches Theater aufführst. Schließlich bist du doch keine Jüdin.«

»Darum geht es nicht.« Sie dachte daran, ihm von den jüdischen Verwandten ihrer Mutter zu erzählen. Seit sie den Fall Lewis untersuchte, hatte sie das tun wollen, war aber irgendwie nie dazu gekommen. Und jetzt war nicht der richtige Zeitpunkt. Frank würde verlegen reagieren, schuldbewußt. Oder suchte sie nach Ausflüchten?

Sie glitt von der Couch, wollte, daß er ging, damit sie allein war und nachdenken konnte. Sie stopfte ihre Bluse in die Jeans. »Es ist schon spät, Frank. Vielleicht ist es besser, wenn du gehst. Vielen Dank für das Abendessen«, fügte sie versöhnlich hinzu. »Ich bin wirklich ziemlich müde. Es war ein langer Tag.« Errötend reihte sie eine Lüge an die andere.

»Du bist wütend, stimmt's?« Er stand auf. »Neuerdings endet jede Unterhaltung zwischen uns beim Thema Juden. Du scheinst ganz besessen davon zu sein.« Verärgerung flackerte in seinen Augen auf.

»Das stimmt nicht.«

»Doch, es stimmt, Süße. Du willst es nur nicht sehen.«

»Tut mir leid, daß ich mich verspätet habe«, sagte Manny Freiberg, als er sich zu Jessie an den Tisch setzte. »Ich habe mir einen Strafzettel wegen Verkehrsbehinderung eingehandelt, weil ich auf der Suche nach einem Parkplatz zu langsam gefahren bin. An einem Sonntag! Ist das zu fassen?« Er griff zum Wasserglas und trank einen Schluck.

»Tut mir leid, Manny.« Sie fühlte sich schuldig. Schließlich war er hier, weil sie ihn zu Hause angerufen und erklärt hatte, sie müsse ihn sprechen. Als Treffpunkt hatte er den koscheren Delikatessenladen am Pico Boulevard vorgeschlagen.

»Warum? An dem Strafzettel haben Sie keine Schuld. Ich auch nicht, aber reden Sie mal mit einem Verkehrs-Cop.« Sein Adamsapfel hüpfte erregt auf und ab. »Sie sind so verdammt rigide und pingelig. Fast pathologisch. Vermutlich brauchen sie alle einen Seelenklempner.« Er nahm die Speisenkarte auf. »Haben Sie schon gewählt?«

»Noch nicht.« Noch nie hatte sie Manny verärgert erlebt, und sie fand es irgendwie erheiternd und angenehm menschlich. Sie war daran gewöhnt, den Psychiater hinter seinem Schreibtisch in einem Anzug zu sehen, nicht in Jeans und rotem Pullover, der seine schlaksige Größe betonte und ihn wesentlich jünger als Mitte Vierzig aussehen ließ. Auf seinem lockigen hellbraunen Haar saß ein besticktes Schädelkäppchen. Auch das war überraschend.

Die Kellnerin trat an ihren Tisch. Jessie bestellte ein Thunfisch-Sandwich, Manny eins mit Pastrami und Corned Beef.

»Es ist ja nicht nur das Geld«, murrte Manny, nachdem die Servierin gegangen war. »Ich muß auch zum Verkehrsunterricht, um die Strafpunkte wieder loszuwerden. Und das ist tödlich langweilig.«

»Gary war einmal in der ›Improv Comedy Traffic School‹. Er meinte, die Ausbilder seien sehr komisch gewesen.«

»Eine Komödien-Verkehrsschule. Das ist auch nur in Hollywood vorstellbar.« Manny schüttelte grinsend den Kopf. »Ja, vielleicht werde ich es dort versuchen. Wie geht es Gary eigentlich?«

»Gut.«

»Ich höre ein gewisses Zögern in Ihrer Stimme.«

»Überaus sensibel, Herr Doktor«, lächelte sie. »In der letzten Woche habe ich ihn gesehen.« Sie erzählte ihm von dem Ausflug nach Marina del Rey. »Ich habe ihn gekränkt, und das bedrückt mich.«

»Warum?« Seine warmen braunen Augen hinter den schildpattgerahmten Brillengläsern betrachteten sie forschend.

»Was meinen Sie mit ›warum‹? Weil ich ein nettes Mädchen bin und er ein netter Junge ist.«

»Sie wollen die Beziehung zu ihm also nicht wieder aufnehmen?«

»Ich treffe mich mit Frank. Ich kann nicht zur gleichen Zeit Beziehungen zu zwei Männern haben.«

»Eigentlich keine Antwort auf meine Frage. Warum haben Sie ihn mitkommen lassen?«

»Es war keine große Affäre, Manny. Ich habe ihn nicht dazu überredet. Wollen Sie etwa sagen, Geschiedene dürften keine freundschaftlichen Beziehungen zueinander haben?«

»Es ist nur sehr schwierig, so zu tun, als hätte die Ehe nie bestanden. Fühlen Sie sich noch immer zu ihm hingezogen?«

Jessie zögerte. »Ja«, sagte sie dann. »Aber warum auch nicht? Er sieht genauso aus wie vor einem Jahr.« Sogar besser. »Aber Gary ist gar nicht mein Problem. Mein Problem ist Frank.«

Die Kellnerin kam mit ihren Sandwiches, stellte sie vor sie hin und verschwand.

»Bin sofort wieder da«, sagte Manny.

Bevor Jessie sich fragen konnte, wo er geblieben war, saß er schon wieder auf seinem Platz, griff nach dem Sandwich und murmelte etwas vor sich hin, was sie für ein leises Gebet hielt.

»Nicht gerade förderlich für die Gesundheit, aber – verdammt, ist das gut!« rief er, nachdem er die Pastrami und das Corned Beef probiert hatte. »Okay, fangen Sie an.« Er gabelte eine Ladung Krautsalat auf und nahm einen weiteren Bissen von seinem Sandwich.

Sie berichtete zunächst von dem Fall Lewis und den Menschen, die sie dabei kennengelernt hatte. »Ich bin sicher, Sie haben im Fernsehen verfolgt, was sich während der Parade ereignet hat? Die Marschierer der *White Alliance* und dieses *History-Is-Truth*-Vereins?«

»Diese Mistkerle!« zischte er durch die zusammengebissenen Zähne. »Warum fragen sie nicht meine Eltern, ob es einen Holocaust gegeben hat? Meine Eltern könnten ihnen die Nummern zeigen, die man in ihre Arme tätowiert hat. Ihre Freunde auch. Im Grunde ist die Botschaft des HIT nichts anderes als Antisemitismus in Nadelstreifen anstatt in einer SS-Uniform mit Hakenkreuz. Sehr beunruhigend, weil ihnen eine Menge einfacher Leute auf den Leim gehen könnten.« Er biß von seinem Sandwich ab und fragte dann: »Aber was hat das alles mit Frank zu tun?«

Jessie hatte über das Schicksal von Mannys Eltern nichts gewußt. Jetzt war es ihr unangenehm, weiter über dieses Thema zu sprechen. Nach kurzem Zögern sagte sie: »Frank stimmt mehr oder weniger mit den Behauptungen dieser Leute überein.«

Mannys Augen wurden schmal. Er legte sein Sandwich auf den Teller zurück. »Das müssen Sie genauer erklären.«

Sie schilderte ihre Unterhaltung vom vergangenen Abend. »Zunächst dachte ich, er erlaubt sich einen Scherz. Aber er meinte es ernst, Manny, und mir wurde plötzlich klar, wie wenig ich über ihn weiß. Ich kann nicht sagen, ob er nur irregeleitet oder ein Rassist ist. Haben Sie jemals irgendwelche antisemitischen Bemerkungen von ihm gehört?«

»Ich bitte Sie. Ich wäre der Letzte, zu dem er so etwas sagen würde. ›Manny Freiberg‹ ist doch wohl deutlich genug, oder?« Er nahm seine Brille ab und rieb sich den Nasenrükken. »Frank scheint ein netter Bursche zu sein. Er ist ein guter Cop, aber seine Äußerungen entsprechen nicht immer der politisch korrekten Linie. Deshalb kommt er in seiner Abteilung auch nicht weiter. Aber ob er ein Rassist oder Antisemit ist?« Manny hob die Schultern. »Haben Sie ihn darauf angesprochen?«

»Ich habe ihm gesagt, wie entsetzt ich über seine Ansichten bin. Das kann er nicht verstehen. Ich habe ihm jedoch nicht erzählt, daß meine Mutter jüdischer Abstammung ist.«

»Und warum haben Sie Frank das nicht erzählt?«

Diese Frage ging ihr seit dem gestrigen Abend nicht mehr aus dem Kopf. »Ich nahm an, es würde ihm Schuldgefühle verursachen – nach allem, was er gerade über den Holocaust gesagt hatte. Es ist nicht so, als wollte ich meine Herkunft verheimlichen. Ich habe mich nie als jüdisch betrachtet. Das tue ich noch immer nicht. Seit ich den Fall Lewis übernommen habe, denke ich allerdings häufiger darüber nach.«

»Klingt logisch.« Manny nickte. »Machen Sie sich Sorgen über Franks Reaktion, wenn er erfährt, daß Sie jüdische Vorfahren haben?«

Jessie dachte einen Moment lang nach. »Vielleicht. Ich bin mir über meine Gefühle noch nicht ganz klar.« Sie griff zu ihrem Wasserglas und trank einen Schluck.

»Bedrückt es Sie, jüdischer Herkunft zu sein?«

Sie sah ihn an. »Nein! Natürlich nicht.«

»Habe ja nur gefragt.« Er lächelte. »Wenn ein Mensch bestimmte Vorstellungen von sich hat und dann plötzlich gezwungen wird, diese zu überdenken, kann das ganz schön verwirrend und verunsichernd sein.«

»Eigentlich fasziniert es mich, jüdische Vorfahren zu haben. Meine Mutter weiß nicht viel von ihnen, und sie reagiert immer gereizt, wenn ich das Thema zur Sprache bringe.« Nach kurzem Zögern fügte Jessie hinzu: »Sie ist auch verärgert, wenn in den Zeitungen oder im Fernsehen etwas über den Holocaust gebracht wird. Das ist mir unbegreiflich.«

»Glauben Sie, daß Ihre Mutter eine Abneigung gegen Juden hat? Daß es sie verärgert, jüdische Verwandte zu haben?« fragte Manny leise.

»Manchmal glaube ich es«, gestand Jessie ein. Sie errötete.

»Und das ist Ihnen unangenehm?«

»Ja. Aber zu anderen Zeiten bin ich mir über ihre Einstellung keineswegs sicher.«

Manny schlug mit der Gabel leicht auf den Tisch. »Sieht ganz so aus, als wollten Sie das Problem auf zwei Ebenen lösen, Jessie. Im Hinblick auf Ihre Mutter sollte ich Sie vielleicht darauf hinweisen, daß es durchaus Juden gibt, die andere Juden nicht leiden können. Das ist nur menschlich. Aber ich denke, Sie sollten Ihre Mutter ganz offen fragen, bevor Sie voreilige Schlüsse ziehen. Das wäre nur fair.«

»Ich habe es versucht. Sie wissen, daß wir nicht gut miteinander auskommen. Als wir das letzte Mal darüber gesprochen haben, hat sie einfach den Hörer aufgelegt.«

»Versuchen Sie es noch einmal. Und nicht telephonisch. Von Angesicht zu Angesicht.«

»Sie kommt am Freitag mit meinem Vater zu Matthews Geburtstag. Wir sind bei meiner Schwester zum Abendessen eingeladen. Dabei ergibt sich bestimmt eine Gelegenheit.«

»Warten Sie bis nach dem Dessert«, lächelte Manny. »Und was Frank anbelangt . . .«

»Vielleicht ist er nur falsch informiert. Ich werde mir dokumentarisches Material über den Holocaust besorgen und es ihm geben. Und ich werde ihm sagen, daß ich jüdische Vorfahren habe. Ich bin sicher, daß ihm das nichts ausmacht.« Sie brach ab und fügte nach kurzem Überlegen hinzu: »Was meinen Sie?«

Manny zog mit der Gabel Kreise auf seinem Teller. »Ich meine, daß Sie sich große Mühe geben, dieser Beziehung zum Erfolg zu verhelfen.«

Dreiundzwanzigstes Kapitel

Am Sonntagabend gegen Viertel vor elf bemerkte ein einsamer Fernsehreporter hektische Betriebsamkeit vor und in Lea Hochburgs Krankenzimmer. Er informierte seinen Sender.

Eine Stunde später wartete der Reporter mit einem Kameramann auf dem Flur, als Samuel Hochburg zwischen Rabbiner Sheldon Korbin und einem weiteren Rabbiner mit grauem Bart das Zimmer seiner Mutter verließ.

»Mr. Hochburg«, begann der Reporter, »gibt es . . .«

»Ich bitte Sie!« fauchte Korbin heiser. »Zeigen Sie doch ein Mindestmaß an Anstand!«

»Sie haben sie getötet«, erklärte Hochburg leise. Seine tiefliegenden Augen wirkten leer und blicklos.

»Wen meinen Sie mit ›sie‹?« wollte der Reporter wissen und trat zur Seite, damit der Kamermann eine Nahaufnahme von Hochburgs tränenüberströmtem Gesicht machen konnte.

»Sie haben sie getötet«, wiederholte Hochburg.

Vierundzwanzigstes Kapitel

Als Rose am Montagmorgen Morris' Schlafzimmer betrat, lag er vollständig angezogen auf dem Bett. Nur die Schuhe hatte er abgestreift.

»Fühlst du dich nicht wohl?« fragte sie.

»Mir geht es gut.«

»Gehst du nicht arbeiten?«

»Heute nicht.«

Schon am Sonnabend war er nicht in der Firma gewesen. Normalerweise hätte sie den Arzt geholt. In den achtundvierzig Jahren ihrer Ehe war Morris kaum einen Tag zu Hause geblieben. Zum Teil lag das an seinem brennenden Ehrgeiz, Erfolg zu haben und so gut wie möglich für seine Familie zu sorgen, zum Teil an dem Pflichtbewußtsein, das ihm von Kindesbeinen an beigebracht und in den Arbeitslagern drastisch verstärkt worden war.

Jetzt machte sich Rose zwar Sorgen, war aber kaum überrascht. Seit der Konfrontation mit Barry am Freitagabend war Morris ungewöhnlich verschlossen gewesen, und sie hatte nur wenig unternommen, um ihn aufzuheitern. Sie verstand seinen Zorn, teilte ihn, litt unter dem Schmerz des Verrats und trug ihren Teil der Last von Scham und Versagen.

Dennoch war Barry noch immer ihr Sohn. Auf dem Heimweg hatte sie nur einen Satz gesagt: »Für mich ist er nicht tot.« Morris hatte geschwiegen, aber auch nicht die rituellen Trauerhandlungen vorgenommen, vor denen sie sich gefürchtet hatte: nicht die Spiegel verhängt, Barrys Fotos umgedreht oder den *kaddisch* angestimmt, das Trauergebet. Daher hielt sie sich mit allen Äußerungen zurück, um ihn nicht zu provozieren, und wartete darauf, daß sich ihr Mann wieder ein wenig beruhigte.

Und dann war gestern abend Lea Hochburg gestorben.

Während des Wochenendes hatte Morris stundenlang vor dem Fernseher gesessen und die Nachrichten verfolgt: Mrs. Hochburg hat einen weiteren Schlaganfall erlitten. Mrs. Hochburg ist ins Koma gefallen. Mrs. Hochburg wird künstlich am Leben gehalten. Für Rose war es fast eine Erleichterung gewesen, als dann der Tod der Frau gemeldet wurde.

»Jetzt wird Barry den Fall abgeben«, hatte Rose gesagt. »Du wirst schon sehen.«

»Wer ist Barry?« hatte Morris gefragt. »Ich kenne keinen Barry.«

Aber die Spiegel blieben unverhüllt, der *kaddisch* ungesprochen.

»Komm frühstücken«, sagte Rose jetzt. »Ich habe Haferbrei mit Zimt zubereitet. Den ißt du doch so gern.«

»Ich habe keinen Hunger.« Abrupt setzte er sich auf, schwang die Beine vom Bett und erhob sich.

Sie folgte ihm ins Wohnzimmer und sah zu, wie er im Bücherschrank herumsuchte, einen Band herausholte und auf den Couchtisch legte. Zunächst dachte sie, es wäre der *ssidur*, das Buch für die täglichen Gebete, und ihr Herz setzte fast aus. Also würde er den *kaddisch* doch sprechen. Aber dann bemerkte sie, daß es ein Gebetsbuch für Jom Kippur war, den höchsten Feiertag des jüdischen Jahres.

Vor Erleichterung wurde ihr fast schwindlig. Dann runzelte sie die Brauen. »Warum brauchst du das, Morris? Bis Jom Kippur sind es noch sechs Monate hin.«

»Wo ist mein *kitl?*« fragte er auf jiddisch. Seit Freitagabend redete er mehr in der Sprache seiner Kindheit als auf Englisch, der Sprache, die er so schwer erlernt hatte.

»Ich weiß nicht, wo dein *kitl* ist.«

Er meinte das lange weiße Baumwollgewand, das orthodoxe Juden unter dem Hochzeitsbaldachin tragen, während des *Seder* und an Jom Kippur in der Synagoge. Morris hatte einen *kitl* gekauft, als sie sich kurz nach der Ankunft in Amerika eine Zeitlang einer orthodoxen Synagoge angeschlossen hatten. Er wollte sich an Jom Kippur nicht von den anderen Gemeindemitgliedern unterscheiden. Zwei Jahre später waren Rose und er einer konservativen Gemeinde beigetreten. Sie hatte den *kitl* seit vielen Jahren nicht mehr gesehen. Vielleicht war er gar nicht mehr da, vielleicht beim Umzug aus der Wohnung in dieses Hauses fortgegeben worden?

»Er muß irgendwo im Haus sein«, sagte er auf Jiddisch.

Sie half ihm suchen. Schließlich fand sie ihn ganz hinten in einem Wäscheschrank, ordentlich zusammengefaltet und in einem Plastikbeutel verpackt. Im Laufe der Jahre war er vergilbt und roch leicht modrig.

Morris zog ihn an und schlang sich den weißen Gürtel lose um die Taille. Dann ging er in die Diele und holte die blaue Samttasche vom Schrank, in der er seinen *talit* aufbewahrte, einen cremefarbenen Gebetsmantel mit Fransen und schwarzen Streifen.

»Was hast du vor?« Angst stieg in Rose hoch. Das war nicht der Morris, den sie seit einem halben Jahrhundert kannte.

Er legte sich den Gebetsschal um, küßte die Fransen und bedeckte mit den Enden seinen Kopf. Dann holte er das Gebetbuch vom Couchtisch.

»Morris? Bitte, du machst mich ganz nervös.«

»Alles wird gut«, sagte er zu ihr. Er schlug das Gebetbuch auf, blätterte kurz darin und stimmte einen Gesang an.

»Wir haben gefehlt . . . Wir sind schuldig geworden . . . Wir haben uns gottlos verhalten . . .« Bei jedem Wort schlug er sich mit der rechten Faust gegen die Brust, wie er es als Kind in Polen gelernt hatte.

Roses Augen füllten sich mit Tränen. Jetzt verstand sie. Er legte das Sündenbekenntnis des Jom Kippur ab.

»*Al-chejt* . . . Für die Sünde, die wir unter Zwang und wissentlich gegen Dich begangen haben, und für die Sünde, die wir in Verhärtung des Herzens gegen Dich begangen haben . . .«

»Morris«, flüsterte sie. »Morris, es ist doch nicht deine Schuld.«

»*Al-chejt* . . . Für die Sünde, die wir unwissentlich gegen Dich begangen haben, und für die Sünde, die wir durch die Worte unserer Lippen gegen Dich begangen haben . . .«

»*Al-chejt* . . .«

Immer wieder schlug er sich verzweifelt gegen die Brust. Am Ende des ersten Verses stimmte er den flehenden Refrain an: »Für all das, o Gott der Vergebung, vergib uns, verzeih uns.« Und bei jeder Bitte schlug er sich erneut an die Brust.

Das Gebet hatte vier Abschnitte. Er sprach den letzten Vers des Sündenbekenntnisses: »Und für die Sünden, für die wir die vier Todesstrafen der menschlichen Gerichte verdient hätten: Steinigen, Verbrennen, Enthaupten und Erhängen.« Dann beendete er sein Gebet und schlug das Buch zu. Er wandte sich an Rose.

»Alles wird gut, Rose«, wiederholte. »Alles wird gut.«

Fünfundzwanzigstes Kapitel

Sie sieht aus, als wäre sie in den letzten Tagen um Jahre gealtert, dachte Jessie, als sie Sheila Lewis zu ihrem Schreibtisch geleitete.

»Möchten Sie eine Tasse Kaffee, Mrs. Lewis?«

»Nein, vielen Dank«, entgegnete sie mit bebenden Lippen. Sie setzte sich und verkrampfte die Hände auf dem Schoß. »Verzeihen Sie, aber offenbar kann ich nicht aufhören zu weinen. Ich habe furchtbare Angst.«

»Was ist geschehen?« fragte Jessie und nahm ebenfalls Platz.

»Sie wissen, daß Mrs. Hochburg gestern abend gestorben ist?«

Jessie nickte. Alle Sender hatten die Nachricht verbreitet.

»Fast unmittelbar danach setzten die Anrufe ein. Ich legte den Hörer neben die Gabel, aber gegen zwei Uhr, als ich endlich zu Bett ging, machte ich mir Sorgen, daß der Apparat für wichtige Anrufe blockiert sein könnte. Ich legte auf, und sofort ging es wieder los. Sie wollen einfach nicht aufhören!«

»Sie können eine Fangschaltung in Ihr Telephon installieren lassen. Dazu müßte man sich mit Ihrer Telephongesellschaft in Verbindung setzen, und die fordert dann die Leute in der Schaltzentrale auf, jeden Anruf und den Zeitpunkt seines Einganges zu speichern. Jedesmal, wenn Sie einen belästigenden Anruf erhalten, notieren Sie die Zeit. Bei einem Zeitvergleich ist es dann in den meisten Fällen möglich, den Anrufer zu identifizieren.«

Jessie wartete, bis Sheila Lewis durch ein Nicken andeutete, daß sie verstanden hatte. Dann fuhr sie fort: »Darüber hinaus können Sie ein Aufnahmegerät an Ihr Telephon anschließen und es jedesmal einschalten, wenn Sie einen dieser Anrufe erhalten. Das ist einfacher, als sich jedesmal aufzuschreiben, was der Anrufer gesagt hat. Kamen die Anrufe von einer Person oder wurden Sie von verschiedenen Leuten belästigt?«

»Hauptsächlich von verschiedenen Personen. Auch Kinder waren darunter.«

Das war nicht so gut. »Es ist leichter, eine Reihe von Anrufen zurückzuverfolgen, die von nur einem Menschen getätigt wurden. Dennoch sollten Sie es mit einer Fangschaltung versuchen. Haben Sie einige der Stimmen erkannt?«

Sheila Lewis schüttelte den Kopf.

»Was haben die Anrufer gesagt?«

»Die freundlicheren haben uns aufgefordert, aus der Stadt zu verschwinden. Die anderen waren direkter.« Sie brach ab und betrachtete ihre Hände. »Sie sagten, daß Barry sterben wird. Daß auch ich sterben werde, und die Mädchen. Ein Mann . . . ein Mann hat die Namen der Mädchen genannt«, flüsterte sie. »Ich weiß nicht mehr, was ich tun soll.« Sie begann hilflos zu weinen.

Jessie reichte ihr ein Papiertaschentuch. »Ich glaube, wir sollten es mit der Fangschaltung versuchen, Mrs. Lewis.«

Sheila betupfte sich die Augen und putzte sich die Nase. »Ich weiß nicht, ob Barry zustimmen wird. Er hat auch Angst, würde das aber nie zugeben. Und es sind ja nicht nur die Anrufe. Heute früh habe ich einen Zettel unter der Haustür gefunden. ›Der Tag des Gerichts ist nahe. Bereitet Euch auf den Engel des Todes vor‹ stand darauf.«

Diesmal ist die Drohung sehr viel eindeutiger, dachte Jessie voller Unbehagen. »Haben Sie den Zettel aufbewahrt?«

Sheila Lewis öffnete ihre Handtasche und überreichte Jessie einen Plastikbeutel. In ihm befand sich ein zusammengefaltetes Stück Papier. »Ich habe mich bemüht, ihn nicht anzufassen.«

»Das ist gut.« Glücklicherweise hatte Sheila Lewis und nicht ihr Mann die Drohung gefunden. »Wir werden überprüfen, ob sich Fingerabdrücke darauf befinden. Auf dem ersten Drohschreiben waren zwar welche, aber wir konnten sie nicht identifizieren.« Von Ben-Natan stammten sie nicht, das zumindest hatte Jessie in Erfahrung gebracht. »Können Sie vielleicht zu Freunden ziehen, bis sich die Situation ein wenig beruhigt hat?«

»Wir haben keine Freunde. Nicht mehr. Wir sind wie Aussätzige. Ich dachte schon daran, in ein Hotel zu ziehen, fürchte aber, daß man sehr schnell herausfindet, wo wir sind. Die Presse wohnt buchstäblich auf unserer Schwelle.«

Typisch Presse. »Haben Sie Verwandte außerhalb von Los Angeles?«

»Meine Mutter lebt in New Jersey. Sie ist verwitwet. Ich könnte die Mädchen zu ihr bringen, aber dort werden sie ihre Freunde vermissen. Und was ist mit der Schule?«

»Dennoch sollten Sie erwägen, vorübergehend zu Ihrer Mutter zu ziehen«, erklärte Jessie freundlich. »Inzwischen sprechen Sie mit Ihrem Mann über die Fangschaltung. Das Aufnahmegerät können Sie selbst mit dem Telephon koppeln – das erforderliche Verbindungsstück bekommen Sie in jedem Fachgeschäft. Das können wir aber auch für Sie übernehmen.«

»Ich werde mit Barry reden.« Sheila Lewis stand auf. »Sie glauben, daß wir tatsächlich in Gefahr sind, nicht?« Ihre Stimme klang verzagt wie die eines Kindes. »Und ich hatte gehofft, Sie würden mir sagen, daß ich übertreibe, daß das alles sehr bald wieder vorbei sein wird.« Ihr Ton wurde nachdenklich. »Aber das ist wohl nicht der Fall.«

»Barry ist mit einer Fangschaltung nicht einverstanden«, berichtete Sheila Lewis Jessie eine Stunde später am Telephon. »Er hält sie für sinnlos. Die Mädchen und ich ziehen zu einer Freundin. Sie heißt Nancy Reiss.« Sie nannte Jessie die Telephonnummer. »Barry bleibt zu Hause. Er ist der Ansicht, daß unser Auszug die Täter nur zum Weitermachen ermutigen wird.«

»Ich bin davon überzeugt, daß Sie sich richtig verhalten, Mrs. Lewis.«

»Vielleicht. Ich weiß nur, daß ich so nicht weiterleben kann.«

Nachdem Jessie den Hörer aufgelegt hatte, fragte sie sich erneut, warum Lewis, dessen Eltern Überlebende des Holocaust waren und dessen Frau entsetzliche Angst hatte, Roy Benning verteidigte, einen Mann, der behauptete, der Holocaust hätte nie stattgefunden. War er von seiner Kanzlei unter Druck gesetzt worden, den Fall zu übernehmen? Hatte er Angst gehabt, bei einer Weigerung seinen Job und den luxuriösen Lebensstil zu verlieren, den dieser garantierte? War er davon überzeugt, daß Roy Benning in Notwehr gehandelt hatte und daher juristische Hilfe verdiente? Oder glaubte er, eine Weigerung wäre ein Eingeständnis, daß er auch die *White Alliance* nie hätte verteidigen dürfen?

Am späten Dienstagnachmittag informierte Barry Lewis Jessie darüber, daß er nun bereit war, es mit der Fangschaltung zu versuchen.

»Ich würde das alles gern hinter mich bringen, damit Sheila und die Mädchen wieder nach Hause kommen können. Wann können Sie das Nötige mit der Telephongesellschaft vereinbaren?«

»Gleich morgen früh. Jetzt ist es dafür leider zu spät. Aber Sie können das wirklich auch selbst machen. Sie brauchen sich nur die Uhrzeit der Anrufe zu notieren, die Sie überprüfen lassen möchten, und . . .«

»Das hat mir meine Frau bereits alles erklärt«, unterbrach er sie mit einer »Meine-Zeit-ist-kostbar«-Stimme.

Angeber! »Na, dann ist es ja gut«, erwiderte Jessie zukkersüß. Vielleicht war es Sheila Lewis gar nicht so unangenehm, ein paar Tage ohne ihren Mann zu verbringen, dachte sie. »Möchten Sie, daß wir einen Recorder an Ihr Telephon anschließen, oder wollen Sie das lieber allein tun?«

»Ich besitze kein Aufnahmegerät. Es wäre mir lieb, wenn Sie das heute abend erledigen könnten. Es sei denn, daß es dann auch für die Polizei zu spät ist.«

Sein Benehmen war wirklich aufreizend. Sie begann gewisse Sympathien für die Anrufer zu empfinden. »Selbstverständlich kann ich heute abend jemanden zu Ihnen schicken. Welche Zeit wäre ihnen recht?«

»Gegen neun Uhr. Ich habe noch einen wichtigen Schriftsatz zu formulieren, bevor ich das Büro verlassen kann.«

»Vermerken Sie auf Ihrer Liste mit den Zeiten der Telefonate auch, wenn sich ein Anrufer mehrmals meldet. Das ist wichtig – besonders dann, wenn die Anrufe von außerhalb des Gebiets Beverlywood kommen.«

»Gut.«

»Und wenn Sie mehrere Anrufe von derselben Person erhalten haben, geben Sie die genauen Daten bitte sofort an die Telephongesellschaft weiter. Wenn diese Telefonate über andere Zentralen laufen – L.A. Central beispielsweise oder Pasadena –, können sie dort vor den nächsten Anrufen eine weitere Fangschaltung installieren.«

»Verstehe. Wann werden Sie den Recorder abholen?«

»Sobald Sie Anrufe erhalten haben.«

»Oh, das werde ich. Meine Fans werden mich bestimmt nicht enttäuschen.«

Am Donnerstagabend um halb elf rief der Diensthabende vom West L.A. Jessie zu Hause an. Barry Lewis hatte dringend darum gebeten, daß der Recorder und seine Telephonliste so schnell wie möglich abgeholt wurden. Aber Jessie hatte nicht die Absicht, unverzüglich nach Beverlywood zu fahren. Es bestand kein Anlaß zur Eile. Vermutlich war es Lewis daran gewöhnt, daß die Leute sprangen, wenn er pfiff, aber sie war nicht sein Lakai. Sie sah sich gerade *Harry* und *Sally* an und wollte das Video vor Mitternacht zur Videothek zurückbringen, um die Gebühr für einen weiteren Tag zu sparen.

Sie rief Lewis an und sagte ihm, daß sie am Freitagmorgen zu ihm kommen würde. Sie einigten sich auf Viertel vor neun. Danach mußte er ins Büro, und Sheila hatte der Haushälterin für den Rest der Woche freigegeben.

Auf die Minute pünktlich drückte Jessie auf die Klingel. Die Haustür war schneeweiß. Keine Spur mehr von blutroter Farbe oder einem Davidsstern.

Lewis öffnete die Tür, bat sie aber nicht ins Haus.

»Vielen Dank, daß Sie gekommen sind.« Er reichte ihr das Aufnahmegerät und einen Notizblock. »Entschuldigen Sie, daß ich so abrupt bin, aber ich muß mich beeilen.«

»Das macht doch nichts.«

»Ich bin ziemlich sicher, daß Ben-Natan angerufen hat. Ich habe seinen Namen notiert und den eines Anrufers, der sich vorgestellt hat. Am Mittwochabend hat mehrmals ein Jugendlicher angerufen und gestern auch noch zweimal. Die genauen Daten der Mittwochanrufe habe ich der Telephongesellschaft genannt.« Er griff zu einem schwarzen Aktenköfferchen aus Eidechsenleder. »Und wann ist mit ersten Informationen zu rechnen?«

Sie zählte zwölf Eintragungen auf Lewis' Liste. »Ich werde diese Zeiten gleich im Büro weitergeben, aber es könnte eine Weile dauern, die Anrufe rückzuverfolgen. Bei einigen wird es unter Umständen gar nicht möglich sein.«

»Warum nicht?«

»Wie ich schon Ihrer Frau sagte, sind Einzelanrufe außerhalb Ihres Wohngebiets fast gar nicht zu verfolgen. Deshalb hatte ich Sie gebeten, eine Liste anzulegen und . . .«

»Vielen Dank. Ich habe wirklich genug von all diesem Mist. Offengestanden glaube ich nicht, daß Sie sehr viel mehr herausfinden werden als die Tatsache, daß ich zur Zeit nicht besonders beliebt bin. Keine allzu verblüffende Neuigkeit, oder?« Er trat aus dem Haus und zog die Tür zu, »Nach Ihnen.«

Als sie vor ihm her über den gepflasterten Weg lief, empfand Jessie überraschenderweise Mitlied mit Lewis. Sie überquerte die Straße, legte Recorder und Notizbuch in den Kofferraum ihres Honda und blickte zu ihm hinüber. Er öffnete gerade die Tür seines schwarzen BMW. Garys Traumwagen.

Sie schlug die Klappe des Kofferraums zu und faßte gerade zum Türgriff, als sie eine laute Explosion hörte. Als sie sich umdrehte, wurde sie von einer Druckwelle zu Boden geschleudert. Blitzschnell rappelte sie sich auf und rannte zu Barry Lewis' Auffahrt.

Eine zweite Explosion. Dann ein lautes Zischen.

Sekunden später stand Garys Traumwagen in hellen Flammen.

Sechsundzwanzigstes Kapitel

Die Explosion hatte die Windschutzscheibe des Honda und die Fenster auf der linken Seite zerstört. Glaspartikel brachen aus den Scheibenresten und fielen klirrend auf den Asphalt, als Jessie die Tür zum Fahrersitz öffnete. Vorsichtig langte sie unter den Sitz und holte das Mobiltelephon hervor, das ihr Vater (Gott segne ihn!) ihr zu Weihnachten geschenkt hatte. Sie wählte 911, die Nummer der Einsatzzentrale des West L.A.

Brandheiße Luft drang in ihre Lungen, unwillkürlich mußte sie husten. Ihr Hals war rauh. Ihre Augen brannten. Sie zog sich ihre Jacke über Nase und Mund und sah hilflos zu, wie sich die Flammen teilten, vervielfachten, höher und höher in den sich schwärzlich verfärbenden Himmel stiegen. Sie bemühte sich, jeden Gedanken an Barry Lewis zu verdrängen, der in diesem Inferno gefangen war. Sie konnte nur hoffen, daß er schnell gestorben war.

Plötzlich überkam sie die Erkenntnis, daß auch sie getötet worden wäre, wenn sie nur ein wenig näher an Lewis' Auto gestanden hätte. Sie begann unkontrolliert zu zittern. Wenige Minuten nach Jessies Anruf trafen zwei Einsatzwagen ein. Zuerst hörte sie die kreischenden Sirenen, dann sah sie die blinkenden Lichter. Die Bombeneinheit erschien drei Minuten später, die Feuerwehr sechs Minuten danach. Jessie zitterte noch immer, zwang sich aber zu der Erklärung, mit ihr sei alles in Ordnung – teils aus beruflichem Stolz, den sie selbst als absurd erkannte, teils aus der Besorgnis heraus, daß alle Anwesenden – ausnahmslos Männer – ihre Betroffenheit der Tatsache zuschreiben würden, daß sie eine Frau war.

Mit der Besatzung der Einsatzwagen räumte Jessie den Tatort im Umkreis von hundert Metern und sicherte ihn ab. Geduldig erklärte sie den nicht so geduldigen Autofahrern immer wieder, warum sie nicht weiterfahren konnte, auch nicht um Kinder zur Vorschule abzuholen. Hätte sich die Explosion gegen acht Uhr ereignet, erkannte sie plötzlich, hätten sich sehr viel mehr Autos in der Nähe befunden, und Kinder auf den Straßen . . .

Sie sprach mit dem Leiter der Bombeneinheit. Sie sprach mit Nachbarn, die sich inzwischen auf die Straße gewagt hatten. Nein, erklärten alle übereinstimmend. Sie hätten in der Nähe des Autos von Barry Lewis gestern abend oder heute früh nichts bemerkt. Nichts Auffälliges.

»Falls Ihnen doch noch irgend etwas einfällt . . .«, sagte Jessie zu ihnen allen und verteilte ihre Telephonnummer.

Fünfzig Minuten nach der Explosion erschienen drei Detectives von der Criminal Conspiracy Section. Ihnen auf den Fersen folgte Lieutenant Horner, der diensthabende Leiter vom West L.A. Horner und die CCS-Männer sprachen kurz miteinander. Dann, während die drei Fachleute für terroristische Anschläge den Tatort in Augenschein nahmen und mit dem Captain der Bombeneinheit redeten, schilderte Jessie Horner ihre Beobachtungen.

»Sie haben das Aufnahmegerät und die Liste?« fragte Horner.

»In meinem Kofferraum.«

»Die CCS wird sie haben wollen, wie auch eine Kopie Ihres aktuellen Berichts.«

Jessie zögerte einen Moment, dann sagte sie: »Ich würde den Fall gern weiterverfolgen, Lieutenant Horner.« Sie hatte mit dem grauhaarigen Beamten bisher kaum zu tun gehabt und wußte nicht, wie er auf ihre Bitte reagieren würde. Aber sie hatte gehört, daß er im Gegensatz zu einigen anderen ihrer Vorgesetzten und Kollegen beim West L.A. – mit denen sie ihre Zusammenstöße gehabt hatte – keine Vorurteile gegen Frauen hatte.

Horner hob die Brauen. »Er fällt in den Zuständigkeitsbereich der CCS. Das wissen Sie doch, Drake.«

Sie wußte aber auch, daß die CCS dann und wann einen ihrer Fälle abgegeben hatte. »Ich habe die Drohungen gegen Lewis bearbeitet. Ich kenne die Betroffenen. Ich würde den Fall wirklich sehr gern weiterverfolgen, Sir.« Sie sagte nicht, daß die Explosion auch sie beinahe getötet hätte und daß sie herausfinden mußte, wer dafür verantwortlich war.

Er blickte sie mit zusammengekniffenen Augen an. »Stammt diese Prellung in Ihrem Gesicht von der Explosion?«

Jessie hatte ganz vergessen, daß sie sich beim Sturz die Wange aufgeschürft hatte. Jetzt verspürte sie dort ein schmerzhaftes Puckern, widerstand aber dem Drang, die Stelle zu berühren. »Die Explosion hat mich zu Boden geworfen, aber ich bin ganz okay«, erwiderte sie.

»Ziemlich knapp, was? Hat Sie vermutlich zu Tode erschreckt. Mir ging es jedenfalls so, als ich vor vierzehn Jahren fast in die Luft gejagt worden wäre. So etwas vergißt man nicht.« Er sah sie prüfend an. »Wollen Sie deshalb den Burschen dingfest machen, der das getan hat?«

»Vermutlich.« Horner war ein kluger Mann. Oder war sie so leicht zu durchschauen?

Er nickte. »Fühlen Sie sich für das verantwortlich, was Lewis zugestoßen ist?«

Diese Frage machte ihr seit der Explosion zu schaffen. »Auch wenn ich den Recorder gestern abend schon abgeholt hätte, könnten die Anrufe doch erst heute im Verlauf des Tages rückverfolgt werden.«

»Damit haben Sie recht. Vergessen Sie das nicht. Bin gleich wieder da«, sagte er.

Über den Rasen lief er auf die Leute des CCS zu. Jessie beobachtete ihre Haltung, ihre Gesten und versuchte, ihre Körpersprache zu deuten, gab das aber bald wieder auf. Wenige Minuten später war Horner wieder bei ihr.

»Der Fall gehört Ihnen«, sagte er. »Die Jungs vom CCS haben zwar gemurrt, schienen aber gar nicht mal so unglücklich zu sein. Sie haben genug um die Ohren.« Kein Lächeln, nur wieder dieser prüfende Blick. Selbst nachdem sie sich bei ihm bedankt hatte.

Inzwischen waren vier weitere Streifenwagen, eine Ambulanz und der Leichenbeschauer eingetroffen. Fernsehreporter hatten ihren Wagen ein wenig entfernt geparkt und drangen nun an den Ort des Geschehens vor. Jessie geleitete sie mit freundlichem Nachdruck wieder hinter die Absperrungen zurück, wo sie sich zu den anderen Schaulustigen gesellten – älteren Frauen und Männern, jungen Müttern und Hausangestellten, von denen etliche kleine Kinder an den Händen hielten, die an ihren Babyflaschen oder Schnullern nuckelten.

Jessie fragte sich, wie man freiwillig diese schädliche Luft atmen, wie eine Mutter ihr Kind dieser ungesunden Atmosphäre aussetzen konnte. Ihre Augen tränten noch immer vom Rauch und dem ätzenden Geruch nach verbranntem Gummi, Kunststoff und Metall. Sie folgte der Blickrichtung der Schaulustigen.

Die verkohlten Reste von Barry Lewis' schwarzem BMW schwelten in der Einfahrt. Der Kofferraum, das Dach und alle Fenster waren fort. Die Motorhaube war verbogen und die Vorderfront zerbeult, aber noch als solche erkennbar. Von ihrem Standort aus konnte Jessie nicht in das Innere des Wagens sehen. Vor fünf Minuten hatte ein Vertreter des Coroner Barry Lewis' Körper – oder das, was von ihm übrig war – geborgen und abtransportieren lassen. Wenige Minuten davor hatte Jessie das Angebot des Leichenbeschauers abgelehnt, noch einen Blick auf Lewis zu werfen. Sie fragte sich, ob er sie auf die Probe stellen wollte. Wenn das so war, hatte sie versagt. Aber damit konnte sie leben.

Hellgelbes Absperrband flatterte im Morgenwind, wo es nicht straff genug gespannt war, um Lewis' Rasen, die Einfahrt und die angrenzenden Rasenflächen abzusichern. Angehörige der Bombeneinheit durchsuchten mit behandschuhten Fingern das Gras. Auch Angehörige des Coroner-Büros fingerten durch die Überreste der Explosion. Jessie verdrängte jeden Gedanken an das, wonach sie suchten.

Sie sah, daß Phil mit seinem grauen Cutlass vorfuhr, ging hinüber und wartete, bis er das Auto geparkt hatte.

»Verdammt schlimm«, sagte er, als er neben ihr stand. »Was zum Teufel ist denn mit deinem Gesicht passiert?«

Mit bemühter Nonchalance berichtete sie von ihrem Sturz.

»Du hättest tot sein können«, stellte er sachlich fest und fügte einen Moment später hinzu: »Sie haben dir also den Fall übertragen? Wie hast du denn das gedeichselt?«

»Mit meinem Charme.«

»Kann ich mir vorstellen«. Phil lächelte. »Espes wirkte nicht gerade begeistert.«

Sie runzelte die Stirn. »So? Warum nicht?«

Phil zuckte mit den Schultern. »Der Mann ist für mich ein Buch mit sieben Siegeln. Weiß es Sheila Lewis schon?«

»Noch nicht. Ich wollte sie bei ihrer Freundin anrufen, wenn die Bombeneinheit und die Leute des Coroner fertig sind.«

»Gute Idee. Hast du schon mit den Jungs von der Bombeneinheit gesprochen?«

»Sie meinen, es war eine mit Schießpulver gefüllte Rohrbombe, vielleicht mit einem Quecksilberzusatz. Aber ganz genau wissen sie es erst, wenn sie alle Stücke gefunden haben. Die Bombe war am Tank befestigt.« Das erklärte die größere Zerstörung im hinteren Bereich des Wagens.

»Sind wir sicher, daß es Lewis ist?«

»Ich sah ihn einsteigen.«

»Und was ist mit dem Haus nebenan? Jemand verletzt?«

»Unbewohnt. Steht zum Verkauf.«

»Zum Glück«, bemerkte Phil. »Glaubst du . . .«

»Barry!« schrie eine Frau. »Oh Gott, oh Gott, oh Gott!«

Jessie drehte sich um und sah Sheila Lewis an der Absperrung. Sie kniete auf dem Bürgersteig und umklammerte das gelbe Absperrband. In ihrem grauen Jogginganzug wirkte sie wie eine Marathonläuferin, die verzweifelt dem Ziel zustrebt, aber längst weiß, daß sie es nie erreichen wird.

»Sprich du mit ihr«, sagte Phil zu Jessie. »Ihr kennt euch bereits. Ich bleibe hier und behalte die Vorgänge im Auge.«

Jessie nahm allen Mut zusammen und eilte auf Sheila Lewis zu. »Mrs. Lewis, es tut mir so leid«, sagte sie, als sie die Frau erreicht hatte. Neben Mrs. Lewis stand eine kleine Frau mit rotbraunen Locken. Die Freundin. Sie half Sheila Lewis beim Aufstehen.

»Ich kann es nicht glauben!« flüsterte Sheila. Ihre Augen

waren rotgerändert, ihr Gesicht hatte beinahe die Farbe ihres Anzugs. »Vielleicht ist es gar nicht Barry?« Sie blickte Jessie flehend an.

»Es tut mir wirklich unendlich leid.«

Sheilas Blick zuckte zur Einfahrt. »Ist er . . .?«

Jessie bemühte sich, die Grausamkeit ihrer Worte durch den Tonfall ihrer Stimme zu mildern. »Sie haben ihn fortgebracht, Mrs. Lewis. Aber ich glaube, es wäre besser, wenn wir uns drinnen weiter unterhalten. Haben Sie die Schlüssel zum Haus?«

»Ich habe ihre Tasche mitgebracht«, sagte die Freundin. »Ich bin Nancy Reiss.«

Nancy hob das Absperrband, bis die Frauen darunter hindurch waren. Die beiden gingen voran, Sheila stützte sich auf Nancy. Jessie folgte ihnen.

Der Rasen war mit Glas- und Metallsplittern übersät. Sie schimmerten im Sonnenlicht. Etliche Fenster waren durch die Explosion zerborsten. Die frische weiße Farbe der Haustür überzog ein Rußfilm. Selbst das Fenster über der Tür war herausgesprengt.

Nancy Reiss suchte in der Handtasche, fand den Schlüssel und öffnete die Tür. Die drei Frauen traten ein. Die Scherben des Türfensters bedeckten den Boden, und Nancy versuchte, ihre Freundin um die Splitter herumzuführen, aber Sheila lief wie betäubt und blicklos mitten hindurch. Die Gummisohlen ihrer Sportschuhe zertraten die Scherben und schürften einen Splitter über den schwarzen Marmor. Das hohe, gespenstische Quietschen ließ Jessie zusammenfahren.

Nancy führte Sheila in ein großen Wohnzimmer, drückte sie auf ein graues, L-förmiges Ledersofa und nahm neben ihr Platz. Als Sheila leise zu schluchzen begann, strich sie ihr über die Haare.

Jessie setzte sich ans andere Ende des Sofas und verfluchte den Schmerz, den sie der jungen Witwe zufügen mußte. Sie wartete ein paar Minuten und sagte dann noch einmal: »Es tut mir schrecklich leid, Mrs. Lewis.« Und wieder klangen die Worte leer, flach. »Mir ist bewußt, daß es kein guter Zeitpunkt ist, aber ich muß Ihnen dennoch ein paar Fragen stellen, damit wir herausfinden können, wer Ihren Mann getötet hat.«

»Ich kann nicht glauben, daß Barry tot ist.« Sheila blickte starr zu Boden. Sie hatte ein marineblaues Kissen ergriffen und drückte es sich gegen die Brust. »Ich habe ihm gesagt, daß er vorsichtig sein soll.« Ihre Stimme war ein kaum verständliches Flüstern. »Ich habe es ihm gesagt, aber er wollte nicht auf mich hören. Nun ist er tot, und ich weiß nicht, wie ich es den Mädchen sagen soll.«

»Sie sollte jetzt keine Fragen beantworten«, sagte Nancy mißbilligend zu Jessie. »Sie braucht einen Arzt.« Ihre Hand umfaßte Sheilas Knie wie ein Schraubstock.

»Ich brauche keinen Arzt. Ich möchte es hinter mich bringen.« Sheila wandte sich an Jessie. »Aber ich weiß auch nicht mehr als das, was ich bei Nancy im Radio gehört habe. Ich machte gerade die Betten, als ich hörte, daß in Beverlywood eine Bombe explodiert sei. Da habe ich es sofort gewußt. Ich habe es gewußt!« Sie schluchzte auf. »O Gott! Wie konnte das nur geschehen?« Sie drückte ihr Gesicht in das Kissen.

Jessie zog Notizblock und Stift heraus. »Haben Sie heute früh mit Ihrem Mann gesprochen, Mrs. Lewis?«

Sheila nickte. »Er rief an, bevor ich die Mädchen zur Schule brachte. Er ließ ihnen über das Telephon Grüße und Küsse bestellen.«

»Wann war das?«

»Ich erinnere mich nicht genau.«

»Etwa Viertel nach sieben«, half Nancy aus.

»Hat er Sie gestern mit dem Wagen zu Ihrer Freundin

gebracht?« Es war mehr als wahrscheinlich, daß die Bombe im Schutz der Nacht oder ganz früh am Morgen im Auto installiert worden war.

»Nein. Aber er hat natürlich noch angerufen, um den Mädchen eine Gute Nacht zu wünschen. Das war gegen neun Uhr. Danach hat er sich noch einmal bei mir gemeldet. Das muß kurz nach elf gewesen sein, denn ich sah gerade die Nachrichten im Fernsehen.«

»Hat er nach dem Gespräch mit Ihnen noch einmal das Haus verlassen?«

»Das weiß ich nicht.«

»Und davor? Früher am Abend?«

»Auch das weiß ich nicht.«

»Hatte er Erledigungen zu machen, Mrs. Lewis? Ging er beispielsweise einkaufen? Oder in ein Restaurant?«

»Das weiß ich nicht! Ich versuche mich zu erinnern, aber ich kann nicht klar denken!« Sie preßte die Handflächen gegen die Schläfen.

»Ist das wirklich notwendig?« fragte Nancy.

Jessie ärgerte sich zwar über die Einmischung, kam aber nicht umhin, die Fürsorglichkeit der Frau zu bewundern. »Ich versuche nur festzustellen, wann Mr. Lewis zum letzten Mal das Auto benutzt hat«, erwiderte sie und wandte sich dann wieder Sheila zu. »Versuchen Sie sich zu erinnern, Mrs. Lewis. Lassen Sie sich ruhig Zeit.«

Sheila dachte angestrengt nach. »Er hat mir gesagt, daß er auf dem Heimweg Milch gekauft hatte. Er rief mich an, als er zu Hause war. Das war gegen halb neun. Er kommt immer erst spät nach Hause. Gegen halb neun oder neun. Manchmal auch noch später. Aber nie früher.«

»Das war gut.« Lächelnd beugte sich Jessie vor und tätschelte Sheilas Hand. »Sehr gut. Noch etwas: Ist er zum Essen ausgegangen?«

Erneut konzentrierte sich Sheila. Schließlich schüttelte

sie den Kopf. »Er hatte sehr viel zu tun und wollte keine Zeit verlieren. Er hat sich ein Omelette gemacht. Er arbeitet sehr hart«, fügte sie hinzu.

»Also soweit Sie wissen, ist Ihr Mann nach dem Nachhausekommen nicht mehr mit dem Auto gefahren.« Sie würde aber bei den Nachbarn nachfragen, ob einer von ihnen vielleicht gesehen hatte, daß Lewis doch noch einmal aus dem Haus gegangen war. »Geht Ihr Mann stets zur gleichen Zeit zur Arbeit?«

Sie nickte. »Um zehn vor neun. Er ist gern um Viertel nach neun im Büro. Er kommt selten vor halb neun nach Hause. Für gewöhnlich noch später. Oder habe ich Ihnen das schon gesagt? Ich kann einfach nicht klar denken.«

»Sie machen das ganz großartig«, lächelte sie Jessie an. »Hat Ihr Mann mit Ihnen über die Anrufe gesprochen, die er in den letzten Tagen erhalten hat?«

Sheila schüttelte den Kopf. »Ich wollte, daß er mit uns zu Nancy zieht, aber er sagte, er hätte zuviel zu tun und brauche seine Bücher und sein Büro. Ich riet ihm, nicht hier zu bleiben. Ich habe ihn buchstäblich angefleht.« Die Tränen liefen ihr über die Wangen. Sie wischte sie mit dem Handrücken fort und fuhr sich mit der Zunge über die Lippen. »Konnten Sie herausfinden, wer diesen zweiten Drohbrief geschrieben hat?«

»Leider nicht. Wir konnten nur einen fragmentarischen und verschmierten Abdruck entdecken. Das reicht nicht für eine Identifikation.«

Die Fingerabdrücke stimmten nicht mit jenen auf dem ersten Schreiben überein. Aber das verschwieg Jessie ihrem Gegenüber bewußt. Die Tatsache, daß zwei Menschen und nicht nur einer die Drohbriefe verfaßt hatten, wäre für sie nicht gerade beruhigend.

»Wir müssen Ihre Schwiegereltern über die Ereignisse

informieren, Mrs. Lewis. Würden Sie mir bitte ihre Telephonnummer und Adresse sagen?«

Sheila schlug die Hand vor den Mund. »Es wird sie umbringen!« flüsterte sie. Mit bebender Stimme nannte sie Nummer und Adresse. »Sie heißen Morris und Rose Lewis«, fügte sie hinzu.

»War Ihr Mann ihr einziges Kind?«

»Sie haben noch eine Tochter in Chicago. Janice.«

»Wenn die Tochter so weit weg wohnt, muß ihnen der Sohn doch besonders nahegestanden haben.« Sie ließ die Frau nicht aus den Augen.

Ein winziges Zögern. Dann nickte Sheila. »Sehr nahe.«

Jessie beschloß, daß es kaum der richtige Zeitpunkt war, Barry Lewis' Witwe darüber zu befragen, ob die Informationen zutrafen, die sie von Rita Warrens hatte und nach denen die Eltern Lewis erbost über den Sohn waren. Vermutlich war die Antwort auch unerheblich: Jessie konnte sich nicht vorstellen, daß Eltern eine Rohrbombe am Autotank ihres Sohnes befestigten – wie zornig sie auch immer sein mochten. Außerdem würden die beiden wohl gewußt haben, daß sie damit auch das Leben der Schwiegertochter und Enkelinnen riskierten.

Andererseits waren Sheila und ihre Töchter heute früh nicht zu Hause gewesen. Hatten ihre Schwiegereltern das gewußt?

»Haben Sie gestern abend mit Ihren Schwiegereltern gesprochen?« fragte sie.

Mrs. Lewis schüttelte den Kopf. »Würden Sie mich bitte entschuldigen? Ich glaube, ich muß mich übergeben.« Sie ließ das Kissen fallen, erhob sich schwankend und hastete aus dem Zimmer. Nach einem vorwurfsvollen Blick auf Jessie folgte Nancy Reiss ihrer Freundin.

Während sie wartete, machte sich Jessie Notizen. Ein paar Minuten vergingen. Vielleicht war Sheila hinaufgegangen und hatte sich hingelegt. Wer könnte es ihr verdenken?

Jessie stand auf und machte sich auf den Weg zur Haustür. Plötzlich hörte sie Stimmen aus dem hinteren Bereich des Hauses. Sie folgte ihnen und traf Mrs. Lewis in der Küche vor einem runden Glastisch an, auf dem ein wundervolles zweistöckiges Puppenhaus aus Holz stand, etwas wovon Jessie als Kind stets geträumt hatte.

»Ich werde jetzt gehen, Mrs. Lewis«, sagte Jessie. »Vielleicht muß ich Sie noch einmal anrufen, um Ihnen einige zusätzliche Fragen zu stellen.«

»Ist es nicht herrlich?« Sheilas Finger glitten fast zärtlich über einen winzigen roten Fensterladen.

»Wunderschön«, stimmte Jessie zu. »Ich möchte noch einmal betonen, wie betroffen ich über den Tod Ihres Mannes bin. Ich versichere Ihnen, daß wir alles tun werden, um den Schuldigen zu finden.«

Sheila nickte. »Mein Schwiegervater hat es für die Mädchen gemacht. Er muß es gestern abend hergebracht haben.« Sie sah Jessie an. »Wie soll ich es meinen Töchtern nur sagen?«

Siebenundzwanzigstes Kapitel

Die Menge der Schaulustigen hatte sich weiter vergrößert, außerdem waren zwei weitere TV-Übertragungswagen und zusätzliche Reporter hinzugekommen. Jessie ging zu Phil hinüber.

»Irgend etwas erfahren?« fragte er.

»Lewis kam gestern abend gegen halb neun nach Hause. Zu diesem Zeitpunkt hat er seine Frau bei der Freundin angerufen. Sie glaubt nicht, daß er danach das Haus noch einmal verlassen hat. Er hätte noch arbeiten müssen, sagte sie. Wir sollten uns bei den Nachbarn erkundigen.«

»An denen herrscht ja kein Mangel.« Phil lächelte.

»Allerdings nicht. Aber mit den meisten von ihnen habe ich bereits geredet. Bevor der Tag um ist, werden sie mich nicht mehr sehen können.« Auch sie lächelte. »Nach den Worten seiner Frau kam Lewis gewöhnlich spät nach Hause, aber nicht immer zur gleichen Zeit. Morgens verließ er das Haus jedoch stets pünktlich um zehn vor neun.«

»Na und? Die Bombe wurde vermutlich nachts installiert. Geringeres Risiko, beobachtet zu werden.«

»Oder frühmorgens. Und vielleicht hat sich der Täter über Lewis' Tagesablauf informiert und in Betracht gezogen, daß kurz vor neun nicht allzuviele Kinder auf der Straße sind.«

»Kluger Gedanke.« Phil nickte. »Hast du einen bestimmten Verdacht?«

Sie schüttelte den Kopf. »Es muß jemand sein, der allein Lewis töten wollte.«

»Gehen wir doch einmal die Leute durch, die in irgendeiner Weise mit der Sache zusammenhängen. Über Ben-Natan weiß ich schon Bescheid. Du hast mir erzählt, daß er bereits ein ganzes Sündenregister hat. Könnte er es getan haben?«

»Er hat nur Lappalien auf dem Kerbholz. Störung der öffentlichen Ordnung. Weigerung, sich auf polizeiliche Aufforderung zu entfernen. Verglichen mit dieser Bombe ist das alles Kinderkram.«

»Wenn er genügend gereizt wird – wer weiß? Wen gibt es sonst noch?«

»Samuel Hochberg. Seine Mutter erlitt einen Schlaganfall, nachdem sie bei der Parade zu Boden gestoßen wurde. Sie ist am Sonntag gestorben. Und dann ist da auch noch Ezra Nathanson. Ich habe den Recorder, den wir am Dienstagabend an Lewis' Telephon angeschlossen haben, und die Liste, auf der er die Zeiten der Anrufe vermerkt hat. Vielleicht können wir . . .«

»Erzähl es mir später.« Phil blickte aufmerksam über ihre Schulter.

Sie drehte sich um und sah, daß Gary knapp drei Meter hinter ihr stand. Sie war nicht besonders überrascht, schließlich war er Polizeireporter, aber da sie seit dem Nachmittag am Meer nicht mehr mit ihm gesprochen hatte, wünschte sie sich doch, die *Times* hätte einen seiner Kollegen geschickt.

»Was ist mit deinem Gesicht passiert?« Gary streckte die Hand nach ihrer Wange aus.

Sie trat einen Schritt zurück. »Ich bin gestürzt. Nichts Besonderes.«

»Sie wäre um ein Haar mit Lewis in die Luft gejagt worden«, sagte Phil.

Gary wurde blaß. »Und das ist nichts Besonderes? Ein Tag im Leben eines Cops, was?«

»Vielen Dank, Phil.« Sie wußte nicht, was in Garys Stimme überwogen hatte – Verärgerung oder Besorgnis.

»Tut mir leid«, knurrte Phil. »Habe dich in der letzten Woche vermißt, Gary.«

Früher waren Jessie und Gary häufiger mit Phil und Maureen ausgegangen, und Phil hatte Gary eingeladen, an seiner wöchentlichen Poker-Runde teilzunehmen. Der Pokerabend hatte die Scheidung überlebt, auch wenn Phil sich bemühte, nicht mit Jessie über Gary zu sprechen.

»Ich hatte in letzter Minute eine Verabredung«, erwiderte Gary. »Wer hat gewonnen?«

»Battaglia. Er hatte einen Straight Flush nach dem anderen.«

Mit wem war er verabredet, fragte sich Jessie, erinnerte

sich aber schnell daran, daß Garys Privatleben sie nichts mehr anging.

»Gut, daß ich das nicht mitansehen mußte«, erklärte Gary und dann, zu Jessie: »Also hat sich dein kleiner Vandalismus doch noch in einen Mord verwandelt? Das nenne ich Glück!«

Wollte er ihr etwa Vorwürfe machen? »Rutsch mir doch den Buckel runter, Gary.«

Er runzelte die Stirn. »Was habe ich denn gesagt?« Er sah Phil an. »Habe ich etwas Falsches gesagt?«

Er hörte sich ehrlich überrascht an. Sie errötete. »Entschuldige, ich bin nervös.«

»Also wer war es? Ben-Natan? Samuel Hochburg? Die JDL? Einer der Rabbiner? Gut, daß ich die Sache im Fernsehen verfolgt habe. So kenne ich wenigstens die Besetzungsliste.«

Jessie hob die Schultern. »Es gibt da jede Menge Möglichkeiten.«

»Du weißt es, sagst aber nichts, was?«

»Ich weiß es nicht«, entgegnete sie gereizt.

»Und wenn wir etwas wüßten, würden wir trotzdem nichts sagen.« Phil grinste.

Auch Gary grinste. Warum war für sie immer alles so einfach, fragte sie sich, verärgert über die beiden und über sich selbst. Sie hatte diese Männer-Kumpanei so satt.

»Was ist mit dem Tonband?« wollte Gary wissen.

Mist, dachte Jessie.

»Was für ein Tonband?« Phils Brauen stiegen in die Höhe.

»Nun kommt schon. Ich habe gehört, daß Jessie irgend etwas von einem Tonband gesagt hat.«

»Ich weiß nichts von einem Band«, erklärte Phil. »Weißt du etwas von einem Band, Jess?«

»Versprecht mir nur, es mir zu sagen, bevor die anderen

Blätter dahinterkommen. Abgemacht?« Als Phil nickte, fuhr Gary fort: »Ist Mrs. Lewis im Haus?«

»Großer Gott, Gary, du hast doch nicht etwa vor, jetzt mit ihr zu sprechen? Ihr Mann ist gerade getötet worden!«

»Aber du hast bereits mit ihr gesprochen, oder?«

»Aber das doch ganz etwas anderes!«

»Wo liegt da der Unterschied? Du versuchst die Wahrheit herausfinden. Ich auch.«

»Verdammt, Gary!« Über diesen Punkt hatten sie sich während ihrer Ehe endlos gestritten. Sie hatte keine Lust, diese ermüdende Diskussion wiederaufzunehmen. Sie schickte sich an, die Straße zu überqueren.

»Bis heute abend«, rief er ihr nach.

Sie blieb stehen und drehte sich um. »Wovon redest du?«

»Matthew hat mich zu seinem Geburtstag eingeladen. Helen meinte, sie hätte es dir gesagt.«

Helen hatte tatsächlich erwähnt, daß Matthew »Onkel« Gary einladen wollte, aber sie hatte nichts davon gesagt, daß das tatsächlich erfolgt war. »Das war mir ganz entfallen.«

»Soll ich dich abholen?«

Darauf konnte er lange warten! »Nein, danke.«

»Jess, du kannst nicht mit deinem Auto fahren«, erinnerte sie Phil. Er lächelte.

»Mein Mechaniker hat üblicherweise auch Leihweigen«, log sie und lief davon.

Das Firmengelände von Lewis Lumber and Hardware war ein von Gestellen gesäumtes Geviert, in dem unterschiedliche Holzarten lagerten. In einer Ecke stand ein großer, stämmiger Mann in kariertemHemd und Jeans und redete, die Hände auf den Hüften, auf einen eher kleinen Mann Anfang Siebzig ein, der graue Leinenhosen, ein weißes Hemd und Krawatte trug.

Während Jessie und Phil das Gelände überquerten, lief der kleinere Mann zu einem der Gestelle, hob ein Brett heraus, als wäre es ein Federkissen, und trug es zu seinem Gesprächspartner.

». . . an diesem Eschenholz gibt es absolut nichts auszusetzen«, sagte er. »Das ist das gleiche, das ich Ihnen verkauft habe.«

»Nun, ich sage doch nur, daß die Maserung nicht die gleiche ist, Morris. Und meine Familie wird mit den Schränken gar nicht zufrieden sein, wenn die Maserung nicht stimmt.«

»Das ist Lewis?« fragte Phil Jessie im Flüsterton. »Nicht schlecht für sein Alter.«

»Wollen Sie die Bretter austauschen?« fragte Lewis. »Tauschen Sie sie aus. Ich sollte es Ihnen eigentlich nicht gestatten, weil Sie sie bereits vor sechs Wochen gekauft haben. Aber gut, tauschen Sie sie aus.«

»Vielen Dank, Morris. Ich lade die anderen gleich von meinem Wagen ab.«

Der große Mann entfernte sich. Morris Lewis legte das Brett zurück.

Jessie folgte ihm. »Mr. Lewis?«

Er drehte sich zu ihr um. »Ich bin Morris Lewis, ja.«

Er starrte sie an, und Jessie fragte sich warum. Dann erinnerte sie sich an ihre Wange. Sie mußte furchterregend aussehen. »Detective Drake, Polizei von Los Angeles.« Sie zeigte ihm ihren Ausweis.

Er runzelte die Stirn. »Stimmt irgend etwas nicht?«

Himmel, wie sie das verabscheute! »Gibt es vielleicht ein Büro, in dem wir uns unterhalten können?« Phil und sie waren zunächst zum Haus der Lewis' an der Martel Avenue gefahren, aber es war niemand zu Hause gewesen.

»Geht es um Barry?« Er seufzte und ließ die Schultern sinken, als wäre ihn das, was er gleich hören würde, bereits jetzt eine Last. »Was ist geschehen? Wurde wieder ein *magejn-dawid* an seine Tür gemalt?«

»Ich glaube, es wäre besser, wenn wir hineingingen.«

Lewis erbleichte. Er wollte etwas sagen, nickte aber statt dessen nur und geleitete die beiden über den großen Hof in das Lagergebäude. Stumm liefen sie hintereinander einen Gang entlang, vorbei an Türangeln, Messingbeschlägen, Klinken, Knaufen und weiteren nützlichen Artikeln und traten dann nach links in ein kleines Büro.

Auf der beigefarbenen Tweedcouch saß eine Frau Anfang Siebzig mit toupierten rötlichen Haaren. Sie stand auf und sah Jessie und Phil fragend an, als sie nach Morris Lewis hereinkamen.

»Rose, das sind Polizisten. Sie sind wegen Barry gekommen.«

»Barry?« Die zwei Silben kamen seltsam gepreßt heraus. »Was ist geschehen? Ein Unfall?« Ihre Hand fuhr an ihre Kehle.

Jessie tauschte einen schnellen Blick mit Phil, dann sagte sie leise: »Es tut mir sehr leid, Mr. und Mrs. Lewis. Ihr Sohn ist tot.«

Rose sank gegen ihren Mann und drückte sich die Faust in den Mund. Er setzte sie behutsam auf die Couch und nahm neben ihr Platz.

»Wie?« Sein Gesicht war aschfahl geworden. »Wann?«

»Jemand hat eine Bombe in seinem Auto deponiert. Heute morgen«, sagte Phil.

»Barry!« schrie Rose Lewis auf. »O mein Gott, Barry!«

Ihr Mann schloß die Augen. »Und Sheila und die Mädchen?« flüsterte er heiser.

»Sie waren bei einer Freundin«, erwiderte Jessie. »Ihrer Schwiegertochter ist nichts geschehen. Ihre Freundin Nancy ist bei ihr.« Sie machte eine kurze Pause und wünschte sich, die Eltern in ihrem Leid allein lassen zu können. Dann sagte sie: »Ich weiß, aber wir müssen Ihnen einige Fragen stellen. Wenn Sie wollen, können wir auch später noch einmal wiederkommen.«

»Jetzt oder später«, sagte Morris Lewis, »was macht das schon aus?«

»Wann haben Sie Ihren Sohn zum letzten Mal gesehen oder mit ihm gesprochen?«

»Gestern abend waren wir bei ihm. Ich glaube, es war zehn Uhr. Ist das richtig, Rose?«

Rose Lewis schluchzte leise an seiner Schulter.

»Haben Sie ihm da das Puppenhaus gebracht?«

»Ja. Das Puppenhaus.« Tränen stiegen in seine Augen. »Mein Gott, wenn nun die Mädchen mit ihm im Auto gewesen wären – oder Sheila? Was sind das nur für Menschen, die zu so etwas fähig sind? Können Sie mir das sagen?«

Wieder fragte sie sich, warum er das Puppenhaus so spät gebracht hatte. Er mußte doch davon ausgegangen sein, daß die Mädchen bereits schliefen. »Haben Sie beim Kommen oder Gehen vielleicht jemanden in der Nähe des Autos bemerkt?«

Morris Lewis schüttelte den Kopf. »Es war dunkel. Wir sind eine Weile geblieben, dann aber wieder nach Hause gegangen.«

»Hat Ihr Sohn gestern abend vielleicht jemanden erwähnt, vor dem er Angst hatte? Wir wissen, daß viele Leute wegen der Parade empört über ihn waren, wie auch über die Tatsache, daß er Mr. Benning verteidigen wollte.«

Morris Lewis schüttelte den Kopf. »Er hat niemanden erwähnt.« Er sah über Jessies Kopf ins Leere und sagte dann: »Die Sache mit dem Davidsstern konnte ich irgendwie verstehen. Die Menschen waren wütend. Auch ich war wütend. Das ist kein Geheimnis.« Er blickte sie an. »Wollen Sie die Wahrheit hören? Ich hatte gehofft, daß Barry seine

Meinung ändert. Aber nein, nicht Barry. Wenn er sich erst einmal zu etwas entschlossen hatte, konnte ihn niemand davon abbringen.« Tränen liefen ihm über die Wangen. »Einen Stern zu malen, ist eine Sache. Aber einen Menschen zu töten?«

Phil fuhr Jessie zum Revier zurück. Ihr Honda war in ihre Werkstatt abgeschleppt worden, und der Mechaniker hatte zugesagt, daß Windschutzscheibe und Fenster am Sonnabendnachmittag ersetzt sein würden. Phil hatte ihr angeboten, sie abends nach dem Dienst nach Hause zu fahren, und sie würde ihren Schwager bitten, sie später zu Matthews Geburtstagsfeier abzuholen.

Im Waschraum des Erdgeschosses war sie entsetzt über den zerzausten Mop, der ihr aus dem Spiegel entgegenstarrte. Sie wusch sich die Hände, rieb sich die Rußflecken vom Gesicht und tupfte sich mit feuchtem Toilettenpapier die Blutverkrustungen von der Wange. Sie bürstete sich die Haare, legte Lippenstift auf und fühlte sich wieder menschlicher, als sie in den ersten Stock hinaufging.

Als sie das Großraumbüro betrat, stand Espes vor der Tür seines Glaskäfigs. »Drake! Sofort, wenn ich bitten darf!« Er deutete eine knappe Verbeugung an und verschwand in seinem Büro.

Sie spürte die Blicke der anderen, als sie zu ihrem Schreibtisch ging und errötete vor Verlegenheit.

Phil sah ihr stirnrunzelnd entgegen. »Du solltest deine Wange mit Neosporin behandeln, damit sie sich nicht infiziert. Maureen verwendet es immer bei den Jungen.«

»Werde ich tun. Sobald ich zu Hause bin.« Sie legte Recorder und Liste auf den Schreibtisch und schleuderte ihre Handtasche hinterher. »Was hat den denn gebissen?«

Phil zuckte mit den Schultern. »Ruhig bleiben.« Er berührte ihren Arm.

Espes lehnte an seinem Schreibtisch, als sie eintrat. »Sie hatten einen geschäftigen Vormittag, was? Haben Sie den Bombenleger schon?«

Wenn Espes schlechte Laune hatte, so war das allein sein Problem. Sie würde sich nicht provozieren lassen. Gelassen schilderte sie, was geschehen war. »Wir haben mit allen erreichbaren Nachbarn gesprochen, müssen aber noch zu jenen Kontakt aufnehmen, die wir nicht angetroffen haben. Phil . . . Detective Okum und ich waren bei den Eltern. Wir werden jeden befragen, dessen Name im Zusammenhang mit dem Übergriff auf die Haustür bekannt geworden ist. Ich habe das Aufnahmegerät und die Liste, auf der Lewis die Zeit der Anrufe notiert hat. Ich habe mich unterwegs mit der Telephonüberwachung in Verbindung gesetzt und die Daten durchgegeben. Sie sagten zu, die Anrufe so schnell wie möglich rückzuverfolgen.«

Espes verschränkte die Arme vor der Brust. »Nun, Sie müssen doch jubeln, oder? Sieht ganz so aus, als hätten Sie ihren Mord doch noch bekommen, Detective Drake. Vermutlich kommt das Glück zu jenen, die abwarten können.«

Sie starrte ihn an. War der Mann durchgedreht? »Lewis' Tod ist wohl kaum ein Anlaß zum Jubel!« Beruhige dich, sagte sie sich. Dieser Mann ist dein Vorgesetzter. Er kann dafür sorgen, daß du wegen Insubordination entlassen wirst.

»Aber Sie haben keine Sekunde versäumt, sich den Fall unter den Nagel zu reißen, oder? Was haben Sie eigentlich zu Horner gesagt, Drake? ›Bitte, bitte‹? Haben Sie ein bißchen Bein sehen lassen?«

Regte sich Espes darüber auf, daß sie mit Horner gesprochen hatte? War das sein Problem? »Ich habe ihm gesagt, daß es sinnvoll sein könnte, wenn ich den Mord an Lewis verfolge, da ich bereits mit der Verschandelung seiner Haustür beschäftigt war. Die Unterstellung, ich hätte mich in irgendeiner Weise unvorschriftsmäßig verhalten, finde ich ein wenig befremdend, Sir.« Sie zitterte am ganzen Leibe und verschränkte die Hände hinter dem Rücken.

»Nun, und ich finde die Tatsache befremdend, daß Sie sich gegenüber aller Welt über Ihren Auftrag ausgelassen haben!« Seine Augen wurden schmal. »Ihr Freund hat hinter mir hergeschnüffelt . . . Als ob Sie das nicht wüßten.« Espes lächelte grimmig über ihren verblüfften Gesichtsausdruck. »Peter Corcoran hat davon gehört und mich gestern abend angerufen. Peter und ich kennen uns seit vielen Jahren.«

Mist, dachte Jessie verärgert. Corcoran war Franks Nemesis und bedauerlicherweise auch sein Vorgesetzter. Als sie im Parker Center tätig war, hatte sie die Feindseligkeit zwischen den beiden Männern sehr wohl mitbekommen. Sie hatte aber auch Corcorans Egoismus und sein Macho-Gehabe mitbekommen. Corcoran war kein sympathischer Zeitgenosse, aber was zum Teufel hatte sich Frank eigentlich dabei gedacht, Fragen über Espes zu stellen? Sie hatte es nicht nötig, daß ihr ein Mann zur Hilfe kam – vielen Dank! Das würde sie ihm sagen, wenn sie ihn das nächste Mal sah, obwohl sie nicht wußte, wann das sein würde. Er hatte ein paarmal angerufen, sie aber nicht um ein Treffen gebeten. In gewisser Weise war sie darüber erleichtert, denn sie hatte Manny versprochen, daß sie noch einmal ausführlich mit Frank sprechen würde, und auf diesen Moment freute sie sich gar nicht.

»Ich hatte keine Ahnung, daß Detective Pruitt meine beruflichen Angelegenheiten weitertragen würde. Ich habe mit ihm lediglich über meine Frustration im Fall Lewis gesprochen und den Verdacht geäußert, in eine Sackgasse geraten zu sein. Vermutlich hat er meine Enttäuschung für Unzufriedenheit gehalten. Wenn Sie seine Fragen in Verlegenheit gebracht oder verärgert haben, möchte ich mich dafür entschuldigen.«

Espes betrachtete sie nachdenklich. »Ich bin stocksauer, Drake, nicht in Verlegenheit. Ich dachte, Sie und ich hätten das alles geregelt, als ich Ihnen den Fall Lewis übergab. Sie betonten damals, Sie hätten es lieber, wenn sich CAPS damit befaßt. Und ich erklärte Ihnen, warum ich Sie damit betrauen möchte.«

»Das ist mir völlig klar, Sir, und obwohl ich mit Ihrer Entscheidung nicht einverstanden war, habe ich doch alles unternommen, um denjenigen zu finden, der Lewis' Haustür beschmiert hat.«

»Haben Sie das, Drake? Von der Einsatzzentrale habe ich gehört, daß Lewis bereits gestern abend darum gebeten hat, daß der Recorder und seine Liste abgeholt werden. Aber vermutlich haben Sie sich Ihre Zeit auf angenehmere Weise mit Ihrem Freund vertrieben.« Espes ließ die Arme sinken und trat hinter seinen Schreibtisch. »Wenn Sie diesen Fall ein wenig ernster genommen hätten, wenn Sie ein bißchen mehr Zeit für Ihre Arbeit aufgebracht hätten, anstatt herumzumeckern, würden die Überreste von Barry Lewis jetzt vielleicht nicht überall auf dem Monte Mar Drive herumliegen.«

Achtundzwanzigstes Kapitel

»Was für ein hirnverbrannter Trottel«, murrte Phil.

»Espes oder Frank?« Jessie entging sein fassungsloser Gesichtsausdruck nicht. »Ich habe Frank nicht um seine Hilfe gebeten. Ich bin erwachsen, Phil. Frank hat mich wie eine Idiotin aussehen lassen. Er . . .« Sie brach ab. »Schluß mit diesem Mist.« Sie langte unter den Tisch und stöpselte das Aufnahmegerät ein.

»Er hat angerufen, als du bei Espes warst. Hatte von der

Explosion gehört, und daß du dabei warst. Er hörte sich besorgt an. Ich sagte, du würdest zurückrufen.«

»Mach ich. Später.« Vielleicht.

Sie spulte das Band zurück und drückte auf Play. Nach einigem Knacken und Rauschen hörte sie Stimmen.

Erster Anrufer: ». . . schlimm genug, daß diese Parade stattgefunden hat, aber nun verteidigen Sie einen Mörder?«

Lewis: »Wer ist da?«

Anrufer: »Sind Sie stolz auf sich? Befriedigt es Sie, daß eine Frau gestorben ist, die in ihrem ganzen Leben keinem Menschen etwas zuleide getan hat? Sind Ihre Eltern stolz auf Sie? Wie ich höre, sind auch sie Überlebende.«

Lewis: »Ich tue nur das, was ich für richtig halte.«

Anrufer: »Ein Mensch, der sich gegen sein eigenes Volk wendet, hat nichts Gutes zu erwarten. Gar nichts Gutes.«

Phil drückte auf Stop. »Erkennst du die Stimme?«

»Ich bin mir nicht sicher.« Jessie runzelte die Brauen. »Das Band ist nicht besonders gut, aber der Akzent des Anrufers weist auf einen Europäer hin.«

»Laß es uns noch einmal abspielen.« Phil spulte zurück, drückte auf Play und griff zu seinem Kaffeebecher.

»Hört sich an wie Ira Yellin«, sagte Jessie, nachdem sie sich den Anruf noch einmal angehört hatten. »Er ist der Leiter des JFC. Aber ganz sicher sind wir erst, wenn die Telephonüberwachung die Anrufe überprüft hat.«

»Findest du es verdächtig, daß Yellin angerufen hat?«

»Eigentlich nicht. Er hat sich schon vor der Parade über Lewis aufgeregt. Aber ich finde es eigenartig, daß er seinen Namen nicht genannt hat«.

»Vielleicht wollte er den JFC nicht hineinziehen.«

»Vielleicht.« Sie schrieb den Namen Yellin mit einem Fragezeichen neben die Uhrzeit auf Lewis' Liste, und fügte eine knappe Zusammenfassung des Gesprächs hinzu. Dann drückte sie auf Play.

Zweiter Anrufer: ». . . der jüdische Nazi-Freund, der seine Seele dem Satan verkauft hat?«

Lewis: »Wer spricht da?«

Anrufer: »Ihr Gewissen, Barry Lewis. Es überrascht mich nicht, daß Sie mich nicht kennen. Ihre jüngsten Aktivitäten zeigen, daß wir längere Zeit nichts miteinander zu tun hatten.«

Lewis: »Hallo, Ben-Natan. Ich freue mich, von Ihnen zu hören. Wo wollen wir uns treffen?«

Anrufer: »Nirgendwo. Ich könnte Ihren Anblick nicht ertragen. Geben Sie den Fall Benning auf, Lewis. Sie machen einen großen Fehler.«

Lewis: »Das haben Sie bereits im Hinblick auf die Parade gesagt.«

Anrufer: »Und ich hatte recht, oder? Das ist Ihnen doch voll ins Gesicht gegangen. Ich hoffe, Sie sind mit sich zufrieden.«

Phil hielt das Gerät an. »Ist es tatsächlich Ben-Natan, Jess?«

Sie nickte und hörte sich das Gespräch noch einmal an.

»Worauf bist du aus?«

»›Das ist Ihnen doch voll ins Gesicht gegangen‹ hat Ben-Natan gesagt . . .«

»Und?« Phil riß eine Packung Oreo-Kekse auf. »Willst du auch einen?«

»Nein, danke. Könnte das vielleicht eine Warnung vor der Bombe gewesen sein?«

»Du fühlst dich schuldig, weil Espes dir diese Vorwürfe gemacht hat. Ich habe dir gesagt, daß er ein Irrer ist. Es kann gefährlich sein, in jede Äußerung etwas Unheilvolles hineinzugeheimnissen. Das weißt du genau.«

»Aber . . .«

»Weiter.«

Der dritte und der vierte Anruf stammten von demselben Jugendlichen. Neben die entsprechenden Anrufzeiten notierte Jessie die wenig originellen Obszönitäten, die er gebrüllt hatte, bevor Lewis den Hörer auf die Gabel warf.

»So etwas solltest du aber nicht aufschreiben.« Phil schüttelte grinsend den Kopf. »Was würde denn deine Mom dazu sagen?«

»Daß du sie nicht lesen solltest.« Jessie lächelte und empfand wieder einmal eine ganz spontane Zuneigung zu ihrem Kollegen. Der fünfte Anrufer war Nathanson. Er nannte seinen Namen.

Nathanson: ». . . ganz entschieden gegen Ihren juristischen Einsatz für die *White Alliance*, Mr. Lewis. Aber da ging es doch wenigstens um eine verfassungsrechtliche Kontroverse. Bei dem Fall Benning geht es keineswegs um verfassungsrechtliche Fragen.«

Lewis: »Vielen Dank für Ihre Bewertung, Nathanson. Ich wußte gar nicht, daß Sie Jurist sind.«

Nathanson: »Ich glaube nicht, daß Ihnen bewußt ist, was für eine explosive Situation Sie durch die Übernahme des Falls Benning geschaffen haben. Was ist, wenn . . .«

Lewis: »Gute Nacht, Nathanson.«

Phil sah sie an. »Dieser Lewis ist verdammt cool, findest du nicht auch?«

»War. Ich glaube nicht, daß er die Drohungen ernst genommen hat.« Und ich auch nicht, sagte sie sich. Nicht ernst genug. »Hast du bemerkt, daß Nathanson das Wort ›explosiv‹ benutzt hat?«

»Ich habe schon darauf gewartet, daß du das sagst.« Er trank einen Schluck Kaffee. »Aber ganz ehrlich: wärst du auf den Gedanken gekommen, jemand könnte eine Rohrbombe an Lewis' Autotank befestigen, wenn du das Band gestern abend abgehört hättest?«

»Vermutlich nicht.«

»Verdammt richtig. Auf diesem Band befindet sich

nichts, was eine eindeutige Drohung oder auch nur einen Hinweis auf das darstellen würde, was heute früh geschehen ist.«

Klang logisch, was Phil sagte. Und doch wünschte sie, sie hätte das Gerät bereits gestern abend abgeholt.

Dann meldeten sich mehrere Anrufer, die sie nicht identifizieren konnte. Eine Frau, sonst alles Männer. Ben-Natan hatte noch einmal angerufen, laut Lewis' Liste am Donnerstagabend. Er sagte nichts von Bedeutung.

»Letzter Anruf«, sagte Phil. »Und der letzte Keks. Du weißt ja nicht, was dir da entgangen ist.« Er zerknüllte die leere Packung und warf sie in den Papierkorb unter seinem Schreibtisch.

Dreizehnter Anrufer: »Hey, Mr. Allwissend in Sachen Verfassung. Wohl nicht gerade beliebt zur Zeit, was?«

Lewis: »Oh, der Junge mit dem üblen Mundwerk. Müßtest du nicht längst im Bett sein? Wie alt bist du? Fünfzehn, sechzehn?«

Anrufer: »Alt genug, um zu wissen, daß Sie bis zum Hals in der Scheiße stecken. Die Juden hassen Sie. Und die *White Alliance* haßt Sie auch. Darüber hinaus halten sie Sie für einen Jämmerling, der seine eigenen Leute verscherbelt. Jedenfalls sieht alles danach aus, als wären Sie ein toter Mann. T-o-t!«

Lewis: »Wissen Ihre Eltern . . . Hallo? Hallo?«

»Der Junge hat aufgelegt«, stellte Phil fest. »Das war's. Willst du zurückspulen oder . . .«

Lewis: »Ja, bitte?«

Vierzehnter Anrufer: »Hi, Honey. Ich rufe nur an, um dir Gutenacht zu sagen.«

Phil hielt das Band an. »Lewis hat nicht bemerkt, daß der Recorder weiterlief. Wollen wir das überspringen?«

»Vielleicht sagt er etwas Wichtiges.«

»Du bist doch nur neugierig. Gib's zu.«

»Das habe ich vom Leben mit Gary gelernt.« Lächelnd drückte Jessie auf Play.

Lewis: »Ich wollte dich auch anrufen, um dir zu sagen, daß ich morgen die Mädchen zur Schule bringen werde.«

Sheila: »Das brauchst du nicht. Du würdest zu spät ins Büro kommen.«

Lewis: »Das laß meine Sorge sein. Wann soll ich bei Nancy erscheinen?«

Sheila: »Aber sie würden so gern mit Nancys Kleinbus fahren, Barry. Und ich möchte nicht, daß ihr Tagesablauf mehr als nötig durcheinander gebracht wird. Laß alles so, wie wir es verabredet haben, ja?«

Lewis: »Sie fehlen mir, Sheila. Und du fehlst mir auch, Baby. Ich möchte, daß du wieder nach Hause kommst.«

Sheila: »Das werde ich. Sobald die Polizei weiß, wer uns bedroht. Ich wünschte, du wärst hier bei uns.«

Lewis: »Ich könnte jetzt zu dir kommen.«

Sheila: »Es ist schon spät. Nancy und die Kinder schlafen bereits.«

Lewis: »Umso besser. Dann sind wir wenigstens ungestört.«

Sheila: »Ich teile mir ein Zimmer mit den Mädchen. Ich werde zu dir kommen, kann aber nicht über Nacht bleiben.«

»Intim genug?« fragte Phil.

»Pst!«

»Spannerin!«

Sheila: ». . . muß wieder hier sein, wenn die Mädchen aufwachen.«

Lewis: »Gut. Ich hole dich ab. Es wird sein wie früher . . .«

Sheila: »Nein, du bleibst, wo du bist. Falls Anrufe eingehen, kannst du sie aufnehmen. Ich möchte das endlich hinter uns bringen, Barry.«

Lewis: »Ich auch. Wann kommst du?«

Sheila: »Jetzt ist es halb zwölf. In etwa einer halben Stunde?«

Lewis: »Ich warte auf dich.«

»Himmel«, verkündete Phil, als das Band endete. »Nicht gerade ein jugendgefährdendes Gespräch, falls du darauf scharf gewesen sein solltest.«

»Aber ziemlich interessant. Erstens hat mir Sheila Lewis nicht gesagt, daß sie gestern abend in ihrem Haus war.«

»Vielleicht ist sie dann doch nicht hingefahren.« Er hob den Kaffeebecher an die Lippen. »Und zweitens?«

»Zweitens klingt es ganz so, als wollte sie nicht, daß ihr Mann mit dem Auto fährt – weder gestern abend, noch heute früh.«

»Um die Mädchen zur Schule zu bringen?«

»Yeah.«

Phil schaukelte auf seinem Sessel hin und her. »Yeah.«

Neunundzwanzigstes Kapitel

Das gelbe Absperrband sicherte noch immer Rasen und Haus von Barry Lewis, aber die Schaulustigen waren fort. Die Show war vorüber. Jessie klingelte beim gegenüberliegenden Haus. Als die Tür geöffnet wurde, zeigte sie ihren Dienstausweis und stellte Phil vor.

»Sie haben mir heute vormittag Ihre Karte gegeben«, sagte die Frau, die ihnen geöffnet hatte. Sie war Mitte Dreißig, klein, und hatte blondes, kinnlanges Haar. Sie trug einen blauen Pullover zu prallsitzenden Jeans. »Ich habe absolut nichts bemerkt, sonst hätte ich Sie angerufen.« Weder ihr Ton noch ihre Miene waren besonders einladend.

»Wir haben nur ein paar Fragen«, lächelte Jessie.

»Also gut«, murrte sie und führte die beiden in ein vollkommen weißes Wohnzimmer mit üppig gepolsterten Sofas. Jessie hatte das Gefühl, in eine Wolkenbank geraten zu sein.

»Heute morgen haben Sie mir gesagt, daß Sie gestern abend oder heute keinen Verdächtigen in der Nähe des Hauses der Familie Lewis gesehen haben«, begann Jessie, als alle saßen. »Haben Sie sonst irgend jemanden gesehen? Mrs. Lewis vielleicht? Wir versuchen nur, Zeugen zu finden«, fügte sie vage hinzu.

»Nun, Sheila war hier. Aber vermutlich wissen Sie das längst.«

Jessie nickte. »Wann war das?«

»Gegen Mitternacht. Ich hatte einen Käsekuchen gebacken und wartete darauf, daß er abkühlte, damit ich ihn in den Kühlschrank stellen konnte. Im Fernsehen lief David Letterman, deshalb bin ich zwischen dem Wohnzimmer und der Küche hin und her gependelt, um nach dem Kuchen zu sehen. Dabei sah ich, wie Sheila aus dem Haus kam. Wußten Sie, daß sie vor wenigen Tagen zu einer Freundin gezogen ist?«

»Das hat uns Mrs. Lewis erzählt. Haben Sie auch gesehen, wie sie gekommen ist?«

Die Frau schüttelte den Kopf. »Barrys Eltern waren auch da. Früher sind sie dauernd dagegewesen, bevor . . . nun ja, Sie wissen schon.« Sie strich sich eine Haarsträhne hinter das Ohr. »Heute morgen habe ich das nicht erwähnt, weil ich nicht wußte, daß es Ihnen auch um Barrys Familie geht.«

»Klar«, lächelte Jessie. »Wann sind sie gekommen?«

»Gegen zehn Uhr. Barrys Vater hat hinter Barrys BMW geparkt. Er holte ein riesiges Puppenhaus aus dem Kofferraum und gab es seiner Frau. Sie ging damit ins Haus. Sheila hat mir gesagt, daß Puppenhäuser ein Hobby ihres Schwiegervaters sind«, fügte sie hinzu.

»Der Vater ging nicht hinein, Mrs. Fishburn?«

»Nein. Er wartete im Auto.«

Davon hatte Morris Lewis nichts gesagt. »Wie lange blieb Mrs. Lewis im Haus?«

»Etwa eine Viertelstunde. Jedenfalls hörte ich zu dieser Zeit Barrys Vater hupen. Ein paar Minuten später war das Auto fort. Aber ich verstehe nicht, warum Sie all diese Fragen stellen.«

»Die Eltern von Mr. Lewis könnten etwas bemerkt haben, was für unsere Ermittlungen wichtig ist«, sagte Phil.

Sie nickte. »Sheila tut mir entsetzlich leid. Wir sind miteinander befreundet. Wir fahren gemeinsam einkaufen. Unsere Kinder besuchen dieselbe Schule. Ich würde gern zu ihr gehen, glaube aber, daß es dazu vielleicht noch zu früh ist. Was meinen Sie?«

»Damit würde ich noch ein wenig warten«, stimmte Jessie zu. »Aber es muß in letzter Zeit doch nicht besonders angenehm gewesen sein . . .«

»Nun, ja . . .« Die Frau zupfte einen nicht vorhandenen Fussel von ihrem Pullover. »Ich mag Barry wirklich, aber ich fand es nicht richtig von ihm, daß er diese Fälle übernommen hat.« Sie sah die beiden an. »Nicht nur wegen der Problematik, die ich für sehr, sehr wichtig halte, sondern auch wegen der Konsequenzen für seine Familie.«

»Sie meinen die Telefonanrufe?«

»Ja.« Sie seufzte. »Sheila hat mir gesagt, sie habe Angst, daß etwas Schreckliches geschehen könnte. Und sie hat recht gehabt, wie man sieht.«

»Haben Sie deshalb bis Donnerstagabend gewartet, um dann Barry Lewis anzurufen und ihm zu sagen, daß Sie ihn für einen . . .« Jessie hielt kurz inne und las dann von ihrem Notizbuch ab: ». . . einen verabscheuungswürdigen Menschen halten, für einen Verräter an seinem Volk und seiner Religion, der dafür sehr wahrscheinlich in der Hölle brennen würde?« Sie ließ die Frau nicht aus den Augen.

Cynthia Fishburn war schneeweiß geworden. »Woher ...« Über ihrer Oberlippe erschienen Schweißperlen. »Ich weiß nicht, wie Sie auf den Gedanken kommen, ich könnte so etwas zu Barry gesagt haben. Das ist ja absurd. Diese Leute sind meine Freunde.«

»Mr. Lewis hat die Anrufe aufgezeichnet, die er am Mittwoch- und Donnerstagabend erhalten hat. Detective Okum und ich haben das Band abgehört. Darauf war auch Ihr Anruf, und ich habe das Gespräch wortwörtlich niedergeschrieben.«

»Nun, dann unterliegen Sie einem bedauerlichen Irrtum.« Sie straffte empört die Schultern. »Sie mögen auf diesem Band ja durchaus eine Frauenstimme gehört haben – aber ich war das mit Sicherheit nicht.«

»Die Telephonüberwachung hat den Anruf rückverfolgt. Sie haben von Ihrem Anschluß aus am Donnerstagabend um dreizehn Minuten vor elf bei Barry Lewis angerufen.«

Sieben der zwölf Anrufe waren zu ihren Anschlüssen rückverfolgt worden: Der erste zu Ira Yellin, der dritte und vierte zu Robert Oppman in Long Beach, der fünfte zu Ezra Nathanson, der sechste zu Lola Hochburg (offenbar hatte jemand den Anschluß der Toten benutzt), der neunte wieder zu Oppman, der zehnte zu Paul Fishburn, der letzte erneut zu Oppman.

Als Cynthia Fishburn endlich wieder zu sprechen begann, war sie kaum zu verstehen. »Sie werden mir vermutlich nicht glauben, aber ich habe nur versucht, Sheila zu helfen. Ich dachte, wenn Barry genügend Anrufe erhält, würde er den Fall Benning abgeben und Sheila könnte mit den Mädchen wieder nach Hause kommen. Und offengestanden war ich auch wütend darüber, daß er die gesamte Nachbarschaft gefährdete. Ich hatte Angst um meine Familie –

und das offensichtlich mit gutem Grund. Es ist ein Wunder, daß keine weiteren Opfer zu beklagen sind.«

»Wie wütend waren Sie, Mrs. Fishburn?« erkundigte sich Jessie.

Die Frau runzelte die Brauen. »Wie meinen Sie das?«

»Waren Sie gestern abend allein zu Hause?« fragte Phil zurück.

»Warum . . .?« Sie brach ab, starrte ihn fassungslos an. »O mein Gott! Sie glauben doch nicht etwa, ich hätte Barry getötet?«

»Sie haben Mr. Lewis am Telephon bedroht. Sie hatten Zugang zu seinem Wagen.«

»Aber ich habe Ihnen doch gesagt, weshalb ich ihn angerufen habe!« Sie sah Jessie flehend an. »Sie können doch nicht wirklich annehmen, ich . . .« Sie rang die Hände und schrie dann auf: »Mein Mann. Mein Mann war zu Hause!«

»Wo können wir ihn erreichen?«

»Sie wollen ihn anrufen?« In ihren Augen stand Angst.

»Befürchten Sie, er könnte Ihre Angaben nicht bestätigen?«

»Natürlich nicht. Aber er weiß nicht, daß ich Barry angerufen habe. Müssen Sie es ihm wirklich sagen?«

Jessie sah Phil an. Im Auto hatten sie beschlossen, der Frau eine Lektion zu erteilen. Aber Jessie hatte den Eindruck, daß die Frau ihren Anruf längst bereute.

»Vielleicht können wir ihn befragen, was er gestern abend gesehen oder nicht gesehen hat, ohne den Anruf zu erwähnen? Was meinst du?« fragte sie Phil.

»Wäre das möglich?« hauchte Cynthia Fishburn. »Ich wäre Ihnen ja so dankbar.«

»Drohanrufe sind eine häßliche Sache, Mrs. Fishburn«, sagte Phil.

»Das ist mir jetzt auch bewußt. Ich schwöre, daß ich so

etwas nie wieder tun werde.« Nach einer Pause fügte sie hinzu: »Weiß Sheila, daß ich angerufen habe?«

»Noch nicht«, erwiderte Jessie.

»Müssen Sie ...« Sie räusperte sich und versuchte es noch einmal. »Müssen Sie es ihr sagen? Es würde sie sehr verletzen.«

Das hätte Cynthia Fishburn auch ein bißchen früher erkennen können.

Sheila habe sich hingelegt, erfuhren Jessie und Phil von Nancy Reiss. Sie stand in der Eingangstür wie ein Posten.

»Würden Sie ihr bitte sagen, daß wir mit ihr sprechen müssen?« sagte Jessie. »Es ist wichtig, sonst würden wir sie nicht stören«, fügte sie hinzu, als sie den mißbilligenden Blick der Frau bemerkte.

Nancy Reiss zögerte. »Ich werde nachsehen, ob sie schläft. Sie können im Wohnzimmer warten.«

Jessie ging mit Phil ins Wohnzimmer. Wenige Minuten später erschien Sheila Lewis. Allein. Sie trug noch immer den Jogginganzug. Ihre Haare waren zerzaust, ihre Augen geschwollen.

»Entschuldigen Sie, daß wir Sie stören, Mrs. Lewis, aber ...«

»Haben Sie herausgefunden, wer Barry getötet hat?«

»Noch nicht.« Jessie wartete, bis sich Sheila gesetzt hatte. »Sie haben mir nicht gesagt, daß sie gestern abend hier waren.« Sie bemühte sich, keinerlei Mißtrauen oder gar Verdächtigung in ihre Stimme einfließen zu lassen.

Die Frau blickte Jessie verwirrt an. »Gestern abend? Ich ...«

»Wir haben das Tonband abgehört. Offenbar wußte Ihr Mann nicht, daß das Gerät noch eingeschaltet war, als Sie ihn anriefen.«

Glühende Röte überflutete Sheilas Gesicht. »Das war ein

privater Anruf«, sagte sie verärgert. »Er hat mit den Ermittlungen nichts zu tun, und daß Sie ihn auf dem Band abgehört haben, ist ein Eingriff in meine Privatsphäre.«

»Bei den Ermittlungen in einem Mordfall ist alles von Bedeutung, was mit dem Opfer zusammenhängt. Bedauerlicherweise können wir dabei nicht immer auf die Privatsphäre Rücksicht nehmen.«

»Wann sind Sie hier gewesen?« fragte Phil.

»Kurz vor Mitternacht.«

»Hatten Sie denn keine Angst, zu dieser Zeit unterwegs zu sein?«

»Eigentlich nicht. Schließlich gibt es die Beverlywood-Streife. Und bevor ich losfuhr, habe ich noch einmal bei Barry angerufen. Er wartete vor der Tür auf mich, als ich kam, und brachte mich dann wieder zum Auto, als wir . . . als ich abfuhr. Ich begreife nicht, warum Sie mir diese Fragen stellen.«

»Wir wollen nur ganz genau wissen, was Ihr Mann gestern abend getan hat«, erwiderte Jessie.

»Ich verstehe«, sagte Sheila, aber ihrem Tonfall war zu entnehmen, daß das keineswegs der Fall war. »Haben Sie irgendwelche Stimmen auf dem Tonband erkannt?«

»Damit sind wir noch beschäftigt. Aber etwas anderes hat mich stutzig gemacht, Mrs. Lewis. Auf dem Band sagten Sie zu Ihrem Mann, daß die Mädchen mit Ihrer Freundin zur Schule fahren würden.«

Sie nickte. »Das stimmt.«

»Aber heute vormittag erklärten Sie mir, daß Sie die Mädchen gerade zur Schule gebracht hätten, als Sie im Radio von der Explosion erfuhren. Das verwirrt mich ein wenig.« Jessie lächelte.

»Ich hatte es mir eben anders überlegt.« Sie verlagerte ihr Gewicht auf der Couch.

»Ich hatte den Eindruck, daß es Ihnen nicht recht war, daß Ihr Mann die Kinder abholte. Warum?«

Sheila Lewis schwieg. »Mrs. Lewis?« hakte Jessie nach.

»Sie haben doch keine Ahnung, wie verängstigt ich war! Es stimmt, ich wollte nicht, daß Barry die Mädchen abholt. Ich wollte nicht, daß er in ihre Nähe kommt, bis das alles vorüber war! Ich befürchtete, daß ihm jemand zu Nancys Wohnung folgen könnte. Deshalb habe ich mich gestern abend auch nicht von ihm abholen lassen.«

»Aber Sie hatten keine Angst, gestern abend hierher zu kommen? Ich meine, haben Sie sich denn keine Gedanken über mögliche Gefahren hier gemacht?«

»Natürlich habe ich mir darüber Gedanken gemacht. Aber ich habe mich nach ihm gesehnt«, erwiderte sie leise. »Wegen der Parade und Mrs. Hochburgs Tod ist es zwischen uns zu gewissen Spannungen gekommen. Ich wollte einfach mit ihm zusammen sein.« Sie wischte sich über die Augen. »Und ich bin sehr froh, daß ich hier war.«

»Mrs. Lewis, hat Ihr Mann erwähnt, daß sein Vater das Puppenhaus vorbeibringen würde, das ich heute morgen gesehen habe?«

Sie schüttelte den Kopf. »Ich war ganz überrascht, als ich es in der Küche entdeckte. Ich dachte, Dad würde es bringen, wenn die Mädchen zu Hause sind.«

Das wäre sinnvoller gewesen.

»Wußte er, daß Sie und Ihre Töchter zu einer Freundin gezogen waren?«

»Ja. Die Mädchen haben meine Schwiegereltern am Mittwoch angerufen.«

Ihr gegenüber hatte Morris Lewis so getan, als wisse er nicht, wo sich seine Schwiegertochter und seine Enkelinnen an diesem Freitagmorgen befunden hatten. Hatte er angenommen, Sheila und die Mädchen wären frühmorgens zurückgekommen? Oder war er nur erregt und verwirrt gewesen?

»Wo sind Ihre Töchter jetzt?« fragte Jessie.

»Oben. Nancy hat sie von der Schule abgeholt. Ich habe es ihnen gesagt, aber ich glaube nicht, daß sie begreifen, daß ihr Vater nie wieder zurückkommen wird.« Sie seufzte. »Detective Drake, darf ich Sie etwas fragen? Einer der Polizisten sagte mir, Sie wären die letzte gewesen, die Barry lebend gesehen hat. Hat er irgend etwas Besonderes gesagt? Irgend etwas ... Ich weiß auch nicht ... irgend etwas, das ich wissen sollte?«

Diese Frage hatte Jessie erwartet – und befürchtet. »Wir haben über das Band gesprochen. Er wollte, daß endlich alles vorüber wäre, damit Sie und die Mädchen nach Hause kommen könnten.«

»Haben Sie gesehen, wie es passiert ist?« flüsterte sie.

»Ja.« Wieder hörte Jessie die Explosion, sah den Feuerball, spürte die Hitze und empfand die Hilflosigkeit, nichts tun zu können.

»Glauben Sie, daß er lange leiden mußte?«

»Es ging sehr schnell. Ich bin sicher, daß er sofort tot war.« Dessen war sie sich natürlich nicht sicher, aber was konnte es schaden, der Frau zumindest diese Beruhigung zu geben?

»Haben ... haben Sie ihn sich danach angesehen?« Ihre Finger krallten sich in die Couchpolster.

Jessie streckte den Arm aus und ergriff die Hand der Frau. »Mrs. Lewis, ich verstehe, daß Sie wissen möchten, was mit Ihrem Mann geschehen ist. Aber ich glaube, in ein paar Tagen wäre ein besserer Zeitpunkt dafür.«

»Ich glaube nicht, daß es jemals besser werden wird.«

Wahrscheinlich nicht, dachte Jessie. Sie ließ Sheilas Hand los.

Dreissigstes Kapitel

Robert Oppman wohnte in einer bürgerlichen, multikulturellen Umgebung, wie sie typisch für Long Beach ist. Die Häuser waren ahnsehnlich, aber nicht extravagant. Das Haus der Familie Oppman war vor kurzem neu gestrichen worden und erstrahlte in einem leicht gelblich gebrochenen Weiß. In dem gepflegten Garten blühten bunte Fleißige Lieschen und pinkfarbene Azaleen.

»Shasta-Weiß«, sagte Phil, als sie auf die Haustür zugingen.

»Was?«

»Die Fassadenfarbe. Wir wollen unser Haus im Sommer streichen lassen, und Maureen hat Farbmuster mitgebracht. Das ist Shasta-Weiß.«

»Hübsch.« Jessies Haus war blaßblau: Garys Entscheidung. Sie fand die Farbe scheußlich, verfügte aber nicht über genügend Geld, es neu streichen zu lassen. Das Angebot ihres Vaters, die Kosten zu übernehmen, hatte sie abgelehnt. Helen wehrte sich nie gegen Geschenke ihrer Eltern. »Du schneidest dir nur ins eigene Fleisch«, sagte sie immer wieder, und Jessie fragte sich manchmal, ob sie ihre mühsam errungene Selbständigkeit verteidigen oder ihre Eltern bestrafen wollte (ihre Mutter für jahrelange Vernachlässigung und ihren Vater dafür, daß er es zugelassen hatte), indem sie sich nicht von ihnen helfen ließ. Unabhängigkeit konnte durchaus kostspielig sein.

»Maureen ist sich noch nicht ganz sicher.« Phil drückte auf die Klingel. »Entweder Shasta-Weiß oder Pueblo-Pfirsich.«

Einen Moment später meldete sich eine Frauenstimme: »Ja?«

»Mrs. Oppman? Polizei von Los Angeles.« Er hielt seinen geöffneten Dienstausweis vor den Spion.

Die Tür wurde von einer kindlichen, nicht unattraktiven Frau Ende Dreißig geöffnet. Sie hatte kurzes hellbraunes Haar und ängstliche braune Augen. »Ist irgend etwas passiert?« Sie starrte Jessies Wange, dann Phil an.

»Wir würden gern mit Ihrem Sohn sprechen«, sagte Phil.

»Meinen Sie Gene? Er ist mit seinen Hausaufgaben beschäftigt. Können Sie mir sagen, um was es geht?«

Das Beben in ihrer Stimme sagte Jessie, daß die Frau damit gerechnet hatte, daß die Polizei irgendwann auftauchen würde.

»Es wäre besser, wenn wir mit Ihrem Sohn reden könnten, Ma'am«, entgegnete Jessie.

»Soll ich meinen Mann anrufen? Er arbeitet noch – er ist Psychologe –, könnte aber in einer Viertelstunde hier sein.«

»Ich glaube nicht, daß das nötig ist, Ma'am. Aber wenn Sie ihn anrufen möchten, können Sie das gern tun.«

Mrs. Oppman führte sie in das Wohnzimmer, dann ging sie zu ihrem Sohn. Der Raum war angenehm und einladend. Zwei mit grauem Samt bezogene Sofas standen einander gegenüber, in ihrer Mitte ein Tisch aus Kirschholz. An einer Wand ein Klavier, an der anderen Bücherschränke. Familienfotos über dem Kamin.

»Zwei Söhne«, bemerkte Phil und deutete auf eines der Fotos.

»Sie schien von vornherein sicher, daß wir zu Gene wollten.«

Sie hatten kaum auf einem der Sofas Platz genommen, als Mrs. Oppman mit einem hochgewachsenen, gutaussehenden Teenager in Jeans und Lakers-T-Shirt zurückkehrte. Er hatte kurzgeschnittenes blondes Haar und wache blaue Augen, die kein Anzeichen von Beunruhigung zeigten.

Phil übernahm die Vorstellung. Dann fragte er: »Kennen Sie Barry Lewis?«

»Lewis?« Er runzelte die Stirn. »Nein, Sir. Sollte ich?«

»Sie könnten seinen Namen in den letzten Tagen in der Zeitung gelesen haben«, fuhr Phil sachlich fort. »Er ist der ACLU-Anwalt, der dafür gesorgt hat, daß die *White Alliance* ihre Parade veranstalten kann. Na, wissen Sie jetzt mehr?«

»Oh, ja.« Gene nickte. »Davon habe ich gelesen, wußte aber den Namen des Anwalts nicht mehr.« Er lehnte sich in die Couchpolster, seine Finger klopften ein stummes Arpeggio auf den Oberschenkeln.

»Wie kommt es dann, daß Sie in den letzten zwei Tagen viermal bei ihm zu Hause angerufen haben?« erkundigte sich Phil in unverändert sachlichem Ton.

»Warum sollte ich das getan haben?«

Die Finger des Jungen bewegten sich nicht mehr, aber seine Miene zeigte aufrichtige Verblüffung.

»Das würden wir gern wissen«, mischte sich Jessie ein.

»Mein Mann ist unterwegs«, sagte die Mutter mit plötzlicher Autorität. »Ich möchte, daß Gene ohne ihn keine weiteren Fragen beantwortet.«

»Kein Problem«, lächelte Phil.

Sie warteten schweigend, in einer Stille, die nur vom Ticken der Uhr und dem fernen Dröhnen eines Kühlschranks unterbrochen wurde. An ihrer steifen Haltung sah Jessie, daß Mrs. Oppman und ihrem Sohn die Stille unbehaglich war. Jessie war es gewohnt zu warten. Sie dachte derweil über Verschiedenes nach: über die Tatsache, daß dieser Prototyp eines amerikanischen Teenagers einen jüdischen Anwalt telephonisch bedrohte, der einen Neonazi verteidigen wollte; über den Wahrheitsgehalt dessen, was ihnen Sheila Lewis gesagt hatte; ihren Ärger auf Frank wegen des Schlamassels mit Espes; ihre plötzliche (und höchst lästige) Ungewißheit darüber, was sie zu Matthews Geburtstagsfeier anziehen sollte, jetzt, da sie wußte, daß auch

Gary kommen würde; über die Frage, wer Barry Lewis getötet hatte.

Mehr als zehn Minuten vergingen, bis eine Tür geöffnet und wieder geschlossen wurde. Sekunden später kam ein großer blonder Mann Ende Dreißig ins Zimmer.

»Ich bin Robert Oppman. Können Sie mir sagen, was hier vor sich geht?« Sein Ton war in seiner Schärfe fast beleidigend.

»Wir unterhalten uns darüber, daß Ihr Sohn am Mittwoch und Donnerstag mehrmals bei Barry Lewis angerufen hat«, erklärte Phil.

Oppman setzte sich neben seinen Sohn und legte ihm die Hand aufs Knie. »Hast du dort angerufen, Gene?«

»Nein.«

Oppman sah die Polizisten an. »Ich glaube meinem Sohn.«

»Auf unseren Vorschlag hin hat Mr. Lewis in den letzten Tagen die Anrufe aufgezeichnet, die er erhalten hat«, sagte Jessie. »Unsere Überprüfung hat ergeben, daß von diesem Anschluß aus angerufen wurde. Die Stimme auf dem Band klang jung, daher nahmen wir an, es handele sich um Gene. Aber vielleicht hat Ihr anderer Sohn angerufen?«

Mrs. Oppmann öffnete die Lippen, schloß sie aber schnell wieder.

Robert Oppman sah den Jungen an. »Gene?« Sein Tonfall und der Ausdruck in seinen blauen Augen signalisierten Resignation.

»Es war nur ein Scherz«, erklärte der Junge gelangweilt. »Kein großes Ding.«

»Wer hat dich dazu angestiftet?« wollte Oppman wissen. »Ich kann nicht glauben, daß du von allein darauf gekommen bist.«

»Es war meine Idee.« Entschlossen schob er das Kinn vor. »Niemand hat mich dazu angestiftet.«

»Woher haben Sie Mr. Lewis' Telephonnummer?« fragte Jessie.

»Ich habe die Auskunft angerufen.«

»Es ist eine Geheimnummer«, entgegnete Phil.

Der Junge hüllte sich in Schweigen.

»Gene, am Telephon hörten Sie sich sehr wütend an«, sagte Jessie. »Was haben Sie gegen Mr. Lewis?«

Keine Reaktion.

»Antworte Detective Drake.« Oppman nahm die Hand vom Knie seines Sohnes.

»Hat er Ihnen irgend etwas getan, Gene?« fragte Jessie.

»Er kotzt mich an, okay? Alle kotzen sie mich an.«

»Gene!« protestierte seine Mutter scharf.

»Wen meinen Sie mit ›alle‹, Gene?« erkundigte sich Jessie. Als sie keine Antwort bekam, fuhr sie fort: »Warum haben Sie sich über Mr. Lewis geärgert?«

»Weil er sich durch die Verteidigung von Roy Benning als Held aufspielen will. Aber er ist keiner. Er ist nur einer von diesen geldgierigen jüdischen Anwälten, der sich einen Namen machen will. Ich wollte ihm sagen, daß ich das weiß.«

»So etwas hat unser Sohn nicht von uns.« Mrs. Oppmans Gesicht war tiefrot. »So wird in diesem Haus nicht gesprochen. Das hat er von diesen Leuten, mit denen er neuerdings zusammensteckt.«

Gene Oppman bedachte seine Mutter mit einem verächtlichen Blick.

»Peggy«, sagte Robert Oppman, »ich glaube nicht . . .«

»Sage den Polizisten, was diese Leute dir beibringen, Gene! Erzähl ihnen von dem Unrat, den sie dir in den Kopf setzen!«

»Das ist kein Unrat.« Stolz zeigte sich in den blauen Augen, in der jungen Stimme. »Mr. Benning spricht mit uns über wichtige Themen, beispielsweise darüber, was in diesem Land vor sich geht und was wir dagegen unternehmen werden. Er sagt uns die Wahrheit über die Juden und den Zweiten Weltkrieg – nicht den Mist, den sie uns in der Schule auftischen.« Wieder ein verächtlicher Blick auf seine Mutter.

»War es seine Idee, daß Sie Mr. Lewis anrufen?« fragte Phil.

Der Junge schüttelte den Kopf. »Ich habe Ihnen doch schon gesagt, daß es meine Idee war.«

»Aber Mr. Lewis' Nummer haben Sie von dieser Organisation, oder?« fragte Jessie. »Auch seine Adresse?« Erneut keine Antwort. War das Tapferkeit, Loyalität oder Angst vor Vergeltung? »Gene, sind Sie sich bewußt, daß derartige Anrufe strafrechtlich verfolgt werden?«

»So?« Eine Spur von Verunsicherung in seinen Augen.

»Hat Mr. Lewis die Absicht, Anzeige zu erstatten?« erkundigte sich Robert Oppman.

»Mr. Lewis kann keine Anzeige mehr erstatten«, erwiderte Phil. »Jemand hat ihn heute früh mit seinem Auto in die Luft gejagt.«

»O mein Gott!« wimmerte Peggy Oppman.

Robert Oppmans Gesicht war erstarrt, Gene blaß geworden.

»›Sie sind ein toter Mann, T-o-t‹«, las Jessie von ihrem Notizblock ab. »Das haben Sie am Donnerstagabend zu Mr. Lewis gesagt, Gene.«

»Gene, du sagst jetzt kein Wort mehr«, ordnete Oppman an. »Detective, mein Sohn wird Ihre Fragen erst in Anwesenheit unseres Anwalts beantworten.«

»Das ist Ihr gutes Recht«, erwiderte Jessie. »Aber ich glaube nicht, daß das im Moment bereits erforderlich ist.«

»Dad . . .«

»Halt den Mund!« zischte Oppman, dann wandte er

sich wieder Jessie und Phil zu. »Steht mein Sohn unter Verdacht?«

»Wir sind erst am Beginn unserer Ermittlungen«, sagte Phil. »Wir würden es vorziehen, die Angelegenheit zunächst ganz inoffiziell zu behandeln, aber wenn uns das nicht gelingt, könnten wir uns angesichts der Aktivitäten Ihres Sohnes gezwungen sehen, ihn zum Verhör mitzunehmen. Selbstverständlich im Beisein seines Anwalts.«

»Er ist fünfzehn Jahre alt!« rief Mrs. Oppman. »Er hat die falschen Freunde, aber er hat niemanden getötet! Er kann ja noch nicht einmal Auto fahren. Wie soll er da zu Mr. Lewis' Haus gekommen sein?«

»Ihr Sohn könnte ein Komplize gewesen sein. Er hat Mr. Lewis mehrfach angerufen und bedroht. Er ...«

»Das war ein Scherz! Ich wußte nicht, daß Lewis getötet werden würde!«

»Gene, ich habe dir gesagt, daß du deinen Mund halten sollst«, fauchte Oppman.

»Sie glauben, ich hätte diesen Mann umgebracht, aber das habe ich nicht getan! Kann ich nicht einfach erzählen, was sich abgespielt hat?«

Oppman sah erst seine Frau, dann seinen Sohn an. »Also gut.«

»Wir haben über Roy Bennings Fall gesprochen und ...«

»Wer ist ›wir‹?« unterbrach Jessie. »Sie und andere Mitglieder der *White Alliance?*«

Gene nickte.

»Wann war das?«

»Sonntagabend, gleich nach dem Tod der alten Jüdin ... der alten Dame. Wir waren bei Mr. Benning und spielten Poolbillard in seinem Keller. Dort treffen wir uns meistens. Jemand meinte, es könnte nichts schaden, wenn Lewis ein paar Anrufe bekäme. Und da sagte ich, ich würde das übernehmen.« Er zuckte mit den Schultern. »Das war alles.«

»Wer war dieser ›Jemand‹?« fragte Phil.

»Ich erinnere mich nicht.« Der Junge wandte den Blick ab.

»Doch, Sie erinnern sich«, sagte Jessie. Er sah sie noch immer nicht an, so daß sie nicht in seinen Augen lesen konnte. »War es Benning?«

»Ich habe Ihnen gesagt, daß ich mich nicht erinnern kann.«

»Haben Sie Angst, daß man Sie bestrafen könnte, wenn Sie es uns sagen?« erkundigte sich Phil freundlich. »Da könnten wir Ihnen helfen.«

Gene funkelte ihn an. »So sind sie nicht! Sie begreifen das nicht. Wir sind ein Team. Wir verstehen uns. Wir unternehmen viel gemeinsam.«

»Und Sie hassen gemeinsam, was?«

»Detective . . .« begann Robert Oppman.

»Yeah, das tun wir!« rief Gene. »Wir hassen, was in diesem Land geschieht! Wir hassen es, daß dieses Land von all diesen Ausländern übernommen wird! Daß sie es sind, die alle Jobs bekommen!« Er ließ sich schlaff in die Polster zurückfallen.

»Sie meinen Schwarze«, sagte Jessie leise. »Latinos, Asiaten, Juden wie Barry Lewis. Aber um Barry Lewis brauchen Sie sich keine Sorgen mehr zu machen, nicht wahr?«

»Ich habe ihn nicht getötet, okay? Ich habe ihn nicht umgebracht, aber es tut mir auch nicht leid, daß er tot ist. Das ist doch kein Verbrechen, oder?«

Plötzlich fühlte sich Jessie unendlich erschöpft. Sie unterdrückte ein Seufzen. »Wir haben vielleicht noch ein paar Fragen an Sie, Gene.« Sie zog ihre Karte aus der Handtasche und hielt sie ihm hin. »Falls Sie sich daran erinnern, wer Sie dazu aufgefordert hat, Lewis anzurufen, oder wenn Ihnen etwas anderes einfällt, rufen Sie mich an.«

»Ich werde mich nicht erinnern.« Er machte keine Anstalten, die Karte zu nehmen.

»Man kann nie wissen.« Jessie legte die Karte auf den Tisch.

Einunddreissigstes Kapitel

Jessie entschied sich für die schwarzen Seidenhosen und die weiße Spitzenbluse, die sie für besondere Anlässe bei Saks gekauft hatte. Matthews neunter Geburtstag war ein besonderer Anlaß, aber sie wußte, daß sie sich nicht für ihn so festlich kleidete. Als es klingelte, schnappte sie sich die Handtasche von der Kommode und eilte in die Diele, nahm Matthews Geschenk und öffnete die Tür.

»Neil, vielen Dank, daß du . . .« Sie brach ab.

»Helen bekam in letzter Minute eine Krise und bat mich, dich abzuholen.« Gary lächelte. »Du siehst übrigens hinreißend aus.«

»Danke.« Sie gab ihm das Geschenk und zog die Tür hinter sich zu. »Und danke, daß du gekommen bist.« Er sieht gut aus, dachte sie, in diesen grauen Hosen und dem marineblauen Blazer. Er riecht auch gut. Hugo Boss.

»Ich hatte es dir schon heute vormittag angeboten, erinnerst du dich? Was ist mit deinem Mietwagen passiert?«

»Nicht verfügbar.« Sie senkte den Blick und strich sich geflissentlich über die Hosenbeine.

»Deine Haare gefallen mir. Neue Frisur?«

»Der Noch-nicht-ganz-trocken-Look«, sagte sie, ein bißchen verlegen über die Aufmerksamkeit, die er ihr widmete, aber nicht unzufrieden. »Ich wollte Neil nicht warten lassen.«

»Kluges Mädchen.« Er grinste.

Sie wußte, daß er an die unzähligen Male dachte, die sie über Neils Pünktlichkeitsfimmel gelacht hatten. Das war ungefährliches Terrain, und sie gestattete sich ebenfalls ein Lächeln.

»Wie kommen die Ermittlungen voran?« fragte Gary, als er den Audi startete.

»Und wie ist das Wetter, Gary?«

Gary schmunzelte. »Ich merke es, wenn ich einen Wink mit dem Zaunpfahl bekomme.«

»Kluger Junge.« Sie schloß die Augen, lauschte einer Mozart-Sonate und war froh, daß Gary sich während der zehnminütigen Fahrt nach Cheviot Hills nicht zu einem Gespräch bemüßigt fühlte.

Der metallic-graue Cadillac Seville ihrer Eltern stand in der Auffahrt.

»Helen hat dir doch gesagt, daß unsere Eltern hier sind, oder?« fragte Jessie. Frances und Arthur Claypool hatten Gary nach der Scheidung nicht mehr gesehen. »Ich hoffe, das ist dir nicht unangenehm.«

»Deine Mom werde ich mit meinem Charme bezaubern. Außerdem trage ich meine bißsichere Weste.«

»Die wirst du möglicherweise brauchen.« Sie löste den Sicherheitsgurt und streckte die Hand nach dem Türgriff aus.

»Jess?«

Ihr Magen krampfte sich unbehaglich zusammen. »Was ist?«

»Neulich, in Marina del Rey habe ich dich in Verlegenheit gebracht. Ich wollte dir sagen, daß es mir leid tut.«

»Schon gut. Vergiß es.«

Er nahm ihre Hand. »Du warst ehrlich zu mir, und das habe ich gebraucht. Ich habe mich mit der Tatsache abgefunden, daß du mit Pruitt zusammen bist. Es gefällt mir zwar nicht, aber ich akzeptiere es.« Er lächelte. »Jedenfalls habe ich beschlossen, daß es Zeit ist, mit meinem Leben weiterzumachen. Ich treffe mich mit Leuten, verabrede mich. Was man so macht.«

»Das freut mich, Gary.« Freute sie sich wirklich?

»Ich will damit sagen, es ist okay, wenn wir nur noch Freunde sind. Es braucht dir also nicht unangenehm zu sein, heute abend, oder wenn wir uns sonst zufällig treffen. Ich schätze, daß du das hören wolltest.«

»So ist es«, erwiderte sie fest und fragte sich, warum sie sich nicht erleichtert fühlte. »Vielen Dank, daß du mir das gesagt hast, Gary.«

Frances Claypool öffnete die Tür. »Wie schön, dich zu sehen, Gary«, lächelte sie, hielt Jessie das Gesicht zum Kuß entgegen und hob die Brauen. »Was ist denn mit deiner Wange geschehen? Hast du dich im Dienst verletzt?« Sie streckte die Hand aus.

Jessie wich unwillkürlich zurück. »Gestern nacht bin ich im Halbschlaf gegen eine Wand geknallt.« Sie brachte Gary mit einem Blick zum Schweigen. »Kein Grund zur Besorgnis, Mom.«

»Dein Vater soll sich das ansehen. Arthur, komm doch mal her«, rief sie ihrem Mann zu, der sich in einer Ecke der großen Diele mit Neil unterhielt. »Du siehst übrigens ganz entzückend aus, Kind.«

»Danke.« Jessie bekam selten anerkennende Worte von ihrer Mutter zu hören. Frances Claypool war elegant wie immer. Diesmal trug sie ein zweiteiliges Kleid aus schwarzem Wollcrèpe und eine Perlenkette. Ihr blondes Haar war länger, als Jessie es in Erinnerung hatte. Es stand ihr gut, ließ ihre Züge weicher erscheinen.

»Trage ein bißchen Neosporin auf«, verordnete ihr Vater, der Arzt, nachdem er Jessie umarmt und geküßt und

Gary die Hand geschüttelt hatte. Er trug einen dunkelblauen Zweireiher und eine wundervolle Seidenkrawatte, die mit Sicherheit ihre Mutter ausgesucht hatte.

»Habe ich schon getan. Wo können wir die lassen?« fragte sie Neil und zeigte auf die Geschenke, die Gary in den Händen hielt.

»Im Wohnzimmer. Ich werde Helen Bescheid sagen. Sie ist oben und hilft Matthew beim Krawattebinden. Wir lassen ihn seine Geschenke gleich auspacken, sonst bekommt er vor Aufregung keinen Bissen hinunter.«

Es war schön, ihren Schwager so entspannt zu sehen. Er war ein dunkelhaariger, gutaussehender Mann, immer freundlich, immer fürsorglich, aber seine Förmlichkeit ließ ihn häufig älter aussehen, als er mit seinen vierundvierzig Jahren war.

»Gegen eine Wand geknallt, was?« flüsterte Gary Jessie zu, als sie gemeinsam die Diele durchquerten. »Du bist mir was schuldig.«

Sie kniff ihn leicht in die Hüfte und dachte darüber nach, wie angenehm es doch war, wieder freundschaftlich mit ihm umgehen zu können.

Matthew war begeistert über das Optimus-Prime-Transformer-Set, das ihm Jessie gekauft hatte, und den Billardtisch von seinen Großeltern (mehr als zweihundert Dollar bei Toys ›Я‹ Us, hatte Jessie gesehen, aber dafür konnte er darauf auch mehr als nur Billard spielen), und er schrie: »Klasse«, als er Garys Geschenk auspackte: einen Baseball und Fängerhandschuh mit einem Autogramm von Nolan Ryan.

»Wie hübsch«, lächelte Frances, rümpfte aber die Nase, als könne sie den Schweiß des früheren Handschuhbesitzers riechen.

»Der Sportredakteur der *Times* hat sie mir besorgt«, sagte Gary. »Und du bekommst von mir auch zwei Trainingsstunden mit mir im Rancho Park. Nach Terminabsprache zwischen dir, mir und deinen Eltern. Wenn du willst.«

»Wann können wir anfangen? Sonntag?«

Gary grinste Matthew an, und der Junge strahlte. Jessie machte sich bewußt, wie richtig es von Helen gewesen war, Gary einzuladen. Auch wegen ihrer Mutter hatte sie sich unnötige Sorgen gemacht. Frances Claypool war ungewöhnlich guter Stimmung und flirtete den ganzen Abend mit Gary, über den sie vor noch nicht allzulanger Zeit Jessie gegenüber unglaublich gemeine Dinge geäußert hatte. Gary kann selbst eine Klapperschlange in ein sanftes Lämmchen verwandeln, dachte Jessie. Allerdings waren seine Chancen auch beträchtlich gestiegen, nachdem Frances von Helen erfahren hatte, daß sich Jessie mit einem Cop traf.

Nach dem Essen wurde die Geburtstagstorte serviert. (Morgen würde es noch eine geben, wenn Matthews Freunde und Klassenkameraden zum Feiern kamen.) Matthew schloß die Augen, wünschte sich etwas und blies die Kerzen aus. Wenig später erklärte Gary, er müsse leider gehen, würde Matthew aber anrufen, um ihre erste Trainingsstunde zu vereinbaren. »Nun tu doch nicht so fremd, Lieber«, sagte Frances Claypool und küßte Gary auf die Wange. Jessie fragte sich, ob er eine Verabredung hatte.

Frances Claypool ging in die kleine Gästewohnung über der Garage, um ihre Koffer auszupacken. Neil, Arthur und Matthew spielten Billard, während Jessie Helen beim Abräumen half. Als sie damit fertig waren, erklärte Jessie, sie müsse ihre Mutter etwas fragen und machte sich auf die Suche nach Frances.

»Ich dachte, ich leiste dir ein wenig Gesellschaft, Mom«, sagte sie, setzte sich auf eines der Betten und fragte sich, wie sie beginnen sollte.

»Wie lieb von dir, Kind.« Frances schob Schuhspanner in ihre schwarzen Lederpumps. »Ich freue mich, daß Helen

Gary eingeladen hat. Er ist ein Schatz, und man kann nicht übersehen, wie verrückt er nach dir ist.«

»Wir sind nur Freunde, Mom.«

»Das mußt du natürlich am besten wissen.« Sie stellte die Schuhe in den Schrank. »Triffst du dich noch immer mit diesem Detective?«

Frances nannte nie Franks Namen. Es half ihr bei der Vorstellung, es gäbe ihn gar nicht. »Ja.«

»Marsha Jessop hat mir von einem Bekannten erzählt, einem sehr netten und erfolgreichen Anwalt. Er lebt in Los Angeles und ist Junggeselle.«

»Lieb von dir, Mom, aber im Moment bin ich nicht an neuen Bekanntschaften interessiert.«

»Du sollst den Mann doch nicht gleich heiraten, Jessica. Aber warum gehst du nicht einmal mit ihm aus?«

Jessie schüttelte den Kopf.

»Nur nichts tun, was deinem Vater und mir eine Freude machen würde, was?« Frances schüttelte ein königsblaues Seidenkleid aus und trat zum Schrank. Mit dem Rücken zu Jessie sagte sie: »Du bist doch nicht nur gekommen, um mir Gesellschaft zu leisten, Jessica. Dich bedrückt doch irgend etwas. Willst du mit mir darüber sprechen?«

»Erinnerst du dich an den Fall, mit dem ich gerade befaßt bin? Der ACLU-Anwalt, dessen Haus . . .«

»Er wurde heute früh getötet, nicht wahr?« Frances drehte sich um. »Dein Vater und ich haben es auf der Fahrt von La Jolla hierher im Radio gehört. Es hieß, es sei eine Bombe gewesen. Schrecklich.« Sie erschauerte.

»Ich muß immer wieder an deine jüdischen Verwandten denken, Mom.«

Frances seufzte tief auf. »Jessica, ich habe dir längst alles gesagt, was ich weiß. Warum kommst du nur immer wieder darauf zurück?«

Jessie spielte mit dem Knopf an ihrer Blusenmanschette. »Manchmal frage ich mich, ob du dich schämst.«

»Weshalb sollte ich mich schämen? Was redest du da, Jessica?«

»Manchmal ... manchmal frage ich mich, ob du einfach nicht zugeben willst, daß du jüdische Verwandte hast.«

»Das ist doch absurd!« zischte Frances. »Wie kannst du nur so etwas sagen?!«

Jessie blickte auf. Die Lippen ihrer Mutter waren verkniffen, ihre Augen ganz schmal. »Warum wolltest du dann nicht, daß Gary und ich uns von einem Rabbi trauen lassen, Mom? Dad hätte nichts dagegen gehabt. Schließlich sind wir nicht gerade fromm. Ich kann mich nicht erinnern, daß wir außer zu Weihnachten und zu Ostern jemals in die Kirche gegangen wären.«

»Du bist nicht fair, Jessica. Garys Eltern haben keinen Wert auf einen Rabbiner gelegt. Gary ebenfalls nicht. Und ich dachte, ein Friedensrichter würde es für alle einfacher machen.«

»Einfacher für dich ...«

»Habe ich je etwas gesagt, woraus du schließen könntest, daß ich Juden nicht mag? Habe ich je etwas gegen Gary, seine Eltern oder einen der jüdischen Freunde gesagt, die du mit nach Hause gebracht hast?« Mit einer heftigen Bewegung zog Frances den Reißverschluß ihres Kleidersacks zu und faltete ihn zusammen.

Ich sollte aufhören, dachte Jessie. Ich sollte aufhören, bevor es zu spät ist. »Du hast immer diesen verächtlichen Ausdruck im Gesicht, wenn du jemanden mit einem Schädelkäppchen oder in chassidischer Kleidung siehst, Mom. Du machst Bemerkungen wie: ›Wir sind hier in Amerika‹ oder ›Warum können sie sich nicht anziehen wie alle anderen auch?‹ Das sagst du aber nicht, wenn du Hare-

Krischna-Anhänger oder arabisch gekleidete Menschen siehst.«

»Ich brauche mich vor dir nicht zu rechtfertigen! Ich gehöre nicht zu den Kriminellen, mit denen du es sonst zu tun hast!« Ihre Mutter verkrampfte die Hände. Ihre Nasenflügel bebten.

Trotz dieser Warnsignale fuhr Jessie fort: »Du regst dich auf, sobald in der Presse oder im Fernsehen etwas über den Holocaust gebracht wird, Mom. Warum?«

»Das stimmt nicht.« Frances kam auf Jessie zu. »Ich weiß nicht, wovon du redest.« Rote Flecken erschienen auf ihrem blassen Gesicht. Ihre Lippen zitterten.

»Doch es stimmt, Mom. Als *Holocaust* im Fernsehen gesendet wurde, sagtest du: ›Genug ist genug‹. Als *Schindlers Liste* in die Kinos kam, sagtest du: ›Warum müssen wir das immer wieder über uns ergehen lassen?‹ Bist du der Meinung, daß darüber geschwiegen werden sollte? Oder glaubst du vielleicht, den Holocaust hätte es nie gegeben?« Jessie war selbst überrascht über die Worte, die ihr da über die Lippen gekommen waren.

Frances Claypool holte weit aus und schlug Jessie auf die Wange, knapp unterhalb ihrer Prellung. Der Schmerz ließ Tränen in ihre Augen treten.

Frances setzte sich Jessie gegenüber aufs Bett. Mutter und Tochter starrten sich an.

»Du hast es verdient«, flüsterte Frances schließlich. »Vergiß nicht, das deinem Therapeuten zu erzählen, wenn du das nächste Mal mit ihm über deine abscheuliche Mutter sprichst.«

»Du glaubst immer, ich hätte es verdient.«

Frances zuckte zusammen und wandte den Blick ab. »Warum läßt du mich nicht allein, Jessica?«

»Warum hast du mich geschlagen, Mom? Weil ich die Wahrheit gesagt habe?«

Frances sah ihre Tochter an. »Kannst du nicht endlich damit aufhören?« Ihre Stimme klang müde und verzweifelt.

Jessie antwortete nicht.

Ihre Mutter stand auf und trat an die Kommode. Dort bleibt sie stehen, bis ich gegangen bin, dachte Jessie. Aber einen Augenblick später setzte sich ihre Mutter wieder aufs Bett. Sie hielt eine Brieftasche in der Hand. Sie öffnete sie und zog hinter dem Führerschein ein Foto mit weißem, gezacktem Rand hervor. Es war kleiner als das, das Jessie früher gesehen hatte.

Frances Claypool deutete auf den bärtigen Mann in der Mitte des Bildes. »Das ist mein Vater, Jakov Kotschinsky. Er besaß eine Textilfabrik und war selbst nach heutigen Maßstäben ziemlich wohlhabend. Er war in Tschebin hochangesehen, sogar bei den Polen.«

Mit offenem Mund starrte Jessie ihre Mutter an. Sie wußte zwar nicht, was sie erwartet hatte – aber das nicht. Nie im Leben!

»Das neben ihm ist meine Mutter Jiska«, sagte Frances. »Als das Foto aufgenommen wurde, war sie dreiundvierzig Jahre alt, aber sie hatte die Haut einer Zwanzigjährigen. Neben ihr ist mein ältester Bruder Chaim mit seiner Frau Sonja. Daneben mein Bruder Ber und seine Frau Schejndl. Schejndl ist im fünften Monat schwanger, aber das sieht man ihr gar nicht an, oder?« Frances blickte Jessie an.

Jessie schüttelte den Kopf. Der Druck in ihrer Brust war so stark, daß sie kaum atmen konnte. Sie begriff nicht, wie ihre Mutter so gelassen reden konnte, als identifiziere sie ganz gewöhnliche Leute auf einem ganz gewöhnlichen Schnappschuß.

Frances' Finger bewegte sich weiter. »In der Mitte sitzen die Eltern meines Vaters, Mordechai und Riwka. Das ist meine Schwester Bronka mit ihrem Mann Motl. Das ist meine Schwester Tschaja, das mein jüngster Bruder Simon.

Er war achtzehn. Neben meinem Vater meine älteste Schwester Henja und ihr Mann Berel. Die beiden kleinen Mädchen auf dem Boden sind ihre Zwillinge. Der kleine Junge ist der Sohn von Chaim und Sonja. Er sieht entzükkend aus, nicht wahr?«

»Ja«, flüsterte Jessie heiser. Ihre Kehle war trocken, sie fühlte sich schwindlig, denn sie wußte, daß Chaims und Sonjas entzückender kleiner Junge tot war. Alle waren sie tot. Sie konnte ihr Herz in den Ohren klopfen hören.

»Auf dem Schoß meines Großvaters sitze ich.« Frances deutete mitten auf das Foto. »Ich war fünf Jahre alt. Siehst du meine Zöpfe? Meine Mutter hat sie mir jeden Morgen geflochten. ›Deine Haare sind wie Seide, Freidele‹«, sagte sie immer zu mir, und selbst als dann unter der deutschen Besatzung bitterer Mangel an allem herrschte, fand sie immer etwas, was sie als Bänder für meine Zöpfe benutzen konnte. Meine Haare waren blond, fast weiß, meine Augen sind grün, ich sprach perfekt polnisch . . . Als ein Jahr später alle Juden von Tschebin von den Deutschen deportiert werden sollten, beschlossen meine Eltern, mich bei einer polnischen Familie in Obhut zu geben, bis der Krieg vorüber war.«

»Aber du warst doch erst sechs Jahre alt«, flüsterte Jessie. »Hast du denn überhaupt begriffen, was mit dir geschah?«

»Natürlich wußte ich es.« Frances' Lächeln war ernst. »Während des Krieges in Polen waren Sechsjährige keine Kinder mehr, Jessica. Unsere Körper waren jung, aber unsere Seelen alt.« Sie brach ab, schien sich in Erinnerungen zu verlieren, dann fuhr sie fort: »Es war im November 1941. Die Deutschen hatten meinem Vater die Fabrik genommen, aber meine Mutter hatte ein paar Stoffe versteckt. Sie nähte mir zwei Kleider und einen Mantel. Am Abend flocht sie mir richtige Bänder in die Zöpfe und zog mir eins der neuen Kleider an. Ich weinte. Ich wollte bei meinen Eltern und Geschwistern bleiben, aber meine Eltern versprachen mir, daß sie mich bald wieder zu sich holen würden.«

»Du mußt doch entsetzliche Angst gehabt haben«, sagte Jessie und versuchte, sich das kleine Mädchen vorzustellen, das ihre Mutter gewesen war. Es gelang ihr nicht. Sie hätte am liebsten um das kleine Mädchen geweint, das von seiner Familie verlassen worden war, aber alles kam ihr so fremd vor, so unwirklich.

»Ich hatte entsetzliche Angst«, sagte Frances. »Aber mein Vater versicherte mir, daß die polnische Familie sehr nett sei. Der Mann hatte in seiner Fabrik gearbeitet und arbeitete jetzt für die Deutschen. Er und seine Frau hatten drei Kinder, waren aber bereit, mich aufzunehmen, weil sie von meinem Vater immer gut behandelt worden waren. Außerdem hatte er ihnen Geld gegeben und versprochen, ihnen bei seiner Rückkehr noch mehr zu zahlen.«

Frances legte das Foto auf das Bett. Jessie nahm es auf. So viele Namen waren zu lernen, so viele Gesichter zu behalten – von Verwandten, die sie nie gekannt hatte, die sie nie kennenlernen würde. Warum hatte ihre Mutter sie geheimgehalten?

»An diesem Abend«, fuhr Frances fort, »brachte mich mein Vater zu dem kleinen Haus am Stadtrand. Die Familie wartete bereits auf mich. Der Mann hieß Janek, seine Frau Sofia. ›Was für ein hübsches Kind!‹ rief die Frau. ›Nun hast du endlich eine Spielgefährtin, Anuschka‹, sagte sie zu ihrer siebenjährigen blonden Tochter. Sofia strich mir über den Kopf und nannte mich ›moja kochana‹, mein Liebling. ›Wir werden gut für Ihr kleines Mädchen sorgen, Pan Kotschinsky‹, erklärte Janek meinem Vater. ›Wir werden es behandeln wie unsere eigenen Kinder.‹«

»Und war es dann auch so?« erkundigte sich Jessie kaum hörbar.

Frances lächelte traurig. »Später habe ich gehört, daß viele Christen sehr gut zu den jüdischen Kindern waren, die sie aufgenommen hatten. Sofia gehörte nicht zu ihnen. Sie war launenhaft und ließ das an mir aus. Manche Tage waren besser, manche schlechter.« Sie zuckte mit den Schultern. »Janek war immer nett zu mir. Die beiden Jungen waren gleichgültig. Und Anna war froh über meine Gesellschaft und erleichtert, daß ihre Mutter ihre Launen nicht nur an ihr ausließ. Irgendwann während der vier Jahre, die ich bei ihnen verbrachte, hörte ich auf, meine Gebete zu sprechen und auf meinen Vater zu warten. Ich war davon überzeugt, daß er, meine Mutter und der Gott, an den ich geglaubt hatte, mich im Stich gelassen hatten.« Frances nahm Jessie sanft das Foto aus den Händen und steckte es wieder hinter ihren Führerschein.

»Und was ist nach Kriegsende geschehen?« fragte Jessie und wischte sich die Tränen aus den Augen.

»Als mein Vater nicht mit dem versprochenen Geld kam, überzeugte Sofia Janek davon, daß sie es sich nicht länger leisten konnten, mich zu behalten.« Frances lächelte bitter. »Sie brachten mich nach Krakau, wo sich eine jüdische Organisation darum bemühte, Kinder wie mich wieder mit ihren Familien zu vereinen oder sie adoptieren zu lassen. Sie setzten mich mit den wenigen Habseligkeiten, die mir Janek gekauft hatte, auf der Treppe des Gebäudes ab.«

Wieder verlassen. Erneut traten Jessie Tränen in die Augen.

»Ich war nicht unglücklich, Sofia verlassen zu müssen«, sagte Frances, als hätte sie Jessies Gedanken gelesen. »Aber ich betrachtete mich als Christin, daher gefiel es mir gar nicht, von einer jüdischen Organisation versorgt zu werden. Sie bemühten sich, etwas über das Schicksal meiner Familie zu erfahren, aber ohne Erfolg. Damals war ich zehn Jahre alt, aber klein und dünn. Irgendwie ahnte ich, daß Familien lieber jüngere Kinder adoptieren würden, daher erklärte ich, ich sei erst sechs Jahre alt. Das wurde in meine Papiere übernommen, bis heute. So habe ich vier Jahre gewonnen, Jessica. Ein kleiner Sieg.« Ein winziges Lächeln spielte um Frances Claypools Lippen.

Auch Jessie lächelte. So lange sie sich erinnern konnte, hatte ihre Mutter sich immer sehr selbstbewußt gezeigt, was ihr Alter anbetraf. Nie hatte sie irgendwelche Scherze darüber gemacht. Bis heute. »Und dann bist du in die Vereinigten Staaten gekommen?«

Frances nickte. »Im März 1946. Ich kam zu Esther und Milton Holtz. Sie lebten in Brooklyn. Ihre Ehe war zwölf Jahre lang kinderlos geblieben, und nun freuten sie sich, eine sechsjährige Tochter zu haben.«

Jessie runzelte die Stirn. »Hast du ihnen dein wahres Alter genannt?«

Ihre Mutter schüttelte den Kopf. »Ich habe befürchtet, daß sie mich zurückschicken würden. Und glücklicherweise blieb ich noch eine Weile klein und kindlich. Erst mit sechzehn begann ich mich zu entwickeln. Esther und Milton Holtz waren wundervolle Menschen. Mit all dem Spielzeug und den Kleidern, die sie mir kauften, hätte ich einen Laden eröffnen können. Ich fühlte mich schuldig, weil sie sich so sehr bemühten, mich glücklich zu machen, ich ihnen aber nicht geben konnte, was sie sich wünschten.«

»Was meinst du damit?«

»Sie waren orthodox und sehr fromm. Ich haderte mit Gott. Anfangs paßte ich mich ihrem Verhalten an – ich hatte Angst, sie würden mich wegschicken, wenn ich es nicht tat –, aber dann wurde ich immer rebellischer und tat Dinge, von denen ich ganz genau wußte, wie sehr sie sich darüber aufregten. Ich weiß auch nicht, warum ich mich so verhielt.« Frances zuckte mit den Schultern. »Sie waren erleichtert, als ich mein eigenes Apartment bezog. Ich war siebzehn – eigentlich einundzwanzig. Dann lernte ich deinen Vater kennen. Er besuchte die Columbia University. Ich arbeitete in der Universitätsverwaltung. Ein Jahr später wurden wir von einem Friedensrichter getraut.«

In Jessies Kopf überschlugen sich die Gedanken. Da war so vieles, was sie in sich aufnehmen mußte. Zu viel für einen Abend. »Bist du konvertiert?«

»Ich hielt es nicht für notwendig.« Frances' Stimme enthielt einen Hauch von Trotz. »Dein Vater auch nicht. Ich habe Esther und Milton Holtz über unsere Heirat informiert. Dein Vater hat es seinen Eltern gesagt. Dann bekam dein Vater eine Assistenzarztstelle an der University of California, und wir beschlossen, in Los Angeles zu bleiben. Anfangs haben die Holtz' häufig geschrieben. Ich antwortete sporadisch, dann gar nicht mehr. Schließlich schrieben auch sie nicht mehr. Jahre später, nachdem Helen geboren war, versuchte ich, mit ihnen in Kontakt zu treten, erfuhr aber, daß sie inzwischen gestorben waren. Sie waren wunderbare Menschen.« Frances stand auf und legte ihre Brieftasche wieder in die Kommodenschublade. »Nun, jetzt kennst du alle meine Geheimnisse. Bist du jetzt glücklich?«

Bist du es, fragte Jessie im stillen zurück. »Denkst du häufig an deine Familie, Mom?«

»Ich bemühe mich, überhaupt nicht an sie zu denken«, entgegnete ihre Mutter. »Das ist ein Teil meines Lebens, den ich lieber vergessen möchte.«

Jessie forschte in ihrer Erinnerung nach Hinweisen auf das Jüdischsein ihrer Mutter, fand aber keine. Frances hatte gründliche Arbeit geleistet. »Weiß es Dad?«

»Ich bin keine Lügnerin, Jessica. Er weiß alles – auch mein wahres Alter. Ich habe vor deinem Vater nie etwas geheimgehalten.«

Das stimmt nicht ganz, dachte Jessie und erinnerte sich an ihre Kindheit. Aber jetzt war kaum der rechte Zeitpunkt für diese Diskussion. »Aber Helen und mir hast du nie die Wahrheit gesagt.«

»Welche Wahrheit?« fragte Frances gereizt. »Daß ich meine Eltern und meine gesamte Familie verloren habe, weil ich als Jüdin zur Welt gekommen bin? Daß ich aus demselben Grund verlassen wurde und jahrelang mit der Drohung leben mußte, jederzeit den Deutschen übergeben werden zu können? Daß es mir nichts als Not und Elend gebracht hat, eine Jüdin zu sein? Warum hätte ich dich und deine Schwester damit belasten sollen?«

»Ich bin Halbjüdin, Mom«, entgegnete Jessie leise. »Das hätte ich gern früher gewußt.«

»Man ist das, was man sein will, Jessica. Und ich bin sehr glücklich mit dem Leben, das ich mir ausgesucht habe. Ich habe keinerlei Schuldgefühle, empfinde kein Bedauern.«

Wirklich nicht, fragte sich Jessie. Oder waren doch Schuldgefühle, Bedauern der Hintergrund von Frances' Unduldsamkeit – jener Unduldsamkeit, die Helen und sie so oft zu spüren bekommen hatten? Sie stand auf, küßte ihre Mutter auf die Wange und empfand den Drang, sie zu umarmen. »Vielen Dank, daß du es mir erzählt hast, Mom. ich weiß, wie schmerzlich das für dich war.«

»Du hast mir ja kaum eine andere Wahl gelassen, oder?«

Als Jessie nach Hause kam, klingelte das Telephon. Sie eilte an den Apparat.

»Ich habe mir schon Sorgen um dich gemacht, Jess«, sagte Frank. »Wo zum Teufel hast du gesteckt? Warum hast du nicht zurückgerufen?«

»Entschuldige, aber ich wollte nicht zu spät zu Matthews Geburtstagsfeier kommen, deshalb habe ich mich nicht gemeldet. Ich kam gerade erst zur Tür herein.«

»Hast du Lust, zu mir zu kommen? Du fehlst mir, Jess. Und ich glaube, wir müssen miteinander reden.«

»Das denke ich auch, Frank. Aber heute abend lieber nicht.«

»Es geht um diese Judensache, stimmt's? Jess, ich möchte nicht, daß uns das entzweit.«

»Ich auch nicht.«

»Sehen wir uns bald?«

»Ja, bald.«

Er fehlte ihr auch. Wirklich. Aber sie hatte sich fest vorgenommen, aufrichtig über ihre Gefühle mit ihm zu sprechen, wenn sie ihn das nächste Mal sah. Aber wie konnte sie aufrichtig sein, wenn sie gar nicht mehr sicher wußte, wer sie eigentlich war?

Zweiunddreissigstes Kapitel

»Detective Drake? Hier Emery Kraft. Vielleicht haben Sie meinen Namen schon einmal gehört . . .«

Jessie runzelte die Stirn. Natürlich kannte sie Krafts Namen. Er war der Begründer der Organisation *History Is Truth.* »Woher haben Sie meine Privatnummer?«

»Von Sheila Lewis. Ich würde Sie nicht zu Hause stören, wenn die Angelegenheit nicht so wichtig wäre. Ich habe eine Todesdrohung erhalten. Roy Benning auch.«

»Wo wohnen Sie?«

»In Pasadena.«

»Das gehört nicht zu meinem Dienstbereich. Würden Sie bitte die Nummer 911 anrufen, Mr. Kraft? Sie werden jemanden zu Ihnen schicken.«

»Ich weiß, daß Pasadena nicht in Ihren Dienstbereich fällt, aber wie ich hörte, ermittelten Sie im Zusammenhang mit dem Übergriff auf Lewis' Haustür und untersuchen jetzt den Mord an ihm. Also sind Sie mit diesem Fall vertrauter als jeder andere.«

»Mr. Kraft . . .« unterbrach Jessie den Anrufer.

»Mir ist auch bewußt, daß heute Sonnabend ist, aber Mr. Benning befindet sich in ernster Gefahr. Ich nahm an, daß Sie nach dem, was Mr. Lewis zugestoßen ist, vielleicht schnell und persönlich tätig werden wollen.«

Wollte er ihr etwa eine schlampige Dienstauffassung unterstellen? Oder reagierte sie zu empfindlich? »Wie lautet Ihre Adresse, Mr. Kraft?«

Emery Kraft wohnte im südlichen Pasadena in einer exklusiven Gegend, die für den Reichtum ihrer Bewohner ebenso berühmt war wie für die architektonische Qualität ihrer Häuser. Krafts Villa – ein einstöckiges Gebäude mit lachsfarbener, weiß abgesetzter Fassade und einem neuen Dach aus spanischen Ziegeln – stand inmitten eines parkähnlichen Geländes.

Das weiße gußeiserne Portal war verschlossen. Jessie drückte auf den Knopf der Sprechanlage und stellte sich vor. Sie hörte ein Summen und drückte gegen die Tür. Sie ging auf, und Jessie betrat das Gelände.

Ein großer, vierschrötiger Mann mit dichtem, grauem Haar kam Jessie auf halbem Wege entgegen. Er trug dunkelbraune Kammgarnhosen, ein weißes Hemd, eine beigefarbene Strickjacke und eine Fliege. Ein schwarzbrauner Hund mit kurzem Fell lief hechelnd neben ihm her. Der Gutsherr daheim.

»Ich bin Emery Kraft.« Er lächelte sie ernst an und schüttelte ihr die Hand. »Ich weiß es sehr zu schätzen, daß Sie so schnell gekommen sind.«

»Keine Ursache.« Der Griff seiner Hand war fest, und Jessie bemerkte, daß er sie durch seine metallgerahmte Brille unauffällig musterte. »Sie haben einen schönen Hund.«

»Ja, nicht wahr?« Kraft beugte sich nieder und strich dem Tier über den Kopf. »Sie können ihn ruhig streicheln, wenn Sie wollen. Er ist ganz zutraulich, und ich spüre, daß er Sie mag.«

Im Gegensatz zu Ben-Natans Ungeheuern sah dieser Hund tatsächlich freundlich aus. Sein Schwanz wedelte eifrig hin und her. Sie bückte sich und strich ihm über das Fell. Er leckte ihre Hand, und sie erinnerte sich daran, wie sehr sie sich als Achtjährige einen Hund gewünscht hatte. Aber ihre Mutter hatte es natürlich nicht erlaubt.

»Er ist übrigens ein reinrassiger deutscher Schäferhund«, sagte Kraft. »Sein Name ist Rolf. Aber wollen wir nicht hineingehen?«

Nicht Adolf? Jessie folgte Kraft zur Eingangstür.

Das Haus war herrlich eingerichtet, aber für Jessies Geschmack irgendwie bedrückend. Der Fußboden der Eingangshalle war aus schwarzem Marmor, und die Wände bedeckten preiselbeerfarbene Velourstapeten. Burgunderfarbene Teppiche schützten die Holzdielen. Um den rechteckigen Ebenholztisch des Wohnzimmers standen Sofas und zwei hohe Armsessel. Sie waren mit weinrotem Brokat bezogen, der sich in den Vorhängen wiederholte, die vor den Terrassenfenstern hingen. Die Wände waren mit grauem Moiré bespannt. Das ganze Haus strahlte eine ausgesprochen maskuline Atmosphäre aus, und Jessie fragte sich, ob es auch eine Mrs. Kraft gab.

Kraft führte Jessie in sein Arbeitszimmer. Rolf folgte ihnen auf den Fersen. Auch hier waren die Möbel dunkel gehalten – selbst die Buchrücken wirkten düster – und die einzigen Lichtpunkte im Raum waren die gerahmten Auszeichnungen und Diplome an den holzgetäfelten Wänden.

Kraft und Jessie setzten sich auf eine schwarze Ledercouch. Der Hund ließ sich neben seinem Herrn nieder. Auf einem Butlertisch aus Mahagoni vor der Couch standen eine Silberkanne, Tassen, Sahne, Zucker, weiße Leinenservietten und ein Teller mit Petit Fours.

»Kaffee, Detective? Ich brühe ihn aus einer Mischung frischgemahlener französischer und kolumbianischer Bohnen.«

»Nein, vielen Dank.« Jessie zählte zwei Tassen. »Mr. Benning kommt nicht?«

»Er rief mich an, nachdem wir beide miteinander gesprochen hatten, und ich sagte ihm, daß Sie kommen würden. Aber er wagt nicht, sich in die Öffentlichkeit zu begeben.«

»Ist er zu Hause?«

Kraft schüttelte den Kopf. »Ich habe keine Ahnung, wo er sich aufhält. Ich kenne auch keine Telephonnummer, unter der ich ihn erreichen könnte. Seine Frau übrigens auch nicht. In gewisser Weise wäre es vielleicht besser gewesen, wenn man ihn nicht auf Kaution freigelassen hätte. Im Gefängnis wäre er wenigstens sicher.«

»Trifft es zu, daß Sie die Kaution hinterlegt haben?« In der Zeitung hatte Jessie gelesen, daß Benning Totschlag zur Last gelegt worden war und daß Kraft daraufhin fünfzigtausend Dollar Kaution gezahlt hatte.

Er nickte. Er goß sich eine Tasse Kaffee ein, inhalierte das Aroma und trank einen Schluck. »Roy Benning hat niemanden getötet. Ich bedaure den Tod von Mrs. Hochburg, aber wir wissen doch beide, daß Roy Benning ausschließlich wegen seiner Überzeugungen angeklagt wurde. Und das, Detective, ist grundsätzlich ungerecht. Stimmen Sie mir zu?«

»Erzählen Sie mir von den Todesdrohungen, die Sie und Mr. Benning erhalten haben.« Jessie zog Notizbuch und Stift hervor.

Aufseufzend stellte Kraft Tasse und Untertasse auf dem Butlertisch ab. »Ich spüre, daß Sie nicht meiner Meinung sind, Detective Drake.«

»Mr. Kraft . . .«

»Bitte, seien Sie nachsichtig mit mir. Sagen Sie mir, was Sie über mich und *History Is Truth* wissen.«

»Ich weiß, daß Sie der Leiter einer Organisation sind, die den den Holocaust bestreitet, ebenso wie die Tatsache, daß dabei sechs Millionen Juden ermordet worden sind.« Jessie bemühte sich um einen möglichst neutralen Ton.

»Damit haben Sie absolut recht. Ich bin ein angesehener Historiker, Detective Drake. Wenn Sie wollen, können Sie einen Blick auf meine Auszeichnungen werfen. Sie stehen zu Ihrer Verfügung.« Er deutete auf die Rahmen an den Wänden. »Ich habe Jahre damit verbracht, die Zeitspanne zu erforschen, die als Holocaust bezeichnet wird. Dabei ging es mir keineswegs darum, ihn in Abrede zu stellen. Ich habe geglaubt, was ich über die sechs Millionen Juden gehört hatte, die umgekommen waren. Aber als sich dann Fragen im Hinblick auf den Wahrheitsgehalt dieser Fakten ergaben, fühlte ich mich verpflichtet, der Sache auf den Grund zu gehen. Ich habe mit Zeugen gesprochen. Ich habe Hunderte von Dokumenten gelesen. Ich habe mir Wochenschauen und anderes Filmmaterial angesehen. Und ich kam zu der Erkenntnis, daß der Holocaust so nie stattgefunden hat, und daß die Geschichte, die unsere Kinder lernen, eine Lüge ist.«

»Hat der Zweite Weltkrieg auch nicht stattgefunden?«

Kraft lächelte. »Auf Ironie bin ich vorbereitet. Selbstverständlich hat es einen Weltkrieg gegeben. Aber er wurde nicht von Deutschland vom Zaun gebrochen.« Er nahm ein Petit Four vom Teller. »Die macht meine Haushälterin, und sie sind ausgesprochen köstlich. Wollen Sie nicht doch eins probieren?«

Jessie schüttelte den Kopf. »Ich glaube mich daran zu erinnern, daß Deutschland in Polen einmarschiert ist, Mr. Kraft.«

»Deutschland wollte keinen Krieg, Detective. Er wurde

dem Land von den Briten und Amerikanern aufgezwungen. Im Grunde war Deutschland sogar das größte Opfer des Krieges: die Bevölkerung wurde dezimiert, die Wirtschaft ruiniert.« Der Hund sprang auf und sah auf das Petit Four in Krafts Hand. Der warf es ihm zu und nahm sich ein anderes.

Jessie fühlte sich wie Alice im Wunderland beim Tee mit der Herzkönigin. »Ich hatte im Hauptfach Politische Wissenschaft, Geschichte nur im Nebenfach, Mr. Kraft. Deutschland *war* der Aggressor und mußte schließlich bedingungslos kapitulieren. Das NS-Regime hat methodisch sechs Millionen Juden ermorden lassen sowie Millionen weiterer ›unerwünschter Menschen‹, wie Roma und Sinti, Homosexuelle und Geisteskranke.«

»Es trifft zu, daß Juden gestorben sind. Wie auch Polen, Deutsche, Tschechen, Österreicher, Ungarn und Russen. Kriege fordern viele Opfer, Detective. Aber sechs Millionen Juden absichtlich getötet?« Kraft schüttelte den Kopf und tupfte sich mit der Serviette Kuchenkrümel vom Mund. »Das ist eins der faszinierendsten Beispiele politischer Propaganda, eine Erfindung der zionistischen Verschwörung, mit der zwei Ziele verfolgt werden: von der deutschen Regierung Milliarden von Dollars an sogenannten Wiedergutmachungszahlungen zu erpressen und in der westlichen Welt genügend Schuldgefühle zu wecken, damit diese den Staat Israel mit astronomischen Summen unterstützt. Letzten Endes geht es dem Zionismus um die Beherrschung der Wirtschaft der Freien Welt.«

Im wesentlichen waren das die typischen »Die-Juden-wollen-die-Weltherrschaft«-Parolen der Antisemiten. Aber aus Krafts Mund klang es respektabler, immerhin anhörenswert. Sie erinnerte sich an das, was Manny gesagt hatte: »Die Botschaft des HIT ist Antisemitismus in Nadelstreifen.«

»Wollen Sie damit behaupten, die Deutschen hätten keine Juden in Konzentrationslager deportiert?«

Plötzlich fragte sie sich, was eigentlich in sie gefahren war. Sie war hergekommen, um Kraft wegen der Todesdrohungen zu befragen, die er und Benning erhalten hatten – nicht, um mit jemandem über Geschichte zu diskutieren, der eindeutig nicht mehr alle Tassen im Schrank hatte. Sie gestand sich ein, daß sie von seiner Pervertierung der Geschichte fasziniert war. Besonders jetzt, da sie wußte, daß es sich um ihre eigene Geschichte handelte.

»Jüdische Menschen wurden umgesiedelt, um sie vor feindseligen Übergriffen der Einwohner Polens und Ungarns zu schützen. Im Grunde gab es da keinen Unterschied zu den Internierungslagern für Japaner.« Er gab Rolf ein weiteres Petit Four, und der Hund schmatzte behaglich.

»Diese Internierungslager waren eine schreckliche Verirrung amerikanischer Politik, Mr. Kraft, aber in ihnen sind nicht sechs Millionen Japaner gestorben.«

Krafts Finger verschwanden im Fell des Hundes. »Es sind auch keine sechs Millionen Juden gestorben. Etwa anderthalb Millionen starben in den Umsiedlungslagern an Unterernährung – übrigens als Konsequenz der Tatsache, daß die Allierten die Deutschen daran hinderten, Nahrungsmittel in die Lager zu schaffen – und an Seuchen, hauptsächlich an Typhus. Andere wurden von den Russen getötet. Die Gaskammern sind ein Mythos. Zyklon B als Tötungsmittel ist ein Mythos. Hitlers ›Endlösung‹ – ein Mythos. Die Kriegserinnerungen von Churchill und Eisenhower sind sehr ausführlich, gehen aber mit keinem Wort auf Gaskammern oder einen programmierten Völkermord ein.«

»Weil die britischen und amerikanischen Truppen Deutschland befreiten und nicht das östliche Polen, in dem sich die Vernichtungslager befanden. Aber es gibt detaillierte Berichte über die Grausamkeiten. Alliierte Soldaten haben über ihre Eindrücke in anderen Konzentrationslagern geschrieben. Auch Eisenhower hat das getan.«

»Nichtsdestotrotz«, sagte Kraft, als habe er Jessies Einwände erfolgreich abgewehrt. »In den berüchtigten Krematorien von Ausschwitz-Birkenau und anderen angeblichen Vernichtungslagern wurden die Opfer von Seuchen und Hunger verbrannt. Zyklon B wurde zum Entlausen der Häftlingskleidung benutzt.«

»Es gibt deutsche NS-Dokumente über die geplante Vernichtung der Juden, Mr. Kraft. Es gibt fotografische Beweise. Es gibt die Aussagen, die in den Nürnberger Kriegsverbrecherprozessen gemacht wurden. Die deutschen Angeklagten haben unvorstellbare Verbrechen gestanden, generalstabsmäßig geplanten Mord.«

»Unter Druck, Detective. Vielleicht erhofften sie sich gnädigere Urteile, wenn sie aussagten, was die Alliierten hören wollten. Sich als unschuldig zu bezeichnen, wäre doch sinnlos gewesen. Die Welt hielt sie für schuldig. Die Medien hatten sie bereits verurteilt – Medien, die übrigens von Juden kontrolliert wurden und werden. Und was die Dokumente anbelangt, so sind diese fraglos gefälscht oder frisiert, wie auch die Fotografien.«

Er stand abrupt auf. Der Hund sprang zur Seite. Kraft durchquerte den Raum, trat an einen Bücherschrank, kehrte mit etlichen Bänden zurück und legte sie neben Jessie auf die Couch. »Lesen Sie diese Bücher, wenn Sie sich ausführlicher informieren wollen. Sie bestätigen alles, was ich Ihnen gesagt habe.«

Jessie rutschte unmerklich von den Büchern fort. »Hunderte von Dokumenten sollen gefälscht sein? Einschließlich der Aussagen der in Nürnberg verurteilten Kriegsverbrecher?« Als Kraft keine Antwort gab, fuhr sie fort: »Überlebende haben die Gaskammern beschrieben. Sie haben mitansehen müssen, wie ihre Angehörigen vor ihren Augen grausam getötet wurden.«

Wieder schüttelte er den Kopf. »Keine unvoreingenommenen Zeugen. Überlebende übertreiben. Ich mache ihnen das keineswegs zum Vorwurf. Krieg ist eine verheerende Erfahrung. Aber als Historiker kann ich ihre Aussagen nicht als begründet akzeptieren. Sie sind Detective bei der Mordkommission, Miss Drake. Nehmen Sie denn ungeprüft als Faktum hin, was ein Zeuge Ihnen erzählt? Besonders wenn dieser Zeuge voreingenommen oder gefühlsmäßig beteiligt ist?« Der Hund war zu seinem früheren Platz zurückgekehrt, und Kraft begann ihn wieder zu streicheln.

»Wir sprechen nicht über einen Zeugen. Wir reden von Tausenden. Und wenn mir Tausende von Menschen das gleiche sagen, glaube ich ihnen. Was ist mit den sechs Millionen europäischen Juden geschehen, wenn sie nicht umgebracht wurden?«

»Wie ich schon sagte, sind anderthalb Millionen an Unterernährung oder Krankheiten in den Lagern gestorben. Und die anderen?« Er beugte sich vor. »Manche vertreten die Ansicht, daß sich die vermißten Juden in Rußland aufhalten. Andere, darunter auch ich, glauben, daß sie hier in den Vereinigten Staaten sind. Sie wurden in dieses Land gebracht und tauchten in den Millionenstädten wie New York City unter.«

»Auch die Familie meiner Mutter?«

Kraft runzelte die Stirn. »Wie bitte?«

»Die gesamte Familie meiner Mutter – ihre Eltern, Großeltern, Schwestern, Brüder, Nichten, Neffen – wurde zwangsweise aus ihrer Heimat in Tschebin in Polen deportiert. Meine Mutter wurde bei einer polnischen Familie zurückgelassen. Können Sie mir sagen, wo in New York ihre Angehörigen sind? Ich bin sicher, daß sie sich freuen würde, wieder mit ihnen vereint zu sein.« Der verblüffte Ausdruck in Krafts Augen war ihr eine kleine Genugtuung.

Kraft räusperte sich, und als er das Wort ergriff, hatte er seine Haltung wiedergefunden. »Ich habe Verständnis für Ihre aggressive Haltung, Detective. Auch wenn ich fest hinter dem stehe, was ich Ihnen gegenüber zum Ausdruck gebracht habe, lag es doch nicht in meiner Absicht, Sie zu erregen. Ich wußte nicht, daß Ihre Mutter eine europäische Jüdin ist, die den Krieg überlebt hat.«

Bis gestern abend wußte ich es auch nicht, dachte Jessie. Wie eigenartig, daß ich mich ausgerechnet diesem Mann gegenüber zum ersten Mal als Jüdin zu erkennen gebe. Es Frank zu sagen, würde einfach sein. »Sie meinen, ich sehe gar nicht jüdisch aus? Keine Hörner? Kein Pferdefuß?«

»Sie versuchen, mich zu provozieren, mir Antisemitismus anzuhängen, damit Sie meine Ansichten als rassistische Schmähungen abtun können. Ich bin kein Antisemit. Ich verabscheue den Rassismus. Ich habe kein weißes Kapuzengewand in meinem Schrank, auch setze ich vor den Häusern anderer Menschen keine Kreuze in Brand.« Er rückte näher an sie heran, seine Hüfte schob die Bücher weiter. »Ich halte Sie für eine intelligente Frau. In Ihrem Volk gibt es viele kluge Frauen. Und obendrein außerordentlich attraktiv.« Er lächelte sie an.

Jessie fühlte sich von seiner Nähe ebenso abgestoßen wie von seinem ungeschickten Flirtversuch. Die Ecke eines Bucheinbandes bohrte sich in ihren Schenkel, und sie versuchte, noch weiter zu rutschen, merkte aber, daß sie am Ende der Couch angelangt war. »Ihre Organisation hat die Parade zu Ehren von Hitlers Geburtstag unterstützt.«

»Offen gestanden teile ich Ihre Meinung über Adolf Hitler nicht. Für Sie war er ein Wahnsinniger, der die Welt beherrschen und alle Juden vernichten wollte. Für mich ist er ein mißverstandener und verleumdeter Mann, der nur das Beste für sein Land wollte.«

Der Hund bellte leise – wie aufs Stichwort. Kraft besänftigte ihn mit einem weiteren Petit Four und sagte fast liebevoll: »Jetzt ist aber Schluß, Rolf.«

»Ein Anwärter auf den Friedensnobelpreis, Mr. Kraft?«

Kraft lächelte knapp. »Was die Parade betrifft, so war sie Mr. Bennings Entscheidung. Ich ziehe eine ernsthafte Diskussion im akademischen Umfeld einer Auseinandersetzung auf der Straße vor. Aber es ist meine feste Überzeugung, daß Mr. Benning und die Teilnehmer an der Parade ihre verfassungsmäßigen Rechte wahrnahmen. Mr. Lewis teilte meine Überzeugung. Daher hat er sich vor Gericht für die Parade eingesetzt und war bereit, Mr. Benning zu verteidigen.«

»Und jetzt ist Lewis tot und Benning untergetaucht. Welche Art von Todesdrohungen haben Sie und Mr. Benning erhalten?

»Seit dem Tod von Mrs. Hochburg bekomme ich Schmähanrufe. Mr. Benning auch. Aber weder er noch ich haben sie ernst genommen – bis zum Freitag, als Mr. Lewis getötet wurde. Heute rief ein Mann an und sagte, ich solle mich auf den Engel des Todes vorbereiten. Mr. Benning berichtete mir, daß er einen Brief mit einer ähnlichen Botschaft erhalten hat.«

»Haben Sie den Anrufer erkannt?«

»Bedauerlicherweise nicht.«

»Hat Mr. Benning vielleicht jemanden erkannt?«

»Wieder nein.«

»Haben Sie eine Vorstellung, wer Lewis getötet haben könnte?«

»Ich denke, das ist offensichtlich, Detective. Joel Ben-Natan oder einer seiner Handlanger. Er hat mit seinem Haß auf Lewis und Benning nicht gerade hinter dem Berg gehalten. Es überrascht mich, daß die Polizei ihn noch nicht festgenommen hat.«

War das der Grund, aus dem Kraft sie in sein Haus zitiert hatte? Um ihr Augenmerk auf den *Shield* zu lenken? »Mich wiederum überrascht, daß ein Mensch Ihres Hintergrunds und Ihrer Sensibilität dafür plädiert, jemanden festzunehmen, weil er seine Meinung äußert.«

Ein Hauch von Ärger überflog Krafts Züge. »Sehr clever, Detective, aber Ben-Natan hat gedroht.«

»Ihnen?« Jessie machte Anstalten, ihr Notizbuch aufzuschlagen.

»Nicht direkt. Er hat sich mehrmals sehr ausfallend gegen *History Is Truth* geäußert, und ich bin davon überzeugt, daß er einer der Männer war, die mich heute angerufen haben. Mr. Benning hat Ben-Natan mehrfach angerufen und ihm empfohlen, sich in acht zu nehmen.«

»Aber unmißverständliche Drohungen hat er nicht geäußert?«

»Nein. Dafür ist er zu schlau.«

»Und Sie wissen nicht, wo ich Mr. Benning erreichen kann?«

»Wie ich Ihnen schon sagte, Detective – nein.«

»Aber Sie werden mir doch sicher zustimmen, daß ich als Detective nichts als Faktum akzeptieren kann, was ich lediglich aus zweiter Hand weiß.« Sie lächelte.

»Sie machen sich über mich lustig.« Kraft erwiderte ihr Lächeln, aber seine Stimme war eiskalt. »Ihnen mögen vielleicht meine Ansichten nicht gefallen, aber in Ihrem Diensteid haben Sie sich verpflichtet, die Bürger dieser Stadt zu beschützen – und das schließt Mr. Benning und mich ein.« Er griff zu seiner Tasse und trank einen Schluck. »Das mißfällt Ihnen, nicht wahr?«

»Ich bin ein Profi, Mr. Kraft. Und wie Sie fühle ich mich der Wahrheitssuche verpflichtet. Auf jeden Fall werde ich meinem Vorgesetzten über Ihre Sorgen berichten. Wo kann ich Mrs. Benning erreichen?«

Kraft nannte Jessie eine Telephonnummer und eine Adresse in Culver City. »Aber wie ich schon sagte, Detective, auch Mrs. Benning hat keine Ahnung, wo sich ihr Mann aufhält.«

Jessie stand auf. »Ich glaube, ich werde mich trotzdem mit ihr unterhalten. Falls Sie wieder mit Mr. Benning sprechen, so bitten Sie ihn, mich anzurufen. Und wenn Sie weitere Drohungen erhalten – Anrufe oder Briefe –, dann setzen Sie mich bitte davon in Kenntnis.«

Auch Kraft erhob sich. Rolf rieb seinen Kopf an Krafts Bein. »Was ist mit Polizeischutz? Ich besitze zwar eine Alarmanlage, aber während des Wochenendes und nachts bin ich allein im Haus. Meine Haushälterin kommt nur von Montag bis Freitag.«

»Rufen Sie Ihr zuständiges Revier an. Aber offengestanden glaube ich nicht, daß sie dort Kräfte abstellen können.« Sie lief über den Orientteppich auf die Tür zu, öffnete sie und drehte sich noch einmal um. »Natürlich könnten Sie auch umsiedeln, um sich vor feindseligen Übergriffen der einheimischen Bevölkerung zu schützen. Allerdings ist nicht auszuschließen, daß Sie dabei für immer verschwinden. Das ist anderen schon geschehen – sechs Millionen Juden.«

Kraft seufzte tief und laut auf. »Ich fürchte, daß mich mein erster Eindruck von Ihnen getäuscht hat, Detective Drake. Und das hat nichts mit der Tatsache zu tun, daß Sie Jüdin sind.«

»Nun, dann bin ich vielleicht der bessere Menschenkenner von uns beiden. Mein erster Eindruck von Ihnen hat sich überhaupt nicht geändert, Mr. Kraft. Und das hat nichts mit der Tatsache zu tun, daß Sie kein Jude sind.«

Dreiunddreissigstes Kapitel

Ezra Nathanson öffnete die Haustür. »Sie sind ja schon früh auf den Beinen, Detective Drake. Womit kann ich Ihnen dienen?«

Jessie hatte Mühe, ihn nicht anzustarren. Der linke Ärmel von Nathansons schwarzgraugestreiftem Hemd war hochgeschoben, Lederbänder schlangen sich um seinen Unterarm. Oberhalb seines Ellbogens war eine kleine, viereckige Lederkapsel befestigt. Eine ähnliche Kapsel war an seine Stirn gebunden.

»Darf ich eintreten?«

»Könnte ich es Ihnen verwehren?«

Er hörte sich nervös an, aber wer wäre das nicht, wenn er am Sonntagmorgen eine Angehörige der Mordkommission auf seiner Türschwelle vorfand? »Ich habe weder einen Haussuchungs- noch einen Haftbefehl. Ich warte gern, falls Sie gerade mit etwas beschäftigt sein sollten.«

»Meine Frage war rhetorisch. Nein, Sie stören nicht. Ich habe meine Gebete gerade beendet. Normalerweise gehe ich morgens zum Gottesdienst in die *schul*, die Synagoge, aber ich fühlte mich heute nicht besonders. Glück für Sie, was?« Lächelnd trat er ein wenig zur Seite, um sie hereinzulassen und schloß dann die Tür hinter ihr. »Haben Sie denn nicht wenigstens an den Wochenenden frei?«

Sie standen in der kleinen Diele. »Normalerweise schon.« Sie war sicher, daß sie die Überstunden nicht bezahlt bekam. Der Etat der Abteilung war mehr als knapp, und Espes würde eine entsprechende Zahlungsanweisung im nachhinein nie unterzeichnen. Sie wußte auch nicht recht, warum sie sich entschlossen hatte, Nathanson heute zu befragen.

»Können wir uns vielleicht setzen?« fragte sie.

»Selbstverständlich. Hier entlang, bitte.« Er strebte nach rechts.

»Ist heute ein jüdischer Feiertag?« erkundigte sie sich und folgte ihm ins Wohnzimmer voller Bücherregale. »Wenn das so ist, möchte ich Ihnen nicht lästig fallen.«

»Nein, kein Feiertag.« Er stutzte kurz, sagte aber dann: »Oh, Sie meinen meine Gebetsriemen. Jüdische Männer über dreizehn – nach ihrer Bar Mizwa – legen sie morgens an, bevor sie ihre Gebete sprechen. Nur am Sonnabend und an Feiertagen tun wir es nicht.«

»Aus welchem Grund?«

»Gehört das zu Ihren Ermittlungen?«

Sie errötete. »Entschuldigen Sie, ich war nur neugierig. Ich wollte nicht unhöflich sein.«

»Ich habe mich bei Ihnen zu entschuldigen, denn ich war unhöflich.« Sein Lächeln wirkte aufrichtig. »Wir halten uns an Gottes Gebot: ›Bindet sie‹ – Seine Weisungen – ›als ein Zeichen auf euren Arm und laßt sie Stirnbänder – Amulette – zwischen euren Augen sein.‹ Wir tragen Seine Weisungen nahe unserem Herzen«, – er wies auf die Kapsel an seinem Oberarm – »und nahe unserem Geist.« Er berührte die Kapsel an seiner Stirn. »Es ist eine tägliche Erinnerung daran, daß uns Gott aus Ägypten geführt und damit aus der Sklaverei errettet hat.«

»Was ist in den Kapseln?«

»Pergamentstreifen mit vier Abschnitten der Thora, unserer Bibel. Zwei von ihnen enthalten die *Schemah*, das Gebet, das wir zweimal am Tag sprechen. Es ist das Bekenntnis unseres Glaubens an Gottes Herrschaft. Es gebietet uns, Ihn bedingungslos zu lieben – von ganzem Herzen, von ganzer Seele, mit allem Vermögen – und unsere Kinder Seine Worte zu lehren.«

Keine schlechte Art, den Tag zu beginnen. Jessie dachte an den Großvater und die Onkel, die sie nie kennengelernt hatte. Auch sie hatten die Lederstreifen ihrer Gebetsriemen um ihre Arme und Stirnen gebunden, auch sie hatten Gott aus ganzem Herzen, ganzer Seele und mit aller Kraft geliebt. »Vielen Dank«, sagte sie. »Das ist sehr interessant.«

Er deutete auf ein blaues Tweedsofa. »Ich bin sofort wieder da.«

Jessie setzte sich und wartete. Als er zwei Minuten später zurückkehrte, waren die Kapseln und Lederbänder entfernt, sein Hemdärmel heruntergelassen und zugeknöpft, aber auf seiner Stirn zeigte sich noch immer ein viereckiger, rötlicher Abdruck.

Es gibt keinen glatten Übergang von einem religiösen Ritual zur Befragung in einem Mordfall. »Ich nehme an, Sie wissen, daß Mr. Lewis getötet worden ist?«

Nathanson nickte. »Ich empfinde tiefes Mitgefühl für seine Familie.«

»Wann haben Sie das letzte Mal mit ihm gesprochen?«

»Am Mittwochabend, glaube ich.« Nathanson lehnte sich in die Sofapolster zurück. »Ich rief ihn an und sagte ihm, daß ich mich gern mit ihm treffen würde, um ihn dazu zu überreden, den Fall Benning abzugeben.«

»Was hat Mr. Lewis gesagt?«

»Er hat aufgelegt.«

Soweit sagte Nathanson die Wahrheit. Jessie schlug ihren Notizblock auf. »Während des Gespräches sagten Sie: ›Ich glaube nicht, daß Ihnen bewußt ist, was für eine explosive Situation Sie durch die Übernahme des Falls Benning geschaffen haben.‹« Sie sah Nathanson an.

»Sie wollten mich auf die Probe stellen, was? Sie haben Lewis' Gespräche also aufgezeichnet?« Er hob die Schultern. »Ich habe zugegeben, Lewis angerufen zu haben. Na und?«

»Ihre Wortwahl interessiert mich. Sie sprachen von einer ›explosiven‹ Situation . . .«

Nathanson runzelte die Brauen. »Das war lediglich ein bildhafter Ausdruck.«

»Wo waren Sie zwischen neun Uhr am Donnerstagabend und halb neun am Freitagmorgen?«

Er starrte sie an. Die plötzliche Röte seines Gesichts kaschierte den Abdruck der Schachtel. »Ich kann nicht glauben, daß Sie mir tatsächlich zutrauen, Lewis getötet zu haben!«

Verärgerung oder Furcht? »Antworten Sie doch ganz einfach auf die Frage, bitte.«

»Meine Schwester und ihr Mann hatten Theaterkarten, aber ihr Babysitter sagte in letzter Minute ab. Also bin ich zu ihnen gefahren und habe die Kinder gehütet.«

»Von wann bis wann?«

»Gegen sieben bin ich dort eingetroffen und gegen ein Uhr morgens wieder gegangen. Meine Schwester, mein Schwager und ich haben uns noch unterhalten. Das ist doch kein Verbrechen, oder?«

»Ich muß Ihre Schwester dazu befragen. Reine Routine.« Sie lächelte.

Nathanson nicht. »Sie heißt Dafna Abrams. Sie wird heute in ihrem Geschäft sein.« Widerwillig nannte er Jessie Geschäfts- und Privatadresse seiner Schwester und zwei Telephonnummern.

»Hat irgend jemand gesehen, wie Sie nach Hause gekommen sind?«

»Mein Nachbar von gegenüber stand auf der Veranda. Ich fragte ihn, ob alles in Ordnung sei. Er machte sich Sorgen um seine Tochter, die mit Freunden ausgegangen war und eigentlich schon um halb zwölf hatte zurück sein wollen. Er wird sich an die Zeit erinnern.« Nathanson gab Jessie Namen und Adresse des Mannes.

War Nathanson nur ein fürsorglicher Nachbar oder hatte er sich ein Alibi verschafft? Jessie würde sich mit dem Mann unterhalten, aber viel würde das nicht erbringen. Nathanson hätte auch danach noch zu Lewis' Haus fahren können.

»Bei unserem letzten Gespräch erwähnten Sie, daß Sie an dem Abend, an dem Sie sich mit Miss Pasternak getroffen haben, einen Reifenschaden hatten. Ich nehme an, er ist inzwischen repariert. Haben Sie vielleicht eine Rechnung?«

»Glauben Sie mir nicht?«

»Ich werde nicht dafür bezahlt, daß ich Ihnen glaube oder nicht glaube. Ich werde dafür bezahlt, daß ich Informationen überprüfe und ihren Wahrheitsgehalt feststelle.« Großer Gott, sie hörte sich ja an wie Emery Kraft. »Kann ich die Rechnung sehen?«

»Ich weiß nicht, ob ich sie noch habe.« Er stand auf, griff in seine Hosentasche, holte seine Brieftasche heraus und schlug sie auf. »Hier ist sie.« Er reichte ihr ein gelbes Formular.

Es war eine von einer Tankstelle Ecke Robertson und Olympic ausgestellte Rechnung. Sie war auf den 5. April datiert, den Tag nach der Gerichtsverhandlung. Die Reifenpanne hatte sich am 2. April ereignet.

Jessie reichte das Papier zurück. »Sie sind also drei Tage lang mit Ihrem Ersatzreifen gefahren?«

»Ich hatte keine Zeit, mich vorher darum zu kümmern«, erwiderte er und setzte sich. »Aber so wichtig war es auch nicht. Ich bin nicht oft im Auto unterwegs.«

»Was für ein Auto fahren Sie?«

»Einen Nissan Maxima. Schwarz.«

»Kennzeichen?«

Er nannte es ihr. »Wozu brauchen Sie das?«

»Nur für unsere Akten.« Sie notierte die Nummer. »Haben Sie Roy Benning angerufen, Mr. Nathanson?«

Nathanson versteifte sich. »Auf keinen Fall.«

»Und Emery Kraft?«

»Den Leiter von *History Is Truth*? Nein. Wenn sie es behaupten, dann lügen sie.«

»Jemand hat Mr. Kraft angerufen und aufgefordert, er solle sich auf den ›Engel des Todes‹ vorbereiten. Auch Mr. Benning wurde telephonisch bedroht.«

»Ich kann nicht sagen, daß es mich überrascht. Und ich empfinde auch kein Mitgefühl.«

»Sind Kraft und Benning Nachfolger von Amalek? Was meinen Sie? Das personifizierte Böse – haben Sie es so nicht definiert?«

Nathanson verzog keine Miene. »Über Benning weiß ich nur, was ich im Fernsehen gesehen und in den Zeitungen gelesen habe. Und was Kraft anbelangt, so ist er vielleicht nicht gerade Amalek, aber er ist mit Sicherheit böse. Und ebenso übel ist sein Versuch, die Geschichte umzuschreiben. Er ist ein Antisemit in der Verkleidung des Historikers. Ich hörte, daß sein Vater Jude sein soll. Und das ist insofern interessant, als manche Leute behaupten, auch Hitler habe jüdische Vorfahren gehabt. Genauso ist es bei Frank Collins, dem Mann, der in Skokie demonstrieren wollte.«

»Ich habe mich gestern mit Kraft getroffen. Er hat sich ausführlich über seinen historischen Revisionismus ausgelassen.«

»Er ist kein Revisionist! Er ist ein Leugner. Das ist ein großer Unterschied.« Nathanson beugte sich vor und fuhr mit gelassenerer Stimme fort: »Löscht das Stigma der Gaskammern und der anderen Greueltaten, und es bleibt nur der Krieg. Dann ist Hitler kein Monstrum mehr, die Nationalsozialisten sehen gar nicht mehr so schlecht aus, und es ist völlig in Ordnung, die Juden wieder zu hassen.« Er fuhr sich mit der Hand durch die Haare. »Was hat er Ihnen denn erzählt? Daß die Judenvernichtung keine erklärte Politik der Nazis war? Daß es die Gaskammern nicht gegeben hat? Daß alle Dokumente gefälscht und die ›sechs Millionen Toten‹ eine zionistische Verschwörung sind, um aus der deutschen Milchkuh Wiedergutmachungszahlungen zu melken?«

»Im großen und ganzen.«

»Brachte er Fred Leuchter ins Gespräch?«

»Nein.«

»Sie beziehen sich gern auf Fred Leuchter. Er ist ein selbsternannter Todeszellen-Experte. Sie schickten ihn als Gutachter nach Auschwitz, damit er in Kanada in einem Prozeß gegen einen Holocaust-Leugner die Behauptung stützte, daß es die Gaskammern nicht gegeben hat. Der Richter verwarf sein Gutachten, da Leuchter keine ausreichenden Fachkenntnisse nachweisen konnte.« Nathanson machte eine kurze Pause, dann sagte er: »Auf Pressac beziehen sie sich natürlich nicht. Er ist ein Pharmazeut, übrigens ein ehemaliger Leugner des Holocaust, der anhand von Dokumenten, die die Sowjets in Auschwitz vorgefunden hatten, die Grundrisse und Ventilationssysteme der Gaskammern nachgezeichnet hat. Er hat sogar Auftragsformulare für die Krematorien reproduziert.«

Jessie nickte.

»Aber wenn eine Lüge nur oft genug wiederholt wird, klingt sie bald wie die Wahrheit. Das ist das Problem. Er hörte sich doch ganz glaubhaft an, oder? Kraft meine ich.«

»Ja. Aber ich kenne mich gut genug in der Geschichte aus, um einige schwache Punkte in seiner Argumentation zu erkennen.« Sie zögerte. »Ich wünschte, ich wäre besser informiert gewesen, um alle seine Behauptungen widerlegen zu können.« Deshalb bin ich gekommen, gestand sie sich ein. Nicht um Nathanson zu befragen, sondern um von seinem Wissen als Dozent für jüdische Geschichte zu profitieren.

Nathanson blickte sie interessiert an. »Zuviele Menschen wissen zuwenig über Geschichte. Jeder Vierte in diesem

Land ist sich nicht sicher, ob es den Holocaust wirklich gegeben hat. Jeder zweite High School-Schüler weiß nicht, was das Wort ›Holocaust‹ bedeutet.«

»Fünfzig Prozent der High School-Schüler haben auch nur mangelhafte Kenntnisse in Geographie, deshalb bin ich nicht allzu überrascht.« Sie lächelte.

»Ja, aber wenn man nicht weiß, wo Katmandu liegt, hat das kaum ernsthafte Konsequenzen. Aber wenn ein Mann wie Kraft den Kids erzählt, der Holocaust hätte nie stattgefunden, glauben sie ihm. Und wenn College-Zeitungen Anzeigen von Leuten wie Kraft veröffentlichen und sich von ihnen nur durch den Hinweis ›Eine andere Meinung‹ distanzieren, sanktionieren sie Unrat!«

Sein Zorn ließ Jessie zusammenzucken.

»Verzeihen Sie. Aber wenn Sie Jüdin wären und sich diesem Gespenst des Antisemitismus ausgesetzt sähen, würden Sie verstehen, wie beängstigend das alles ist.«

»Ich verstehe es. Und ich bin jüdisch – das heißt, meine Mutter ist Jüdin. Sie überlebte den Krieg im Versteck bei einer polnischen Familie. Ihre eigene Familie wurde ermordet.« War sie auch deshalb gekommen? Um ihr neues Wissen mit Nathanson zu teilen? Um ihre Identität zu ergründen?

Er zog die Brauen hoch. »Sie haben mir gegenüber nie erwähnt, daß Sie jüdischer Herkunft sind.«

Sie brachte es nicht über sich, ihm zu sagen, daß sie das erst seit zwei Tagen wußte. Und warum erklärte sie sich eigentlich so schnell zur Jüdin? Warum gab sie die Identität von fast fünfunddreißig Jahren beinahe beiläufig auf? Ging es ihr unbewußt darum, ihrer Mutter die Jahre der Lieblosigkeit heimzuzahlen? Frances würde es vermutlich so sehen. Oder suchte sie nach einem Anker, nach einem religiösen Bezugssystem, um die Leere auszufüllen, die sie seit ihrer traumatischen Kindheit und Jugend empfand?

Sie nahm sich vor, Manny danach zu befragen.

»Ich bin nicht jüdisch erzogen worden, daher betrachte ich mich eigentlich nicht als Jüdin«, sagte sie zu Nathanson.

»Im Grunde . . .« Das Telephon klingelte. »Entschuldigen Sie mich.« Er verließ den Raum.

Jessie stand auf und trat vor ein Bücherregal. Es enthielt dicke Lederbände, deren Rücken mit goldenen hebräischen Lettern beschriftet waren. Im Bücherregal daneben standen englischsprachige Werke in bunter Folge: eine Norton-Anthologie, *Huckleberry Finn*, Balzacs *Die menschliche Komödie*, Joseph Lellers *Catch-22, Eine amerikanische Tragödie*, Baldwins *Notes of a Native Son*, Shakespeares Gesammelte Werke, *Ulysses.* In Sachen Literatur hatte Nathanson einen ausgesprochen eklektischen Geschmack.

Ein ganzes Regalbrett mit Büchern über den Holocaust. Jessie nahm *While Six Millions Died* und *Denying the Holocaust* heraus und sah, daß hinter ihnen ein weiteres Buch steckte. Der Schutzumschlag fehlte. Sie zog den Band heraus, schlug ihn auf und erstarrte. *The Anarchist's Cookbook.* Ein Leitfaden zur Do-it-yourself-Herstellung von Sprengkörpern. Mist, dachte sie. Sie befand sich – ohne Waffe – allein in einem Haus mit einem Judaistik-Dozenten, der möglicherweise Barry Lewis in die Luft gesprengt hatte.

»Irgend etwas Ansprechendes gefunden?« Nathanson kehrte ins Zimmer zurück.

Ihr Herz setzte einen Schlag aus. Sie schob das Buch schnell zurück und drehte sich mit den anderen beiden Bänden um. »Die hier scheinen ganz interessant zu sein.«

»Sie sind es.« Nathanson deutete auf *Denying the Holocaust.* »Deborah Lipstadts Buch wird Ihnen die Fragen beantworten, die Sie sich vielleicht zu diesem Thema stellen. Sie können es gern mitnehmen, wenn Sie wollen. Oder auch beide.«

»Heute lieber nicht.« Sie legte die Bücher auf den hellen Eichentisch vor dem Sofa und sah auf die Uhr. »Ich muß gehen. Danke für Ihre Auskünfte.«

»Alles erledigt? Bin ich noch immer verdächtig?«

»Bis wir den wirklich Schuldigen gefunden haben, ist jeder verdächtig.« Sie zwang sich ein Lächeln auf die Lippen und ging zur Tür. Das nächste Mal würde sie mit einem Haussuchungsbefehl kommen. Und mit Phil. Und mit einer Waffe.

»Übrigens«, bemerkte Nathanson hinter ihr, »wenn Ihre Mutter Jüdin ist, dann sind auch Sie Jüdin, nicht nur halb jüdisch.«

»Aber mein Vater ist kein Jude. Und ich bin christlich erzogen worden.«

»Gleichgültig. Die mütterliche Abstammung ist entscheidend. Selbst wenn Ihre Mutter konvertiert wäre, würden Sie noch immer als Jüdin betrachtet. Sie wirken nicht gerade begeistert«, stellte er fest.

»Ich bin nur überrascht. Ich weiß so gut wie nichts über das Judentum.«

»Das könnten Sie ändern – wenn es Sie interessiert. Sie könnten Kurse in Hebräisch und jüdischer Geschichte belegen. Es wäre mir eine Freude, Ihnen dabei zu helfen. Wie heißen Sie mit Vornamen?«

War er ein Lehrer oder ein Mörder? »Jessie. Jessica.«

»Jessica heißt auf Hebräisch ›Jiska‹. Es bedeutet ›Prinzessin‹. Gefällt Ihnen das nicht?«

»Es ist ein sehr schöner Name«, sagte sie leise. »Nochmals vielen Dank.« Sie verließ das Haus.

»Jiska«, sagte sie laut, als sie auf die Straße trat, und lauschte dem Klang nach.

Jiska war der Name ihrer Großmutter.

Vierunddreissigstes Kapitel

Als Ezra Nathanson die beiden Bände zurückstellte, bemerkte er das Buch, das nach hinten gerückt worden war. Er hatte es ganz vergessen.

Hatte sie es gesehen?

Wenn nicht, könnte er es einfach wegwerfen. Aber er wußte, daß sie es bemerkt hatte. Nach dem Telephonanruf war sie irgendwie verändert gewesen. Und wenn sie zurückkam, um danach zu suchen, es aber nicht fand, würde sie wissen, daß er es vernichtet hatte.

Er trat ans Fenster und schob die Gardine beiseite. Sie klopfte gerade an die Tür seines Nachbarn. Er sah, wie sie im Haus gegenüber verschwand und fragte sich, was sie dachte, wohin sie danach gehen würde.

Im Schlafzimmer betrachtete er lange Zeit die gerahmte Fotografie auf seiner Kommode. Sein Gesicht zeigte eine Mischung aus Zorn und Verzweiflung.

Er setzte sich aufs Bett, griff nach dem Telephon und tippte zehn Zahlen. Nach dem dritten Klingeln wurde abgehoben.

»Yoel?« sagte er. »Ezra.«

Fünfunddreissigstes Kapitel

»Einmal bitte«, sagte Jessie zu dem Mann hinter dem Schalter.

Eine Minute später passierte sie die Sicherheitskontrolle und wartete, während der Uniformierte mit einem Scanner den Inhalt ihrer Handtasche überprüfte. Jetzt war sie froh, ihre 9mm-Automatik zu Hause gelassen zu haben. Ganz spontan hatte sie sich zu einem Besuch des Museums entschlossen, um mehr über die Vergangenheit zu erfahren, die seit kurzem auch die ihre geworden war.

Die Halle war mit Männern, Frauen und Kindern gefüllt.

Jessie wartete, bis sie an der Reihe war, streckte dem Mann am Drehkreuz ihr Ticket entgegen und trat zu der kleinen Gruppe, die sich um eine braunhaarige Frau Mitte Fünfzig scharte. Sie trug einen schwarzen Rock und einen rosafarbenen Pullover. Jessie fragte sich, ob sie eine Überlebende war.

»Willkommen im *Bejt Haschoah*, dem Museum der Toleranz«, sagte die Frau mit weichem Südstaaten-Akzent. »Unser Rundgang besteht aus zwei Teilen. Zunächst werden Sie sich im Tolerance Workshop mit Beispielen für die verschiedenen Formen von Vorurteilen vertraut machen können. Dann werden Sie in einer besonderen Dokumentationsschau über den Holocaust informiert. Danach können Sie die Archivsammlung und eine Multimedia-Computer-Forschungsabteilung im oberen Stockwerk besuchen. Wenn Sie mir jetzt bitte folgen würden.«

Sie führte die Besuchergruppe über eine kreisrunde Rampe. In der Mitte der Rampe befanden sich an einem beigefarbenen Gerüst riesige Würfel, an denen zahllose Schwarzweißfotos angebracht waren.

»Der Turm der Zeugen«, erläuterte die Begleiterin. »Es sind Familienfotos, die die Häftlinge mit in die Konzentrationslager genommen hatten. Nach der Befreiung wurden in Auschwitz mehr als zweitausendfünfhundert dieser Fotos gefunden.«

Die Gesichter und die Kleidung der Menschen erinnerten Jessie an das Familienfoto ihrer Mutter. Sie fragte sich, was aus den anderen Fotos von Frances und ihrer Familie geworden war.

Sie betraten den Tolerance Workshop durch eine Tür mit der Aufschrift »Voreingenommen« (die andere mit der Aufschrift »Unvoreingenommen« war absichtlich und sehr effektvoll verschlossen). Zahlreiche interaktive Bildschirme füllten den Raum. Die Videoschirme an den Wänden veranschaulichten die mehr oder weniger subtilen Vorurteile gegen Schwarze, Asiaten, Juden, Frauen, Behinderte, Übergewichtige.

Die von der Decke hängenden Bildschirme zeigten Filmaufnahmen von den Aufständen, die Los Angeles nach dem Rodney-King-Prozeß erschüttert hatten. Beim Betrachten erlebte Jessie die Krawalle wieder, deren Augenzeugin sie gewesen war, aber sie wartete ungeduldig darauf, daß die Türen zur Holocaust-Abteilung des Museums geöffnet wurden.

Schließlich gingen sie automatisch auf. Jessie und die anderen Besucher fanden sich in einer großen, abgedunkelten Halle vor beleuchteten, in die Wände eingelassenen Schaukästen wieder und hörten eine kurze Einführung.

Sie wurden aufgefordert, sich einen »Paß« zu nehmen – kleine rechteckige Plastikkarten mit den Fotos jüdischer Kinder, die tatsächlich Opfer des Holocaust geworden waren.

Jessie betrachtete ihren »Paß«. Sie war Pola Glicksmann, sechs Jahre alt, geboren in Sosnowiesz in Polen. Blonde Haare. Ein unschuldiges, schüchternes Lächeln. Mit dem »Paß« in der Hand ging Jessie weiter.

Nacheinander wurden die Schaukästen beleuchtet. Jessie ging an ihnen entlang und ließ sich über die Vorkriegsjahre in Berlin informieren, über Hitlers Aufstieg zur Macht, über die Eskalation gewalttätiger antisemitischer Ausschreitungen, über die sogenannte Kristallnacht. Und obwohl sie Bücher über den Zweiten Weltkrieg gelesen und Filme über dieses Thema gesehen hatte, sah sie alles nun mit anderen

Augen. Jetzt wußte sie, daß es die Geschichte ihrer Mutter war. Und damit auch ihre Geschichte.

Sie »hörte«, wie Berliner Juden in einem Café die nationalsozialistische Gefahr herunterspielten und erfuhr von ihrem späteren Schicksal.

Sie erfuhr auch, daß Teile der Bevölkerung in Polen, Litauen, Ungarn und Rußland mitgeholfen hatten, ihre jüdischen Nachbarn zusammenzutreiben und zu ermorden.

Sie sah eine deutsche Landkarte, auf der genau verzeichnet war, in welchen der überfallenen und besetzten Länder noch Juden lebten und welche Gebiete bereits »judenrein« waren.

Sie wurde »Ohrenzeugin« der berüchtigten Wannsee-Konferenz, auf der die Führer des Dritten Reiches die effektivste Weise des Mordes an den Juden erörterten: Erschießungen hätten zu viele Kugeln gekostet, die Vergiftung durch in geschlossene Lastwagen geleitetes Kohlenmonoxid wären nicht immer erfolgreich. Zyklon B bot hervorragende Möglichkeiten.

Auf halbem Wege ihres Ganges durch die Geschichte schob Jessie ihren »Paß« in einen Computer und erfuhr, daß Pola Glicksmann zusammen mit ihrer Familie nach Auschwitz deportiert worden war. Frances war dieses Schicksal erspart geblieben, aber was war mit ihren Eltern, Großeltern und Geschwistern geschehen? Darüber hatte Frances nichts gesagt. Vielleicht wußte sie es nicht. Jessie nahm sich vor, sie bei der nächsten Gelegenheit danach zu fragen.

Sie stand vor einer Nachbildung der Ruinen des Warschauer Ghettos und atmete den Schuttstaub ein.

Sie sah Karten von Europa, auf denen in leuchtendem Rot die Schienenstränge des Eisenbahnsystems gezeigt wurden, das die Juden in die Vernichtungslager gebracht hatte. Sie fragte sich, welche Route ihre Familie genommen hatte.

Sie kam zu lebensgroßen Lagerportalen, Nachbildungen der Tore, die die Juden in Auschwitz »willkommen« geheißen hatten, und sah sich zwei Eingängen gegenüber.

»Kinder und andere.«

»Arbeitsfähige.«

Sie war Pola Glicksman, nicht Jessie Drake. Mit dem »Paß« in der Hand durchquerte sie den ersten Eingang. Wenig später sah sie, daß sie sich mit den »arbeitsfähigen« Besuchern in einem bunkerähnlichen, länglichen Raum befand. Der kalte Steinfußboden war schmutzig. Sie setzte sich auf eine steinerne Bank und blickte auf einen der acht Videomonitore an den Wänden. Sie sah Behälter mit Schmuck, Zahnprothesen, Brillen und Kleidungsstücken der Häftlinge. Ein anderer Behälter enthielt Perücken, abgeschnittene Haare und einen langen, blonden Zopf, der Jessie an ein kleines Mädchen erinnerte, das einst Bänder in seinen Zöpfen getragen hatte. Sie hörte Überlebende von ihrem Schicksal berichten und hatte keine Schwierigkeiten, sich vorzustellen, daß sie sich in einer Gaskammer befand und nicht in einem Museumsraum.

Mit dem Unterschied, daß sie jederzeit gehen konnte.

Bevor sie die Ausstellungshalle verließ, gab sie ihren »Paß« wieder in einen Computer ein und erfuhr, daß Pola Glicksmann wie anderthalb Millionen andere jüdische Kinder gestorben war. Jessies Kehle war rauh von unvergossenen Tränen für Pola und all die anderen Kinder, für die beiden Zwillingsnichten ihrer Mutter, für Chaims und Sonjas entzückenden kleinen Jungen und für Schejndls Baby, das noch nicht lange auf der Welt war, als Frances ihr Zuhause verlassen mußte.

Im oberen Stockwerk betrachtete Jessie Anne Franks Tagebuch und einen Kanister Zyklon B. Im Multimedia-Zentrum bot ihr ein Computer Informationen zu unterschiedlichen Themen an, wie etwa über den Aufstieg des

Nationalsozialismus, das europäische Judentum sowie die Länder und Städte, die besonders unter dem Holocaust gelitten hatten. Sie nahm sich vor, ein anderes Mal wiederzukommen, um dieses Angebot zu nutzen, aber heute wollte sie zunächst mehr über ihre Ursprünge erfahren. Sie suchte nach der Heimatstadt ihrer Mutter, fand aber nichts unter »Tschebin«, »Tzebin«, »Chzebin« oder irgendeiner anderen Schreibweise, die ihr gerade einfiel.

Eine junge Frau näherte sich ihr. »Kann ich Ihnen vielleicht helfen?«

Jessie erklärte, wonach sie suchte.

»Bedauerlicherweise führen wir Orte mit weniger als fünftausend Bewohnern nicht in unseren Computerdaten«, erwiderte die Frau. »Aber das Simon Wiesenthal Museum nebenan kann Ihnen vielleicht weiterhelfen. Suchen Sie nach einer bestimmten Familie?«

Jessie fühlte sich plötzlich von Unsicherheit und Erschöpfung überwältigt. Sie wollte nur noch nach Hause. »Ich bin mir nicht sicher«, sagte Jessie, dankte ihr und verließ das Museum.

Sechsunddreissigstes Kapitel

»Sieh dir die Aussicht an«, sagte Phil zu Jessie und wies nach links, als sich sein Cutlass die Steigung des Forest Lawn Drive hinaufmühte und das Forest Lawn Memorial passierte, einen der berühmtesten Friedhöfe von Los Angeles. »Da unten ist die Rückfront der Universal Studios.«

»Ja.« Wären sie vor ein paar Minuten vom Barham Boulevard anders abgebogen, wären sie am Vergnügungspark von Universal gelandet, in dem das Leben übertrieben dargestellt und der Tod inszeniert wurde, und nicht auf einem

Friedhof in den Hollywood Hills, auf dem der Tod dauerhaft war.

Phil bog nach rechts ab und fuhr auf das Gelände des Mount Sinai Mortuary. Ein Parkwächter wies sie an das Ende einer langen Reihe geparkter Wagen. Es gab noch fünf weitere Autoschlangen von ähnlicher Länge.

»Ziemlich viel Betrieb«, bemerkte Phil, als Jessie und er an den geparkten Fahrzeugen auf die Kapelle zugingen. »Eigentlich überraschend für einen Burschen, der so unbeliebt war wie Lewis.«

»Viele sind sicherlich aus Anteilnahme für die Eltern hier, meinst du nicht auch?« Es wehte ein kühler Wind, und Jessie war froh, ihre Jacke angezogen zu haben. »Ich könnte mir auch vorstellen, daß ihm seine Kollegen und einige seiner Klienten die letzte Ehre erweisen wollen. Und dann sind mit Sicherheit Leute da, die sich die Show nicht entgehen lassen wollen.«

»Du hast recht. Vielleicht ist auch der Mörder da.«

»Mit Hinweisschild?« Es war polizeiliche Routine, an der Beisetzung eines Mordopfers in der Hoffnung teilzunehmen, daß sich ein Tatverdächtiger oder mehrere Tatverdächtige dabei auffällig verhielten. Deshalb war sie mit Phil an diesem Montagmorgen zum Friedhof hinausgefahren. Beim Betreten der Kapelle fragte sich Jessie, welche der in diesem Fall Tatverdächtigen wohl anwesend sein würden.

Sie setzte sich in die letzte Reihe neben vier Männer in grauen Nadelstreifenanzügen, von denen sie annahm, daß sie zu Lewis' Kanzlei gehörten. Das Innere war in sanften, wohltuend neutralen Farbtönen gehalten – bis auf das Weinrankenmuster, das sich an drei Wänden oberhalb der bleiverglasten Fenster entlangzog. Der Rabbiner, ein großer, schlanker, glattrasierter Mann in den Dreißigern, sprach über Barry Lewis' tiefe Zuneigung zu seinen Eltern, seiner Frau, seinen Kindern und seiner Schwester Janice, die mit ihrem Mann Marvin aus Chicago gekommen war.

»... besonders schwer für die Eltern, für Rose und Morris Lewis, die sich ein neues Leben aufgebaut hatten, nachdem alle ihre Familienangehörigen dem Holocaust zum Opfer gefallen waren, und die nun ihren geliebten Sohn auf tragische Weise verloren haben. Barry war bekannt für seine Unterstützung des Staates Israel und vieler jüdischen Hilfsorganisationen. Er und seine Frau Sheila ...«

Keine leichte Trauerrede, dachte Jessie, angesichts der Ereignisse, die Lewis' Tod vorausgegangen sind. Aber sie nahm an, daß Rabbiner daran gewöhnt waren, mit heiklen Situationen fertig zu werden. Fünf Minuten später war der Gottesdienst vorüber. Der Rabbi nannte die Namen der Sargträger und bat die Trauergäste, vor der Kapelle am Sarg vorbei zu defilieren, bevor sie zu ihren Autos gingen, um zur Grabstätte zu fahren.

»Hast du jemanden gesehen?« erkundigte sich Phil, als sie zu seinem Cutlass liefen.

»Ich glaube, ich habe Rita Warrens vorn gesehen.« Als Phil sie verständnislos anblickte, fügte sie hinzu: »Die Direktorin der ACLU.«

»Richtig«, nickte Phil. »Die Nadelstreifen gehören vermutlich zu Lewis' Kanzlei.«

»Nehme ich auch an.«

Sie hatten Glück: Ihr Auto war noch immer das letzte in der Reihe. Phil setzte zurück und fuhr über eine breite gewundene Straße zur Grabstätte. Um keine Aufmerksamkeit zu erregen, warteten Jessie und er im Auto, bis die Straße zu beiden Seiten von parkenden Autos gesäumt war.

Im Rasen war eine Grube ausgehoben. Jetzt schritten die zehn Sargträger mit ihrer Last darauf zu. Aus einiger Entfernung sah Jessie zu, wie der Rabbiner Sheila, ihre Töchter, Lewis' Eltern sowie eine Frau und einen Mann, die Jessie für seine Schwester und seinen Schwager hielt, zum offenen Grab geleitete.

Der Sarg wurde in die Erde gelassen. Jessie blickte nach links und entdeckte Rabbi Korbin. Auch Ira Yellin war da – ein wenig überraschend angesichts der Antipathie des Mannes für den Toten. Sie sah nach rechts, stieß Phil an und sagte: »Ezra Nathanson.«

»Der Typ mit dem schlauen Buch? Ist der Zwillingsbruder auch da?«

»Ich sehe ihn nicht.«

Mehrere Männer traten an das Grab, hoben mit einer Schaufel Erde auf und ließen sie auf den Sarg fallen. Das dumpfe Geräusch hallte in Jessies Ohren. Plötzlich hatte sie das Gefühl, daß jemand hinter ihr sie anstarrte. Sie wandte sich um. Kraft lächelte ihr entgegen und nickte grüßend.

»Emery Kraft ist hier!« zischte sie Phil zu. »Der Kerl hat Nerven!« Auf der Fahrt zum Friedhof hatte sie Phil von ihrem Treffen mit dem HIT-Leiter erzählt, aber nichts von ihrer persönlichen Kontroverse erwähnt.

Phil hob die Brauen. »Warum ist der denn da?«

»Um zu zeigen, wie gern er Juden hat, nehme ich an.« Sie verzog das Gesicht. »Und um sich ein bißchen zu amüsieren. Mistkerl.«

Zehn Minuten später wurde das Grab geschlossen. Ein Kantor sang ein Schlußgebet in hebräischer Sprache und einige aus der Menge bildeten ein Spalier, durch das die Trauernden schritten. Jessie und Phil blieben mit anderen im Hintergrund, darunter auch die vier Männer, die sie für Barry Lewis' Kollegen hielten. Kraft war verschwunden.

Das Spalier löste sich auf, und Jessie sah, daß Rita Warrens auf die geparkten Wagen zuging. »Phil, ich möchte kurz mit Rita Warrens sprechen.«

Phil nickte. »Ich werde inzwischen die anderen im Auge behalten.«

Jessie eilte über den Rasen und erreichte Miss Warrens, als diese gerade die Tür eines weißen Saturn öffnete.

»Miss Warrens?«

Die Frau drehte sich um. Ihre Augen waren gerötet. »Ist das nicht furchtbar?« flüsterte sie. »Sheila hat mir gesagt, daß Sie dabei waren. Sie hätten auch getötet werden können.« Sie berührte Jessies Arm.

»Ich hatte sehr viel Glück«, erwiderte Jessie leise. In der vergangenen Nacht war sie schweißgebadet erwacht, nachdem sie die Explosion noch einmal in einem Alptraum erlebt hatte. »Haben Sie weitere Briefe oder Anrufe erhalten?«

»Briefe nicht, aber in den zwei Tagen nach Mrs. Hochburgs Tod hat das Telephon pausenlos geklingelt.«

»Waren die Anrufe für Sie oder für Mr. Lewis bestimmt?«

»Hauptsächlich für Barry. Aber einige auch für die ACLU. Die Leute äußerten sich empört, weil sie annahmen, daß wir Benning Rechtsschutz geben wollten. Ich sagte ihnen, daß die ACLU mit seiner Verteidigung nichts zu tun hätte.«

Emery Kraft näherte sich den beiden Frauen. »Miss Warrens, ich möchte Ihnen mein Beileid aussprechen. Barry Lewis war ein großartiger Mann. Wie Ihre hervorragende Organisation trat auch er für seine Prinzipien ein. Das vermindert zwar nicht die Tragödie seines gewaltsamen Todes, sollte Ihnen aber immerhin ein gewisser Trost sein.«

»Vielen Dank.« Wieder traten Tränen in Rita Warrens' Augen.

Kraft legte ihr tröstend die Hände auf die Schultern. »Rufen Sie mich an, wenn ich etwas für Sie tun kann.« Er wandte sich an Jessie. »Ich freue mich, Sie wiederzusehen, Detective.«

Jessie nickte knapp. »Kennen Sie ihn gut?« fragte sie, nachdem er sich entfernt hatte.

Rita Warrens schüttelte den Kopf. »Nach Mrs. Hochburgs Sturz kam er mit Benning zu mir. Sie wollten wissen, ob die ACLU bereit sei, Bennings Verteidigung zu übernehmen. Ich sagte ihm, daß das nicht möglich sei, weil es in diesem Fall nicht um verfassungsrechtliche Belange geht.«

»Kraft sagte, er und Benning hätten Todesdrohungen erhalten. Sie auch?«

Sie schüttelte den Kopf. »Benning hat mich mehrmals angerufen. Ich weiß nicht, wovor er mehr Angst hat – vor den Todesdrohungen oder vor dem Gefängnis. Er tut mir fast leid.« Ein Windstoß zerzauste ihre blonden Haare. »Bin ich in Gefahr?«

Jessie entdeckte eine Spur von Panik in der Stimme der zierlichen Frau. »Das kann ich nicht sagen. Aber an Ihrer Stelle würde ich mich ein bißchen vorsehen. Und sagen Sie mir bitte sofort Bescheid, wenn Sie weitere Anrufe erhalten. Sie haben meine Karte?«

Rita Warrens nickte. »Das werde ich tun. Vielen Dank.« Sie öffnete die Autotür und stieg ein.

Zu beiden Seiten der Straße standen Gruppen von Menschen. Yellin unterhielt sich mit Korbin. Jessie trat auf die beiden zu.

»Wie geht es Ihnen, Detective Drake?« erkundigte sich Rabbiner Korbin.

»Ich hatte mehr Glück als Mr. Lewis, Rabbi. Es überrascht mich ein wenig, Sie hier zu sehen . . .«

Korbin runzelte die Stirn. »Ich war mit Mr. Lewis' Verhalten nicht einverstanden. Ich wünschte ihm aber nicht den Tod.«

»Meine Frau und ich sind aus Mitgefühl für die Eltern hier«, erklärte Yellin. »Meine Frau kennt Rose Lewis seit vielen Jahren.«

»Dürfte ich Sie vielleicht eine Minute unter vier Augen sprechen, Mr. Yellin?«

»Alles, was Sie mit mir zu besprechen haben, kann Rabbi Korbin auch hören.«

Na gut. »Wir wissen, daß Sie Mr. Lewis am Mittwochabend zu Hause angerufen haben. Wir sprechen mit jedem, der in den Tagen vor seinem Tod zu Mr. Lewis Kontakt aufgenommen hat. Das ist reine Routine.«

»Werde ich verdächtigt?« Yellin lächelte grimmig. Mit gerötetem Gesicht wandte er sich an Korbin. »Haben Sie das gehört, Sheldon? Sie glaubt, ich hätte Lewis getötet.« Er sah wieder Jessie an. »Sicher habe ich Lewis am Mittwochabend angerufen. Ich war außer mir. Aber ich habe aus Cleveland angerufen. Das können Sie gern überprüfen. Rufen Sie mich im JFC an, dann nenne ich Ihnen den Namen des Hotels, in dem meine Frau und ich gewohnt haben.«

»Das wäre sehr liebenswürdig«, erwiderte Jessie freundlich. Und es wäre nicht unangenehm, Yellin von der Liste der Verdächtigen streichen zu können. »Wann kann ich Sie dort erreichen?«

»Heute jederzeit. Ich werde im Büro sein. Sheldon, ich rufe Sie später an.« Er nickte Jessie kühl zu und ging.

Korbin sah Yellin kurze Zeit nach, dann blickte er Jessie an. »Sollte ich gekränkt sein, daß Sie mich nicht nach meinem Alibi fragen? Auch ich habe mit Barry Lewis gesprochen.«

»Wir müssen jede Möglichkeit in Betracht ziehen, Rabbi Korbin.«

»Ira Yellin ist kein Mörder.«

»Und was ist mit Samuel Hochburg? Oder Joel Ben-Natan?« Oder Ezra Nathanson?

Korbin schüttelte den Kopf. »Ich finde diese ganze Situation extrem beunruhigend.«

»Meinen Sie mit ›Situation‹ die Möglichkeit, daß ein Jude einen anderen getötet haben könnte?«

Korbin hob die Brauen und verschränkte die Hände hinter dem Rücken.

»Darf ich Ihnen eine Frage zu einem ganz anderen Thema stellen, Rabbi Korbin? Ich suche nach Informationen über eine polnische Stadt namens Tchebin. In den Unterlagen des Museum of Tolerance ist nichts zu finden.«

»Sie waren im *Bejt Haschoah*?« Er blickte sie intensiv an. »Ich freue mich, daß Sie sich diesmal die Zeit genommen haben. Welchen Eindruck haben Sie gewonnen?«

»Ich war erschüttert«, erwiderte sie leise.

Korbin nickte. »Ich hoffe, Sie verstehen es nicht falsch, wenn ich Ihnen sage, daß mich auch das freut. Darf ich fragen, weshalb Sie sich für Tchebin interessieren?«

»Meine Mutter wurde dort geboren.«

»Ich verstehe. Sie sind polnischer Herkunft?«

»Jüdischer Herkunft.« Sie sah die Verblüffung in Korbins Augen und fragte sich erneut, warum sie sich auf diese Weise identifizierte. Der Besuch des Museums hatte ihr zwar geholfen, ihre Vergangenheit zu klären, aber sie wußte noch immer nicht recht, wer sie eigentlich war. »Meine Mutter war dort während des Krieges versteckt.«

»Tchebin war bekannt für sein dynastisches chassidisches Rebbentum. Auch der Rebbe von Bobow hat sich dort vorübergehend aufgehalten. Im Simon-Wiesenthal-Museum gibt es ein Buch darüber, das Sie sich ausleihen können. Erinnert sich Ihre Mutter nicht mehr an ihre Heimatstadt?«

»Sie spricht nicht gern über ihr Leben vor und während des Krieges.«

»Das geht den meisten versteckten Kindern so«, seufzte Korbin. »Aber es gibt eine Vereinigung für diese Menschen. Auf Zusammenkünften sprechen sie über ihre Erlebnisse und das Gefühl, verlassen worden zu sein und keine richtige

Identität zu haben. Eine dieser Zusammenkünfte findet in New York statt, die andere in Jerusalem. Wenn Sie wollen, können Sie mich im Museum anrufen, dann gebe ich ihnen eine Telephonnummer. Vielleicht ist das für Ihre Mutter interessant.«

»Ich werde es ihr sagen.« Das war keine Ausrede. Jessie nahm sich fest vor, mit Frances darüber zu sprechen, auch wenn sie nicht wußte, wann. Sie wußte auch nicht, ob Frances über die Information erfreut oder verärgert sein würde. »Vielen Dank, Rabbi Korbin.«

»Keine Ursache. Ich beneide Sie nicht, Detective Drake.«

»Was meinen Sie?«

»Es hat doch etwas Kafkaeskes, wenn eine jüdische Polizistin den jüdischen Mörder eines jüdischen Glaubensbruders aufspüren will. Finden Sie nicht auch?«

»Der Mörder muß nicht unbedingt Jude sein.«

»Ich hoffe von ganzem Herzen, daß Sie recht haben.«

»Schließlich ist es mein Job, Rabbi Korbin.«

»Ich weiß«, entgegnete er leise. »Das ist der Grund, weshalb ich Sie nicht beneide.«

Jessie verabschiedete sich von dem Rabbiner und machte sich auf die Suche nach Phil. Er saß in seinem Cutlass.

»Irgend etwas erfahren?« fragte er, als sie zu ihm in den Wagen stieg.

»Yellin hat ein Alibi. Wir müssen es natürlich noch überprüfen. Und ich habe Rita Warrens geraten, vorsichtig zu sein. Und was war bei dir? Hast du etwas Interessantes bemerkt?«

»Möglich. Dein Freund Nathanson hat noch eine gewisse Zeit in einem anderen Bereich des Friedhofes verbracht, bevor er davonfuhr.«

»Seine Eltern sind vor einiger Zeit gestorben. Vielleicht sind sie hier beerdigt.« Jessie blickte aus dem Fenster. Barry

Lewis Grab wirkte inzwischen verlassen – bis auf zwei Arbeiter, die Schaufeln und andere Gerätschaften forträumten. Sie öffnete die Tür. »Laß uns nachsehen.«

Phil ging voran. Es gab keine Grabsteine, nur in den Rasen eingelassene, flache Namensschilder, und Jessie hatte das unangenehme Gefühl, direkt auf die Toten zu treten.

»Irgendwo hier war es«, sagte Phil, als sie sich rund hundert Meter von Barry Lewis' Grab entfernt hatten. »Es ist nicht leicht, es genau zu sagen, weil ich ihn aus der Entfernung beobachtet habe.«

Er ging nach rechts, während Jessie die Namensschilder links überprüfte.

»Hier!« rief Phil.

Jessie ging zu ihm, und gemeinsam lasen sie die Namen auf zwei nebeneinander liegenden Steintafeln: Adele Nathanson, Herman Nathanson. Jemand hatte auf jede der Tafeln einen glatten runden Stein gelegt.

Jessies Blick fiel auf eine dritte Steinplatte neben der von Nathansons Mutter. ›Carol Nathanson‹ stand darauf.

»Zufall?« fragte Phil.

»Das glaube ich nicht«, erwiderte Jessie und deutete auf das Todesdatum. »An diesem Tag sind auch Adele und Herman Nathanson gestorben.«

Siebenunddreissigstes Kapitel

»Ezra Nathansons Frau und seine Eltern sind also am selben Tag gestorben«, sagte Phil, als er den Zündschlüssel umdrehte.

»Es könnte auch Ben-Natans Frau sein.« Jessie befestigte ihren Sicherheitsgurt. »Er hat seinen Namen vor fünf

Jahren von Nathanson in Ben-Natan verändert. Damals gründete er den *Shield.*«

»Sollten wir ihm nicht einen Besuch abstatten?«

»Wir sind praktisch in seiner Nachbarschaft.«

Zehn Minuten später hielt Phil vor dem weißen Haus. Die Regenflecken an der Fassade waren getrocknet, die rosafarbenen Farbtränen von den Dachziegeln noch sichtbar. In der Auffahrt stand kein Auto.

Jessie drückte auf die Klingel neben dem schmiedeeisernen Tor. Als niemand öffnete, klingelte sie noch einmal, dann rüttelte sie an dem Tor. Kein Ben-Natan. Auch keine Hunde.

Am Ende der Auffahrt stand eine Garage mit einer massiven, weißgestrichenen Tür. Knapp zwanzig Zentimeter trennten die rechte Wand der Garage von der Mauer des Nachbargrundstückes. Jessie betrachtete die Mauer nachdenklich.

»Da ist ein Fenster«, bemerkte sie. »Das werde ich mir mal näher ansehen.«

»Viel Vergnügen. Ich habe meinen besten Anzug an, sonst würde ich es tun.«

Behende kletterte sie auf die Mauer und setzte dann vorsichtig einen Fuß vor den anderen. Sie kam sich vor wie eine Zwölfjährige auf dem Schwebebalken. Allerdings hatte sich damals unter dem Balken eine gepolsterte Matte befunden. Als sie das Fenster erreicht hatte, bückte sie sich, schirmte die Augen gegen die Sonne ab und spähte hinein.

»Was hast du gesehen? Eine hübsch eingepackte Bombe für Roy Benning?« erkundigte sich Phil, nachdem sie wieder neben ihm zu Boden gesprungen war.

»Und eine mit einer roten Schleife für Emery Kraft«, grinste sie. »Ben-Natan hat sich da drinnen eine nette kleine Werkstatt eingerichtet. Er ist sehr ordentlich, nicht so schlampig wie einige Leute, die ich kenne.«

»Du hast gut reden.« Phil deutete auf ihre verschmutzte Jacke und ihre Hosen. »Ich weiß ja nicht, was deine Mutter zu dir sagen würde. Also hast du keine übriggebliebenen Rohrstücke entdecken können?«

Sie klopfte sich Jacke und Hosen ab. »Laß es uns im Büro des *Shield* versuchen. Ich habe die Adresse in meinen Notizen.«

Das Büro befand sich in einem zweigeschossigen Gebäude am Chandler Boulevard, mit dem Auto fünf Minuten von Ben-Natans Haus entfernt. In etwa fünfzig Meter Entfernung fand Phil einen Parkplatz.

»Sieht ganz so aus, als hätte noch jemand beschlossen, sofort nach dem Friedhofsbesuch zu Ben-Natan zu gehen«, sagte Jessie und deutete die Straße hinunter.

Die beiden Brüder standen vor dem Eingang. Ben-Natan gestikulierte heftig. Nathanson wandte sich ab und ging davon. Ben-Natan eilte ihm nach und legte seinem Bruder die Hand auf die Schulter. Nathanson schüttelte die Hand ab, kehrte aber um und verschwand wenig später mit Ben-Natan in dem Gebäude.

»Haben die Brüder ein gutes Verhältnis zueinander?«

»Nach ihren Aussagen nicht. Aber ich möchte mich nicht mit beiden gleichzeitig unterhalten. Du?«

Phil schüttelte den Kopf. »Was denkst du?«

»Das gleiche wie du. Nathanson hat das Buch, Ben-Natan den Mumm. Eine brisante Mischung?«

Über den Laurel Canyon fuhr Phil in die Stadt zurück. Es war die schönere und direktere Route zu ihrem nächsten Ziel, aber die Straße bestand aus einer endlosen Reihe von Serpentinen. Wenn Jessie hinter dem Steuer saß, machten ihr die Kurven nichts aus, aber als sie nun den Sunset Boulevard erreicht hatten, war ihr schwindlig. Das hatte mit dem Unterschied zwischen Aktivität und Passivität zu tun. Sie versuchte, das ihrem Magen zu sagen.

Zunächst hielten sie am Santa Monica Boulevard Ecke Croft. Phil blieb im Wagen, während Jessie von einer Fernsehstation drei Videobänder abholte. Danach war es nur noch eine kurze Fahrt zum Cedars-Sinai-Hospital, in dem Grace Benning arbeitete.

»Ich hasse Krankenhäuser«, murrte er vor sich hin, als sie auf den Eingang zugingen. Vor ihnen schob eine Krankenschwester einen Mann in einem Rollstuhl, und eine junge Frau im Minirock ließ ihre Absätze auf das Pflaster knallen.

Jessies Gynäkologe hatte seine Praxis im neunten Stock des Ostgebäudes, ihre Fehlgeburt war in der zweiten Etage des Krankenhauses behandelt worden. »Wir gehen gar nicht rein. Wir treffen uns gleich hier mit ihr.«

Einige Meter von ihnen entfernt stand eine Frau Mitte Dreißig mit schulterlangem blonden Haar, das von einem Haarband aus der Stirn gehalten wurde. Sie trug einen schmalen grauen Wollrock, eine pfirsichfarbene Bluse mit Spitzenkragen und einen grauen Pullover. Sie blickte Jessie und Phil fragend entgegen. Abgesehen von ihrem blaßrosa Lippenstift hatte sie kein Make-up aufgelegt. Sie hatte ein breites, fast quadratisches Gesicht mit einer kleinen Nase. Nicht gerade schön, aber auch nicht häßlich.

»Mrs. Benning?« fragte Jessie. Als die Frau nickte, stellte sie Phil und sich vor. »Können wir irgendwo ungestört miteinander reden?«

»Wie wäre es gleich hier?« Sie deutete auf eine der Betonbänke in der Nähe des Eingangs. »Ich habe nicht viel Zeit. Durch das, was mit Roy geschehen ist, habe ich bereits viel Zeit verloren und muß zusehen, daß ich meine Krankenversicherungsabrechnungen auf den aktuellen Stand bringe. Also stellen Sie Ihre Fragen, und ich werde Ihnen sagen, was ich weiß.« Sie lief auf die Bank zu, strich sich sorgfältig den Rock glatt und setzte sich.

Jessie wußte nicht, ob sie aus der Stimme der Frau Ungeduld oder Verärgerung heraushörte. Sie nahm neben Grace Benning Platz. Phil setzte sich auf die andere Seite der Frau und verschränkte die Arme vor der Brust.

»Wann ist Ihr Mann untergetaucht?«, fragte sie.

»Am Freitag. Roy erfuhr aus dem Fernsehen von Lewis' Tod. Er packte ein paar Sachen zusammen, wartete ab, bis ich von der Arbeit nach Hause kam und verschwand. Er befürchtete, der nächste zu sein.« Ihre Lippen zitterten, und sie legte schnell die Hand auf den Mund. Sie hatte kurze, mollige Finger mit zahlreichen kleinen Wunden, wo sie sich an Papierbögen geschnitten hatte. »Ich weiß nicht, wo er eigentlich sein Essen herbekommt. Ich weiß nicht, was werden soll, wenn ihn seine Kunden nicht erreichen können.«

»Wo arbeitet er?« erkundigte sich Phil.

»Er ist Versicherungsvertreter für Premier Home.«

Jessie erinnerte sich, das nach Bennings Festnahme in einer Zeitung gelesen zu haben. »Und Sie haben keine Ahnung, wo er sich aufhalten könnte?«

Grace Benning schüttelte den Kopf. »Er wollte es mir nicht sagen. Er hatte Angst, daß ich verfolgt würde, wenn ich ihn besuchte. Er ruft mich wenigstens zweimal am Tag bei der Arbeit an. Auch ich wohne zur Zeit nicht zu Hause. Ich habe zuviel Angst. Als Sie mich vorhin anriefen, war ich gerade heimgekommen, um mir ein paar Sachen zu holen. Ich würde gern wissen, was Sie eigentlich unternehmen werden.« Jetzt klang sie eindeutig verärgert.

»Wir bemühen uns nach Kräften, Ihnen zu helfen, Ma'am«, versicherte Phil.

»So wie Sie Barry Lewis geholfen haben?« Ihre blauen Augen blickten hart und direkt. »Finden Sie endlich denjenigen, der ihn getötet hat, dann kann mein Roy wieder nach

Hause kommen.« Sie kämpfte mit den Tränen und befingerte das einfache Goldkreuz, das ihr an einer dünnen Kette um den Hals hing.

»Wer hat Ihrer Meinung nach Mr. Lewis getötet?« fragte Jessie.

»Ich bin kein Detective«, erwiderte sie und hielt kurz inne, um die Ironie wirken zu lassen. »Aber für mich liegt es auf der Hand, daß er von seinen eigenen Leuten umgebracht worden ist.«

»Sie meinen, von einem Verwandten?« erkundigte sich Jessie scheinheilig.

»Ich meine von einem Menschen jüdischen Glaubens. Ich meine jemanden, der überzeugt davon ist, sich alles erlauben zu können – auch anständigen Amerikanern den Mund zu verbieten!« Ihr hochrotes Gesicht zeugte von der Intensität ihres Hasses.

»Denken Sie da an einen bestimmten Menschen, Mrs. Benning?«

»Ich habe Ihnen den Brief mitgebracht, um den Sie mich gebeten hatten. Das Schreiben, in dem Roy aufgefordert wird, sich auf den ›Engel des Todes‹ vorzubereiten.« Sie öffnete ihre Handtasche, holte einen weißen Umschlag heraus und reichte ihn Jessie. »Roy hat auch telephonische Todesdrohungen erhalten. Mr. Kraft gleichfalls. Über die Frau von der ACLU weiß ich nichts.« Sie runzelte die Stirn. »Aber Sie sollten bei ihr nachfragen. Sie könnten auch hinter ihr her sein. Das würde mich nicht überraschen.«

Vorsichtig ließ Jessie den Umschlag in die Plastiktüte gleiten, die sie in ihrer Handtasche mitgebracht hatte. »Ich habe bereits mit Mrs. Warrens gesprochen. Bis heute früh hat sie keinerlei Drohungen erhalten.«

»Nun ja . . .« sagte Grace Benning gedehnt, als wollte sie andeuten, daß Rita Warrens' Verschonung nicht von Dauer sein werde. »Hat sie etwas von Roy gehört? Ich weiß, daß er sie nach dem Tod der Frau mit Mr. Kraft aufsuchen wollte.«

»Offenbar hat sie Ihr Mann mehrmals angerufen. Miss Warrens gewann den Eindruck, daß er sehr besorgt war.«

»Das wären Sie auch, wenn jemand darauf aus wäre, Sie zu töten! Es ist mir unbegreiflich, warum Sie diese Leute nicht endlich festnehmen, damit wir wieder sicher sein können.«

»Wen meinen Sie mit ›Leuten‹? Mr. Ben-Natan? Mr. Kraft erzählte mir, daß Ihr Mann einen der Anrufer als Joel Ben-Natan erkannt hätte.«

Sie nickte. »Andere auch. Beispielsweise diesen Hochburg, der das alles angezettelt hat. In der letzten Woche hat er gegenüber unserem Haus geparkt. Heute morgen war er wieder da, da bin ich mir ganz sicher. Er hat gesagt, daß Roy den Tod verdient hat. Das hat er live im Fernsehen gesagt. Ich habe es auf Band, falls Sie es sich anhören wollen. Er und seine Mutter haben das alles ausschließlich sich selbst zuzuschreiben, aber nun muß sich Roy verstecken, und ich bin ganz allein und in großer Gefahr. Ich würde gern wissen, warum! Warum können sie sich alles erlauben? Warum kann er meinen Mann und andere gottesfürchtige Christen bedrohen?«

»Im Zorn sagen Menschen Dinge, die sie gar nicht so meinen«, sagte Phil. »Hat Mr. Hochburg Sie zu Hause angerufen und bedroht?«

»Nun, vorgestellt hat er sich nicht, falls es das ist, was Sie meinen. Aber ich bin mir ziemlich sicher, daß er einer der Anrufer war. Er hat einen ganz bestimmten Akzent.«

»Was für einen Akzent?« fragte Jessie.

Grace Benning warf ihr einen verächtlichen Blick zu. »*Ihren* Akzent eben. Jüdisch. Aus Europa. *Sie* müßten das doch wissen.« Das sagte sie fast höhnisch.

Kraft hat ihr gesagt, daß ich Jüdin bin, erkannte Jessie.

Noch nie war sie das Ziel rassistischer Bemerkungen gewesen. Es war eine merkwürdige, beunruhigende Erfahrung, und sie nahm sich vor, später gründlicher darüber nachzudenken.

»Gibt es jemanden, der wissen könnte, wo sich Ihr Mann aufhält?« fragte sie Mrs. Benning.

»Nein.«

»Was ist mit Ihrer Familie?«

»Wir haben hier keine Angehörigen. Wir kommen beide aus Milwaukee. Dort sind wir geboren und aufgewachsen. Hier gibt es nur Roy und mich. Der Herrgott hat uns nicht mit Kindern gesegnet.« Wieder berührte sie das Kreuz und seufzte.

»Wo können wir Sie erreichen?« erkundigte sich Jessie.

»Bei der Arbeit oder abends bei meiner Freundin Doreen. Dort wohne ich, bis Sie ermittelt haben, wer Barry Lewis getötet hat.« Grace Benning nannte beide Telephonnummern und stand auf.

Auch Jessie und Phil erhoben sich. Eine hochschwangere Frau ging schwerfällig an ihnen vorbei. Grace Benning verfolgte sie mit den Augen.

»Ich muß jetzt zurück. Detective Okum, Roy fehlt mir sehr. Ich möchte, daß er wohlbehalten zu mir zurückkommt. Können Sie uns helfen?« Sie vermied es, Jessie anzublicken.

»Wir versuchen unser Bestes.«

Grace Benning nickte knapp und ging.

»Seltsam, seltsam«, meinte Phil, als sie der Frau nachsahen, wie sie die Glastür zum Westbau öffnete und dahinter verschwand.

»War sie nun wirklich aggressiv, oder bilde ich mir das ein?«

»Ausgesprochen aggressiv. Warum eigentlich?«

Nach kurzem Zögern sagte Jessie: »Ich habe Kraft gesagt, daß meine Mutter eine Überlebende des Holocaust ist. Ich glaube, das hat er Grace Benning erzählt.«

Phil grinste. »Meine Güte, Jessie! Du hast aber auch nichts ausgelassen, was?«

»Meine Mutter ist tatsächlich Jüdin. Sie hat den Krieg im Versteck bei einer polnischen Familie überlebt. Sie hat es mir erst am Freitag nach Matthews Geburtstagsfeier gesagt.« Jessie ließ ihren Freund und Kollegen nicht aus den Augen.

Phil starrte sie an. »Was du nicht sagst!« Er schwieg einen Moment, dann fragte er: »Warum hat sie es dir denn nicht schon früher gesagt?«

»Sie hätte es mir am liebsten auch jetzt nicht gesagt, aber ich habe sie dazu gezwungen. So, und wie gefällt dir deine jüdische Kollegin?« fügte sie locker hinzu.

»Genauso wie die, die ich bis vor einer Minute hatte.« Er legte seine Bärenpranken um sie und führte sie zum Auto.

Unter den Scheibenwischern des Cutlass steckte ein Strafzettel. Phil zog ihn heraus und stopfte ihn in die Tasche.

»Ich hasse Krankenhäuser«, sagte er.

Samuel Hochburg ließ das Hackbeil mit voller Wucht auf das Fleisch niedersausen.

Jessie und Phil traten an die Ladentheke. Hinter der Glasscheibe lagen Steaks, Lammkoteletts und Kalbfilets in bunter Reihe, und in einer großen Schüssel lag ein Berg von rosigem Fleisch, noch in den feinen Strängen, in denen es aus dem Fleischwolf gekommen war.

»Mr. Hochburg? Ich bin Detective Drake, und das ist Detective Okum.«

Hochburg blickte auf. »Einen Augenblick bitte, ich stehe gleich zu Ihrer Verfügung.« Er schien sie nicht als die Polizistin wiederzuerkennen, die ihm Handschellen angelegt und auf die Knie gezwungen hatte.

Auch Jessie kam es so vor, als wären die Ereignisse der Parade bereits Lichtjahre entfernt. Sie hätte ihn gleichfalls kaum wiedererkannt. Er sah irgendwie anders aus. Älter. Dann erkannte sie den Grund. Graue Bartstoppeln bedeckten Kinn und Wangen. Sie fragte sich, ob es ein religiöses Zeichen der Trauer war, sich nicht zu rasieren.

Hochburg hob wieder das Beil und zerhieb das Fleisch zunächst in vier, dann in acht Teile.

»Wumm!«

Jessie drehte sich um. An einem Tisch in der linken Ecke des langgezogenen Raums spielte ein kleiner Junge mit einem schwarzen Samtkäppchen mit Plastiksoldaten und Panzern.

»Wumm!« rief der Junge und ließ zwei Panzer zusammenstoßen. »Wumm! Kawamm!«

Hochburg spülte das Beil unter fließendem Wasser ab und legte es auf den Hackklotz. »Gibt es noch Fragen?« fragte er Jessie und wischte sich die Hände an seiner rotfleckigen Schürze ab. »Ich dachte, bis zum Prozeß hätte ich meine Ruhe.«

»Mr. Hochburg . . .«

»Rumms!«

»Ein bißchen leiser bitte, Yankie«, ermahnte Hochburg den Jungen freundlich. »Mein sechsjähriger Enkel«, sagte er erklärend zu Jessie und Phil. »Seine Mutter arbeitet, und er kuriert eine Erkältung aus, deshalb ist er heute bei mir. Was wollten Sie gerade sagen?« Er hatte einen kaum merklichen europäischen Akzent.

»Erstens wollen wir Ihnen unser Beileid zum Tod Ihrer Mutter aussprechen«, sagte Jessie und wünschte, nicht zu einem »zweitens« kommen zu müssen.

Hochburg nickte. »Sie haben ihr Ihre Jacke unter den

Kopf gelegt. Das war sehr liebenswürdig von Ihnen.« Er bemerkte ihren erstaunten Blick. »O ja, ich erinnere mich an Sie, Detective. Schließlich haben Sie mich festgenommen.« Lächelnd rückte er seine samtene Schädelkappe ein wenig weiter nach hinten. »Aber das trage ich Ihnen nicht nach. Sie haben nur Ihre Pflicht getan.«

»Wir sind hier, weil wir im Mordfall Barry Lewis ermitteln«, erklärte Phil. »Wir sprechen mit jedem, der ihn gekannt hat.«

Hochburg legte seine abgearbeiteten Hände auf die Glasplatte der Ladentheke und beugte sich zu ihnen. »Soll ich ganz aufrichtig sein? Ich habe Lewis verabscheut, gehaßt. Ich habe ihn sogar angerufen, um ihm das zu sagen, aber als ich dann hörte, daß er umgebracht worden ist . . .« Er hob die Schultern. »Wir bitten Gott, uns ein hundertzwanzigjähriges Leben zu schenken. Meine Mutter, sie ruhe in Frieden, ist neunundsiebzig Jahre alt geworden. Ich hatte gehofft, sie würde noch fünfzehn oder zwanzig Jahre leben. Ich wäre sogar mit zehn oder weniger zufrieden gewesen, aber Gott hatte andere Pläne. Der Herr gibt, der Herr nimmt. Es kommt uns nicht zu, mit ihm zu hadern.«

»Sie machen Lewis also nicht für ihren Tod verantwortlich?« wollte Jessie wissen.

»Würde mir das meine Mutter zurückgeben?« Er trat zurück und griff zu einem Messer mit langer, schmaler Klinge. »Glauben Sie, es befriedigt mich, daß seine Frau nun Witwe ist? Daß seine Töchter keinen Vater mehr haben? Ich weiß, wie das ist. Ich war acht Jahre alt, als sie meinen Vater vor meinen Augen erschossen haben.«

»Das tut mir leid«, sagte Jessie und wußte, wie hohl die Worte klangen.

»Yah.« Seufzend ergriff er ein Stück Fleisch, schnitt die Fettschicht ab und warf sie in eine Abfallwanne unter dem Ladentisch. »In der letzten Woche kam Lewis' Vater, um einen Kondolenzbesuch abzustatten. Er ist ein sympathischer Mann. Er saß bei mir zu Hause und weinte, als wäre seine eigene Mutter gestorben. Er bot mir an, für die Bestattung und alles zu zahlen. Aber ich sagte: ›Mr. Lewis, es ist doch nicht Ihre Schuld, daß meine Mutter gestorben ist.‹ Und jetzt trauert er um seinen Sohn.«

Jessie kam sich fast pervers vor, aber ihr blieb keine andere Wahl. »Es ist nur eine Routinefrage, Mr. Hochburg, die wir jedem stellen, der in irgendeiner Weise mit dem Fall Lewis in Verbindung steht. Wo waren Sie gestern abend?«

»Zu Hause.« Er schnitt weiter an dem Fleisch herum und betrachtete es dann von allen Seiten.

»War jemand bei Ihnen?«

»Meine Frau, sie ruhe in Frieden, ist vor zwei Jahren gestorben. Krebs.« Seine Augen trübten sich. »Meine Schwiegertochter hat mir das Abendessen gebracht, aber für den Rest des Abends war ich allein. Also habe ich kein Alibi.«

Er hört sich fast trotzig an, dachte Jessie. »Haben Sie Roy Benning bedroht?«

Hochburg wandte sich ab und spuckte auf den Boden. »Was sollte ich einem Nazi wie Benning zu sagen haben?«

»Seine Frau behauptet, Sie hätten ihn angerufen«, sagte Phil.

Hochburg zögerte. »Einmal habe ich ihn angerufen«, räumte er ein.

»Haben Sie ihn bedroht?«

»Meinen Sie, ich wüßte noch, was ich gesagt habe? Meine Mutter war gestorben. Ich befand mich in einem Schockzustand. Ich war wütend.«

»Sind Sie jetzt noch wütend?«

Er legte das Messer beiseite. »Ja. Auf Benning und seinesgleichen, ja. Uneingeschränkt ja. Aber ich überlasse ihn den Gerichten. Warum sollte ich mich einsperren lassen, weil ich mich an Abschaum wie ihm vergriffen habe?«

»Seine Frau sagt, Sie hätten in der vergangenen Woche und heute morgen gegenüber ihrem Haus geparkt.«

»In der letzten Woche habe ich die *schiw'a* für meine Mutter gesessen. Das ist die siebentägige Trauerwache«, fügte er hinzu. »Ich bin ein orthodoxer Jude. Orthodoxe Juden gehen während der *schiw'a* nicht aus dem Haus. Heute früh habe ich sie beendet. Ich hatte Besseres zu tun, als mich vor Bennings Haus zu setzen.«

»Haben Sie Emery Kraft angerufen und aufgefordert, sich auf den Engel des Todes gefaßt zu machen?«

»Keinesfalls.« Hochburg schüttelte energisch den Kopf. Die Glocke der Ladentür kündigte einen Kunden an. Er blickte zur Tür.

Eine große, braunhaarige Frau trat an den Ladentisch. »Das mit Ihrer Mutter tut mir aufrichtig leid, Mr. Hochburg. Möge Ihnen und Ihrer Familie von nun an nur noch Glück beschieden sein.«

Hochburg nickte dankend. »Ich habe Ihre Bestellung vorbereitet, Mrs. Bernstein. Einen Moment, ich hole sie.« Er ging nach hinten.

Hochburgs Enkel baute sich vor Phil auf. »Willst du mit mir spielen?« Er streckte ihm einen Soldaten und einen Panzer entgegen.

»Das kann ich im Moment nicht. Spielst du gern Krieg?«

Heftiges Nicken. »Mein *sejde* hat mir das alles als *afikoman* geschenkt.«

»Das ist ein Geschenk, das Kinder zum Passahfest erhalten«, flüsterte Jessie Phil zu. »Was ist ein *sejde?*« fragte sie den Jungen.

Er warf ihr einen geradezu vernichtenden Blick zu. »Ein Großvater.«

»Nettes Spielzeug«, bemerkte Phil.

Hochburg kehrte mit einem Pappkarton zurück und stellte ihn auf den Ladentisch. »Das macht achtundneunzig

Dollar und zweiundsiebzig Cents«, sagte er zu der Frau. »Geben Sie mir achtundneunzig.« Lächelnd reichte er ihr eine Rechnung.

»Mein *sejde* war im richtigen Krieg«, sagte der Junge und fuhr mit einem Panzer über die Scheibe der Theke. »Er und seine Mommy sind vor den Deutschen geflüchtet und haben Leuten geholfen, die Pastoren genannt werden. Stimmt's, *sejde?*«

»Partisanen, Yankie.« Hochburg nahm den Scheck der Kundin entgegen und legte ihn in die Kasse. »Ich bringe Ihnen den Karton schnell zum Auto«, sagte er.

»Partisanen«, wiederholte der Sechsjährige. »Mein *sejde* war erst elf Jahre alt, machte aber alles, was sie auch machten. Stimmt's, *sejde?* Jedenfalls sagt Daddy das immer.«

Jessie und Phil tauschten Blicke aus.

»Kinder«, sagte Hochburg, und sein Gesicht war so rot wie die Flecken auf seiner Schürze.

»Bumm!« machte Yankie. »Bumm! Bumm! Bumm!«

Achtunddreissigstes Kapitel

Peggy Oppman stand vor der geöffneten Speisekammertür und runzelte die Stirn. Dann ging sie durch die Diele zum Zimmer ihres Sohnes.

»Gene?« Sie klopfte an und trat ein.

Er saß an seinem Schreibtisch. »Was ist?« Er drehte sich nicht um.

»Habt ihr heute irgendeine Feier in der Schule? Ich vermisse eine Schachtel Crackers, einen Karton Cornflakes, ein paar Dosen Mineralwasser sowie Obst und Käse.«

»Ich habe mir etwas genommen, als ich nach Hause kam.«

»Aber du magst doch keinen Käse, Gene. Und Obst schon gar nicht.«

»Heute hatte ich Appetit darauf.«

»Es fehlt auch eine Tüte Brötchen. Gene, nimmst du für jemanden Lebensmittel mit in die Schule? Ich hätte nichts dagegen, wenn es so wäre. Aber du solltest es mir sagen.«

»Yeah, so ist es. Ein Junge bringt nie etwas mit. Ich dachte, ich helfe ihm aus. Beweise, daß ich ein guter Junge bin.«

»Jetzt lügst du mich doch an, oder? Ich weiß immer, wenn du schwindelst.«

»Was willst du, Mom? Die Polizei anrufen und ihr sagen, daß ich zuviel esse?«

Seufzend verließ Peggy Oppman den Raum.

Als er hörte, daß die Tür ins Schloß fiel, schob er seinen Stuhl zurück, stand auf und ging zum Schrank. Er nahm die Stiefel heraus, putzte sie mit dem Ärmel seines T-Shirts blank, zog sie an und betrachtete sich dann im Spiegel der Schranktür.

»Heil Hitler!« Er hob die Hand und streckte sie in Augenhöhe, wie es ihm Roy gezeigt hatte. Er knallte die Hakken zusammen.

Seine Mutter mochte mißtrauisch sein, aber mit ihr und seinem Vater würde er schon fertig werden. Sie hatten nicht einmal mit ihm gemeckert, weil er Barry Lewis angerufen hatte.

»Laß uns darüber sprechen«, hatte sein Vater gesagt, nachdem die Polizisten gegangen waren. »Warum hast du Mr. Lewis eigentlich angerufen?«

»Ich weiß nicht warum«, hatte Gene erwidert. »Ich bin ganz durcheinander.«

»Das ist ein guter Anfang«, hatte sein Vater erklärt.

Noch immer in den Stiefeln setzte sich Gene wieder an den Schreibtisch und versuchte, sich auf das aufgeschlagene Lehrbuch zu konzentrieren. Rechts neben ihm stand das

Telephon. Er hob den Hörer ab und drückte die Nummer, die auf der kleinen Karte stand, die vor ihm lag.

»West L.A., Detective Patterson am Apparat.«

Gene legte den Hörer wieder auf die Gabel.

Neununddreissigstes Kapitel

»Ich habe eine Spur im Fall meines Callgirls«, berichtete Phil Jessie. »Eine Freundin, die für dieselbe Puffmutter arbeitet, erinnerte sich daran, daß die Tote mit einem bestimmten Freier gewisse Probleme hatte. Sieht so aus, als spiele er gern mit Messern herum.« Er sah auf seine Armbanduhr. »Die Freundin wohnt in Woodland Hills. Ich weiß nicht, wie lange es dauert. Siehst du dir inzwischen die Bänder an und läßt sie dann für mich liegen?«

»Ich werde sie mir vielleicht zu Hause ansehen. Zunächst einmal muß ich die Notizen auswerten, die ich mir über die Gespräche mit Grace Benning und Hochburg gemacht habe.«

»Bumm!« sagte Phil.

»Yeah, bumm.« Jessie lächelte. »Aber du glaubst doch nicht wirklich, daß Hochburg Lewis umgebracht hat?«

»Opa war bei den Partisanen. Partisanen benutzen Sprengstoff, um Brücken und Züge in die Luft zu jagen.« Phil zog seine Jacke an.

»Wie kommt es eigentlich, daß immer ich die Notizen auswerten muß?«

»Weil meine Handschrift unleserlich ist.« Er richtete seine Krawatte und glättete sich die Haare. »Wie sehe ich aus?«

»Wie ein gutaussehender Ehemann, der sich mit einem Callgirl trifft.« Sie griff zu ihrem Stift. »Warum bemühst du dich nicht um eine lesbare Handschrift?«

»Damit ich keine Notizen auswerten muß.« Er warf Jessie einen Luftkuß zu und verließ den Raum.

Dafna Abrams sah fast genauso aus wie ihre Zwillingsbrüder. Sie hatte die gleichen Haselnußaugen, das gleiche dunkelbraune Haar. Ihres war kurzgeschnitten und umrahmte attraktiv ihr Gesicht. Jessie wartete ab, bis sie einer älteren Frau bei der Auswahl eines silbernen Tabletts geholfen hatte und tat so, als würde sie sich für die herabgesetzten Passah-Artikel interessieren, die auf einem Tisch lagen.

Das Geschäft führte hebräische und englische Bücher für Erwachsene und Kinder, Silber-, Porzellan- und Messing-Leuchter. In einem Schrank standen Silberbecher von unterschiedlicher Größe mit ornamentalen Motiven. Im Schrank daneben gab es eine Auswahl anderer Silbergegenstände, darunter eine Miniaturwindmühle, ein Turm mit Zinnen und Flagge sowie ein kleines Schiff, an dem ein winziger Kelch befestigt war. Jessie konnte sich nicht vorstellen, bei welchen religiösen Ritualen diese Gegenstände verwendet wurden.

In einem Vitrinentisch lagen lange Sägemesser mit Silbergriffen und schmale Silberkästchen, die jenen ähnlich sahen, die Jessie oben am Torpfosten von Ezra Nathansons Haus und der Ohr-Torah-Schule gesehen hatte.

»Suchen Sie etwas für sich selbst oder ein Geschenk?«

Jessie sah sich um. »Ich habe gerade die Silberkästchen bewundert«, sagte sie zu Dafna Abrams. »Wofür sind sie?«

»Das sind *mesusa*-Kapseln. In ihnen bewahren wir zwei Thora-Abschnitte auf. Man befestigt sie oben am rechten Pfosten aller Türen im Haus.« Sie trat um den Tisch herum, öffnete den Vitrinentisch und holte eine der Kapseln heraus.

»Warum?«

»Es gibt eine *mizwa*, ein Gebot. ›Und du sollst sie‹, das

heißt Gottes Worte, ›über deines Hauses Pfosten schreiben und an die Tore.‹ Es ist eine Ermahnung, ein gottgefälliges Leben zu führen.«

»Wie die Gebetsriemen?«

Dafna Abrams lächelte. »Genau. Die *mesusa* soll auch das Haus oder die Wohnung beschützen. Fromme Menschen lassen ihre *mesusot* zweimal in sieben Jahren überprüfen, um sicherzugehen, daß die Buchstaben auf dem Pergament in gutem Zustand sind. Ich kenne mehrere Leute, die ihre *mesusot* nach Unglücksfällen überprüfen ließen und feststellen mußten, daß die Pergamente nicht mehr in Ordnung waren.«

»Das ist ja unheimlich.« Jessie legte die Silberkapsel auf die Glasplatte zurück. Barry Lewis' Türpfosten waren mit roter Farbe bestrichen worden. Hatte es in seinem Haus diese Kapseln gegeben? Allerdings war Lewis in seinem Auto getötet worden, nicht in seinem Haus.

»Nun, das Leben ist ja auch unheimlich, oder?« lächelte Dafna Abrams. »Interessieren Sie sich für eine *mesusa* oder wollen Sie sich nur ein wenig umschauen? Wir haben eine große Auswahl an Judaica und eine sehr unterschiedliche Preisgestaltung.«

»Eigentlich bin ich gekommen, um mit Ihnen zu sprechen. Ich bin Detective Drake, von der Polizei Los Angeles ...«

»Ezra hat mir gesagt, daß Sie kommen würden.« Das Lächeln verlor seinen Glanz. »Sie wollen wissen, wann er am Donnerstagabend zu uns gekommen ist und wann er unser Haus wieder verlassen hat.«

Jessie nickte. Nathanson hatte keine Zeit verloren, seiner Schwester Bescheid zu sagen – aber warum sollte er auch.

»Ezra kam kurz nach sieben. Er ging um ein Uhr morgens. Nachdem wir aus dem Theater zurückgekehrt waren, haben wir – Ezra, Avi, mein Mann, und ich – uns noch eine Zeitlang unterhalten.« Sie spulte die Informationen in der emotionslosen Art eines Soldaten ab, der seinen Namen und Rang herunterrasselt.

Nathanson hatte Jessie fast wörtlich genau das gleiche gesagt. Es klang zu glatt. Aber das hieß nicht, daß es gelogen sein mußte. Und sie war schließlich nicht nur gekommen, um Nathansons Alibi zu überprüfen. »Ich finde es erschütternd, daß Ihre Eltern und Ihre Schwägerin am selben Tag gestorben sind . . .«

Dafna Abrams' Augen wurden ganz groß. »Darüber hat Ezra gesprochen? Das überrascht mich ein bißchen.« Sie machte eine kurze Pause und fuhr dann fort: »Vermutlich hat er es getan, weil Sie im Mordfall Barry Lewis ermitteln.«

»Vermutlich«, wiederholte Jessie, obwohl sie den Zusammenhang nicht erkannte. »Die Todesfälle müssen ein einschneidendes Erlebnis gewesen sein. Damals hat Ihr Bruder Joel doch den *Shield of Jewish Protectors* ins Leben gerufen, nicht wahr?«

Mrs. Abrams nickte. »Ich glaube, er fühlte sich dadurch weniger verletzlich . . .«

»Und er hat auch seinen Namen in Ben-Natan verändert, oder? Ihr Bruder Ezra erzählte mir, daß das die hebräische Form von ›Nathanson‹ ist.«

Wieder nickte Dafna Abrams. »Joel möchte irgendwann nach Israel ziehen. Und ich nehme an, daß der Name für ihn irgendwie kämpferischer klingt. Schon als Kind identifizierte er sich gern mit den Helden der jüdischen Geschichte wie Moses und Josua.« Sie lächelte, schien ihre vorherige Abwehrhaltung vergessen zu haben.

»Ich weiß nicht viel über die jüdische Geschichte, obwohl meine Mutter Jüdin ist. Vermutlich hat Ihnen Ihr Bruder das erzählt.«

»Er hat es erwähnt.« Mrs. Abrams errötete. »Ich hoffe, es ist Ihnen nicht unangenehm.«

»Durchaus nicht.« Offensichtlich hatten sich Nathanson und seine Schwester so ihre Gedanken über die jüdische Polizistin bei der Mordkommission gemacht. Jessie lächelte. »Mir ist aufgefallen, daß Joel im Gegensatz zu seinem Bruder kein Schädelkäppchen trägt. Weshalb nicht?«

Dafna Abrams verschob ein paar silberne Pillendöschen auf einem Tablett. »Im Grunde vertrat Joel die Überzeugung, keinem Gott dienen zu können, der die Menschen sterben ließ, die er liebte, nur weil sie jüdisch waren.«

Jessie dachte an ihre Mutter, die aus einem ähnlichen Grund ihr Judentum radikal aufgegeben hatte. »Und Ezra?«

»Ezra fühlte sich wesentlich mehr zum Judentum hingezogen. Später sagte er mir einmal, daß ihm der Glaube die Kraft zum Weiterleben gegeben hätte. Das konnte Joel nicht verstehen. Er wünschte, Ezra wäre weniger philosophisch und würde mehr aufbegehren.« Sie seufzte.

»Und wie ist es mit Ihnen? Ich hoffe, Sie nehmen mir diese Frage nicht übel«, fügte Jessie schnell hinzu.

»Keineswegs. Zunächst war ich verbittert. Aber dann kam ich wie Ezra zu der Erkenntnis, daß man Gott nicht für die Taten der Menschen verantwortlich machen kann.«

Wovon spricht sie eigentlich, fragte sich Jessie.

Eine untersetzte Frau näherte sich der Ladentheke mit einer kleinen weißen Schachtel. »Das habe ich geschenkt bekommen. Kann ich es vielleicht umtauschen?«

»Selbstverständlich.« Dafna Abrams öffnete die Schachtel, nahm einen Silberbecher heraus und überprüfte das Etikett. »Der hat neunundachtzig Dollar gekostet. Soll ich Ihnen etwas in dieser Preislage zeigen oder wollen Sie sich lieber selbst umschauen?«

»Ich würde mich gern umsehen.« Sie ging zu den Schränken im hinteren Bereich des Geschäftes.

»Was ist Ihren Eltern und Ihrer Schwägerin eigentlich genau zugestoßen? Ich wollte Ihren Bruder nicht nach Einzelheiten fragen. Aber wenn es auch für Sie zu schmerzlich ist . . .«

»Nein, nein, es ist schon in Ordnung «, sagte Mrs. Abrams leise. »Carol war im Haus meiner Eltern in North Hollywood. Mein Bruder mußte beruflich verreisen, und da Carol im neunten Monat schwanger war, wollte er nicht, daß sie allein in ihrer Wohnung blieb.« Dafna Abrams fuhr mit der Hand leicht über die Glasplatte. »Irgend jemand setzte spätabends ein riesiges hölzernes Hakenkreuz vor ihrem Haus in Brand, als sie alle schliefen. Es war September, und der Wind kam aus der Richtung Santa Ana. Sehr schnell stand das ganze Haus in Flammen. Meine Eltern und meine Schwägerin starben. Das Baby auch – es war ein Mädchen.« Dafna Abrams' Augen hatten sich mit Tränen gefüllt.

»Ihre *mesusa* hat sie nicht beschützt«, sagte Jessie sanft. »O mein Gott, das habe ich nicht sarkastisch gemeint«, fügte sie errötend hinzu, als sie Mrs. Abrams' entsetzten Blick bemerkte. »Ich meinte doch nur . . . Entschuldigen Sie bitte.«

Nach einem langen, unbehaglichen Schweigen nickte Dafna Abrams. »Ihre *mesusa* hat sie nicht beschützt.« Ihre Stimme klang unendlich traurig. »Die Polizei vermutete als Täter eine Gruppe von Neonazis, konnte aber nie etwas beweisen. Bei der Spurensicherung nahmen sie auch von uns allen Fingerabdrücke. Ich weiß noch, wie eigenartig ich mich dabei fühlte – als wären wir die Kriminellen.«

Hatte Ben-Natan Barry Lewis »symbolisch« verbrannt? Anstelle des Unbekannten, der seine Eltern, seine Frau und sein ungeborenes Kind getötet hatte? »Die Verbitterung Ihres Bruders kann ich sehr gut verstehen«, sagte Jessie.

»Inzwischen geht es Ezra ein wenig besser. In den ersten Monaten wollte er mit niemandem sprechen und hat das

Haus kaum verlassen. Erst seit kurzem trifft er sich wieder mit Frauen. Avi und ich sind darüber sehr froh.«

Ezras Frau war getötet worden? Jessie hoffte, daß Dafna Abrams ihre Verblüffung nicht bemerkte.

»Detective Drake, ich weiß, daß Sie alle befragen müssen, die irgendwie mit diesem Fall zusammenhängen, aber meine Brüder sind keine gewalttätigen Menschen. Ezra ist der sanfteste, liebenswürdigste Mensch, den ich kenne. Meine Kinder beten ihn an. Und bei seinen Schülern ist es nicht anders.«

Wußte Dafna Abrams, daß ihr »sanfter« Bruder ein *The Anarchist's Cookbook* hinter seinen Büchern versteckte? »Ihr Bruder Joel hat sich sehr eindeutig über Barry Lewis geäußert. Auch über Roy Benning und diese Organisation *History Is Truth.*«

Dafna schüttelte den Kopf. »Das ist bei Joel mehr Gerede als irgend etwas anderes . . .«

»Er wurde bereits mehrmals festgenommen.«

»Wegen Störung der öffentlichen Ordnung. Weil er polizeilichen Aufforderungen nicht gefolgt ist.« Dafna Abrams schüttelte den Kopf. »Er ist sehr darauf bedacht, Juden vor Übergriffen zu schützen, aber er ist kein Mörder, Detective Drake. Er . . .«

»Können Sie mir bitte sagen, was das hier kostet?« rief die untersetzte Frau.

»Wenn Sie mich einen Moment entschuldigen würden«, sagte Dafna Abrams und war wenig später wieder bei Jessie. »Ich habe Ihnen die Wahrheit über die Zeit gesagt, die Ezra in unserem Haus verbracht hat. Hoffentlich glauben Sie mir.«

Jessie lächelte. »Vielen Dank für Ihre Zeit, Mrs. Abrams – und für Ihre Hilfe.«

»Keine Ursache. Ich habe Ihnen nichts gesagt, was Sie nicht schon gewußt hätten.«

Doch, das haben Sie, dachte Jessie. Sie wandte sich der Tür zu, drehte sich aber noch einmal um. »Haben Sie vielleicht irgendein grundlegendes Buch über das Judentum?«

»Wir führen eine ganze Reihe ausgezeichneter Werke.«

Aus einem Bücherregal wählte Mrs. Abrams einige Bände aus und erläuterte Jessie Inhalt, Aufbau und Anspruch. Jessie blätterte kurz in fünf Büchern und wählte dann eines davon aus.

»Entschuldigen Sie, aber dieses Exemplar wirkt beschädigt«, meinte Mrs. Abrams stirnrunzelnd. »Ich hole Ihnen schnell ein anderes von hinten.«

Während sie wartete, trat Jessie wieder an den Vitrinentisch und betrachtete die *mesusot.*

»Na, an einer *mesusa* interessiert, Detective Drake? Ich bin sicher, Dafna macht Ihnen einen unwiderstehlichen Preis.«

Jessie drehte sich um und sah sich Joel Ben-Natan gegenüber. Yaffa war nicht bei ihm. Auch die Hunde nicht. »Mein Kollege und ich waren vorhin bei Ihnen, weil wir gern wissen würden, wo Sie am Donnerstagabend waren.«

»Zu Hause, natürlich. Was dachten Sie denn? Daß ich die Bombe in Barry Lewis' Auto plaziert habe?«

Klugscheißer! »Und vermutlich war Miss Aloni bei Ihnen?«

»Die ganze Nacht.« Lächelnd beugte er sich näher zu ihr. »Ich erzähle Ihnen gern die Einzelheiten, wenn Sie mir versprechen, mich nicht festzunehmen.«

»Roy Benning sagte, Sie hätten ihn telephonisch bedroht.«

»Roy Benning lügt.« Ben-Natans Lippen wurden schmal. »Ich kenne ja nicht einmal die Telephonnummer dieses Mistkerls.«

»Aber Mr. Lewis haben Sie am Vorabend seines Todes angerufen.«

»Ich wollte ihn aufklären.«

»Wir haben Ihre Anrufe auf Band. Und sie klingen mehr wie Drohungen als wie Aufklärungsversuche. Wer hat Lewis denn Ihrer Meinung nach getötet?«

»Gottes Wege sind unerforschlich.« Er nahm eine Pillendose in die Hand und öffnete sie.

»Gott hat keine Bombe an Barry Lewis' Benzintank angebracht. Sie müssen doch gewisse Vorstellungen haben.«

»Als ob Sie an denen wirklich interessiert wären.«

»Sagen Sie sie mir trotzdem.«

»Die *White Alliance.* Sie verabscheuen Juden. Lewis war Jude. Und sie haben es so hingedreht, daß alles danach aussieht, als hätte ihn einer von uns umgebracht.«

Diese Möglichkeit hatte sie auch schon erwogen. »Und was ist mit Samuel Hochburg?«

Er schloß die Pillendose wieder und stellte sie auf das Tablett zurück. »Keine Ahnung.«

»Der *Shield of Jewish Protectors* bei der Arbeit, was?«

Die Rückkehr seiner Schwester ersparte ihm eine Antwort. Als Dafna Abrams ihren Bruder neben Jessie stehen sah, hob sie fragend die Brauen, begrüßte ihn und trat mit dem Buch hinter die Kasse.

Ben-Natan folgte Jessie zur Kasse. »Detective Drake hat die *mesusot* bewundert, Dafna. Hast du ihr gesagt, daß in jedem jüdischen Haus eine sein sollte?«

Also hatte Ezra Nathanson auch ihm gesagt, daß sie jüdischer Herkunft war. »Irgendwann werde ich mir eine kaufen.«

»Warum nicht gleich? Ich bin sicher, daß Ihnen Dafna einen Sonderpreis macht. Sie sind doch praktisch eine Freundin der Familie.«

»Laß das, Joel. Du bringst Detective Drake in Verlegenheit.« Dafna Abrams tippte Jessies Rechnungsbetrag ein und umhüllte das Buch mit einer Plastiktüte.

»Hat meine Schwester auf die Schutzfunktion einer *mesusa* hingewiesen?«

»Wollen Sie damit sagen, ich hätte Schutz nötig, Mr. Ben-Natan?« Jessie reichte Mrs. Abrams ihre Visa-Karte.

»Das Leben eines Detective ist voller Risiken. Ich hörte, daß Sie um ein Haar mit Lewis hochgegangen wären. Beim nächsten Mal haben Sie vielleicht nicht so viel Glück.«

»Joel!« Dafna knallte die Kassenschublade zu. »Ich muß mich für meinen Bruder entschuldigen, Detective Drake. Normalerweise ist er nicht so unhöflich.«

»Ich bin lediglich um das Wohlergehen von Detective Drake besorgt.«

»Ich weiß Ihr Mitgefühl zu schätzen.« Jessie steckte ihre Kreditkarte ins Portemonnaie, nahm ihr Buch und ging zur Tür. Dort drehte sie sich noch einmal um. »Übrigens, Mr. Ben-Natan, soweit ich sehen konnte, haben auch Sie keine *mesusa* über Ihrer Tür.«

»Hey«, sagte Frank Pruitt.

»Auch hey«, lächelte Jessie und merkte, daß die Nervosität in seiner Stimme ihrer eigenen entsprach. Sie schloß die Tür hinter ihm.

Er küßte sie und überreichte ihr in Cellophan verpackte Rosen. Jessie war von dieser Geste berührt und froh, ihn wiederzusehen. Er folgte ihr in die Küche, wo sie eine Glasvase mit lauwarmen Wasser füllte und die Rosen hineinstellte.

»Sie sind wunderschön, Frank.« Sie drehte sich zu ihm um, umfaßte sein Gesicht mit beiden Händen und küßte ihn.

Er berührte sanft ihre Wange. »Stammt das von der Explosion?«

Sie nickte. »Aber es ist schon sehr viel besser.« An den Schmerz erinnerte sie sich kaum noch, und wenn sie Make-up auflegte, war fast nichts mehr zu sehen. Aber die Furcht war noch sehr lebendig und überkam sie immer wieder. Vor allem nachts. Manchmal aber auch tagsüber.

»Du hättest getötet werden können.« Er zog sie eng an sich. »Gott, hast du mir gefehlt, Jess«, flüsterte er.

»Ich habe dich auch vermißt, Frank.«

Er küßte ihre Wange, dann wanderten seine Lippen über ihren Hals. Seine Hände glitten unter ihren Pullover. Sie spürte, daß sich alles in ihr nach ihm sehnte, aber sie entzog sich ihm.

»Ich glaube, wir sollten miteinander reden«, sagte sie.

»Okay«, meinte er, aber der Ton seiner Stimme sagte etwas anderes.

Sie gingen ins Wohnzimmer und setzten sich auf die schwarze Ledercouch. »Espes hat mir gesagt, daß du dich überall nach ihm erkundigt hast.«

»So?« Pruitt lehnte sich zurück.

»Ich kann meine Dinge allein regeln, Frank. Du hast mich in Verlegenheit gebracht, und Espes ist ziemlich wütend auf mich.«

»Tut mir leid. Ich wollte dir nur einen Gefallen tun. Soll ich Espes anrufen und die Sache klären? Ihm sagen, daß du keine Ahnung hattest?«

Jessie schüttelte den Kopf. »Unternimm einfach gar nichts, okay?«

»In Ordnung.« Er nahm ihre Hand. »Ich werde mich nicht noch einmal einmischen. Verzeihst du mir?«

»Ja.«

»Noch etwas?«

»Ja, aber das ist komplizierter.«

»Dann geht es um diese Judengeschichte, stimmt's?« Er setzte sich abrupt auf, ließ aber ihre Hand nicht los. »Ich habe darüber nachgedacht, weiß aber immer noch nicht, warum du dich neulich so aufgeregt hast.«

»Weil deine Äußerungen antisemitisch geklungen haben, Frank. Deshalb.«

Er schüttelte den Kopf. »Ich bin kein Antisemit. Hör mal, ich bin bereit einzuräumen, daß es den Holocaust gegeben hat, wenn du bereit bist einzugestehen, daß es ihn nicht gegeben haben könnte.«

»Frank . . .« Sie versuchte, ihm ihre Hand zu entziehen.

Er hielt sie fest. »Das ist lediglich eine Meinungsverschiedenheit, Jess. Und sie hat nichts mit unseren Gefühlen zueinander zu tun, die mir verdammt wichtig sind.«

»Es geht nicht um Meinungen, Frank. Das wäre ja so, als gäbe es Meinungsverschiedenheiten darüber, ob der Bürgerkrieg stattgefunden hat oder nicht. Der Bürgerkrieg hat stattgefunden. Der Holocaust auch. Sechs Millionen Juden sind ermordet worden.«

»Das kann man doch nicht miteinander vergleichen.«

»Doch.«

»Ich sage doch nur, daß man es nicht genau wissen kann.«

Sie rückte ein bißchen näher an ihn heran. »Ich bin im Museum of Tolerance gewesen, Frank. Und ich glaube, du solltest ihm auch einen Besuch abstatten. Dann wirst du die Wahrheit erkennen.« Und als der den Kopf schüttelte, fügte sie hinzu: »Wenn du willst, komme ich mit.« Sie strich ihm über die Wange.

»Vielleicht.«

»Wann?«

»Keine Ahnung. Ich werde es mir überlegen.«

»Wie wäre es mit Sonntag?«

Er ließ ihre Hand los. »Setz mich nicht unter Druck, Jessie.«

»Das ist sehr wichtig für mich, Frank.«

»Warum? Warum sollte es so verdammt wichtig sein? Warum liegt dir so viel daran, ob ich Juden mag oder nicht?«

»Und wenn ich dir nun sagen würde, daß ich Jüdin bin, Frank?«

»Und wenn ich dir nun sagen würde, daß ich Buddhist bin? Das ist doch Blödsinn, Jessie.« Er verschränkte die Hände hinter dem Kopf und blickte zur Decke.

»Ich bin jüdisch, Frank. Durch meine Mom.«

Sein Kopf schoß zu ihr herum. »Du willst mich auf die Probe stellen, stimmt's? Ich finde das gar nicht komisch, Jessie.«

»Ich stelle dich nicht auf die Probe, Frank.«

Er starrte sie an. Der Ausdruck in seinen braunen Augen war unergründlich. »Warum hast du mir das nicht schon früher gesagt? Hast du dich geschämt?«

»Ich habe es erst am Freitagabend erfahren. Meine Mom hat es mir endlich gesagt.« In knappen Worten berichtete sie, was Frances ihr erzählt hatte, und ließ ihn nicht aus den Augen.

»Himmel, was für eine Geschichte«, sagte er, als sie geendet hatte. »Aber du bist doch nur Halbjüdin, oder?«

»Ezra Nathanson meinte, weil meine Mom Jüdin ist, sei ich auch eine. Aber was macht das schon für einen Unterschied?«

»Gar keinen. Ich war nur neugierig. Macht für mich gar keinen Unterschied«, wiederholte er.

»Dann ist es ja gut«, sagte Jessie leise. »Also wirst du am Sonntag mit mir ins Museum gehen, Frank?«

»Yeah, sicher.« Er nickte. »Es sei denn, es kommt dienstlich etwas dazwischen. Wenn ja, dann holen wir es in der nächsten Woche nach.«

»In Ordnung.« Sie legte die Arme um seinen Hals, küßte ihn, zog ihn dann hoch und ins Schlafzimmer.

Er knöpfte sein Hemd auf. Sie zog sich den Pullover über den Kopf, und als sie ihren BH aufhakte, spürte sie, daß er sie betrachtete.

»Warum starrst du mich denn so an?« fragte sie unbefangen.

»Es ist schon so lange her, Süße.«

Sie schlüpften unter die Daunendecke. Seine Hände wanderten warm und wissend über ihren Körper, und sie spürte, wie Verlangen in ihr hochstieg. Sie wußte, daß alles zwischen ihnen gut werden würde, und öffnete die Augen, um ihn anzulächeln und sah, daß er sie anstarrte. Er schloß schnell die Augen, flüsterte ihren Namen und gab vor, lustvoll zu stöhnen, während er sich über ihr bewegte.

Sie schloß die Augen und spielte mit.

Nachdem Frank gegangen war, sah sie sich die Videobänder an.

Die Aufnahmen von der Parade ergaben nichts Neues.

Auch die nicht, die kurz nach Lewis' Tod aufgenommen worden waren.

Aber auf dem Band, das an jenem Abend entstanden war, als Unbekannte Barry Lewis' Tür verwüstet hatten, entdeckte Jessie einen Bekannten, als die Kamera langsam über die Menge der Schaulustigen schwenkte. Sie hielt das Band an und ließ es zurücklaufen.

Sie wartete, bis der Mann wieder auftauchte, und hielt das Band an. Die Gestalt auf ihrem Fernsehschirm zuckte hin und her, als wollte sie dem Auge der Kamera entkommen.

Es war Ezra Nathanson.

Sie ließ das Band weiterlaufen. Nathanson wandte sich von der Kamera ab.

Jessie bemerkte, daß er kein Schädelkäppchen trug.

Vielleicht war es Ben-Natan.

Vielleicht war es Nathanson, der so tat, als wäre er Ben-Natan.

Verstellung, das hatte sie gerade eben erst erfahren, war nicht allzu schwer.

Vierzigstes Kapitel

Als das Telephon klingelte, stand Jessie gerade unter der Dusche. Sie drehte den Hahn zu, schnappte sich das Badetuch, das sie über die Türklinke gehängt hatte, und griff nach dem tragbaren Telephon auf dem Fensterbrett.

Es war West L.A. »Ein Junge wollte Sie sprechen. War ganz empört, daß ich ihm nicht Ihre Privatnummer verriet. Seinen Namen hat er nicht genannt.«

»Hat er eine Nummer hinterlassen?« Jessie klemmte sich den Hörer zwischen Ohr und Schulter, um sich abzutrocknen.

»Nein.«

Gene Oppman, entschied Jessie. Sie bedankte sich bei der Zentrale, hängte auf und ging ins Wohnzimmer. Aus ihrer Handtasche holte sie die Liste, die ihr die Telephongesellschaft gefaxt hatte, und rief Robert Oppmans Nummer an. Als sich Mrs. Oppman meldete, bat Jessie darum, mit Gene sprechen zu dürfen.

»Worum geht es? Hat er etwas getan, das . . .«

»Kein Grund zur Besorgnis, Mrs. Oppman. Aber ich muß mit ihm sprechen.«

Während Jessie wartete, zog sie frische Unterwäsche aus ihrer Kommodenschublade. Sie hatte gerade Höschen angezogen, als sich Gene meldete.

»Was gibt's?« fragte er mürrisch.

»Sie haben mich angerufen, Gene. Warum sagen Sie mir nicht, was Sie wollen?«

»Wer hat das gesagt?«

»Gene, es ist sieben Uhr morgens. Ich habe wirklich Besseres zu tun, als Spielchen mit Ihnen zu spielen. Rufen Sie mich auf dem Revier an, wenn Sie erwachsen geworden sind.«

»Warten Sie!« Und flüsternd fügte er hinzu: »Ich gehe an einen anderen Apparat.«

Jessie hakte ihren BH zu, trat an den Schrank und nahm eine dunkelgrüne Bluse vom Bügel. Einen Moment später hörte sie, daß Gene seiner Mutter sagte, sie könne auflegen. Dann vernahm sie ein Klicken.

»Detective Drake?«

»Am Apparat. Also, warum wollten Sie mich sprechen, Gene?«

»Ich mache mir Sorgen um Mr. Benning. Gestern abend habe ich mich mit ihm getroffen, und . . .«

»Sie wissen, wo er ist?« unterbrach sie ihn scharf.

»Er war in diesem leeren Lager, nicht weit von unserem Haus. Jedenfalls erzählte er mir, daß er sich heute mit diesem wichtigen Kunden treffen müsse. Ich bin die ganze Nacht nicht zur Ruhe gekommen, weil ich das für keine so tolle Idee halte, aber heute früh war er schon fort.«

»Wo wollte er sich mit diesem Kunden treffen?« Sie zog sich ihre Hosen an.

»Im Haus dieses Mannes. Es wird umgebaut, und der Mann erklärte Mr. Benning, er wolle die Versicherung wechseln und sich mit ihm treffen und ihm vielleicht eine Police abkaufen.«

Oder ihn aus seinem Versteck locken. »Wann wollte er sich mit diesem Kunden treffen?«

»Um halb acht. Der Mann mußte ins Büro, aber vorher wollte er das mit Mr. Benning durchziehen oder sich einen anderen Versicherungsvertreter suchen.«

»Wie wollte Mr. Benning dorthin kommen?«

»Mit seinem Auto. Einem braunen Buick Skylark. Er

steht in der unterirdischen Garage eines Apartmenthauses in meiner Nähe. Ich habe die Vermieterin gefragt, ob ein Freund von mir für fünf Dollar täglich dort seinen Wagen abstellen könnte. Sie wollte sieben haben, und ich sagte, das ginge auch in Ordnung.«

»Kennen Sie die Adresse dieses Kunden?«

»In Beverly Hills. Die Straße ist nach einem Baum benannt, aber ich weiß nicht mehr, nach welchem!«

Viele Straßen in Beverly Hills trugen Baumnamen. Jessie entging die Hysterie in der Stimme des Jungen nicht. »Immer mit der Ruhe, Gene. Wir werden versuchen, es gemeinsam herauszufinden. Was ist mit Buche?«

»Nein. Ich hätte schon gestern mit Ihnen sprechen sollen. Ich habe es ja auch versucht, aber ich habe Sie nicht erreicht.«

»Mach dir keine Vorwürfe. Ahorn?«

»Nein.«

»Linde?« Eine abwegige Frage. Der Junge wußte vermutlich nicht einmal, daß das ein Baum war.

»Nein!«

»Palme?«

Schweigen. »Ich glaube. Yeah, das war es!« rief er aufgeregt. »Werden Sie ihn suchen? Bitte?«

Die Palm Street war lang, und es gab vermutlich eine ganze Reihe von Häusern, die gerade umgebaut wurden.

»Wie lautet Mr. Bennings Zulassungsnummer?«

»Die kenne ich nicht.«

»Denken Sie nach, Gene. Hat er erwähnt, ob sich die Straße nördlich oder südlich vom Santa Monica Boulevard befindet?«

»Ich kann mich nicht erinnern!« rief er verzweifelt. »Sie glauben auch, daß er in Gefahr ist, stimmt's?«

»Ich bin mir nicht sicher. Auf jeden Fall ist es gut, daß Sie angerufen haben. Hat er etwas über die Umgebung gesagt?«

Der Junge dachte einen Moment lang nach. »Er sagte etwas davon, daß Leute Berge von Geld für irgendwas Flaches bezahlen würden. Dann lachte er.«

Die Flats! So wurden die teuren Grundstücke an den vier Querstraßen zwischen dem Santa Monica und dem Sunset Boulevard genannt.

»Das haben Sie gut gemacht, Gene. Ich werde mich darum kümmern.«

»Rufen Sie mich an, wenn Sie etwas über Mr. Benning erfahren haben?«

»Bevor du zur Schule mußt, wird das kaum möglich sein.«

»Ich gehe nicht zur Schule. Das kann ich nicht, bevor ich nicht weiß . . .«

Maureen sagte Jessie, daß Phil bereits auf dem Weg zum Dienst war. Daraufhin hinterließ Jessie beim Wachhabenden eine Nachricht für Phil und bat ihn, sich mit ihr im Sechshunderterbereich der Hausnummern der Palm Street gleich nördlich vom Santa Monica Boulevard zu treffen. Von dort aus wollte sie sich in Richtung Sunset Boulevard vorarbeiten.

In dem Abschnitt der Palm Street, dessen Hausnummern mit Sechshundert begannen, gab es drei Häuser, die sich gerade im Umbau befanden, aber vor keinem von ihnen stand ein Skylark. Aber in der Mitte des Siebenhunderterbereiches entdeckte sie einen braunen Skylark vor einem Gebäude, dessen Fassade mit einem Gerüst versehen war.

Einen anderen Wagen sah sie nicht. Entweder war der »Kunde« noch nicht da oder schon wieder fort. Jessie blickte auf ihre Armbanduhr. Achtzehn Minuten vor acht. Wo zur Hölle blieb Phil? Sie rief West L.A. über ihr Autotelephon an und gab ihren Aufenthaltsort durch. Sie wartete noch eine Minute, dann stieg sie aus dem Honda und überquerte die Straße. Sie öffnete ein Tor im Maschendrahtzaun und bahnte sich vorsichtig ihren Weg durch Bauschutt und Abfall zum Eingang des Hauses.

»Mr. Benning?«

Ihre Stimme hallte dumpf in der hohen Eingangshalle wider. Vor ihr schwang sich eine Treppe empor, links und rechts führten Türen in Zimmer. Hinter der Treppe waren die Wände mit Brettern verschalt.

Jessie trat weiter in die Halle und atmete den angenehmen Geruch frischgeschnittenen Holzes ein. Staubpartikel wirbelten auf und begrüßten sie wie geisterhafte Gastgeber.

»Mr. Benning?« rief sie noch einmal.

Sie fragte sich, ob Benning und der Junge sie an der Nase herumgeführt hatten, konnte aber kein überzeugendes Motiv dafür erkennen. Sie griff nach der Smith & Wesson in ihrer Jackeninnentasche und überlegte, ob sie zum Wagen zurückkehren sollte, um dort auf Phil zu warten.

Ein Explosionsgeräusch zerschmetterte die Stille. Sie ließ sich auf die Sperrholzdielen fallen und spürte, wie eine Kugel über ihren Kopf hinwegzischte.

Der Schuß war aus dem Bereich hinter der Treppe abgegeben worden. Mit wild klopfendem Herzen rollte sie sich nach links über weggeworfene Nägel und Holzabschnitte, bis sie den Schutz eines der angrenzenden Zimmer erreicht hatte.

Wieder peitschte ein Schuß.

Sie rappelte sich hoch, zückte ihre Waffe und lief gebückt auf eine Tür in der rückwärtigen Wand zu. Sie durchquerte einen quadratischen, mittelgroßen Raum und kam in einen größeren, in dem Gasanschlüsse und Wasserleitungen zu sehen waren. Die Küche. Die rechte Wand war mit Fasergipsplatten bedeckt. Die hintere Wand ebenfalls. Sie hastete zu einer weiteren Tür und fand sich in einem engen Flur wieder.

Sie umfaßte ihre Waffe mit beiden Händen und sah sichernd erst nach rechts, dann nach links. Niemand zu sehen. Eng an die Wand gedrückt schlich sie mit lautlosen Schritten den Flur entlang, bis sie zu einem weiteren, breiteren Korridor kam. Wenn sie sich nicht verschätzt hatte, mußte sie sich jetzt genau im dem Bereich befinden, aus dem die Schüsse gekommen waren.

Sie lauschte in die Stille, konnte aber nur ihren eigenen Herzschlag hören. Sie nahm allen Mut zusammen, trat schnell in die hohe Halle und drehte sich einmal um sich selbst, als sie sie mit ihrer Waffe und ihren Blicken absuchte.

Der Schütze war nicht da, aber sie war auch nicht allein. Auf dem Fußboden, unter Überresten von Fasergipsplatten und Sperrholz lag eine Gestalt. Den Jeans und Stiefeln nach zu urteilen, war es ein hochgewachsener Mann.

Benning?

Die Waffe in den weit ausgestreckten Händen, näherte sich Jessie der Gestalt. Der süßliche Geruch von Blut drang ihr in die Nase, bevor sie sah, wie es zwischen seinen Beinen und um seinen Körper hervorquoll und im hellen Sperrholzboden versickerte.

Über sich hörte sie ein Knacken, dann ein kratzendes Geräusch. Sie blickte hoch und sah, wie eine Glasscheibe durch die Luft flog. Sie unterdrückte einen Schrei und sprang zurück. Die Scheibe zerbarst an der Stelle, an der sie gerade noch gestanden hatte, in tausend Splitter.

Jessie rannte die Treppe hinauf. Der Schütze näherte sich dem Ende der langen, schmalen Galerie. Sie schoß im Laufen. Die Kugel durchbohrte eine Glasscheibe, die sie zuvor gar nicht bemerkt hatte. Sekunden bevor sie selbst dagegenprallte, hielt sie inne. Der Schütze lief nach rechts in ein Zimmer.

Rechts von Jessie befand sich eine Trockenmauer, links von ihr der freie Raum über der Stelle, an der sie den blutenden Mann zurückgelassen hatte. Sie sicherte ihre Waffe und steckte sie in den Hosenbund. Mit ihrer rechten Hand hielt sie sich an einem Pfosten fest, schwang sich um den Pfosten herum in den knapp einen halben Meter breiten Zwischenraum und griff nach dem nächsten Pfosten. Das wiederholte sie, bis sie an der Glaswand vorbei war. Dann trat sie in die Halle zurück und entsicherte ihre Waffe wieder.

Als sie an der Stelle war, an der sich der Schütze nach rechts gewandt hatte, fand sie kein Zimmer vor, sondern eine Treppe. Fluchend lief sie die Stufen hinunter und aus dem Haus. Als sie an einer riesigen rechteckigen Grube vorbeihastete, die einmal der Swimmingpool werden würde, hörte sie einen Wagen davonfahren. Sie wußte, daß das der Schütze war, rannte aber weiter, bis sie durch das offene Tor im Maschendrahtzaun an der Rückseite des Grundstükkes auf eine kleine Gasse kam. Dort war nichts zu sehen außer vier große Mülltonnen.

Jessie steckte ihre Waffe ein und eilte in das Haus zurück zu dem Mann, den sie für Benning hielt. Sie bückte sich und entfernte eine Sperrholzplatte von seinem Körper.

Inmitten einer Lache Blut fand sie seine Hand und überprüfte den Puls. Nichts. Sie zog ein weiteres Stück Fasergips fort, dann noch eines. Als sie das letzte Stück fortgezogen hatte, mußte sie würgen. Ihre Hand fuhr zum Mund. Schnell wandte sie sich ab, stolperte auf unsicheren Füßen zur Haustür, lehnte sich gegen den Türpfosten und atmete konzentriert und gleichmäßig, um sich nicht doch noch übergeben zu müssen.

»Jessie? Jessie? Wo bist du?«

Ein Augenblick später stand Phil neben ihr. »Ich habe draußen dein Auto gesehen. Was zum . . .?«

Stumm deutete sie hinter sich. Sie hörte die schweren Schritte ihres Kollegen, sein geflüstertes »Großer Gott!«

und wußte, als er sich erbrach, daß er Roy Bennings Körper und den davon abgetrennten Kopf gefunden hatte.

Einundvierzigstes Kapitel

»Er bekam von hinten einen Schlag auf den Kopf, dann wurde er enthauptet«, sagte Jessie zu Phil und schreckte vor dem Bild zurück, das in ihr aufzuckte. »Reiser von Beverly Hills glaubt, die Latte gefunden zu haben, mit der Benning bewußtlos geschlagen wurde.«

»Benning war doch ein großer Bursche.« Phil lehnte sich auf seinem Sessel zurück und runzelte die Stirn. »Das will mir einfach nicht in den Kopf.« Er griff nach seinem Kaffeebecher.

Jessie hockte auf ihrer Schreibtischplatte. »Der Täter hatte das Überraschungsmoment für sich. Er parkte in der Gasse. Benning ging vermutlich davon aus, daß sein ›Kunde‹ noch gar nicht da war. Das dachte ich auch.«

Phil nickte. »Der Täter lauert also in dem verschalten Raum. Benning kommt. Der Täter schlägt ihm über den Schädel und ...« Er hob seinen Becher an die Lippen, setzte ihn dann aber ohne zu trinken wieder ab.

Er vermied es, sie anzusehen. Daß er sich angesichts von Bennings Leiche übergeben hatte, sie aber nicht, war ihm peinlich. Männlicher Stolz, typisch. »Reiser sagte, er würde uns auf dem laufenden halten. Er hat nichts dagegen, wenn wir herumfragen, so lange wir ihn über die Ergebnisse informieren und ihm nicht auf die Zehen treten.«

»Wird er mit dem Jungen sprechen?«

»Ich habe vorgeschlagen, daß wir das übernehmen, da wir uns bereits mit ihm unterhalten haben. Ich habe Reiser von dem Brief berichtet, den Benning erhalten hat, und ihm versprochen, es ihn wissen zu lassen, wenn darauf irgendwelche Fingerabdrücke gefunden werden.«

»Woher wußte der Täter, wo Benning gearbeitet hat?«

»Das wurde in der Times erwähnt, in dem Bericht über seine Festnahme.«

Phil nickte. »Irgendwelche Erkenntnisse über die Mordwaffe?«

»Der Pathologe meint, es müsse eine feine Säge oder ein Sägemesser gewesen sein.« Wieder trat ihr der grausige Anblick vor Augen. Sie schluckte. »Reisers Leute haben keine Waffe gefunden. Er glaubt, daß der Täter sie mitgebracht hat. Ich stimme ihm zu.«

»Der Bursche soll so etwas bei hellem Tageslicht mit sich herumgetragen haben?« Phils Stimme verriet Skepsis.

»Das Haus wurde umgebaut, also wäre ein Mann mit Werkzeug kaum aufgefallen. Reisers Leute haben die Nachbarn befragt. Niemand hat den Mann oder sein Auto bemerkt.«

»Aber hätte er sich nicht Sorgen machen müssen, daß die Bauarbeiter auftauchen?«

»In Beverly Hills sind die Bedingungen sehr streng. Kein Baulärm vor acht Uhr. Das gab dem Täter dreißig Minuten. Jede Menge Zeit.«

Phil drehte den Kaffeebecher zwischen den Händen. »War es derselbe Täter, Jessie? Bei Lewis und Benning, meine ich.«

Sie glitt vom Schreibtisch. »Vielleicht kann uns der Junge ein paar Antworten geben.«

Wie fortgeblasen waren das Grinsen und die selbstgefällige Pose der Gleichgültigkeit. Gene Oppman saß wie erstarrt zwischen seinen Eltern auf der Couch. Seine Hände krallten sich in ein Kissen. Sein Gesicht war schneeweiß, seine Augen riesengroß.

»Wir würden Ihnen gern ein paar Fragen stellen, Gene«, sagte Jessie und bemühte sich, ihre Stimme von jedem Vorwurf freizuhalten.

Der Junge nickte.

»Warum haben Sie Mr. Benning dabei geholfen, sich zu verstecken?«

Der Junge sah seinen Vater an. Robert Oppman nickte.

»Wir waren Freunde«, sagte Gene. »Ich habe ihn kennengelernt, als er in unserer Gruppe einen Vortrag gehalten hat. Er hatte keine Kinder, daher hat er sich gern mit mir unterhalten.« Er hob die Schultern. »Und als er mir dann sagte, er müsse für ein paar Tage untertauchen, erzählte ich ihm von diesem leeren Lager. Er hat nichts Unrechtes getan.« Im letzten Satz klang ein Hauch seines früheren Trotzes mit.

»Natürlich nicht«, lächelte Jessie. »Aber da Sie so gut mit Mr. Benning befreundet waren, Gene, wissen Sie vielleicht Dinge über ihn, die uns weiterhelfen könnten, seinen Mörder zu finden. Sie wollen uns doch helfen, oder?«

Er zwinkerte heftig. »Ja.«

»Hatte er in letzter Zeit irgendwelche Sorgen?«

»Er hatte Angst. Er glaubte, derjenige, der Lewis in die Luft gejagt hat, würde auch ihn umbringen.« Die Augen des Jungen blitzten. »Ich weiß, daß einer von diesen Juden Mr. Benning getötet hat. Warum konnten sie ihn nicht in Ruhe lassen?«

Jessie fragte sich, wie Gene wohl darauf reagieren würde, daß auch sie eine »von diesen Juden« war. Dem Verhalten des Jungen war zu entnehmen, daß Benning es ihm nicht erzählt hatte. Aber vielleicht hatte es Grace Benning ihrem Mann auch gar nicht gesagt.

»Hat er sich noch über andere Dinge Sorgen gemacht?« wollte Phil wissen.

Der Junge zögerte. »Er schloß nicht genug Versicherungsverträge ab. Das lag daran, daß dieser Jude, den sie neu eingestellt hatten, ihm alle Kunden wegnahm.« Ein flinker Blick zu Jessie. »Nach der Parade und dem Eingebuchtetwerden und all dem wollte ihn sein Boß feuern, und Mr. Benning sagte, er würde ihn verklagen, falls er das versuche.«

»Es muß doch nicht leicht für ihn gewesen sein, so ohne seine Frau . . .« Jessie wurde mit einer Spur von Unbehagen in Genes Blick belohnt.

»Vermutlich.«

»Hat er nicht über seine Frau gesprochen?«

»Nicht sehr viel.« Der Junge legte seine Hände auf die Knie.

»Sie scheuen vielleicht davor zurück, irgendwelche Geheimnisse zu verraten, Gene«, sagte Jessie freundlich, »aber wenn es zwischen ihm und seiner Frau Spannungen gegeben hat, müssen wir das wissen.« Sie wartete.

Nach einer Weile murmelte Gene: »Es regte ihn auf, daß sie ihm ständig Vorwürfe machte. Darüber, daß er nicht mehr Geld nach Hause brachte. Und über die Parade.« Jetzt wurde seine Stimme energischer. »Sie war sauer, weil er die alte Frau gestoßen hatte und nun vor Gericht gestellt werden und vielleicht im Gefängnis landen würde. Und was würde dann aus ihr? Aber es war nicht seine Schuld, denn die Frau hat als erste zugeschlagen. Wenn diese Jüdin ihn nicht geschlagen hätte, würde Mr. Benning noch leben!«

»Was hatte seine Frau sonst noch an ihm auszusetzen?«

»Alles mögliche. Er sagte, das einzige, was ihr an ihm gefiel wäre die Versicherungssumme, die sie nach seinem Tod kassieren würde. Aber das war ein Witz«, fügte Gene schnell hinzu. »Er hat immer 'rumgewitzelt.«

»Hat er jemand bestimmten genannt, der ihn bedroht hätte?« fragte Phil.

Gene schüttelte den Kopf. »Aber er wußte, daß sie hinter

ihm her waren. Die Juden, meine ich. Sie hatten für seine Festnahme gesorgt, und er wußte, daß sie die Richter bestechen würden, so daß er gar keine Chance hätte. Das machen Juden nunmal so.« Er warf Jessie einen herausfordernden Blick zu. »Aber er sagte, er würde keineswegs den Rest seines Lebens hinter Gittern verbringen. Er hatte einen Plan. Er war ganz begeistert davon, aber auch ein bißchen ängstlich, schien mir, und . . .« Verwirrt brach der Junge ab.

»Was für einen Plan?« erkundigte sich Jessie. Hatte Benning die Flucht ergreifen wollen?

»Er hat noch daran herumgefeilt. Aber dann haben sie ihn umgebracht, daher ist das alles nicht mehr wichtig.« Tränen liefen ihm über die Wangen.

»Hat dich Mr. Benning gebeten, bei Mr. Lewis anzurufen?«

»Ja.« Kaum hörbar.

»Warum?«

»Er wußte, daß Lewis ihn eigentlich nicht verteidigen wollte. Er wußte, daß Lewis sich für etwas Besseres hielt. So denken Juden nun einmal über Nicht-Juden, wissen Sie.«

Die Logik des Rassismus. Seufzend steckte Jessie ihren Notizblock ein.

Dann führte Gene Jessie und Phil zu dem leeren Lager, in dem Benning seit Freitag gewohnt hatte. Das Schloß an der Hintertür war zerbrochen. Auf dem durchgesessenen braunen Sofa im Büro fand Jessie einen schwarzen Nylonsack mit Unterwäsche, zwei braune Strickpullover, braune Hosen und Socken. Im winzigen Waschraum entdeckte sie eine Zahnbürste, einen elektrischen Rasierapparat und einen Toilettenbeutel.

»Die Decken habe ich ihm gebracht.« Erneut füllten sich Genes Augen mit Tränen.

Aber sonst entdeckten sie keine persönlichen Dinge, die

Benning gehört hatten. Die Brieftasche und seine Aktentasche waren neben dem Toten gefunden worden. Auf dem Rückweg zu seinen Eltern zeigte ihnen Gene das Apartmenthaus, in dessen Garage Bennings Wagen gestanden hatte.

Ein unternehmungslustiger Junge. Sehr bedauerlich, daß er von den falschen Leuten beeinflußt worden war. »Gibt es vielleicht noch etwas, das wir wissen sollten, Gene?« fragte Jessie, als sie vor dem Haus seiner Eltern standen.

»Nein.«

»Rufen Sie mich bitte an, falls Ihnen etwas einfällt.«

An seiner verzweifelten Miene sah sie, daß sie ihn nicht daran zu erinnern brauchte, daß er diesmal zu spät angerufen hatte.

Jessie folgte Shulamit Cohn in einen holzgetäfelten Raum voller Bücherregale. In der Mitte standen vier rechteckige Tische. Auch auf ihnen stapelten sich Bücher.

»Ich werde Ezra sagen, daß Sie hier sind.« Shulamit verließ das Zimmer.

Jessie setzte sich und griff zu einem Buch in englischer Sprache, das sich mit den Sabbatregeln befaßte.

»Dafna sagte mir, daß Sie gestern bei ihr waren, um sie zu befragen.«

Jessie hatte gar nicht gehört, daß Nathanson in den Raum gekommen war. Sie drehte sich zu ihm um. »Das ist mein Job.«

»Sie haben sie belogen.« Mit funkelnden Augen kam er näher und stützte sich mit den Handflächen auf die Tischplatte. »Sie erweckten den Eindruck, ich hätte Ihnen von den tragischen Ereignissen in meiner Vergangenheit erzählt, und veranlaßten sie so, weitere Einzelheiten beizutragen. Gehört Lügen auch zu Ihrem Job?«

»Mitunter.« Sie hielt seinem Blick kühl stand. »Warum

haben Sie mir nicht erzählt, daß Ihre Eltern und Ihre Frau bei einem Brand ums Leben gekommen sind?«

»Weil es für Ihre Ermittlungen ohne jeden Belang ist. Weil es Sie – verzeihen Sie! – verdammtnochmal nichts angeht!« Sein Gesicht war hochrot.

»Die Polizei ging seinerzeit davon aus, daß eine neonazistische Organisation für das Abbrennen des Hakenkreuzes verantwortlich war, das dann den Brand verursacht hat. Ich würde sagen, daß ist verdammt relevant. Wo waren Sie heute früh zwischen sieben und neun Uhr?«

Nathanson riß einen Stuhl unter dem Tisch hervor und setzte sich. »Werden Sie es denn nie leid, immer wieder die gleichen Fragen zu stellen?«

»Manchmal schon. Also, wo waren Sie?«

»Wer ist denn jetzt umgebracht worden?« Als Jessie nicht antwortete, seufzte er tief auf. »Um sieben habe ich noch geschlafen. Zehn Minuten vor acht bin ich aufgestanden, habe geduscht, mich angezogen und bin zu einem *minjan* in die Synagoge gegangen, zu einem gemeinsamen Gebet, an dem zehn erwachsene Männer teilnehmen müssen. Es begann um halb neun. Danach habe ich zu Hause gefrühstückt und kam hierher. Zufrieden?«

Nicht ganz. Es war durchaus möglich, daß er Benning getötet hatte, nach Hause gefahren war, sich umgezogen hatte (seine Kleidung hätte einfach blutbefleckt gewesen sein müssen), und danach in die Synagoge gegangen war. Genug Zeit hätte er gehabt. Aber war es tatsächlich vorstellbar, daß der Mann da vor ihr um halb acht Benning brutal ermordet und eine Stunde später zu seinem Gott gebetet hatte?

»Ich habe mir ein Band von dem TV-Sender besorgt, der die verschandelte Haustür von Barry Lewis gefilmt hat«, sagte Jessie. »Und was glauben Sie, wen ich in der Menge entdeckt habe? Ihren Bruder.«

»Mein Bruder war nicht dort.« Er ballte die Hände zu Fäusten.

»Sagen Sie das der Kamera.«

Sie starrten sich über den Tisch hinweg an. Durch die Wand war undeutlich Shulamit Cohns Stimme zu vernehmen.

»Das war ich, nicht Joel«, sagte Nathanson schließlich.

»Der Mann auf dem Videoband trägt kein Schädelkäppchen.«

»Ich hatte es abgenommen. Ich wollte keinen Verdacht erregen.«

»Sie haben also den *magejn-dawid* an Barry Lewis' Tür gemalt und sind dann zurückgekommen, um die Reaktion zu beobachten?«

»Nein! Ich habe Ihnen bereits gesagt, daß ich es nicht getan habe.«

»Sie haben auch gesagt, daß Sie am Abend des zweiten April nicht in der Nähe des Hauses von Barry Lewis gewesen sind.«

»Ich befürchtete, Sie würden mich verdächtigen, wenn ich es zugab.«

»Warum waren Sie dort?« Als er nicht antwortete, fügte sie hinzu: »Sie lügen mich an, nicht wahr? Sie wollen Ihren Bruder schützen. Er ist es, der auf dem Band zu sehen ist.«

»Ich lüge nicht. Ich ...« Er brach ab. »Nach dem Brand habe ich mir ein Abhörgerät für den Polizeifunk gekauft. Keine Ahnung, warum. Jedenfalls schaltete ich den an, nachdem ich Eileen nach Hause gebracht hatte. Und als ich von dem Vorfall am Monte Mar Drive hörte, wußte ich, daß es sich dabei um Lewis' Haus handelte.«

»Sie sagten, Ihre Briefe an Lewis hätten Sie an die Adresse des ACLU-Büros geschickt.«

»Jeder in der jüdischen Gemeinde kannte Lewis' Privatadresse, Detective. Sie hatten mal geplant, vor seinem Haus eine Protestdemonstration abzuhalten.«

»Fassen wir doch einmal zusammen. Sie kommen zu spät zu einer Verabredung, weil Sie eine Reifenpanne haben. Sie bringen Miss Pasternak früher als geplant nach Hause und machen einen Umweg über Beverlywood, um sich einen *magejn-dawid* anzusehen. Sie nehmen Ihr Schädelkäppchen ab, um keinen Verdacht zu erregen.« Jessie machte eine Kunstpause. »Sagt Ihnen Ihre Thora, Sie dürfen lügen, wenn es Ihnen in den Kram paßt?«

»Ich habe aus Angst gelogen. Ich weiß auch nicht mehr, warum ich eigentlich dort war. Seinerzeit schien es mir wichtig zu sein.«

Jessie wußte, daß er sie beobachtete, ihre Reaktion abschätzte. Sie ließ ihn zappeln und tat so, als würde sie über seine Worte nachdenken. »Das ist großer Mist, Mr. Nathanson«, erklärte sie dann gelassen und genoß es förmlich, daß er zusammenzuckte.

»Aber so ist es gewesen.«

Jessie schlug mit dem Stift auf ihr Notizbuch. »Sie sind in ernsten Schwierigkeiten. Sie haben mich in mehreren Punkten belogen. Sie haben kein Alibi für die Sache mit der Tür. Und auch keins für Mr. Lewis' Tod.«

»Ich habe Ihnen doch gesagt . . .«

Sie brachte ihn mit einer Handbewegung zum Schweigen. »Sie hätten nach dem Besuch bei Ihrer Schwester zu Lewis' Haus fahren können.« Sie beugte sich vor. »Und Sie haben kein Alibi für den brutalen Mord an Roy Benning heute früh.«

Nathanson starrte sie mit offenem Mund an. »Benning ist tot?«

Er konnte aufrichtig verblüfft sein. Er konnte diese Reaktion aber auch seit Stunden geprobt haben. »Jemand hat ihm den Kopf abgeschnitten«, sagte sie und verzichtete bewußt auf eine zurückhaltendere Beschreibung der Tat.

Er erblaßte und hielt sich mit beiden Händen an der Tischplatte fest. »Und Sie glauben, daß ich es gewesen bin?« flüsterte er. »Daß ich dazu fähig wäre . . .« Er sah zur Seite.

»Sie haben Benning gehaßt, weil er ein Neonazi war. Neonazis haben Ihre Eltern und Ihre Frau getötet.«

»Ich habe ihn nicht getötet.« Noch immer sah Nathanson sie nicht an.

»Lewis hatte die Verteidigung Bennings übernommen«, fuhr Jessie fort. »Es liegt auf der Hand, daß beide Todesfälle miteinander zusammenhängen. Es sei denn, Gott übt Vergeltung an den Feinden der Juden und bringt sie auf sehr drastische Weise um: Einer wird verbrannt, der nächste geköpft. Für mich klingt das fast biblisch.«

Nathansons Kopf fuhr zu ihr herum. Er öffnete den Mund, schloß ihn aber sofort wieder.

»Was wollten Sie gerade sagen?« erkundigte sich Jessie.

Er blickte über sie hinweg ins Leere, als hätte er sie gar nicht gehört. Abrupt schob er seinen Stuhl so heftig nach hinten, daß die Beine quietschend über das Linoleum rutschten. Er stand auf und verließ den Raum. Er kam mit einem Buch zurück und setzte sich wieder.

»An Rosch Haschana und an Jom Kippur sagen wir während des mussaf, des Nachmittagsgottesdienstes, ein besonderes Gebet. Es ist rund tausend Jahre alt und stammt von Raw Amnon aus Mainz in Deutschland.«

»Mr. Nathanson, ich bin nicht gekommen, um jüdische Geschichte zu lernen.«

»Raw Amnon war ein Freund und Berater des Bischofs von Mainz«, fuhr Nathanson unbeeindruckt fort. »Als der Bischof von ihm verlangte, sich zum Christentum zu bekehren, wollte Raw Amnon Zeit gewinnen und sagte: ›Geben Sie mir drei Tage Zeit, um über Ihre Bitte nachzudenken.‹«

»Ich kann nicht erkennen . . .«

»Lassen Sie mich bitte zu Ende erzählen«, sagte er mit ruhiger Autorität. »Zu Hause erkannte Raw Amnon mit Entsetzen, daß er in dem Bischof den Eindruck erweckt hatte, er könnte erwägen, seinen Gott zu verraten. Er tat drei Tage lang Buße für seine Sünde. Er fastete. Er betete. Er ging nicht zum Bischof zurück.

Der Bischof ließ Raw Amnon holen. ›Warum bist du nicht zu mir gekommen, wie du versprochen hattest?‹ wollte er wissen. ›Für die Sünde, die ich durch meine Worte begangen habe, ich würde einen Übertritt bedenken, sollte mir die Zunge herausgeschnitten werden‹, erwiderte Raw Amnon. ›Du hast nicht mit deiner Zunge gesündigt, sondern mit den Beinen, die dich nicht zu mir gebracht haben, wie du es versprochen hattest‹, wütete der Bischof. ›Für diese Sünde sollen dir deine Beine abgeschnitten werden.‹«

Jessie fragte sich, worauf er eigentlich hinaus wollte.

»Sie schnitten Raw Amnon die Beine ab – erst die Füße, dann die Unterschenkel, die Oberschenkel. Dann auch die Hände. Und jedesmal fragte der Bischof: ›Wirst du jetzt konvertieren?‹, aber jedesmal lautete die Antwort: ›Nein.‹ Schließlich wurde Raw Amnon nach Hause gebracht. Wenige Tage später war Rosch Haschana, und er bat darum, in die Synagoge getragen zu werden, um Gottes Namen zu ehren und das Gebet zu sprechen, das er verfaßt hatte. Dann starb er. Drei Tage später erschien er Raw Klonimos ben Meschulam im Traum, einem großen talmudischen und kabbalistischen Gelehrten in Mainz. Raw Amnon lehrte Raw Klonimos das Gebet und bat darum, daß es in die Rosch Haschana-Liturgie aufgenommen würde. Später wurde es dann auch in die Liturgie zu Jom Kippur übernommen.«

»Das ist eine erstaunliche Geschichte«, sagte Jessie leise. Sie war entsetzt über die Brutalität der Verstümmelung, aber auch angerührt von dem Mut und der selbstlosen Hingabe des Märtyrers an seinen Gott. »Aber was hat sie mit den Morden an Barry Lewis und Roy Benning zu tun?«

»Vermutlich gar nichts. Aber die Übereinstimmung hat mich verblüfft.«

»Welche Übereinstimmung?«

»Das Gebet beschäftigt sich mit dem Heiligen Gericht an den alljährlichen Tagen der Abrechnung. Im zweiten Vers werden einfache, aber schreckliche Fragen gestellt: ›Wer wird leben und wer wird sterben? Wer wird zu seiner vorbestimmten Zeit sterben, und wer vor seiner Zeit?‹« Nathanson sah Jessie an. »Lewis wurde verbrannt, Benning enthauptet. Das Gebet zählt zehn unnatürliche Todesarten auf. Die zweite lautet: ›durch Feuer.‹ Die dritte: durch das Schwert.‹«

»Sehen Sie da ein Muster?«

»Nein.« Nathanson seufzte erleichtert auf. »Der Feuertod ist nicht die erste im Gebet erwähnte Todesart. Die lautet: ›durch Wasser.‹ Dennoch verstehen Sie jetzt vielleicht, warum ich so verblüfft war.«

Jessie nickte. »Und was sind die anderen Todesarten?«

»Durch wilde Tiere, durch Hunger, Durst, Sturm, Plagen, Erwürgen, Steinigen.«

»Reichlich hart. Klingt ganz so, als bliebe niemandem eine Chance.«

»In diesem Gebet geht es gerade darum, daß jedermann eine Chance hat. Der Schlußteil betont nachdrücklich, daß ›Buße, Beten und Wohltätigkeit das Urteil aufheben‹ kann.«

»Unglücklicherweise ist es für Lewis und Benning zu spät, nicht?«

Zweiundvierzigstes Kapitel

Die Frau in der Vermittlung der Premier Home Insurance hatte sich Namen und Telephonnummer des Kunden notiert, der Benning angerufen hatte.

»Das habe ich bereits alles dem anderen Detective gesagt«, erklärte sie Jessie.

Die Verdrossenheit der Frau war durch die Telephonleitung deutlich zu spüren. Jessie nahm es ihr nicht übel. »Wären Sie dennoch so freundlich, es noch einmal zu wiederholen?«

Ein tiefer Seufzer. »Sein Name ist Herev.« Dann nannte sie Jessie eine Telephonnummer, die mit der Ortskennziffer 310 begann.

Jessie notierte die Information. »Haben Sie den Anrufer erkannt?«

»Nein. Sie war mir völlig fremd.«

Jessie hob die Brauen. »Sie?«

»Mr. Herevs Sekretärin.«

»Könnte es sich um Mrs. Benning gehandelt haben?«

»Das weiß ich nicht. Ich bin neu hier. Mit Mrs. Benning habe ich noch nie gesprochen.«

»Wie haben Sie sich mit Mr. Benning in Verbindung gesetzt, um ihn von dem Anruf zu unterrichten?«

»Gar nicht. Er rief am späten Freitag an und erklärte, er sei für einige Tage nicht erreichbar. Am Montag fragte er dann alle paar Stunden nach, ob irgendwelche Nachrichten für ihn eingegangen waren. Ich erklärte Mr. Herevs Sekretärin, daß sich Mr. Benning mit ihrem Chef in Verbindung setzen würde. Sie meinte, Mr. Herev wäre am Nachmittag zwischen vier und halb fünf zu erreichen. Als Mr. Benning dann anrief, nannte ich ihm Namen und Telephonnummer. Ich kann kaum glauben, daß er tot ist«, fügte sie hinzu.

»Vielen Dank.« Jessie gab der Frau ihre Dienstnummer. »Falls Ihnen noch etwas einfallen sollte . . .«

»Sie hatte einen Akzent. Gerade eben habe ich mich daran erinnert.«

»Was für einen Akzent?«

»Da kenne ich mich nicht besonders gut aus. Einen Akzent eben.«

Jessie bedankte sich noch einmal, legte auf und wählte dann die Nummer, die sie von der Frau erhalten hatte. Nach dem fünften Klingeln wurde abgehoben.

»Ja?« sagte eine Männerstimme.

»Mit wem spreche ich?«

»Mit dem Münzfernsprecher im Beverly Center. Wer zum Teufel sind Sie?«

Jessie legte auf. »Vielen Dank für die höfliche Auskunft«, sagte sie laut.

»Führst du wieder Selbstgespräche?« erkundigte sich Phil.

Sie drehte sich lächelnd zu ihm um. »War ein langer Tag. Was hast du von den Kollegen in Beverly Hills erfahren?«

»Erst du.« Er hängte seine Jacke über die Sessellehne und setzte sich.

Jessie wiederholte ihr Gespräch mit Nathanson.

»Nathanson hat also gelogen.« Phil schüttelte den Kopf. »Glaubst du, daß er den Stern an die Tür gemalt hat?«

»Ich glaube, er nimmt an, daß es sein Bruder getan hat. Deshalb ging er an diesem Abend dorthin. Um Ben-Natan zu schützen.«

»Klingt logisch.« Phil schaukelte auf seinem Sessel bedächtig hin und her. »Gespenstische Übereinstimmung, die Sache mit dem Gebet, was?«

»Das fand Nathanson auch. Aber es gibt kein Muster, weil als erste Todesart Wasser erwähnt wird. Ich habe auch mit der Telephonistin von Premier Home gesprochen.« Jessie berichtete, was sie von der Frau erfahren hatte.

»Ganz schön gerissen, von einem Einkaufscenter aus anzurufen.« Phil runzelte die Brauen. »Welche Frauen in unserem Fall sprechen eigentlich mit Akzent?«

»Yaffa Aloni, Ben-Natans israelische Freundin.« Sie war Jessie auf Anhieb eingefallen. »Aber auch jede andere hätte einen Akzent vortäuschen können.«

»Beispielsweise?«

»Sheila Lewis. Oder Hochburgs Schwiegertochter.«

»Oder Grace Benning.«

»Die Telephonistin hat nie mit ihr gesprochen, also hätte sie es nicht nötig gehabt, sich einen Akzent zuzulegen.«

Phil nickte. »Das Gesicht des Schützen hast du nicht gesehen?«

Jessie schüttelte den Kopf. »Hätte ebensogut eine Frau wie ein Mann gewesen sein können. Was hast du von Reiser erfahren?«

»Laß mich zuerst Kaffee holen.« Er stand auf, nahm seinen Becher und verschwand. Eine Minute später war er wieder da. »Sie haben die Mordwaffe noch immer nicht gefunden«, sagte er und setzte sich. »Sie haben mit den Bauarbeitern gesprochen, aber die haben nichts Verdächtiges herumliegen sehen.« Er trank einen Schluck Kaffee. »Verflucht, ist der heiß!«

»Also gar nichts Interessantes?«

»Doch, eine Sache.«

Das Telephon klingelte. Phil meldete sich und gab den Hörer dann an Jessie weiter. »Kraft«, flüsterte er.

Sie verdrehte die Augen. »Detective Drake. Kann ich Ihnen behilflich sein?«

»Offensichtlich nicht. Ich habe Ihnen gesagt, daß sich Roy Benning in Gefahr befand. Ich habe Ihnen gesagt, daß er große Angst hatte. Nun ist er tot, und ich fürchte um mein Leben.«

»Ich habe durchaus Verständnis für Ihre Sorgen, Mr. Kraft. Wir bemühen uns nach Kräften, Mr. Bennings Mörder so schnell wie möglich zu finden.«

»Und was soll ich inzwischen tun? Mich in meinem Haus verbarrikadieren? Einen bewaffneten Leibwächter engagieren?«

»Ich denke, Sie sollten so vorsichtig wie möglich sein.«

»Ich habe angeregt, Ben-Natan festzunehmen. Hätten Sie es getan, wäre Roy Benning noch am Leben.«

»Ich weiß Ihre Ratschläge zu schätzen, Mr. Kraft.«

»Mir gefällt Ihr Ton nicht, Detective. Und Ihre Haltung ebensowenig.«

Gleich darauf hörte Jessie das Freizeichen. »Noch ein zufriedener Kunde«, meinte sie, als sie den Hörer auflegte.

»Was wollte er?«

»Er wollte, daß wir Ben-Natan als Bennings Mörder festnehmen.«

Phil schlug sich mit der flachen Hand gegen die Stirn. »Dieser Mann ist genial! Worauf, zum Teufel, warten wir noch?«

Jessie grinste. »Erzähl mir endlich, was du in Beverly Hills erfahren hast.«

»Weißt du, wer das Holz für den Umbau des Hauses an der Palm Street geliefert hat?« Er verschränkte genüßlich die Hände im Nacken und sah sie an.

Jessie schüttelte den Kopf.

»Lewis Lumber and Hardware Supply.« Phil lächelte. »Und damit Morris Lewis, Vater des Verblichenen.«

»Mist!« sagte Jessie.

»Ist wirklich alles in Ordnung, Jess?« Helen runzelte die Stirn.

»Absolut. Ich habe einen harten Tag hinter mir und brauchte ein bißchen Abwechslung.« Sie setzte sich auf einen der pfirsichfarbenen Lederhocker vor der Küchentheke.

»Wie geht es Frank?« Helen versenkte einen Teller in der Geschirrspülmachine.

»Er hat viel zu tun«, log Jessie. Sie nahm sich einen Apfel aus der Holzschale auf der Theke und biß hinein.

»Hast du schon gegessen?«

»Ein Thunfischsandwich.« Sie hatte auch geduscht und ihre Kleidung gegen Jeans und Pullover vertauscht.

»Das ist doch kein ordentliches Abendessen.« Helen trocknete sich die Hände an einem Küchentuch. »Wir hatten Lasagne. Ich werde dir etwas davon in der Mikrowelle aufwärmen.«

Helens Lasagne war phantastisch. »Wenn es dir keine Mühe macht. Wo ist Neil?« Wieder biß sie in den Apfel.

»Auf einer Tagung in San Francisco.« Helen holte eine Glasschüssel aus dem Kühlschrank und stellte sie auf den Tisch. »Morgen mittag kommt er zurück. Ich habe dir doch erzählt, daß er hinfährt. Erinnerst du dich?«

»Stimmt. Entschuldige. Wie geht es Matthew? Hat er sich von seinen Feiern schon erholt?«

Helen lächelte. »Dem geht es blendend. Er ist gerade mit Gary im Park, um seinen neuen Fängerhandschuh auszuprobieren.« Sie hob eine große Portion Lasagne aus der Schüssel auf einen Teller und stellte ihn in die Mikrowelle.

Jessie hob die Brauen. »Findest du es eigentlich gut, daß Gary so oft mit Matthew zusammen ist?«

»›So oft‹ ist übertrieben. Es geht nur um ein paar Trainingsstunden, und die gehörten doch mit zu seinem Geburtstagsgeschenk, weißt du noch? Und Matthew betet Gary förmlich an. Das war schon immer so.«

»Genau das meine ich. Schließlich gehört Gary nicht

mehr zur Familie. Ich finde, du solltest ihn nicht so häufig einladen. Es könnte Matthew verwirren.«

»Gary und ich sind befreundet, Jess. Und meiner Meinung nach ist es keineswegs Matthew, der hier verwirrt ist.«

Klingeln an der Mikrowelle, Klingeln an der Tür.

»Gehst du zur Tür, Jess? Das werden sie sein.«

»Klar.« Jessie lief über den Korridor und zog die Haustür auf.

»Hi, Tante Jessie!« Matthew sprang an ihr hoch und umarmte sie. »Onkel Gary und ich waren im Park. Ich werde immer besser, stimmt's?«

»Du bist auf dem besten Wege, eine Baseballkanone zu werden«, grinste Gary. »Wie geht es dir, Jess?«

»Gut.« Er hatte den Schirm seiner Dodgers-Kappe nach hinten gedreht und sah in Jeans und Sweatshirt verdammt gut aus. »Helen ist in der Küche.«

»Ich muß noch Schularbeiten machen«, verkündete Matthew, verzog angewidert das Gesicht, drückte Jessie noch einen Kuß auf die Wange und sprang die Treppe hinauf.

Gary sah ihm nach und drehte sich dann zu Jessie um. »Das mit Benning ist ja unvorstellbar brutal.« Er schüttelte den Kopf. »Die Polizei von Beverly Hills kommt einfach nicht weiter. Weißt du irgend etwas?«

Sie zögerte, entschied sich dann aber, daß sie Gary die Risiken ihres Jobs nicht länger zu verheimlichen brauchte. »Ich war dort.«

»Wann?«

»Wahrscheinlich nur wenige Minuten nach Bennings Tod. Der Täter hat auf mich geschossen, ich habe auf ihn geschossen.« Oder auf sie. »Wir haben beide nicht getroffen.«

»Gott im Himmel!« flüsterte Gary. »Bist du auch wirklich in Ordnung?« Er hob die Hand an ihre Wange, ließ sie aber schnell wieder sinken.

Sie hätte nichts gegen seine Hand auf ihrer Wange gehabt. »Mehr möchte ich nicht darüber sagen. Entschuldige.«

»Ganz wie du willst.«

»Erzähle Helen nichts davon. Sie flippt sonst aus.«

Die Lasagne stand auf der Küchentheke. Helen bot auch Gary etwas davon an und nahm sich selbst den Rest.

»Mom ist in letzter Zeit ganz eigenartig«, sagte Helen, als sie mit dem Essen fertig waren. »Gleich nach der Rückkehr nach La Jolla hat sie am Sonnabend angerufen. Dann wieder am Sonntag und Montag. Und jedesmal fragte sie, ob wir miteinander gesprochen hätten, Jess. Kannst du dir das erklären?«

»Wir hatten ein langes Gespräch.«

»Über was?«

»Das ist ein wenig heikel.«

»Ich kann gehen, wenn du mit Helen allein sein willst«, bot Gary an.

Jessie schüttelte den Kopf. »Ich wollte es dir auch erzählen, Gary.«

»Was erzählen?« fragte Helen leicht gereizt. »Du hörst dich ziemlich geheimnisvoll an, Jess.«

Jessie trank einen Schluck Wasser. »Du weißt doch von dem Foto, das ich vor einiger Zeit gefunden habe? Das Moms jüdische Verwandte zeigt?«

»Nicht schon wieder!« stöhnte Helen auf.

»Deine Mutter hat jüdische Verwandte?« fragte Gary. »Davon hast du mir nie etwas erzählt.«

»Es schien mir nicht so wichtig zu sein. Aber am Freitag nach Matthews Geburtstagsfeier habe ich sie noch einmal daraufhin angesprochen, und sie hat mir die ganze Geschichte erzählt.« Sie machte eine kurze Pause und wandte sich dann direkt an ihre Schwester. »Mom ist Jüdin, Helen. Sie wurde in Polen geboren. Ihre Eltern versteckten sie bei einer christlichen Familie.«

Gary starrte sie mit offenem Mund an.

»Das hast du dir ausgedacht!« rief Helen. »Mom wurde in New York geboren. Falls das ein Scherz sein soll . . .«

»Es ist kein Scherz. Sie wurde in Polen geboren. Ihre gesamte Familie wurde getötet. Sie wurde von amerikanischen Juden adoptiert, die sie in die Vereinigten Staaten holten.« Dann berichtete Jessie ausführlich, was ihr Frances gesagt hatte.

Etliche Minuten sagte niemand ein Wort. Jessie lauschte auf das Summen des Kühlschranks und wartete.

»Und warum hat sie dir das alles am Freitagabend erzählt? Warum hat sie es uns beiden nicht schon längst gesagt? Falls es überhaupt stimmt, was du da sagst.«

War da ein Hauch von Eifersucht in der Stimme ihrer Schwester? »Ich habe sie mehr oder weniger dazu gezwungen, Helen. Mom hat uns nichts davon erzählt, weil sie ihre Kindheit abgeschüttelt und ganz neu angefangen hat. Sie fühlte sich von ihrer Familie böswillig verlassen. Sie hatte große Angst, war verwirrt und zornig. Rabbi Korbin sagte mir, daß viele versteckte Kinder so reagieren und große Probleme mit ihrer Identität haben.« Und die Kinder von versteckten Kindern auch, dachte sie.

»Du hast mit einem Rabbi gesprochen? Wann?«

»Er ist der Vorsitzende des Simon Wiesenthal Museum. Ich habe ihn im Zusammenhang mit einem Fall kennengelernt, mit dem ich beschäftigt bin.«

»Ich kann es nicht glauben«, sagte Gary. »Ich meine, ich glaube es, aber ich kann es nicht begreifen. Deine Mutter ist so stark, so selbstbewußt, so . . .«

Ich weiß, dachte Jessie. Sie trank noch einen Schluck Wasser.

»Nun gut«, sagte Helen nach längerem Schweigen, hörte sich aber an, als wäre ganz und gar nichts gut. »Ich kann Mom verstehen. Sie hat Furchtbares durchmachen müssen. Sie wollte das alles vergessen.« Sie nickte. »Ich glaube, sie hat richtig gehandelt. Du nicht auch, Jessie?« Und als Jessie schwieg, fragte sie: »Weiß es Dad?«

»Ja.« Sie beugte sich vor und griff nach der Hand ihrer Schwester. »Am Sonntag war ich im Museum of Tolerance, Helen. Dort gibt es eine ganze Abteilung, die sich nur mit dem Holocaust befaßt. Ich glaube, du solltest auch hingehen. Wenn du willst, werde ich dich begleiten.« Das gleiche Angebot hatte sie Frank gemacht. Jetzt fragte sie sich, ob er sich jemals zu diesem Besuch entschließen konnte.

Helen entzog ihr ihre Hand. »Warum sollte ich das tun?«

»Weil es um unsere Vergangenheit geht.« Sie hörte sich ungeduldiger als beabsichtigt an. Vermutlich dachte sie noch immer an Frank. »Es ist wichtig, daß du erfährst, was mit Mom geschehen ist, mit ihrer gesamten Familie und all den anderen Juden, die umgebracht worden sind.«

Stirnrunzelnd schüttelte Helen den Kopf. »Der Holocaust ist entsetzlich und tragisch, aber Mom wollte uns nichts davon erzählen. Sie muß gute Gründe dafür gehabt haben.«

»Aber jetzt wissen wir es, Helen. Wir können nicht leugnen, daß wir es wissen.«

»Das hat mit mir nichts zu tun! Wenn du dich damit befassen willst – gut. Ich halte dich in dieser Beziehung für geradezu besessen. Aber für mich hat sich nichts geändert.« Sie stellte die Teller zusammen.

»Du bist jüdisch, Helen. Ist das keine Veränderung?«

»Ich gehöre der Episkopalischen Kirche an, wie Dad. Und Mom auch.«

»Mom nicht. Sie ist nie übergetreten. Und da Mom Jüdin ist, sind wir ebenfalls jüdisch. Matthew auch, da die mütterliche Linie entscheidet.«

»Wer hat dir das gesagt? Auch ein Rabbi?« Helen sah Gary an. »Du bist doch Jude, Gary. Was würdest du sagen, wenn dir jemand erklären würde, du wärst katholisch, weil deine Mutter katholisch ist? Du würdest doch sagen, er ist übergeschnappt, oder?«

»Helen, das geht nur Jess und dich etwas an. Ich denke, ich sollte jetzt gehen.«

Helen sah Jessie durchdringend an. »Es ist gleichgültig, ob Mom übergetreten ist oder nicht. Sie hat uns christlich erzogen. Daher sind wir Christen. Diese ganze Unterhaltung ist doch völlig absurd.« Sie nahm die Teller vom Tisch. »Und du mußt mir versprechen, nie etwas zu Neil oder Matthew darüber zu sagen.«

»Es ist nicht meine Sache, irgend etwas zu sagen, Helen. Aber Matthew hat ein Recht darauf, es zu erfahren.«

»Es gibt nichts zu erfahren! Matthew ist kein Jude!«

»Wenn er in einem von den Nationalsozialisten besetzten Land gelebt hätte, wäre auch er ermordet worden.«

Helen knallte die Teller auf den Tisch. Ihr Gesicht war schneeweiß. »Wie kannst du nur so etwas Abscheuliches sagen? Ich kann es nicht glauben! Ich dachte, du liebst Matthew!«

Sie drehte sich um und rannte aus der Küche.

Als das Telephon um Mitternacht klingelte, war Jessie immer noch wach. Sie hob den Hörer ans Ohr.

»Hallo?«

»Ich bin's, Gary. Entschuldige, wenn ich dich geweckt habe.«

»Ich habe noch nicht geschlafen.« Sie lehnte sich in die Kissen zurück und wartete darauf, was er zu sagen hatte.

»Die Redaktion hat mir gerade eine Nachricht gefaxt, die dich interessieren dürfte.«

»Was ist passiert?« Sie stützte sich auf den Ellbogen.

»Man hat Richterin Phoebe Williams in ihrem Haus in Palm Springs aufgefunden. Tot.«

Jetzt schoß sie ganz hoch. »Himmel! Wann ist das geschehen? Heute?«

»Offenbar ist sie bereits fünf oder sechs Tage tot. Der Gärtner hat sie gefunden. Er . . .«

»Sie ist im Pool ertrunken, stimmt's?« Ihr Herz klopfte hoch in der Kehle.

»Woher weißt du das? Kannst du hellsehen? . . . Antworte, Jessie!«

›. . . durch Wasser.‹

Dreiundvierzigstes Kapitel

»Sie glauben, daß ich die nächste bin. Nicht wahr, Detective?« Panik durchdrang Rita Warrens' Stimme.

»Ich glaube gar nicht. Aber im Hinblick auf die Beziehungen zwischen Lewis, Benning und Richterin Williams müssen wir davon ausgehen, daß wir es vermutlich mit einem einzigen Mörder zu tun haben, der es auf alle abgesehen hat, die er für die Parade und Mrs. Hochburgs Tod verantwortlich macht.«

»Ich war diejenige, die den ersten Kontakt zur *White Alliance* hatte.«

»Ja, aber Barry Lewis' Name wurde mit dem Fall in Verbindung gebracht, nicht Ihrer. Ihre Tür wurde nicht bemalt. Sie erhielten keine Todesdrohungen.«

»Warum rufen Sie mich dann an?«

»Weil ich nicht ahnen kann, was der Mörder vorhat, und weil ich möchte, daß Sie informiert sind. Und vorsichtig.«

»Haben Sie Emery Kraft benachrichtigt? Auch er könnte gefährdet sein.«

»Ich habe es vor.« Sie scheute das Gespräch mit dem Mann. Vielleicht könnte sie Phil dazu überreden, es ihr abzunehmen.

»Soll ich mich auf die Ranch zurückziehen, bis alles vorüber ist?«

Richterin Williams hatte Los Angeles auch verlassen – um einen längst fälligen Urlaub anzutreten, wie es hieß. Im vorläufigen Polizeibericht war von Ertrinken durch Fahrlässigkeit die Rede gewesen, aber die Kollegen in Palm Springs würden die Sache noch einmal aufrollen – nachdem Jessie sie auf den Mord an Lewis und Benning sowie die Beziehung zwischen den dreien hingewiesen hatte.

»Hat die Ranch eine Alarmanlage?«

»Nein. Da draußen ist so etwas nicht nötig.«

Heutzutage brauchte man überall Alarmanlagen. »Weiß jemand, wo sich Ihre Ranch befindet?«

»Das ganze Büro weiß Bescheid. Sie ziehen mich damit auf, nennen mich Annie Oakley. Man weiß, daß ich dort jedes Wochenende verbringe. Warum?«

»Für den Augenblick würde ich an Ihrer Stelle in der Stadt bleiben. Achten Sie darauf, daß Ihre Sicherheitsanlage eingeschaltet ist. Passen Sie auf, wem Sie die Tür öffnen. Lassen Sie sich von jemandem zur Arbeit fahren und wieder nach Hause bringen . . .«

»Sie machen mir Angst, Detective Drake.«

»Das ist meine Absicht, Miss Warrens.«

Jessie legte auf und ging in den Waschraum. Als sie an ihren Schreibtisch zurückkehren wollte, bat Espes sie in seinen Glaskäfig.

»Setzen Sie sich«, befahl er. »Wie kommen Sie mit den Ermittlungen voran?«

War das das Vorspiel zu einer weiteren Tirade? »Detective Okum und ich verfolgen alle möglichen Spuren«, sagte sie und setzte sich.

»Das entnahm ich Ihrem ausführlichen Bericht.« Espes lehnte sich zurück. »Emery Kraft hat gerade angerufen. Ihm gefällt Ihr Verhalten nicht.«

Jessie verspannte sich.

»Er beschwerte sich über Ihre Unhöflichkeit und warf Ihnen vor, daß Sie seine Sorgen um seine Sicherheit nicht ernst nehmen. Er behauptet, daß Benning noch leben könnte, wenn Sie seine Informationen nicht ignoriert hätten. Er ist davon überzeugt, daß Sie als Jüdin die Untersuchungen nicht mit der nötigen Unvoreingenommenheit führen. Daß Sie sich keinen Pfifferling darum scheren, wer Benning – und auch Lewis – getötet hat. Haben Sie dazu irgend etwas zu sagen?«

Jessie zwang sich zur Gelassenheit. »Kraft verlangte von mir, Ben-Natan festzunehmen, aber ich erläuterte ihm, daß uns für eine solche Maßnahme die nötigen Beweise fehlen. Kraft ersuchte um Polizeischutz. Ich riet ihm, sich an die Polizei in Pasadena zu wenden. Daß ich Jüdin bin, hält mich in keiner Weise davon ab, die Morde an Lewis und Benning aufzuklären. Wer der oder die Mörder auch immer sein mögen.« Sie zögerte einen Moment, dachte dann aber: Zur Hölle mit Espes und seinen Spielchen. »Emery Kraft ist ein arroganter, gefährlicher, antisemitischer Mistkerl. Ja, ich war unhöflich. Ich deutete an, daß ich Antisemiten nicht ausstehen kann, Sir.« Ihr Gesicht glühte. Es war ihr egal.

»Mehr oder weniger das, was ich auch gesagt habe. Allerdings habe ich es nicht bei Andeutungen belassen.« Espes lächelte. »Und dann habe ich Kraft noch gesagt, er hätte meinen Leuten nicht vorzuschreiben, wie sie ihren Job zu machen haben.«

Dieser Mann würde ihr wohl immer ein Rätsel bleiben.

»Ich habe Ihre Aktennotiz über Richterin Williams gelesen. Reichlich verrückt, daß sich ein Mörder die Anregung für die Todesarten seiner Opfer aus einem jüdischen Gebet holt. Sind Sie sicher, daß ihr Tod mit den Morden an Lewis und Benning zusammenhängt?«

»Ihr Urteil ermöglichte die Parade. Ihr Tod und sein Zeitpunkt paßt in das Muster: ›Tod durch Wasser‹ wird in dem Gebet an erster Stelle genannt.«

»Könnte das nicht auch Zufall sein?«

»Das glaube ich nicht. Warum hat der Täter Benning geköpft? Er hätte ihn doch erschießen können. Das wäre für ihn sehr viel leichter gewesen.«

Espes nickte. »Probleme mit den Cops in Beverly Hills?«

»Sie zeigen sich sehr kooperativ. Wir tauschen Informationen aus.«

»Gut. Halten Sie mich weiter auf dem laufenden.«

Phil sah ihr gespannt entgegen, als sie an ihren Schreibtisch zurückkehrte. »Na, wieder eine Audienz beim Drachen?«

Sie schilderte ihm das Gespräch mit dem Lieutenant.

»Ist das zu fassen? Espes als Retter der Bedrängten?« Grinsend schüttelte er den Kopf. »Der SID hat gerade angerufen. Keinerlei Fingerabdrücke auf den Bombenfragmenten, dem Benzintank und dem anderen Zeug, das sie eingesammelt haben.«

»Bedauerlich.« Jessie setzte sich. »Und wie ist es mit dem Drohbrief, den uns Grace Benning gegeben hat?«

»Ich habe mich gerade erkundigt. Bisher nichts. Aber du weißt ja, daß so etwas bis zu zweiundsiebzig Stunden dauern kann. Ich habe auch mit Reiser gesprochen. Bei ihnen hat sich eine Nachbarin gemeldet, die glaubt, am Montagmorgen Hochburg vor dem Haus der Bennings gesehen zu haben. Sie kannte ihn aus den Fernsehnachrichten.«

Der Fleischer war mittlerweile eine Berühmtheit. »Hochburg sagte aus, nicht dort gewesen zu sein.«

»Vielleicht hat er gelogen. Und wenn er in diesem Punkt gelogen hat ... Hast du mitbekommen, wie geschickt er mit dem Hackbeil umgegangen ist?« Phil hob ein imaginäres Messer und ließ es behende auf die Schreibtischplatte niedersausen.

Jessie nickte. »Und Hochburg ist ein orthodoxer Jude. Er kennt das Gebet und die Reihenfolge der Todesarten.«

»Eine Sache begreife ich nicht«, meinte Phil und fuhr sich über den Schnurrbart.

»Nur eine?« Jessie grinste. »Ich könnte Dutzende nennen.«

Er lächelte. »Warum hat uns Nathanson davon erzählt? Es mußte ihm doch klar sein, daß er damit auf einen Juden verweist. Auf seinen Bruder zum Beispiel. Du sagtest zwar, daß Ben-Natan nicht mehr allzu fromm ist, aber dieses Gebet kennt er mit Sicherheit.«

Darüber hatte Jessie auch schon nachgedacht. »Entweder ist Nathanson unschuldig und war so verblüfft über die Übereinstimmung, daß er sie mir gegenüber erwähnte, ohne nachzudenken . . .«

Phil nickte. »Oder?«

»Oder er ist der Täter. Dann hat er mir von dem Muster erzählt, um den Verdacht von sich abzulenken. Nach dem bekannten Motto: Warum sollte ich mit dem Finger auf mich selbst zeigen? Er spielt mit uns, will uns zeigen, wie schlau er ist. ›Fangt mich, wenn ihr könnt‹ – diese Masche.«

»Die Frage ist nur: Können wir es?«

»Mir fehlen die Worte«, sagte Manny Freiberg, nachdem ihm Jessie die Unterhaltung mit ihrer Mutter geschildert hatte. »Und Sie wissen, daß mir das höchst selten passiert.« Er schwieg wieder und zog nachdenklich mit dem Stift Kreise auf seinem Notizblock. »Ist Ihnen eigentlich bewußt, daß die Vergangenheit Ihrer Mutter vieles von ihrem Verhalten gegenüber Ihnen und Helen erklärt?« fragte er dann.

»Es macht zwar Geschehenes nicht ungeschehen, Manny, aber wenigstens kann ich es jetzt besser verstehen. Sie tut mir so leid.«

Er nickte. »Verständnis ist der erste Schritt zu einer besseren Beziehung. Und Mitleid kann nicht schaden.« Er lächelte.

»Wissen Sie, was ich eigentümlich finde? Meine Mutter besteht noch immer darauf, keine Jüdin zu sein, aber ich bin mir fast sicher, daß sie mir den Namen ihrer Mutter gegeben hat. Jessica heißt Jiska auf Hebräisch. Und Jiska war der Name meiner Großmutter.«

»Das ist doch nicht eigenartig. Es ist bezeichnend. Sie konnte ihre jüdische Identität nicht ganz abstreifen. Welche Empfindungen haben Sie dabei?«

»Mir gefällt es«, entgegnete Jessie leise. »Es gibt mir das Gefühl, mit den Menschen verbunden zu sein, die ich nie kennengelernt habe. Ich habe übrigens Frank erzählt, daß ich Jüdin bin«, fügte sie hinzu. »Auch mit Helen habe ich gesprochen.«

»Gut gemacht!« Manny lächelte. »Und?«

»Frank erklärte, es würde ihm nichts ausmachen, aber ich weiß, daß das nicht stimmt.« Sie sah ihn noch vor sich, wie er sie anstarrte, als wäre sie eine Fremde.

»Das tut mir leid.« Manny legte die Fingerspitzen gegeneinander. »Sind Sie sich sicher?«

»Ziemlich sicher. Und Helen möchte auch keine Jüdin sein. Die Vorstellung empört sie.«

Er nickte. »Und was ist mit Ihnen?«

»Es empört mich nicht, aber ich bin verwirrt. Mein ganzes Leben lang hielt ich mich für eine Christin. Plötzlich bin ich es nicht mehr. Ist Jüdischsein genetisch oder eine geistige Einstellung?«

»Das kann ich Ihnen nicht beantworten, Jessie. Das müssen Sie selbst herausfinden.«

»Ich werde es versuchen. Aber ich brauche Ihren Rat auch in beruflicher Hinsicht. Was können Sie mir über die psychischen Reaktionen eines Holocaust-Überlebenden sagen, der sich mit der Parade konfrontiert sieht, mit Bennings Auftreten?«

Der Psychologe hob die Brauen. »Sie halten es für möglich, daß ein Überlebender der Täter ist?«

»Es ist nicht auszuschließen. Da ist Samuel Hochburg, der Sohn jener Frau, die nach der Parade gestorben ist. Er mußte als Achtjähriger mitansehen, wie sein Vater erschossen wurde. Später gehörte er zu einer Partisanengruppe, die Brücken in die Luft sprengte. Da war er elf Jahre alt.«

Freiberg seufzte. »Wer noch?«

»Ira Yellin vom JFC ist auch ein Überlebender, hat vermutlich aber ein Alibi. Dann ist da Morris Lewis, der Vater von Barry Lewis. Hochburg erzählte mir, daß der alte Lewis die Bestattung seiner Mutter bezahlen wollte.«

»Buße für die Handlungen des Sohnes.« Freiberg nahm die Brille ab und massierte sich den Nasenrücken. »Habe ich Ihnen erzählt, daß ich früher vor allem Überlebende behandelt habe?«

Jessie schüttelte den Kopf.

»Vor einigen Jahren, als ich für die *Jewish Federation* tätig war. Ich tue es heute noch, an einem Nachmittag pro Woche.« Er setzte die Brille wieder auf. »Wissen Sie, was komisch ist? Ich kann Fremden helfen, aber meinen eigenen Eltern nicht. Man hat ihnen Zahlen auf die Arme tätowiert, aber sie können nicht über die Lager sprechen. Meine Mutter träumt noch immer davon, daß man sie holt und in die Gaskammer bringt. Bis heute weigert sie sich zu duschen. Sie nimmt nur Wannenbäder.«

Jessie wußte nicht, wie sie auf die Verzweiflung in der Stimme des Psychologen reagieren sollte.

»Wissen Sie, was die meisten meiner Patienten miteinander gemein hatten?« Manny beugte sich zu ihr. »Schuldgefühle. Überwältigende Schuldgefühle. Sie haben überlebt, während andere sterben mußten. Sie haben nicht genug getan. Sie haben den Genozid nicht aufgehalten.«

»Aber das ist doch unsinnig. Wie hätten sie ihn denn aufhalten sollen?«

»Was haben Schuldgefühle mit Logik zu tun?« Lächelnd lehnte er sich wieder zurück. »Aber sie fragten mich, wie ein Überlebender auf Neonazi-Umzüge in seiner Umgebung regieren würde. Er würde das als Übergriff auf seinen Schutzraum empfinden. Er würde sich von der Regierung im Stich gelassen fühlen, so wie ihn damals Deutschland im Stich gelassen hat. Und er würde das Bedürfnis verspüren, die alte Schuld zu begleichen: überlebt zu haben, während andere gestorben sind. Und zu demonstrieren, daß er sich nicht wieder zum Opfer machen lassen würde.«

»›Nie wieder‹?«

Er nickte. »Genau. Das Mantra der JDL. Und des *Shield.*«

»Ben-Natan hieß früher Nathanson. Er hat seinen Namen geändert ...«

»Ben-Natan ist ein israelischer Name, Nathanson jüdisch-europäisch. Israel repräsentiert Sieg, Sicherheit, Unabhängigkeit. Europa repräsentiert den Schtetl-Juden, das Opfer.«

Jessie dachte darüber nach. »Yellin äußerte sich sehr unverblümt, als ich mit ihm sprach. Er wollte, daß gegen die Neonazis physisch vorgegangen würde. Hochburg beschimpfte Barry Lewis im Gerichtssaal. Er griff einen der Skinheads an. Seine Mutter auch.«

Freiberg nickte. »Das gab ihm das Gefühl, die Situation zu beherrschen und nicht nur das passive Opfer zu sein. Dennoch muß ihn die Tatsache, daß diese Parade stattfinden durfte, entsetzt und dazu gezwungen haben, die alten Traumata erneut zu erleben.«

»Und was ist mit Morris Lewis?«

Manny seufzte. »Seine Schuldgefühle müssen unerträglich sein. Er überlebte, was andere nicht überlebten, und dann mußte er mitansehen, daß sein Sohn den Todfeind verteidigt . . .« Er schüttelte den Kopf. »Er muß Unvorstellbares durchmachen.«

»Aber ist es denn denkbar, daß er seinen Sohn getötet hat?«

»Wenn er davon überzeugt war, für seine Sünden büßen zu müssen?« Manny zuckte mit den Schultern. »Nichts ist undenkbar. Aber das sollten Sie als Detective doch wissen.«

»Sie können sich gar nicht vorstellen, wie sehr sich Richterin Williams auf diese Urlaubstage gefreut hat«, sagte die schwarzhaarige Sekretärin zu Jessie. Ihre Augen wirkten verweint. »Ich kann es nicht fassen, daß sie tot ist.«

»Wann ist Richterin Williams aufgebrochen?«

»Am Freitagnachmittag. Am zwanzigsten April. An dem Tag, an dem diese Parade stattfand.«

»Haben Sie danach noch einmal mit ihr gesprochen?«

»Aber ja.« Die Frau nickte heftig. »Sie rief am Montag an und erkundigte sich, ob irgendwelche Nachrichten für sie eingegangen waren.« Sie zögerte. »Ich habe ihr aber nicht alle übermittelt. Eine Reihe von Leuten äußerten sich erregt über Mrs. Hochburgs Tod als Folge der Parade. Aber ich hielt es für unangebracht, die Richterin im Urlaub damit zu behelligen.«

»Haben die Anrufer ihre Namen genannt?«

»Einige von ihnen. Ich habe sie notiert.« Sie griff zu einem Stenoblock und schlug ihn auf. »Abgeordneter Perkins«, las sie vor. »Ira Yellin vom *Jewish Federation Council*, Miss Lesley Wittinger von der *Anti-Defamation*

League, Mr. Ben-Natan vom *Shield of Jewish Protectors*, Rabbiner Sheldon Korbin, Mr. Emery Kraft.« Die Sekretärin blickte auf. »Am Montag hat Samuel Hochburg angerufen. Dreimal.«

»Was hat er gesagt?«

»Als ich ihm sagte, daß Richterin Williams erst in zwei Wochen wieder da sei, fragte er mich, wo er sie erreichen könne. Ich entgegnete, das sei unmöglich. Ich gebe niemals ihre Privatnummer oder andere persönliche Dinge preis.«

»War Richterin Williams nach der Parade um ihre Sicherheit besorgt?«

»Eigentlich nicht. Sie sagte, wahrscheinlich würden die Wogen der Erregung hochgehen, aber die würden sich auch wieder legen. Das sei immer so.«

Diesmal nicht. »Hat sie irgendwelche Drohungen erhalten?«

»Nur einen Brief. Von dem habe ich ihr erzählt.«

Jessie hob die Brauen. »Was war das für ein Brief?«

Die Frau erhob sich, trat an einen Aktenschrank und kehrte mit einem weißen Umschlag zurück. »Ich fragte sie, ob ich den der Polizei geben sollte, aber sie meinte, das würde sie nach ihrer Rückkehr erledigen.«

Jessie nahm vorsichtig den Umschlag entgegen und zog mit spitzen Fingern den Brief heraus. In die Mitte war ein roter Davidsstern gemalt, darunter stand die schlichte Botschaft: »Bereiten Sie sich auf den Engel des Todes vor.«

»Wann ist er gekommen?«

»Am Montag.« Die Frau machte ängstliche Augen. »Habe ich mich falsch verhalten? Hätte ich ihn doch sofort zur Polizei bringen sollen?«

»Das hätte vermutlich nichts geändert«, erklärte Jessie nicht ganz wahrheitsgemäß. »Ich werde ihn mitnehmen. Aber ich brauche noch Ihre Fingerabdrücke, damit wir sie von dem des Absenders unterscheiden können.«

Sobald Jessie wieder im Büro war, rief sie Helen an. Aber der Anschluß war besetzt. Dann warf sie einen Blick in ihren Notizbuch und wählte die Nummer von Rabbi Korbin.

»Er spricht gerade auf einer anderen Leitung«, erklärte die Telephonistin. »Wollen Sie warten oder eine Nachricht hinterlassen?«

»Ich warte gern.« Sie schleuderte sie Schuhe von den Füßen, streckte ihre verspannten Zehen und aß einen Müsliriegel.

Einige Minuten später meldete sich Korbin. »Verzeihen Sie, daß Sie warten mußten, Detective. Was kann ich für Sie tun?«

»Guten Tag, Rabbi. Ich habe eine Frage, die Sie vielleicht beantworten können. Hat das Wort ›Herev‹ irgendeine Bedeutung in der hebräischen Sprache?«

»Ja, wenn auch in einer etwas anderen Betonung. Cherew heißt Schwert. Hilft Ihnen das weiter?«

»Ich glaube schon. Herzlichen Dank.« Mit Sicherheit gab es ihr Aufschlüsse über »Mr. Herev«, Bennings nichtexistenten Kunden. Schlau. »Noch etwas, wenn ich Sie nicht allzu sehr störe. Was ist der hebräische Name für Helen? Das hat zwar nichts mit meinen Ermittlungen zu tun, aber ich würde es gern wissen.«

»Helen? Da gibt es eine Reihe von Möglichkeiten. Hindl ist eine, Tschawa eine andere. Tschaja, Tschana ...«

»Herzlichen Dank.« Tschaja kam ihr bekannt vor, aber Frances hatte auf so viele Gesichter gedeutet, so viele Namen genannt.

»Da wir gerade von Namen reden, Detective ... Vorhin habe ich mit Morris Lewis gesprochen. Er hat vor, dem Wiesenthal eine größere Schenkung zu machen, in Erinnerung an seine Angehörigen, die dem Holocaust zum Opfer gefallen sind. Er möchte, daß auch Lola Hochburg unter den Namen aufgeführt wird. Er macht eine furchtbare Zeit durch, der arme Mann.«

Weitere Taten der Buße?

Jessie verabschiedete sich, legte den Hörer auf und schrieb »MORRIS LEWIS?« auf einen Bogen Papier. Vor ihrem inneren Auge sah sie wieder, wie er scheinbar mühelos das Holzbrett aus dem Gestell hob, und fragte sich erneut, warum er ein Puppenhaus zu seinen Enkelinnen gebracht hatte, obwohl er wußte, daß sie nicht zu Hause waren. Sie zeichnete einen großen Davidsstern um seinen Namen.

Vierundvierzigstes Kapitel

Am Mittwochabend rief Frank an. Er habe sich eine Erkältung eingefangen, erzählte er Jessie, und wolle daher sicherheitshalber ihren geplanten Besuch im Museum of Tolerance lieber absagen.

Enttäuscht, aber kaum überrascht, empfahl sie ihm Vitamin C, wünschte ihm gute Besserung und sich selbst, daß es eine Medizin für ihre kränkelnde Beziehung gäbe.

»Ich melde mich bald wieder bei dir, Süße«, sagte er, und sie machte sich mit einem Gefühl des Bedauerns bewußt, daß sie gar nicht so sicher war, ob sie das wollte.

Donnerstagfrüh rief George von der Spurenerkennung im Parker Center an und teilte ihr mit, daß sie auf dem an Benning geschickten Drohbrief bekannte Fingerabdrücke entdeckt hätten.

»Und wem gehören sie?« erkundigte sich Jessie gespannt.

»Samuel Hochburg.«

»Hochburg? Und was ist mit dem Brief, den Sie gestern von mir bekommen haben?«

»Bisher noch nichts, aber das ist ja auch noch keine vierundzwanzig Stunden her.«

Sie bedankte sich bei George, rief Reiser an und berichtete ihm von dem Brief. »Irgend etwas Neues darüber, ob Hochburg tatsächlich am Montagmorgen vor Bennings Haus war?«

»Ich wollte Sie gerade auch anrufen. Ja, es ist sicher. Eine weitere Nachbarin hat einen Mann in einem geparkten Wagen bemerkt. Sie fand das so eigenartig, daß sie sich für alle Fälle die Zulassungsnummer notiert hat.«

»Hochburgs?«

»Ja. Übrigens gehört der Fall jetzt ganz dem West L.A. Viel Spaß.«

»Er hat ein Motiv«, sagte Jessie zu Espes. »Er kennt sich mit Sprengstoff aus. Und in seiner Fleischerei stand ihm eine ganze Auswahl von Messern zur Verfügung, mit denen er Roy Benning hätte enthaupten können . . .«

»Ich schlage vor, daß wir uns einen Haussuchungsbefehl besorgen«, bemerkte Phil. »Wenn er von unserem Verdacht Wind bekommt, könnte er sich aus dem Staub machen. Mit samt der Mordwaffe. Bis jetzt hat der Mörder drei erledigt. Was ist, wenn er noch weitere im Auge hat?«

»Um wen könnte es sich dabei handeln?« fragte Espes.

»Emery Kraft«, erwiderte Jessie. »Rita Warrens.«

Espes rollte den Stift zwischen den Handflächen hin und her. Dann legte er ihn auf den Tisch.

»Tun Sie es.«

»Sie haben Verstärkung mitgebracht?« erkundigte sich Samuel Hochburg bei Jessie. Sein Lächeln war verkniffen, sein Blick wachsam.

»Das ist Detective Reiser von der Polizei Beverly Hills. Er unterstützt uns bei unseren Ermittlungen.« Gott sei Dank befanden sich keine Kunden im Geschäft. Auch der Enkel war nirgends zu sehen.

»Ich habe Ihnen bereits alles gesagt, was ich weiß.« Hochburg schaufelte Hackfleisch aus einer Metallschale auf eine Lage weißes Papier auf der Waage, überprüfte das Gewicht und fügte weiteres Fleisch hinzu.

»Wir haben noch ein paar zusätzliche Fragen«, sagte Phil fast freundlich. »Wir möchten Sie bitten, uns aufs Revier zu begleiten und sie dort zu beantworten.«

»Geht es nicht hier? In einer halben Stunde holt eine Kundin diese Bestellung ab.«

»Auf dem Revier wäre es besser.«

Hochburg sah erst Phil, dann Jessie an. »Dann ist es wohl ganz offiziell?«

Jessie nickte.

»Und wenn ich keine weiteren Fragen mehr beantworten möchte?« Mit zitternden Händen nahm er das Hackfleisch von der Waage und verpackte es.

»Wir nehmen Sie wegen Mordes an Barry Lewis und Roy Benning fest«, sagte Jessie.

Hochburg fuhr sich mit der Zunge über die Lippen. »Kann ich den Haftbefehl sehen?«

»Wir brauchen noch keinen Haftbefehl. Wir . . .«

»Warum nicht? Habe ich keine Rechte mehr?«

»Kommen Sie, Mr. Hochburg«, mischte sich Reiser ein.

»Ich habe eine Frage gestellt.« Wieder wandte er sich an Jessie: »Und ich habe das Recht auf eine Antwort.«

»Bei begründetem Tatverdacht können wir mutmaßliche Täter auf der Straße oder in der Öffentlichkeit festnehmen. Ein Geschäft ist öffentlich«, erklärte sie geduldig. »Aber wir haben Durchsuchungsbefehle für dieses Geschäft und für Ihre Wohnung.«

»Ich habe Benning nicht getötet! Ich habe Lewis nicht getötet!« Hochburgs Gesicht war aschfahl. »Ist es ein Verbrechen, daß ich mich über den Tod meiner Mutter erregt habe? Daß ich nicht wollte, daß Nazis durch meine Nachbarschaft marschieren? Verstößt so etwas neuerdings gegen die Gesetze dieses Landes?«

»Wir bitten Sie, jetzt mit uns zu kommen, Mr. Hochburg. Wir können uns auf dem Revier unterhalten. Dort können Sie alles erklären.«

Hochburg nickte. »Gut. Kann ich meinen Anwalt anrufen?«

»Das können Sie vom Revier aus tun.« Phil zog ein Papier aus der Tasche: »Sie haben das Recht zu schweigen . . .«

»Ich weiß, ich weiß. Schöne Worte.« Hochburg wischte sich die Hände an seiner fleckigen Schürze ab. »Ich werde hinten abschließen und mein Jackett holen.«

Wieder nickte Hochburg. »In Ordnung.«

Mit der Hand an ihrer Waffe folgte Jessie dem Mann in einen dumpffeuchten Raum mit einer Reihe von Waschbecken. Auf einem hölzernen Abtropfbrett lag eine Rinderseite. Daneben zwei wuchtige Messer. Jessies Hand schloß sich um ihre Pistole.

Hochburg hängte seine Schürze an einen Haken an der Wand. »Das wird verderben.« Er deutete auf das Rinderfleisch. »Kann ich es nicht noch schnell in den Gefrierschrank legen?« Er zeigte nach rechts auf eine Metalltür.

Bevor sie ablehnen konnte, nahm er die Rinderseite vom Brett, machte zwei Schritte auf die Tür zu und drehte sich schnell um.

Sie riß die Waffe aus dem Holster.

Er schleuderte ihr das Fleisch entgegen.

Sie schoß. Die Kugel traf die Rinderseite, die Rinderseite traf Jessie, ließ sie stolpern, stürzen. Rund einhundert Kilo totes Fleisch legten sich auf sie.

Sie hörte Phils Schrei, dann eilige Schritte. Sie versuchte, nicht zu atmen, und bemühte sich verzweifelt, unter dem Fleischberg hervorzukommen. Plötzlich wurde er angehoben.

»Alles in Ordnung?« rief Phil, nachdem er das Fleisch beiseite gewälzt hatte.

Sie rappelte sich hoch, verzichtete auf Phils hilfreiche Hand. Ihr Kopf schmerzte. Ihr Stolz auch. »Wo ist Hochburg?« Sie blickte zu dem Holzbrett. Ein Messer fehlte.

»Nach hinten raus. Reiser verfolgt ihn. Ich überprüfe die Straße.«

»Ich überprüfe die Straße. Du unterstützt Reiser. Hochburg hat ein Messer.« Durch den Verkaufsraum der Fleischerei rannte Jessie auf die Fairfax Avenue hinaus.

Links von ihr lag ein offener Parkplatz, rechts befand sich eine Reihe von Geschäften. Der messerschwingende Fleischer war nirgendwo zu sehen. Sie wandte sich nach rechts und lief mit gezogener Waffe die Straße hinunter, scheuchte Passanten mit warnenden »Polizei«-Rufen zur Seite und blickte immer wieder suchend in Geschäfte und in Hauseingänge.

Plötzlich sah sie Hochburg, wie er rund achtzig Meter vor ihr unter einer Ladenmarkise auftauchte und auf einen haltenden Bus zulief. Sie zielte, ließ die Waffe aber wieder sinken, als er sich in die Schlange der wartenden Fahrgäste einreihte.

Jetzt war sie nur noch siebzig Meter entfernt. Sechzig Meter. Sein Messer konnte sie nicht entdecken. Fünfzig Meter.

»Hochburg!«

Er drehte sich zu ihr um und versuchte dann, sich an den beiden Frauen vor ihm vorbeizudrängen.

Zwanzig Meter. Hochburg änderte seine Absicht, sprang wieder aus dem Bus und rannte davon. Mit dem Messer in der rechten Hand verschwand er um die nächste Straßenecke.

Sekunden später bog auch Jessie um die Ecke. Keine Passanten zwischen ihr und Hochburg. »Stehenbleiben oder ich schieße!« schrie sie.

Er rannte weiter.

Jessie schoß in die Luft.

Hochburg blieb abrupt stehen.

»Lassen Sie das Messer fallen!«

Seine Hände fuhren in die Luft. Das Messer klirrte aufs Pflaster.

Vorsichtig lief Jessie auf ihn zu. »Nicht umdrehen. Legen Sie die Hände auf den Kopf.«

Hochburg gehorchte. »Schießen Sie nicht. Bitte.«

Knapp zwanzig Meter hinter Hochburg rasten Reiser und Phil aus der Nebengasse. Sie bauten sich breitbeinig auf und zielten auf den Fleischer.

»Nicht schießen! Nicht schießen!«

»Knien Sie sich hin«, ordnete Jessie an. »Hände auf den Rücken.«

Sie trat neben ihn und hielt ihm ihre Waffe an den Kopf. Mit der anderen Hand zerrte sie Handschellen aus ihrer Hosentasche und schloß sie um seine Handgelenke – genauso, wie sie es am 20. April getan hatte.

Fünfundvierzigstes Kapitel

»Was zum Teufel ist denn mit Ihnen passiert?« Espes starrte Jessie fassungslos an.

Sie erzählte ihm von der Rinderseite.

»Wie gut, daß Sie nicht weiter zu Schaden gekommen

sind.« Espes hüstelte und verdeckte den Mund mit der Hand.

Auch ihre Kollegen mußten sich das Lachen verbeißen. Vermutlich fanden sie es sehr komisch, daß sie mit zwei Zentnern blutigem Fleisch beworfen worden war, aber sie konnte nicht darüber lachen. Noch nicht.

Im Waschraum wusch sie sich das Blut von Gesicht und Händen und zog Jeans und einen roten Pullover an, den sie für Notfälle in ihrem Schließfach aufbewahrte.

»Rita Warrens hat angerufen, als wir Hochburg festgenommen haben«, sagte Phil, als Jessie an ihren Schreibtisch zurückkehrte. »Hochburgs Anwalt ist unterwegs, und Hochburg will mit dir sprechen.«

Das Telephon klingelte. Jessie setzte sich und nahm ab.

»Hier ist Emery Kraft, Detective. Ich habe gerade einen Brief von dem sogenannten Engel des Todes erhalten. Ich möchte, daß ihn jemand bei mir abholt und auf Fingerabdrücke überprüft. Und ich verlange Polizeischutz.«

Jessie schlug die Augen zur Decke. »Mr. Kraft, es wird Sie freuen zu hören, daß in diesem Fall eine Festnahme erfolgt ist.«

»Sie haben Ben-Natan festgenommen! Das wurde aber auch Zeit!«

Die Neuigkeit würde bald in den Nachrichten sein, wenn sie nicht sogar bereits gesendet worden war. »Nicht Ben-Natan. Samuel Hochburg.«

Kraft schwieg. »Ich gehe davon aus, daß Sie Beweise haben«, sagte er schließlich.

»Sie werden verstehen, daß ich den Fall zu diesem Zeitpunkt nicht mit Ihnen diskutieren kann.«

»Nun, ich gebe zu, daß mich das überrascht. Ich war mir ganz sicher . . .« Kraft brach ab. »Vermutlich habe ich mich von Roys Überzeugung beeinflussen lassen, Ben-Natan wolle eine alte Rechnung mit ihm begleichen.«

Jessie hob die Brauen. »Was für eine alte Rechnung?«

»Das hat Roy nicht gesagt. Ich nahm an, es handelte sich um eine frühere Kontroverse mit dem *Shield.* Aber das ist inzwischen ja auch belanglos. Roy ist tot, und Hochburg befindet sich in polizeilichem Gewahrsam. Meinen Glückwunsch. Ich habe Sie offenbar unterschätzt, ich unterlag einem Irrtum. Soll ich den Brief nun fortwerfen?«

»Nein, heben Sie ihn bitte auf. Ich lasse ihn abholen.« Wenn auch auf ihm Hochburgs Fingerabdrücke waren, könnte das der Beweisführung nur dienlich sein.

Am Freitagmorgen faxte Jessie ein Foto von Hochburg an die Polizei von Palm Springs, das dort den Nachbarn von Richterin Williams vorgelegt werden sollte.

Als sie zu ihrem Schreibtisch zurückkehrte, fand sie dort elf Seiten Information der Polizei von North Hollywood vor. Jessie las Einzelheiten über den Brand, sah erschütternde Fotos und entdeckte zwei Punkte, die Dafna und Ezra nicht erwähnt hatten:

Die seinerzeit der Brandstiftung verdächtigten Neonazis hatten sich White Warriors genannt. Ein Mitglied der Gruppe, die sich dann aufgelöst hatte, war Roy Benning gewesen. Ein weiterer von der Polizei im Zusammenhang mit diesem Fall Befragter – kein Mitglied, aber ein Sympathisant, der Benning ein Alibi gegeben hatte – war Emery Kraft.

Kraft hatte von einer »alten Rechnung« gesprochen, aber natürlich unerwähnt gelassen, was er darüber wußte: mit einem derartigen Brandanschlag in Verbindung gebracht zu werden, würde seinem Image als Nicht-Rassist schaden, um das er so bemüht war.

Allerdings konnte sie nicht davon ausgehen, daß Ben-Natan und Nathanson gewußt hatten, daß Benning der Neonazi-Gruppierung angehört und Kraft ihm ein Alibi verschafft hatte. Derartige Informationen gaben ermittelnde Polizisten grundsätzlich nicht weiter.

Aber wenn es die Brüder doch gewußt hatten? Hatte Bennings Veranstaltung der Parade und Mrs. Hochburgs Tod alte Wunden aufgerissen? Wer wollte eine alte Rechnung begleichen? Ben-Natan oder Nathanson?

Oder beide? Hatte der Wunsch nach Rache die Zwillinge, die hinsichtlich ihrer Ideologien so verschieden waren, vereint?

Sie erinnerte sich daran, daß Hochburg ein sehr viel aktuelleres Motiv besaß. Daß er Erfahrung mit Sprengstoff hatte. Daß er versucht hatte, sich der Festnahme zu entziehen.

Dennoch griff sie zu einem Blatt Papier. Sie schrieb »Ben-Natan, Ford Explorer, schwarz« darauf und die Zulassungsnummer. Dann suchte sie in ihren Notizen nach der Zulassungsnummer, die ihr Nathanson für seinen Nissan Maxima genannt hatte. Sie würde beide Beschreibungen und Nummern der Polizei in Palm Springs faxen, damit die Kollegen die Nachbarn der Richterin auch fragen konnten, ob ihnen einer der beiden Wagen aufgefallen war.

Ihr kam der Gedanke, Nathansons Zulassungsnummer zu überprüfen, und sie tippte die Daten in den Computer ein. Sekunden später erschienen auf dem Bildschirm eine Kopie seines Führerscheins und zusätzliche Informationen.

Jessie überflog den Bildschirm, und ihr Blick blieb überrascht am letzten Eintrag hängen. Am 25. April, einem Mittwoch, hatte sich Nathanson einen Strafzettel eingehandelt. Ausgestellt von der Polizei in Riverside County.

Vor neun Tagen. Zwei Tage später war Barry Lewis ermordet worden. Nach Aussagen der Polizei von Palm Springs hatte Richterin Williams vermutlich am Mittwoch den Tod gefunden. Palm Springs lag in Riverside County.

Noch ein Zufall?

Sie rief Rabbi Korbin im Wiesenthal Center an.

»Noch mehr Namen, Detective Drake?« erkundigte er sich liebenswürdig.

»Nein. Aber warum haben Sie mir nicht erzählt, daß Ezra Nathanson Joel Ben-Natans Zwillingsbruder ist? Und daß Adele, Herman und Carol Nathanson bei einem Brand ums Leben kamen, der möglicherweise von Neonazis gelegt wurde. Das müssen Sie doch gewußt haben. Und auch die ADL muß das gewußt haben.«

»Ich habe Ihnen gesagt, daß ich Ezra Nathanson nicht kenne. Und das stimmt. Ich bin ihm nie begegnet. Ich . . . wir nahmen an, daß Sie schon herausfinden würden, daß er und Ben-Natan Brüder sind, und auf welche Weise ihre Familie ums Leben gekommen ist. Wir wollten nicht mit dem Finger auf Ben-Natan weisen.«

»Leschon hara?«

»Ja. ›Die böse Zunge‹. Es hätte ihn nur noch verdächtiger gemacht – ungerechtfertigterweise, wie man jetzt nach der Festnahme von Mr. Hochburg sieht.« Er seufzte. »Das ist eine furchtbare Tragödie für die gesamte Gemeinde.«

»Da wäre noch etwas, Rabbi. Wenn ich Ihnen ein Datum nenne, können Sie mir dann den entsprechenden Tag im jüdischen Kalender nennen?«

»Ja, selbstverständlich. Aber dazu brauche ich auch das Jahr, nicht nur Montag und Tag. Der jüdische Kalender basiert im Gegensatz zum gregorianischen auf dem Mondjahr.«

»Der zwölfte September vor fünf Jahren.«

»Ist das das Datum der Nathanson-Tragödie?«

»Ja.«

Schweigen.

Er räusperte sich. »Warten Sie bitte einen Moment.« Wenig später war Korbin wieder am Apparat. »Vor fünf Jahren fiel der zwölfte September auf den neunten Tag des

Monats Tischri. Nach Sonnenuntergang wäre das der zehnte Tag gewesen.«

»Oh.« Nicht ganz das, was sie erwartet hatte.

»Der zehnte Tag des Monats Tischri ist der erste Tag von Jom Kippur.«

Das war es, was sie vermutet hatte. Der Tag des Gerichts.

Wer wird leben, wer wird sterben?

Jessie griff zum Telephon, um Kraft anzurufen, erinnerte sich dann aber daran, daß er ihr gesagt hatte, daß er heute mit der Vorbereitung der Jahresversammlung des HIT beschäftigt sei. Sie wählte die Nummer des ACLU-Büros.

»Miss Warrens befindet sich auf ihrer Ranch«, sagte ihre Sekretärin. »Und offengestanden bin ich sehr froh darüber. Nach diesem Drohbrief und all diesen Anrufen, die sie nach der Festnahme im Fall Lewis bekommen hat, braucht sie dringend ein bißchen Erholung.«

»Haben Sie Ihre Telephonnummer auf der Ranch? Ich muß dringend mit ihr sprechen.« War es wirklich dringend? Oder nur eine zufällige Übereinstimmung? »Falls Sie sich vergewissern wollen, wer ich bin, können Sie mich in West L.A. zurückrufen.«

Jessie rief bei Ohr Torah an. Shulamit Cohn teilte ihr mit, daß sich Ezra Nathanson aus persönlichen Gründen freigenommen hatte.

»Er ist tief bekümmert über Mr. Hochburgs Festnahme«, erzählte sie Jessie. »Wir alle sind es.«

Nathanson war auch nicht zu Hause. Nach dem zwölften Klingeln legte Jessie wieder auf.

Sie versuchte es bei seinem Bruder.

»Yoel ist nicht hier, Detective Drake«, erklärte Yaffa Aloni leicht gereizt. Nein, sie habe keine Ahnung, wo er sich aufhalten könnte. »Soll ich ihm etwas ausrichten?«

»Ich melde mich wieder. Bellen da die Hunde im Hintergrund?«

»Nein. Die Hunde hat Yoel mitgenommen. Das macht er meistens. Was für ein Bellen? Ich höre nichts.«

»Vermutlich habe ich mich geirrt.«

›. . . durch wilde Tiere.‹

Sechsundvierzigstes Kapitel

Espes befand sich noch immer in einer Sitzung. Phil war auf Spurensuche in seinem Callgirl-Fall. Jessie sagte einem Kollegen und dem Wachhabenden vom Dienst, wohin sie wollte und hinterließ eine zusätzliche Nachricht auf Phils Schreibtisch.

Rita Warrens Ranch lag eine gute Autostunde entfernt. Durch das Einschalten der Polizeisirene hätte Jessie zwar diese Zeit beträchtlich abkürzen können, aber dazu hatte sie keine Berechtigung. Der mutmaßliche ›Engel des Todes‹ – Hochburg – saß hinter Gittern. Die Beweise gegen ihn, untermauert durch seinen Fluchtversuch, waren überzeugend. Weit überzeugender als Jessies Verdacht gegen die Zwillingsbrüder. Der Strafzettel konnte reiner Zufall sein.

Aber die Stunde verging schnell. Sie versuchte, nicht darüber nachzudenken, was die schlechte Straße den Stoßdämpfern ihres Honda antat, und blickte durch die Windschutzscheibe. Vor ihr lag die Ranch. Das Haupthaus war ein schlichtes, weißgestrichenes Holzgebäude. Daneben befand sich eine Koppel und dahinter ein kleineres Gebäude, vermutlich ein Stall. In der Ferne sah sie die Hügel, in denen Rita Warrens so gern ausritt.

In der Einfahrt standen zwei Autos. Einer davon war ein schwarzer Ford Explorer. Jessie parkte in einiger Entfernung außer Sichtweite des Hauses. Sie wollte erst die Umgebung und das Haus erkunden, bevor sie über Funk Verstärkung holte. Als sie sich dem Explorer näherte, entdeckte sie die beiden Dobermänner auf dem Rücksitz.

Sie sahen sie auch und begannen furchterregend zu kläffen. Vorsichtig spähte sie in das Wageninnere, aber keine Spur von Ben-Natan. Die Hunde sprangen so heftig gegen die Fensterscheiben, daß Jessie sicher war, das Glas müsse jede Sekunde zerbersten. Geduckt lief sie um den Wagen herum und berührte die Kühlerhaube. Sie war warm, aber nicht heiß. Vermutlich war der Motor vor rund zwanzig Minuten ausgeschaltet worden. Sie sagte sich, daß die Hunde nicht aus dem Wagen entkommen konnten – Ben-Natan hatte die Fenster nur einen Spalt weit offen gelassen, damit sie Luft bekamen –, aber dennoch warf sie alle fünf Sekunden einen ängstlichen Blick über die Schulter, als sie auf das Haus zulief.

An die Hauswand gedrückt, die Waffe in der Hand, schob sie sich langsam Richtung Fenster vor und spähte hinein. Nichts. Sie lauschte auf Geräusche aus dem Inneren des Hauses, aber das wütende Gebell der Hunde übertönte jedes andere Geräusch.

Jessie brach das Schloß der Hintertür auf und betrat ein Schlafzimmer. Mit oft geübter Vorsicht durchsuchte sie Raum für Raum und rief mehrmals Ritas Namen. Aber das Haus war leer. Jessie konnte auch keine Anzeichen für eine Auseinandersetzung entdecken.

Wo war Rita Warrens?

Und wo waren Ben-Natan und Nathanson?

Die Koppel war leer. Mit gezogener Waffe lief Jessie zum Stall und trat ein. Ein Schecke im rechten Verschlag hob den Kopf und wieherte. In der Ferne hörte sie die Hunde bellen. Dann war es still.

Der linke Verschlag war leer. War Rita ausgeritten? Waren die Brüder ihr gefolgt?

Jessie wollte den Stall schon wieder verlassen, als sie ein Stöhnen hörte. Sie blickte in den leeren Verschlag und entdeckte unter dem Stroh zwei Beine.

Ben-Natan – oder Nathanson – lag mit angezogenen Knien auf der Seite. Sie ging neben ihm in die Hocke.

»Ben-Natan?«

Seine Lider zuckten hoch. Er stöhnte wieder. »Ah, die Kavallerie rückt an.«

Es war Ben-Natan. Seine Haare waren ein wenig dunkler als die seines Bruders. »Was ist passiert?« fragte sie.

»Bin von hinten überfallen worden.« Er hob die Hand, betastete seinen Hinterkopf und zuckte zusammen. Als er die Hand zurückzog, war sie blutig. »Ich nehme an, ich werde es überleben.«

»Wo ist Miss Warrens?«

»Keine Ahnung.« Er hob den Kopf, stöhnte erneut und ließ sich wieder ins Stroh sinken. »Sie hat mich heute früh angerufen und gebeten, mich mit ihr um elf hier zu treffen. Sagte was von einer Verbindung zwischen dem Brand, bei dem meine Eltern und Carol ums Leben gekommen sind, und den Morden an Lewis und Benning. Sie wollte mit mir sprechen, bevor sie damit zur Polizei ging. Aber als ich hier eintraf, war sie nicht im Haus.«

Stellte Nathanson diese Verbindung dar? »Und dann sind Sie in den Stall gekommen?«

Er nickte. »Die Tür stand offen. Ich hörte Wiehern. Aber als ich hineinging, traf mich etwas am Kopf. Mehr weiß ich nicht.«

»Wo ist Ihr Bruder?«

»In der Schule, nehme ich an. Warum?«

»Haben Sie ihm gesagt, daß Sie herkommen wollten?« Sie hatte keinen schwarzen Nissan Maxima gesehen. Er mußte ihn außer Sichtweite geparkt haben und dann zur Ranch gelaufen sein.

Ben-Natan schwieg, aber seine Augen sprachen Bände. »Das ist doch verrückt«, sagte er schließlich. »Ezra hätte mich nie geschlagen. Und er hat auch nichts mit den Morden zu tun. Wo sind meine Hunde?« fragte er unvermittelt.

»In Ihrem Wagen. Es geht ihnen gut.« Jessie entschied, daß Ben-Natan zwar verletzt, aber nicht in Lebensgefahr war. »Bleiben Sie hier und bewegen Sie sich nicht. Sie könnten eine Gehirnerschütterung erlitten haben. Ich bin gleich wieder da.«

»Wohin gehen Sie?« rief er, aber sie war schon aus der Tür.

Jessie wußte, daß sie über Funk Hilfe herbeiholen sollte, aber dadurch würde sie wertvolle Zeit verlieren. Sie rannte los, ignorierte das wütende Kläffen von Ben-Natans Hunden und bemühte sich, den Staub nicht einzuatmen, der bei jedem ihrer Schritte von der ausgetrockneten Erde aufstob. Nach fünf Minuten endete die schmale Fahrstraße. Ein Pfad wand sich an einem Berghang steil in das hügelige Gelände hinauf.

»Miss Warrens?« schrie sie. »Rita?«

Ihre Stimme verlor sich in der Stille.

Sie rannte weiter, bemerkte die ersten Muskelschmerzen vom stetigen Berganlaufen und zwang sich, nicht nach rechts zu blicken, wo kein Hang mehr war, sondern ein Abgrund, der mit jedem weiteren Schritt schroffer und steiler wurde.

Plötzlich hörte sie in der Ferne etwas wie ein Krachen, dann ein Wiehern. Dann einen Schrei.

Sie rannte noch schneller, hielt sich dicht an den Hang. Strauchwerk peitschte ihre Hosen. Ihre Kehle war trocken. In ihren Ohren rauschte es.

Wieder ein Krachen.

Das Pferd wieherte. Ein erneutes Krachen, aber das war gar kein Krachen. Es war Gebell, und noch bevor sie um die Hangnase bog und ihn dort stehen sah, wußte sie, was sie schon die ganze Zeit hätte wissen sollen, wußte, daß es nicht Ezra Nathanson war.

Der Schäferhund kläffte einen kastanienbraunen Hengst an. Auf seinem Rücken hing Rita Warrens und umklammerte den Hals des Tieres. Unter panischem Wiehern bäumte sich sich der Hengst fast senkrecht auf und warf die Frau ab.

Der Hund zog sich geduckt an den Felshang zurück. Unbeweglich lag Rita Warrens mitten auf dem Pfad. Mit den Vorderläufen noch immer in der Luft, drehte sich das Pferd zu Jessie um. Einen knappen halben Meter vor Rita Warrens Kopf setzte es die Beine auf den Boden. Wieder bäumte sich das Tier auf.

»Rennen Sie, Detective, rennen Sie!« feixte Emery Kraft.

Rolf knurrte Jessie an und zerrte an seiner Leine.

»Ich schieße!« Mit der Waffe in der linken Hand, Kraft und den Hund keine Sekunde aus den Augen lassend, lief sie zu Rita Warrens, packte ihren Arm und zerrte die Frau gerade rechtzeitig zur Seite, bevor die Pferdebeine erneut auf den Pfad aufprallten.

Der Hengst stieg wieder hoch, drehte sich um die eigene Achse, peitschte Jessie mit dem Schwanz zu Boden und galoppierte den Pfad hinter. Die Pistole war ihrer Hand entglitten und rutschte drei Meter weiter.

Kraft befreite den Hund von der Leine und zog eine Pistole aus seinem Jackett. Knurrend kam Rolf auf Jessie zu. In hilfloser Angst tastete sie nach ihrer Waffe. Der Hund kam näher. Sie sah sie Angriffslust in seinem Blick. Ihre Hand berührte Metall.

Jessies Hand schloß sich um ihre Waffe.

Der Schäferhund riß sich los und fuhr auf den Angreifer seines Herrn los. Der andere Dobermann schoß ihm nach. Die drei Hunde lieferten sich einen erbitterten Kampf, der damit endete, daß der Schäferhund zu Boden fiel. Die beiden Dobermänner bewachten ihren besiegten Gegner. Kraft stützte sich mit dem Ellbogen ab und griff nach seiner Waffe.

»Lassen Sie das!« Breitbeinig stand Jessie vor ihm und zielte. Ein Dobermann rannte gerade auf Kraft zu, als Ben-Natan herangestolpert kam. Er hielt eine Hand gegen die Brust gepreßt.

»Es ist Kraft!« rief ihm Jessie zu. »Rufen Sie Ihre Hunde zurück!«

»Warum?« ächzte er. Sein Brustkorb hob und senkte sich heftig.

Der Hund sprang Kraft an die Kehle. Der schrie gellend.

»Omiz lischmar!« rief Ben-Natan.

Der Dobermann erstarrte. »Bitte!« ächzte der Mann.

Zwillingshunde rächten Zwillingsbrüder. »Welchen Befehl haben Sie ihm gegeben?« fragte sie Ben-Natan und rang mühsam nach Luft.

»›Achtung‹. Wahrscheinlich werde ich das bitter bereuen«, erwiderte er. »Vermutlich bin ich doch nicht der Unhold, für den Sie mich gehalten haben.«

Siebenundvierzigstes Kapitel

»Also was steckte dahinter?« Espes beugte sich über seinen Schreibtisch.

»Benning wollte Kraft des Mordes beschuldigen«, sagte Jessie. »Als Gegenleistung dafür, daß wir die Anklage gegen ihn im Zusammenhang mit Lola Hochburgs Tod fallenlassen, wollte er uns Beweise dafür liefern, daß Kraft in die Brandstiftung verwickelt war, bei der die Familie Nathanson gestorben ist. Benning sprach darüber mit seiner Frau, und die erzählte es Kraft.«

Auf dem Rückweg von Palmdale hatte Jessie einen Umweg über Long Beach gemacht, wo ihr Gene Oppman – sehr zögernd – den Umschlag übergab, den er Roy Bennings Sportsack entnommen hatte, nachdem er durch Jessie über Bennings Tod informiert worden war.

Auf ihrer Dienstelle hatte Jessie dann die handgeschriebenen Seiten gelesen, auf denen Benning Kraft beschuldigte, vor fünf Jahren das Hakenkreuz vor dem Haus der Nathansons in Brand gesetzt und Lewis mit der Autobombe getötet zu haben. Benning bestritt, an beiden Mordfällen beteiligt gewesen zu sein. In dem Umschlag befand sich auch die Tonbandaufnahme eines Gesprächs, in dem Kraft darüber sprach, das Feuer gelegt zu haben, und Benning Beistand zusicherte, falls die Polizei ihn festnehmen sollte. Offensichtlich hatte Benning schon damals Kraft nicht getraut.

»Kraft hat Benning kein Alibi gegeben«, erklärte Jessie, als sie ihre Schilderungen beendet hatte. »Statt dessen verschaffte Benning Kraft ein Alibi.«

»Also hat der Junge gewußt, daß es Kraft war.« Phil trommelte mit den Fingern auf sein Knie und griff dann nach dem Kaffeebecher, den er auf Espes' Schreibtisch abgestellt hatte.

»Das wollte er nicht zugeben. Er behauptet, Benning habe ihm lediglich von einem Plan erzählt, der ihn vor dem Gefängnis bewahren würde. Allerdings habe er den Fehler gemacht, seiner Frau davon zu erzählen. Ich vermute, daß es Gene wußte, aber zwischen seiner Freundschaft zu Benning, der inzwischen tot war, seinem Haß auf Juden und seiner Bewunderung für Kraft hin und her schwankte.« Ein verwirrter Junge, dieser Gene Oppman.

»Also hat sich Benning vor Kraft versteckt?« Espes stand auf, kam um seinen Schreibtisch herum und lehnte sich dagegen.

Jessie nickte. »Und vor Grace Benning. Er sagte ihr, daß er Kraft hinter Gitter bringen wolle, und wenig später wird Barry Lewis getötet. Benning geriet in Panik.«

»Warum hat Kraft Lewis getötet?«

»Wollen Sie meine Vermutung hören?« Jessie streckte ihre schmerzenden Beine. Nichts wünschte sie sich mehr als eine heiße Dusche. »Kraft war nicht sicher, mit wem Benning über ihn gesprochen hatte. Vermutlich mit Lewis – immerhin war er sein Anwalt. Vielleicht auch mit Rita Warrens – Grace Benning wußte, daß Benning sie mehrmals angerufen hatte. Mrs. Benning versuchte ja sogar, mich darüber auszuhorchen.«

»Hat Benning mit Rita Warrens über Kraft gesprochen?«

Jessie schüttelte den Kopf. »Rita erzählte mir, daß er sich über irgend etwas Sorgen machte, daß er wissen wollte, ob ihn Lewis auch anständig vertreten würde, da Lewis Jude sei und Benning Beziehungen zu *History Is Truth* und zur *White Alliance* hatte.«

Espes nickte, dann hob er die Brauen. »Aber warum mußte die Richterin sterben? Benning hatte doch keinen Kontakt zu ihr.«

»Ein Täuschungsmanöver. Damit konnte Kraft alle Morde Ben-Natan in die Schuhe schieben. Deshalb hat er sich auch das jüdische Gebet als Vorbild für die Todesarten genommen.«

»Aber woher kannte Kraft das?« fragte Phil.

Jessie sah ihren Kollegen an. »Nathanson erwähnte mir gegenüber, daß Krafts Vater Jude sein soll.« Sie blickte wieder zu Espes. »Aber natürlich könnte er auch nachgeforscht haben.«

»Und wer hat den Davidsstern an die Haustür von Barry Lewis gemalt?« erkundigte sich Espes. »Hochburg?«

Jessie schüttelte den Kopf. »Wir wissen, daß er den Brief an Benning geschrieben hat. Und er könnte auch den zweiten an Lewis verfaßt haben, den, den mir Sheila Lewis gegeben hat. Aber ich nehme an, daß Morris Lewis der ursprüngliche ›Engel des Todes‹ gewesen ist. Er wollte seinen Sohn ein bißchen einschüchtern, ihn dazu bringen, daß er die *White Alliance* nicht vor Gericht vertrat.«

»Sehr bedauerlich, daß das nicht geklappt hat«, bemerkte Phil leise und trank einen Schluck Kaffee.

»Sehr bedauerlich«, stimmte sie zu. Sie empfand tiefes Mitleid mit dem alten Mann. Wahrscheinlich würde er sich für immer mitschuldig am Tod seines Sohnes fühlen. Sie war sich noch immer nicht sicher, warum er an jenem Abend das Puppenhaus gebracht hatte, obwohl er wußte, daß seine Enkelinnen nicht da waren. Eine Geste der Versöhnung?

»Morris Lewis hat einen Brief geschrieben«, sagte Phil. »Hochburg einen oder zwei. Wer hat die anderen verfaßt?«

»Kraft. Einen schickte er an Richterin Williams und einen an Rita Warrens. Und einen an sich selbst, natürlich.«

»Krafts Motive kann ich verstehen«, meinte Espes. »Aber warum hat ihm Grace Benning geholfen?«

»Gene zufolge verabscheute sie Benning. Sie haßte Juden. Und vielleicht lief da auch etwas zwischen ihr und Kraft.« Jessie zuckte mit den Schultern. »Und schließlich konnte sie nach Bennings Tod mit einer größeren Versicherungssumme rechnen.«

»Ich wette, sie hat große Augen gemacht, als du anstelle von Kraft aufgetaucht bist«, grinste Phil breit.

»Kann man wohl sagen.« Jessie lächelte.

Zusammen mit einem uniformierten Polizisten hatte sie Grace Benning in Krafts Mercedes nicht weit von der Ranch entfernt angetroffen. Inzwischen befand sie sich zusammen mit Emery Kraft im Polizeigewahrsam von Acton und wartete auf die Überstellung zum West L.A.

»Kraft hatte Rita Warrens gestern nachmittag angerufen und erklärt, er müsse sie in einer wichtigen Angelegenheit sprechen«, fuhr Jessie fort. Die ACLU-Direktorin war zur Beobachtung ins Krankenhaus von Palmdale gebracht worden, schien aber außer einer kleinen Gehirnerschütterung keine weiteren Verletzungen davongetragen zu haben. »Sie sagte ihm, daß sie das Wochenende auf ihrer Ranch verbringen würde, um zu reiten. Schließlich hegte sie keinerlei Verdacht gegen ihn, da inzwischen Hochburg festgenommen worden war. Er meinte, Reiten sei auch seine Leidenschaft und fragte sie, in welcher Gegend sie unterwegs sein würde.«

»Schlaues Kerlchen«, schnaufte Phil.

»Das kann man wohl sagen. Jedenfalls erzählte sie ihm dann noch, daß sie gegen halb zwölf wieder auf der Ranch sein würde. Am Morgen rief Grace Benning unter Ritas Namen bei Ben-Natan an und bat ihn, sich mit ihm um elf auf der Ranch zu treffen.«

»Hat Ben-Natan sie denn nicht an der Stimme erkannt?« erkundigte sich Espes.

»Mit Grace Benning hat Ben-Natan nie gesprochen. Und Rita hat er zwar mehrmals angerufen, aber dabei sprach hauptsächlich er. Sie hat im Grunde nur zugehört. Als Ben-Natan auf der Ranch erschien, schlug Kraft ihn bewußtlos.«

»Mir ist noch immer nicht klar, wie Kraft diese Sache Ben-Natan anhängen wollte. Was, wenn der Bursche wieder zu sich gekommen wäre und sich einfach aus dem Staub gemacht hätte?«

»Die Polizei in Acton erhielt gegen halb elf den Anruf einer Frau, die sich Rita Warrens nannte. Sie erklärte, vor ihrem Haus stünde ein verdächtiger schwarzer Ford Explorer herum, und nannte die Zulassungsnummer. Fünf Minuten später meldete sie sich dann noch einmal und sagte, der Wagen wäre fort. Einen Zettel mit dieser Nummer habe ich im Mercedes gefunden.«

»Sie haben aber auch an alles gedacht!« Phil schüttelte den Kopf. »Hey! Und was ist mit dem Pferd passiert?«

Jessie lächelte. »Noch bevor die Polizei eintraf, stand es wieder in seinem Stall. Ben-Natan hat es beruhigt. Auf dem Rückweg hielt ich kurz bei Miss Warrens' Nachbar-Ranch und sprach mit dem Besitzer. Er kümmert sich um ihre Pferde, wenn sie in der Stadt ist. Ihm ist der Explorer übrigens auch aufgefallen.«

»Und Nathansons Strafzettel war ein reiner Zufall?« Phil schüttelte den Kopf. »Was es nicht alles gibt.«

»Das wär's wohl, was?« Espes nahm wieder seinen Platz hinter dem Schreibtisch ein. »Schreiben Sie das alles auf.«

»Und was ist mit dem Jungen?« Phil runzelte die Stirn. »Wollen wir den einfach so davonkommen lassen?«

Jessie hatte lange über Gene Oppman nachgedacht. »Ich habe ihm erklärt, wir könnten ihn wegen Unterschlagung von Beweismaterial drankriegen. Hat ihm einen Mordsschrecken eingejagt.«

»Wie gemein von dir.« Grinsend schüttelte Phil den Kopf.

»Ich denke, wir sollten ihn vor die Wahl stellen. Entweder nehmen wir ihn fest oder er entschließt sich freiwillig zu einem Lehrgang.«

»Zu was für einem Lehrgang?« Espes kniff die Augen zusammen.

»Er geht in das Museum of Tolerance. Er unterhält sich mit Überlebenden. Ich bin ganz sicher, daß Rabbi Korbin mit Freude ein entsprechendes Programm vorbereiten wird. Und ich begleite Gene selbst bei einem Rundgang durch das Museum.« Frank würde es vermutlich nie aufsuchen. Und Helen? Gary hatte ihr geraten, ihrer Schwester Zeit zu lassen. Manny auch.

»Glaubst du, es hilft?« erkundigte sich Phil.

»Das weiß ich nicht. Aber ich hoffe es inständig.«

Es klopfte an der Tür.

»Ja bitte«, sagte Espes.

Ein Detective steckte den Kopf in den Glaskäfig. »Ein Anruf für dich, Phil.«

»Ich komme.« Phil stand auf und ging.

»Bevor ich gehe, lege ich Ihnen den Bericht auf den Schreibtisch.« Auch Jessie erhob sich und ging zur Tür. Verdammt, war sie müde.

»Hey, Drake.«

Sie drehte sich zu Espes um.

»Es ist schon spät«, sagte er. »Es reicht, wenn ich den Bericht am Montag bekomme.«

»Vielen Dank.«

Er nickte. »Sie halten mich wohl für einen verdammt harten Hund, was?«

Was wollte er hören? Schmeichelei oder die Wahrheit? »Mitunter.«

»Mitunter bin ich es auch. Hervorragende Arbeit.«

»Nochmals danke.« Sie lächelte.

»Lassen Sie sich das bloß nicht zu Kopf steigen.« Auch Espes lächelte.

Als Jessie das Revier verließ, ging Samuel Hochburg ein paar Schritte vor ihr. In seiner Begleitung war eine braunhaarige Frau. Seine Schwiegertochter?

»Mr. Hochburg!« rief Jessie.

Der Fleischer und die Frau blieben stehen, drehten sich um.

»Man sagte, ich sei frei«, sagte Hochburg, als Jessie neben ihm stand. Er klang beunruhigt. »Sie sagten, dieser Kraft wäre der Mörder.«

»Sie sind frei. Ich wollte Ihnen nur sagen . . .« Was zum Teufel wollte sie ihm eigentlich sagen? »Ich bedauere, was Sie durchzumachen hatten.«

Hochburg nickte.

»Darf ich Sie etwas fragen? Warum haben Sie das Messer genommen und sind geflüchtet?«

»Das Messer lag da, also habe ich es genommen. Ich habe nicht nachgedacht. Und warum ich geflüchtet bin?« fragte er leise. »Vor fünfzig Jahren kamen deutsche Polizisten zu uns. Sie wollten meinem Vater ein paar Fragen stellen. Sie wiesen auch Papiere vor. Sie nahmen ihn mit. Meine Mutter und ich liefen ihnen nach. Meine Mutter flehte sie weinend an, meinen Vater freizulassen. Einer der Männer zog eine Pistole und schoß meinen Vater seelenruhig in den Kopf. ›Jetzt kannst du heulen, Judensau‹, sagte er. Und da fragen Sie mich, warum ich geflüchtet bin, Detective?«

Als Jessie am Samstagabend die Tür öffnete, fragte sie sich flüchtig, ob dies nicht ein großer Fehler war. Ob es nicht besser wäre, nur befreundet zu bleiben. Aber ihre Nervosität schwand in dem Augenblick, als sie Gary an der Tür lehnen sah. Die Hände in den Taschen. Ein Lächeln auf den Lippen.

»Du siehst wundervoll aus«, sagte er.

»Du siehst gut aus«, sagte sie.

Er küßte sie leicht auf den Mund, zog sie dann an sich und küßte sie noch einmal.

»Fertig?« fragte er.

»Vorher möchte ich dir noch etwas zeigen.« Sie nahm seine Hand und zog ihn durch die Diele. »Es ist im Schlafzimmer.«

»Überstürzen wir es nicht ein bißchen? Schließlich ist es unsere erste Verabredung.«

Sie sah ihn nicht an, konnte sich sein Lächeln aber gut vorstellen. Im Schlafzimmer zeigte sie auf die Wand über ihrem Arbeitstisch.

»Es ist heute gekommen. Mom hat es mir geschickt. Sie hat eine Vergrößerung machen lassen.«

»Ist das die Fotografie, von der du mir erzählt hast?«

Sie nickte und deutete auf das Foto. »Das ist mein Großvater Jakov Kotschinsky.« Ihr Finger bewegte sich zu der Frau neben ihm. »Das ist meine Großmutter Jiska. Und das ist meine Mom.« Jessie zeigte auf das kleine Mädchen mit den blonden Zöpfen.

»Das ist schön, Jessie. Es sagt eine Menge, daß Frances es dir geschickt hat.« Er legte seinen Arm um ihre Schultern.

»Ich weiß. Ich habe sie angerufen und ihr gesagt, wieviel es mir bedeutet. ›Sonst hättest du mir ja doch keine Ruhe gelassen, Jessica‹, hat sie gesagt.« Jessie lächelte. »Aber ich schwöre dir, da war so ein gewisser Unterton in ihrer Stimme. Ich sagte ihr, daß ich mich nicht an alle Namen erinnern könne, und sie meinte, sie würde sie mir irgendwann noch einmal nennen. Und dann habe ich sie auch noch gefragt, ob sie mich nach meiner Großmutter genannt hat. Jessica heißt auf Hebräisch ›Jiska‹.«

»Und?«

»Sie hat eine Weile gezögert. Dann sagte sie ja.«

Gary betrachtete die Fotografie noch einen Moment lang, dann fiel sein Blick auf den Arbeitstisch. »Was ist das?« Er deutete auf eine Schachtel neben aufgerissenem Geschenkpapier. »Noch ein Geschenk?«

Jessie öffnete die Schachtel und hielt ein silbernes Kästchen hoch.

»Das ist ja eine *mesusa.*« Gary klang verdutzt.

»Ezra Nathanson hat sie gestern im Revier abgegeben, als ich in Long Beach war. Es war eine Karte dabei, auf der er mir dafür dankt, daß ich seinem Bruder geholfen habe.« Sie dachte an den letzten Satz auf der Karte: ». . . und für Ihre Hilfe im Kampf gegen Amalek.«

Sie drehte die Kapsel um. »In ihr befinden sich die Pergamentstreifen. Ezra hat eine Abschrift der Segenssprüche beigefügt, die man sprechen muß, wenn man die *mesusa* am Türpfosten anbringt. In englischer Übersetzung.« Jessie drehte die Kapsel wieder um. »Sie ist wunderschön, nicht wahr?«

Gary nickte. »Was meinst du, warum er sie dir geschenkt hat?«

»Im Geschäft seiner Schwester habe ich besonders die *mesusa*-Kapseln bewundert. Und Ben-Natan sagte mir, daß es in jedem jüdischen Haus eine geben sollte.« Sie lächelte.

»Ist dies denn ein jüdisches Haus?« Sein Ton klang lokker. Seine Augen blickten sie intensiv an.

»Ich möchte mehr über das Judentum erfahren. Ich überlege, ob ich nicht einen Kurs in jüdischer Geschichte nehme und vielleicht versuche, Hebräisch zu lernen.« Sie sah ihn an, wartete auf seine Reaktion.

Gary nahm ihr die *mesusa* aus der Hand, hielt sie einen Moment lang hoch und fragte dann: »Soll ich dir helfen, sie anzubringen?«

Sie lächelte. »Das würde mich sehr freuen.«

Anmerkung der Autorin:

Das Simon Wiesenthal Center für Holocaust-Studien, das Jewish Federation Council von Los Angeles, die Anti-Defamation League und die American Civil Liberties Union sind real existierende Institutionen, aber die in diesem Buch im Zusammenhang mit diesen Organisationen geschilderten Charaktere und Ereignisse sind fiktiv und geben nicht unbedingt Einstellung und Haltung dieser Institutionen wieder.

Band 12455

Thomas Tryon

Der Kult

Cornwall Coombe, inmitten endloser Maisfelder gelegen, steht im Bann eines archaischen Kults, dem niemand entrinnen kann. Auch Ned Constantine nicht, der hier den Traum vom einfachen Leben verwirklichen will. Ohnmächtig muß er mit ansehen, wie das anfangs so friedlich wirkende Dorf sich in eine Stätte des Grauens verwandelt. Die unheimlichen Feste, die hier gefeiert werden, finden bald in einem gespenstischen Fruchtbarkeitsritual ihren schaurigen Höhepunkt, und Ned Constantines Schicksal scheint besiegelt...

Thomas Tryon wurde zunächst als Schauspieler berühmt, als er im Film DER KARDINAL der Hauptrolle spielte. Als Buchautor eroberte er mit vorliegendem Roman auf Anhieb die englischen und amerikanischen Bestsellerlisten.

BASTEI
LÜBBE

Band 12478

Peter Berling

Die Nacht von Jesi

Ein phantastischer Roman, in dessen Mittelpunkt der Stauferkaiser Friedrich II. steht

Auf der Piazza von Jesi hat eine bunt zusammengewürfelte Truppe eine offene Bühne errichtet, um ein historisches Musical aufzuführen, das von der außergewöhnlichen Geburt des großen Stauferkaisers Friedrich II. handelt. Schon bald kollidiert die gewaltige, geheimnisvoll-leidenschaftliche Welt des Mittelalters mit unserer auf- und abgeklärten Zeit, und das Ensemble entrückt mehr und mehr der Wirklichkeit. Schlägt da der Fluch durch, der auf dem glanzvollen Geschlecht der Staufer lastet?

BASTEI LÜBBE

Band 12482

Carole Berry

Tod einer Querulantin

Weil sie pleite gemacht hat, tritt Bonnie Indermill eine neue Stelle in einer Anwaltskanzlei an, obwohl sie mit diesem Berufszweig bisher keine sonderlich guten Erfahrungen gemacht hat. Und prompt gerät sie mit ihren erfolgreichen, aber gestreßten Kollegen aneinander, insbesondere mit Kate Hamilton, der schwierigsten Person in der ganzen Kanzlei.
Obwohl die beiden Frauen kein Funken Sympathie verbindet, ist Bonnie schockiert, als Kate ermordet aufgefunden wird. Die Polizei verdächtigt den Sohn ihres Freundes, und sie selbst wird von dem ihr unbekannten Mörder bedroht. So sieht Bonnie Indermill keinen anderen Ausweg, als sich selbst in Nachforschungen zu stürzen...

BASTEI LÜBBE